Denise Hunter

Barfuß am See

francke

Über die Autorin:
Denise Hunter hat bereits über 20 Romane geschrieben, die in den USA mit etlichen Preisen ausgezeichnet wurden. Neben dem Schreiben genießt sie es, mit ihrer Familie zu reisen, Kaffee zu trinken und Schlagzeug zu spielen. Zusammen mit ihrem Mann und ihren drei Söhnen lebt sie in Indiana.

Bibliografische Information Der Deutschen Bibliothek
Die Deutsche Bibliothek verzeichnet diese Publikation in der Deutschen Nationalbibliografie; detaillierte bibliografische Daten sind im Internet über http://dnb.ddb.de abrufbar.

ISBN 978-3-86827-516-2

Originally published in English under the title:
Barefoot Summer
by Thomas Nelson, Inc., Nashville, Tennesse 37214, USA

Deutsch von Dorothee Dziewas
Umschlagbild: © iStockphoto.com / AndreyTTL; daikokuebisu
Umschlaggestaltung: Verlag der Francke-Buchhandlung GmbH / Sven Gerhardt
Satz: Verlag der Francke-Buchhandlung GmbH
Druck und Bindung: CPI books GmbH, Leck

www.francke-buch.de

„Ein Bauer säte Getreide aus.
Dabei fielen ein paar Saatkörner auf den Weg.
Sie wurden zertreten und von den Vögeln aufgepickt.
Andere Körner fielen auf felsigen Boden.
Sie gingen auf, aber weil es nicht feucht genug war,
vertrockneten sie.
Einige Körner fielen zwischen die Disteln,
in denen die junge Saat bald erstickte.
Die übrige Saat aber fiel auf fruchtbaren Boden.
Das Getreide wuchs heran und brachte das Hundertfache
der Aussaat als Ertrag."
Lukas 8,5-8

Wenn manche also behaupten, Gott würde seine Zusage nicht einhalten, dann stimmt das einfach nicht. Gott kann sein Versprechen jederzeit einlösen. Aber er hat Geduld mit euch und will nicht, dass auch nur einer von euch verloren geht. Jeder soll Gelegenheit haben, zu Gott umzukehren.
2. Petrus 3,9

Kapitel 1

Madison McKinley ließ ihren Blick über die Menschenmenge in der Stadthalle schweifen und fragte sich, gegen wie viele ihrer Freunde und Nachbarn sie würde kämpfen müssen, um zu bekommen, weswegen sie hier war. Die halbe Bevölkerung von Chapel Springs war erschienen, um die Feuerwehr zu unterstützen. In der Luft hing noch der schwache Geruch von Popcorn und Kaffee von der Versammlung des Rotary Clubs am vergangenen Abend und die gespannte Atmosphäre war beinahe mit Händen zu greifen.

Als sie an der Reihe war, ließ sie sich ihre Auktionsnummer geben und sah sich dann nach ihrer Mutter um. Sie entdeckte sie auf der linken Seite, in der Nähe der alten Backsteinwand.

Bevor Madison sich in Bewegung setzen konnte, kämpfte sich Dottie Meyers durch den vollen Gang zu ihr durch. „Hallo, Madison, Liebes. Ich dachte, vielleicht kann ich dich wegen Ginger fragen. Ich habe einen kleinen Knoten hinter ihrem Bein gefunden. Ich mache mir Sorgen, dass es etwas Ernstes sein könnte."

Beim letzten Mal war es nur eine Klette gewesen. Trotzdem legte Madison eine Hand auf den Arm der Frau. „Es ist bestimmt nichts, aber ich sage Cassidy, dass sie dich morgen anrufen und Ginger dazwischennehmen soll, in Ordnung?"

„Also, meine Herrschaften", sagte die Moderatorin ins Mikrofon. „Es wird Zeit."

„Danke, meine Liebe", sagte Dottie. „Ich bin ja so gespannt auf das diesjährige Theaterstück. Es heißt *Liebe in Gefahr*. Du spielst doch wieder mit, oder? Du wirst eine fantastische Eleanor sein."

Das Vorsprechen war erst in zwei Monaten. „Ich freue mich schon darauf. Dann bis morgen in der Praxis." Madison nahm jedes Jahr an der Vorführung der städtischen Laiengruppe teil. Sie spielte gerne Theater und der Erlös war für das Tierheim bestimmt, diente also einem guten Zweck, der ihr am Herzen lag.

Sie drehte sich zu ihrer Mutter um und lief schnurstracks gegen eine Wand. „Hmpf."

Oder einen Brustkorb. Einen harten Brustkorb.

Sie sah auf und blickte in das Gesicht des Mannes, den sie am allerwenigsten sehen und mit dem sie schon gar nicht zusammenprallen wollte. Hastig wich sie zurück, ohne dabei jedoch den Blick von seinen unergründlichen, kohlefarbenen Augen abzuwenden.

Sie nickte einmal. „Beckett."

Er erwiderte den Gruß mit einem Nicken seinerseits. „Madison."

Sein schwarzes Haar war zerzaust. Er trug ein Arbeitshemd vom Dewitt-Jachthafen und seine Bartstoppeln waren mindestens zwei Tage alt. Sein Unterkiefer zuckte. Sie hatte nicht mehr mit ihm gesprochen, seit sie ihn vor zwei Wochen zur Rede gestellt hatte – nicht, dass es etwas genützt hätte.

„Bitte nehmen Sie Platz", sagte die Moderatorin.

Gerne.

Sie machte im selben Augenblick einen Schritt nach links, in dem Beckett einen Schritt beiseite machte. Er war so breit wie der Boulder Creek, der örtliche Fluss, und doppelt so gefährlich. Dieser Meinung war sie immer gewesen. Der Zwischenfall mit ihrer kleinen Schwester hatte das nur bestätigt.

„Entschuldige", sagte sie.

Er glitt nach rechts und streckte den Arm aus, als wollte er sagen: *Nach dir, Prinzessin.*

Sie warf ihm einen genervten Blick zu und eilte dann den Gang hinunter, um sich auf den Metallstuhl neben ihrer Mutter fallen zu lassen.

„Hallo, Liebling. Hattest du einen guten Tag?" Joann McKinleys kurzes blondes Haar und ihre blauen Augen funkelten in dem fluoreszierenden Licht, aber es war ihr Lächeln, das den Raum erstrahlen ließ.

„Zwölf Hunde, sieben Katzen, zwei Häschen und ein Rebhuhn im Birnbaum."

Beckett ging an ihrer Reihe vorbei und setzte sich weiter vorne auf den freien Stuhl neben seiner Schwester. Layla hatte lange braune Haare und das hübsche Gesicht eines Models. Ihre Mutter musste eine Schönheit gewesen sein, doch Madison konnte sich nicht an sie erinnern. Beckett beugte sich zur Seite und flüsterte seiner Schwester etwas zu.

Madison riss sich von dem Anblick los und lockerte den Todesgriff, mit dem sie ihr Auktionsschild umklammert hielt. Sie würde heute nicht an Beckett O'Reilly denken.

Die Moderatorin auf dem Podium eröffnete die Veranstaltung offiziell und sprach davon, wie wichtig die Feuerwache sei und dass dringend Geld gebraucht werde, dann stellte sie den Auktionator vor – was kaum nötig war, weil er die Tankstelle im Ort betrieb. Wenige Augenblicke später war die Versteigerung in vollem Gange.

Madisons Blick wanderte zu Becketts dunklem Hinterkopf. Sie hätte schwören können, dass er sie in letzter Zeit verfolgte. Er schien überall aufzutauchen, wo sie hinging. Eigentlich hätte der Mann allen Grund gehabt, ihr aus dem Weg zu gehen. Er sollte sich schämen für … nun, für das, was er Jade angetan hatte.

Madison ging die Liste mit den Auktionsposten durch und hakte jeden ab, sobald er an den Höchstbietenden verkauft war. Eine handgearbeitete Patchworkdecke, Klavierstunden, der Kuchen des Monats, eine gemietete Hütte am Patoka Lake und Dutzende anderer Dinge, die Menschen aus dem Ort großzügig gespendet hatten.

Jemand hatte ein Modell des Stadtwappens angefertigt. WILLKOMMEN IN CHAPEL SPRINGS, INDIANA, stand darauf. SCHÖNSTE AMERIKANISCHE STADT AM FLUSS. Ein Redakteur der Zeitschrift *Midwest Living* hatte diese Formulierung zwölf Jahre zuvor geprägt und die Stadt hatte sie bis auf den letzten Tropfen ausgequetscht.

Evangeline Simmons, die mindestens fünfundachtzig Jahre alt war, belustigte alle, indem sie die Gebote in die Höhe trieb. Es war kein Geheimnis, dass die Feuerwehr ihre geliebte Perserkatze im vergangenen Monat von einem Baum gerettet hatte. Bis jetzt hatte sie mit ihrer Großzügigkeit zwei Gegenstände erworben, für die sie höchstwahrscheinlich keine Verwendung hatte. Aber Geld war für Evangeline kein Thema.

Nach und nach gingen die Zuschauer, während die Auktion weiterlief. Beckett verschwand, nachdem er bei einer Werkzeugausstattung überboten worden war. Mehr als eine Stunde später merkte Madison auf, weil endlich zur Versteigerung angeboten wurde, worauf sie es abgesehen hatte. Der Auktionator las von seinem Zettel ab.

„Und jetzt, meine Damen und Herren, ein echtes Highlight. Der Dewitt-Jachthafen war so freundlich, ein Segelpaket zu spenden. Ein Segelkurs mit Evan Higgins. Lernen Sie, wie man auf dem schönen Ohio River segelt, gerade rechtzeitig zu unserer 45. Flussregatta, und begleiten Sie Evan Higgins, der diesen Wettbewerb bereits zweimal hintereinander gewonnen hat! Also, wer bietet fünfhundert?"

Madison umfasste ihr Auktionsschild und wartete darauf, dass der Auktionator das erste Gebot senkte. Ihr stockte der Atem. *Immer mit der Ruhe, Mädchen …*

„Also gut, einhundert, wer gibt mir einhundert? Einhundert als Anfangsgebot …"

Madison hob wie beiläufig ihr Schild.

„Einhundert hier vorne, wer bietet hundertfünfzig? Einhundertfünfzig sind gefragt ..."

Aus dem Augenwinkel konnte Madison sehen, wie ihre Mutter den Kopf zu ihr umwandte, während Evangeline ihr Schild anhob – und damit das aktuelle Gebot.

„Einhundertfünfzig, wer bietet zweihundert? Zweihundert …"

Madison hob ihr Schild und blickte starr geradeaus.

„Zweihundert, vielen Dank, die Dame. Ich höre zwei fünfzig, zwei fünfzig …? Danke! Und jetzt dreihundert, höre ich dreihundert?"

Madison seufzte und wartete einen Augenblick, bevor sie nickte.

„Wir haben drei. Höre ich dreieinhalb? Dreihundertfünfzig …?"

Evangeline drehte sich zu Madison um. Ihre Augen funkelten. Sie hob ihr Schild.

Evangeline. Madison hatte nicht vorgehabt, so viel auszugeben. Es würde der alten Dame recht geschehen, wenn sie jetzt ausstieg. Die Vorstellung, dass diese rüstige Frau fortgeschrittenen Alters im Bug eines Segelbootes stehen und versuchen würde, mit den Tauen, Seilen oder was auch immer fertigzuwerden, mit ihren knapp ein Meter fünfzig … Sie war verlockend.

Madison könnte schließlich einfach zum Jachthafen hinuntergehen und die Stunden bezahlen – aber dann wäre nicht gewährleistet, dass sie tatsächlich gewinnen würde. Dazu brauchte sie Evan Higgins.

„Drei fünfzig, höre ich dreihundertfünfzig? Ja, wunderbar! Und jetzt vier, wer bietet vierhundert?"

Die Leute, die noch im Saal waren, fingen an zu murmeln, einige lachten über Evangelines Unverfrorenheit.

Die Frau hob ihr Auktionsschild.

„Und jetzt sind wir bei viereinhalb, vierhundertfünfzig, wer bietet fünfhundert …?“

Madison knirschte mit den Zähnen. Sie warf Evangelines silberfarbenem Hinterkopf düstere Blicke zu. *Es ist für einen guten Zweck, es ist für einen guten Zweck.*

„Und da haben wir fünf. Fünfhundert. Wer gibt mir fünfeinhalb? Fünfhundertfünfzig irgendjemand …?“

Das Murmeln war angeschwollen, obwohl der Saal jetzt, wo die Versteigerung beinahe vorüber war, halb leer war. Diejenigen, die geblieben waren, wurden für ihr Ausharren mit einer guten Show belohnt.

„Fünfhundertfünfzig jemand …?“

Evangeline drehte sich um und suchte Madisons Blick. Ihre dünnen Lippen verzogen sich zu einem Grinsen, dann faltete sie die Hände über ihrem Schild.

„Ich habe fünfhundert, also fünfhundert zum Ersten … fünfeinhalb jemand? Fünfhundert zum Zweiten … und fünfhundert zum Dritten. Die Segelregatta geht an Madison McKinley.“

Madison atmete erleichtert aus. Sie war fünfhundert Dollar ärmer, aber sie hatte ihren Segelkurs. Sie würde segeln lernen und sie würde die Regatta gewinnen. Für Michael.

Kapitel 2

„Du willst *was*?“ Ihr Vater hielt mitten im Dribbeln inne, hielt den Basketball fest und richtete sich auf. Sein kurzes graues Haar war zerzaust und vom Schweiß ganz feucht.

Ryan ließ die Hände sinken und sah Madison mit gerunzelter Stirn an. Dann stemmte er die Hände in die schmalen Hüften, weil sie das Spiel gestört hatte. Er war der Erstgeborene der McKinleys und so zuverlässig wie eine Eiche. Deshalb war er auch derjenige, an den die Geschwister sich in einer Krisensituation zuerst wandten.

Madison hatte es ihrer Familie noch gar nicht sagen wollen, weil alle wegen der Sache mit Jade noch ganz aufgebracht waren, aber sie würden es ja ohnehin erfahren.

„Sie hat gesagt, sie will Michaels Boot.“ PJ, das Nesthäkchen der Familie, warf ihren langen braunen Pferdeschwanz über die Schulter nach hinten. Sie hatte die braunen Augen ihres Vaters geerbt und das gewinnende Lächeln ihrer Mutter – obwohl davon im Moment nichts zu sehen war.

„Darum ging es also bei dem Segelkurs“, sagte Ryan.

„Sie lassen die Boote übrigens zu Wasser, musst du wissen“, sagte PJ.

Madison knuffte ihre Schwester am Arm.

„Jo“, rief ihr Vater, ohne den Blick von Madison abzuwenden. „Weißt du, was deine Tochter vorhat?“

Joanne stellte eine Schüssel mit Kartoffelsalat auf den Picknicktisch. „Du meinst die Regatta? Ich war bei der Auktion dabei, das weißt du doch. Übrigens werden die Hamburger kalt. Daniel, Schatz, kannst du das Besteck holen?“

„Klar, Mama Jo.“ Daniel Dawson war ein Ehrenmitglied der McKinley-Familie, seit Ryan ihn aus der Junior Highschool mit nach Hause gebracht hatte. Seine wohlhabende Großmutter hatte ihn aufgezogen, da seine Eltern meistens unterwegs gewesen waren, um wichtige Dinge zu tun. Vor Kurzem hatte Daniel die Bürgermeisterwahlen von Chapel Springs gewonnen und war damit in die Fußstapfen seines Großvaters getreten.

Als er das Wort „Hamburger“ hörte, ließ Dad den Basketball fallen und verließ fluchtartig das Spielfeld.

PJ versetzte Ryan aus einem nicht ersichtlichen Grund einen Tritt in den Allerwertesten und er schnappte sie sich und warf sie über seine breite Schulter, einfach, weil er es konnte. Sie kreischte und trommelte auf seinen Rücken, aber er ließ sie erst herunter, als sie den Tisch erreicht hatten.

„Grobian“, sagte PJ und boxte ihn spielerisch.

„Göre.“

Normalerweise rettete Ryan Menschenleben und PJ konnte eine ganze Armee verköstigen, aber wenn sie zusammen waren, benahmen sie sich wie Zwölfjährige. PJ war übers Wochenende von der Kochschule nach Hause gekommen.

Sie setzten sich alle zusammen an den Picknicktisch. Die Dämmerung war bereits hereingebrochen, aber die weißen Lampen, die über der Terrasse hinter dem Haus ihrer Eltern und in den Büschen hingen, tauchten den Garten in ein warmes Licht. Es waren die milden Frühlingstemperaturen, die sie auf die Idee gebracht hatten, das wöchentliche Familienessen nach draußen zu verlagern. Irgendwo in der Nähe zirpte eine Grille und die Blumen waren voller Knospen.

Das weiße Bauernhaus, in dem Madison und ihre Geschwister aufgewachsen waren, erstreckte sich über den flachen, von Eichen beschatteten Hügel wie eine geliebte Tante, die ihre Arme zu einer tröstlichen Umarmung ausstreckt. Hinter dem Haus wuchs das halbe Jahr lang Mais auf zweihundertvierzig Morgen sanft hügeligen Farmlandes. Ihr Vater, der stolz darauf war, einer von Indianas einundsechzigtausend Landwirten zu sein, hatte die McKinley-Sprösslinge nie gedrängt, in seine Fußstapfen zu treten, sondern ihnen die Freiheit gegeben, ihren eigenen Weg zu finden. Daran arbeiteten sie noch.

Als alle saßen, sprach Dad das Tischgebet, und dann machten sie sich über das Essen her. Es gab gegrillte Hamburger, Kartoffelsalat, grüne Bohnen aus der Vorjahresernte und natürlich Mais. Im Haus der McKinleys gab es immer Mais.

„Wie läuft die Aussaat, Dad?“ Ryan schlug nach einer Fliege. „Ich kann dir nächste Woche helfen, wenn du willst.“

„Klingt gut. Ich könnte Hilfe brauchen.“ Dad verteilte den Kartoffelsalat. „Sie will diese kaputte alte Nussschale segeln, Jo.“

Madison breitete ihre Serviette auf ihrem Schoß aus, während sie ihrer Mutter einen Blick zuwarf. Trotz ihres unermüdlichen Lächelns lag seit Jades plötzlicher Abreise Traurigkeit in ihren blauen Augen.

„Wirklich?“ Moms Blick sagte mehr als ihre Worte. Sie kannte Madison besser als jeder andere. Sie wusste, wie sehr es sie aufgewühlt hatte, Michael zu verlieren, obwohl Madison keine Träne vergossen hatte und nur selten darüber sprach. Ein Mädchen verlor nicht seinen Zwillingsbruder, ohne dass dies Auswirkungen hatte.

„Für Michael.“ Die anderen erstarrten, sogar PJ, und das kam nicht oft vor. „Es ist mir wichtig.“

Michael war ein guter Segler gewesen, aber er hatte nicht lange genug gelebt, um an der Regatta teilzunehmen. Dabei war es sein Traum gewesen, der jüngste Sieger aller Zeiten zu werden! Der aktuelle Rekord lag bei siebenundzwanzig Jahren. Madison blieb also nicht mehr viel Zeit, seinen Traum zu verwirklichen. Ihr siebenundzwanzigster Geburtstag stand quasi vor der Tür.

„Und du glaubst, du kannst diese Sache tatsächlich gewinnen?“, fragte Dad.

Sie hatte ihn nicht überrumpeln wollen. „Es tut mir leid, Dad. Ich wollte dich nicht aufregen.“

„Das Ding ist ein Haufen vergammelter Bretter.“

Bei ihm klang es viel schlimmer, als es war. „Ich werde das Boot herrichten.“

Ihr Vater lachte ungläubig.

Also gut, es war in einem schlechten Zustand, aber Michael hatte zwei Sommer lang darauf gespart. Als er siebzehn geworden war, hatte er anstelle eines Autos ein Boot gekauft. Sie erinnerte sich noch gut daran, wie stolz er gewesen war, als er es ihr gezeigt hatte.

„Sie gehört ganz allein mir, Madds“, hatte er gesagt und war mit der Hand über die abblätternde weiße Farbe am Bug des Bootes gefahren. „Ich werde der jüngste Sieger aller Zeiten werden, das wirst du noch sehen.“

„Mit dem Ding?“, hatte sie gefragt.

„Das sind nur Äußerlichkeiten. Die Substanz ist gut.“

„Das Boot ist noch in der Scheune, Liebling“, sagte Mom jetzt und legte eine Hand über Dads geballte Faust.

„Danke, Mom. Es wird nicht das schnellste Boot da draußen sein, aber da es ein Handicap-Rennen ist, wird das berücksichtigt, also habe ich eine Chance.“

„Sie kann nicht schwimmen, Jo.“

„Dafür gibt es Schwimmwesten, Dad“, sagte PJ besänftigend.

Dad presste die Lippen zusammen. Er war hin- und hergerissen, das wusste Madison. Einerseits wollte er sie unterstützen, andererseits hatte er Angst um sie.

„Ich komme schon zurecht. Ich werde vorsichtig sein. Außerdem nehme ich doch Unterricht!“

„Sag Bescheid, wenn ich helfen kann“, sagte Ryan. „Ich kann die Taue halten oder so was.“

PJ knuffte ihm in die Schulter. „Du kannst doch ein Segelboot nicht von einem Badehandtuch unterscheiden.“

„Aber du, ja?“

„Kinder. Esst.“

Wenige Minuten später erzählte PJ von einer Soufflé-Katastrophe und die Stimmung hob sich. Als Mom schließlich den Apfelkuchen auf den Tisch stellte, hatte Dads Miene sich aufgehellt. Doch Daniel war den ganzen Abend über sehr ruhig. Irgendwann ertappte Madison ihn dabei, wie er einen Blick auf den leeren Stuhl neben ihr warf, und ihr wurde klar, was der Grund dafür war. Es war einfach nicht dasselbe ohne Jade.

Nach dem Abendessen half Madison ihrer Mutter mit dem Geschirr, während die anderen noch eine Runde Basketball spielten. Sie schrubbte die Fleischplatte, während Mom den alten braunen Geschirrspüler einräumte.

Madison mochte das kleine Haus sehr, in dem sie zur Miete wohnte – und das sie bis vor zwei Wochen mit Jade geteilt hatte –, aber das Haus ihrer Eltern hatte irgendwie etwas Tröstliches an sich. Vermutlich hatte es etwas mit dem vertrauten Knarren des alten Holzfußbodens zu tun, mit den Stundenschlägen der Standuhr und dem vertrauten Duft nach Zitronen und Sprühstärke. Sie spülte die

Platte ab. Vielleicht sogar mit dem alten Wasserhahn, aus dem es eher tropfte als strömte.

Nachdem die Spülmaschine geräuschvoll angesprungen war, lehnte Mom sich an die Spüle. Die Lichter darüber beleuchteten ihr Gesicht und betonten die Lachfältchen um ihre Augen.

„Schläfst du genug, Liebling? Du siehst in letzter Zeit müde aus."

„Mir geht es gut." Madison hatte ihrer Mutter nie von den Albträumen erzählt und sie würde sie auch jetzt nicht damit belasten.

Ihre Mutter sah sie lange und mit wissendem Blick an. Es war die Art Blick, an der Madison erkannte, dass sie ihr Herz vielleicht vor dem Rest der Welt verschließen konnte, aber ihre Mutter sie trotzdem durchschaute.

„Weißt du, Madison … wenn du inneren Frieden suchst, wirst du ihn nicht bei einer Regatta finden."

Madison räumte die Platte fort und der alte Schrank knarrte, wie er es immer tat. War es das, was sie wollte? Frieden? Konnte ein Mensch den jemals finden, wenn er jemanden verloren hatte, den er so sehr liebte? Jemanden, der so unschuldig gewesen war und den Tod so wenig verdient hatte?

Mom ergriff ihre Hände, die begonnen hatten, ein Handtuch zu zerknüllen. „Ich wünschte, ich könnte dir helfen, doch das kann ich nicht. Aber ich kenne jemanden, der es kann."

„Ich weiß, Mom." Sie hatte es oft genug gehört. Von ihren Eltern, von Pastor Adams, sogar von Ryan. Wenn der Gang zur Kirche heilen könnte, woran sie litt, wäre sie längst geheilt. Sie war genauso regelmäßig dort wie der Organist. Alle McKinleys waren regelmäßig dort.

Moms Augen waren voller Traurigkeit.

„Mach dir keine Sorgen um mich. Es geht mir gut. Wirklich. Segeln zu lernen, wird …", sie presste das Wort förmlich heraus, „Spaß machen."

„Ich weiß nicht, woher du die Zeit nehmen willst. Du weißt doch, wie viel du jeden Sommer mit den Theaterproben zu tun hast."

„Es wird anstrengend, aber das schaffe ich schon." Schließlich hatte sie ja keinen Mann und Kinder, auf die sie Rücksicht nehmen musste. Sie hatte noch nicht einmal einen Freund.

Madison hängte das Handtuch an die Ofentür, dann schlenderten ihre Mutter und sie nach draußen und setzten sich auf die Stufen vor dem Haus. Mom nahm eine Handvoll Sonnenblumenkerne aus der Tüte, die sie dort deponiert hatte, und warf sie auf den Trampelpfad neben der Vogeltränke.

„Ich hätte dir zum Muttertag eine Futterstation schenken sollen."

Mom warf noch eine Handvoll Kerne aus. „So geht es ebenso gut."

„Es ist ein Wunder, dass du noch keinen Wald aus Sonnenblumen hier hast, bei all den Kernen, die du jedes Jahr verteilst."

„Der Boden ist zu hart. Außerdem picken die Vögel sie so schnell auf, wie ich sie ausstreue."

Ein Spatz flatterte zu Boden, nahm einen der Kerne in den Schnabel und flog damit davon.

„Siehst du?"

Auf dem Basketballplatz stieß PJ einen Triumphschrei aus. Sie mochte klein sein, aber das Mädchen konnte werfen. Die Männer stöhnten, als sie den nächsten Ball versenkte.

„Ich habe heute endlich etwas von Jade gehört", sagte Mom.

Madison wandte sich um. „Warum hast du nichts gesagt?"

Joanne zuckte mit den Schultern. „Ich habe es den anderen erzählt, bevor du kamst. Sie hat nur eine Nachricht hinterlassen. Wo sie ist, hat sie nicht gesagt. Ich glaube nicht, dass sie so schnell nach Hause kommt."

Madison presste die Lippen aufeinander. Beckett. Was hatte er ihr angetan? „Sie hat nicht gesagt, was passiert ist?"

„Nein. Ich habe es kommen sehen. Jade war immer ruhelos und ich hatte das Gefühl, dass sie früher oder später gehen würde. Ich wünschte nur, ich hätte etwas gesagt. Ich kann den Gedanken, dass sie irgendwo ganz allein ist, kaum ertragen."

Madison legte einen Arm um ihre Mutter. „Sie ist erwachsen, Mom. Sie kann auf sich aufpassen."

Keine von beiden sagte, was sie dachte. Jade mochte erwachsen sein – sie war noch nicht einmal die jüngste in ihrer Geschwisterriege –, aber sie war die Verletzlichste von allen McKinleys.

Kapitel 3

Beckett lenkte das siebeneinhalb Meter lange Motorboot in den schmalen Liegeplatz. Die Strömung war heute schnell und der Pegel hoch von den jüngsten Frühlingsregenfällen, aber der Himmel war klar und die untergehende Sonne leuchtete hell, bevor sie hinter den Hügeln verschwand.

Sein Chef kam am Anleger auf ihn zu, als er das Boot vertäute. Carl Dewitt war klein und dick. Über seinem Bauch spannte das Hemd bedrohlich. „Hast du es hingekriegt?“, fragte er.

„Ja.“

Carl nickte und zog die buschigen Augenbrauen bis zum Haaransatz hoch. „Gut, gut. Unser Kunde wird begeistert sein. Sein Mechaniker in Tampa hat den Fehler nicht gefunden.“

Beckett zuckte mit den Schultern und überreichte seinem Chef den Schlüssel. „Ich mache das schon eine Weile.“ Er hatte Motoren repariert, bevor er alt genug gewesen war, um offiziell zu arbeiten, jedoch eher aus der Notwendigkeit heraus als aus irgendeinem anderen Grund.

Vor dem Geschäft trennten sich ihre Wege. Carl ging hinein, um abzuschließen, während Beckett zu seinem Pick-up ging. Er ließ den Motor an, der zufrieden schnurrte. Freitagabend, Gott sei Dank. Ein schöner ruhiger Abend mit Rigsby und seinem Lieblingssportsender ESPN, morgen noch einen kurzen Tag und dann einen Tag frei.

Mehrere Minuten später bog er am anderen Ende der Stadt in seine geschotterte Auffahrt ein. Der Vorgarten war kaum groß genug für einen Floh und das Haus war auch nicht viel größer, aber es war sein Zuhause. Seit er ein Kind gewesen war. Der Garten hinter dem Haus war großzügiger angelegt. Nach jahrelangem Sparen hatte er im vergangenen Jahr ein Nebengebäude errichtet. Es nahm einen Großteil des Gartens ein, aber das bedeutete nur, dass er weniger Rasen mähen musste. Das Gebäude war geräumig, beheizt und hell. Der perfekte Ort, um Boote zu bauen.

Sein Festnetztelefon klingelte, als er die Tür aufschloss. Rigsby, sein Labradormischling, rannte ihn an der Schwelle fast über den Haufen. „Hallo, Kumpel." Beckett kraulte den Hund kurz hinter den Ohren, bevor er nach dem Telefon griff.

Während er abnahm, schüttelte er sein Arbeitshemd von den Schultern. „Ja?"

„Hallo, Beckett. Evan Higgins hier." Sein alter Freund klang atemlos.

Er erwiderte Evans Gruß und schaltete den Fernseher ein.

„Ich habe ein Problem", sagte Evan. „Und ich dachte, du könntest mir vielleicht helfen."

„Klar." Evan leitete eine Firma, die Bauprojekte verwirklichte. Er hatte Beckett geholfen, seine Werkstatt zu bauen.

„Ich habe für die Auktion letzte Woche einen Segelkurs gestiftet, aber ich habe gerade festgestellt, dass ich an den kommenden Samstagen arbeiten muss. Der Trupp, der an einem Wohnkomplex in Louisville gearbeitet hat, ist ausgestiegen, und sie waren sowieso schon in Verzug. Sie haben ein ziemliches Chaos hinterlassen und der Besitzer ist extrem sauer. Ich fahre gleich los, um die Sache zu klären. Langer Rede kurzer Sinn: Kannst du morgen für mich einspringen … und vielleicht noch ein paar andere Samstage? Dein Boss leiht uns kostenlos eine Slup aus."

Rigsby bellte in Richtung Gartentür und hätte mit seinem schwarzen, wedelnden Schwanz beinahe den Wäschekorb umgeworfen. Beckett ließ den Hund raus und schaltete das Licht auf der Veranda ein.

„Klar, das ist kein Problem, solange Dewitt nichts dagegen hat, dass ich mir freinehme. Ich kann dich vertreten, wann immer du willst."

„Ich habe schon mit ihm gesprochen. Er hat gerne eingewilligt, deine Arbeitszeit zu spenden."

„Dann ist ja alles klar. Wann denn morgen?"

„Um eins am Jachthafen. Hör zu, ich weiß das wirklich zu schätzen. Das Angebot bei der Versteigerung beinhaltete Stunden bei einem Wettkampfprofi, deshalb hatte ich nicht viele Alternativen.

Ich glaube, sie ist Anfängerin, das heißt, du musst mit den Grundlagen anfangen. Wir bestreiten die Regatta zusammen, also mach deine Sache gut."

Evan und eine Anfängerin. Das erhöhte nur seine eigenen Chancen bei der Regatta. Beckett lachte leise.

Evan durchschaute ihn sofort. „Hey, bring ihr keine falschen Dinge bei."

Beckett öffnete die Tür und ließ Rigsby wieder herein. „Keine Sorge. Ich gewinne gerne auf faire Weise. Also um eins am Jachthafen. Wen treffe ich dort?"

„Eins der McKinley-Mädchen – die Tierärztin. Sie ist wissbegierig und intelligent, dürfte es also schnell lernen."

Seine Hand erstarrte am Türknauf. „Madison?" Ihre Anschuldigungen von vor zwei Wochen kamen ihm in den Sinn und selbst jetzt verletzten sie noch. Das Letzte, was er wollte, waren mehrere Stunden alleine auf einem Boot mit Madison.

Sie würde über die Planänderung ebenso wenig erbaut sein wie er selbst. Aber er hatte schon zugesagt. Warum hatte er nicht erst ein paar Fragen gestellt?

„Weiß sie es schon?", fragte Beckett.

„Ich habe ihr auf die Mailbox gesprochen. Sie hat bestimmt kein Problem damit. Ich meine, du bist fast so gut wie ich."

Beckett knirschte mit den Zähnen. Was Madison betraf, wurde die Angelegenheit immer schlimmer. Erst die angebliche Verabredung mit ihrer Schwester und jetzt das hier.

„Das war ein Witz", sagte Evan.

„Ja klar, ich weiß, ich ... ich war nur mit den Gedanken gerade woanders." Er kniff die Augen zusammen und rieb sich die Nasenwurzel.

Er konnte einfach nicht fassen, was da geschah. Wie viele Unterrichtsstunden hatte er zugesagt?

„Also, ich bin dann mal weg. Erzähl mir anschließend, wie es gelaufen ist, und danke noch mal."

„Kein Problem."

Nachdem sie sich verabschiedet hatten, legte Beckett den Telefonhörer auf die Küchenzeile und schlug mit der Stirn gegen den engen Maschendraht der Fliegengittertür.

Ein Segelkurs mit Madison. Na super. Das fehlte gerade noch.

Warum lässt du das zu, Gott? Ich habe versprochen, mich von ihr fernzuhalten, und jetzt das.

Zum tausendsten Mal schalt er sich für seine ungestüme Entscheidung von vor zwei Wochen. Wie hatte er nur so dumm sein und am Abend des Banketts mit Blumen in der Hand bei Madisons Haus auftauchen können? Was hatte er sich nur dabei gedacht?

Er hatte sich vorher genau überlegt, was er sagen wollte, aber anstelle von Madison hatte Jade die Tür geöffnet. Sie sah den Strauß rosafarbener Rosen an, und ein schüchternes Lächeln erblühte auf ihrem Gesicht. Ein halbes Dutzend Silberringe glitzerte im schwindenden Tageslicht, als sie die Hand aufs Herz legte.

„Du warst das?", sagte sie.

Er verstand nicht, was sie meinte, und wusste nicht, was er sagen sollte.

Sie sah sein Hemd und seine dunklen Jeans und dann lächelte sie und ihre grünen Augen funkelten. „Das Bankett …?"

Er kam sich wie ein Verbrecher vor. „Jade, ich –"

Aber plötzlich drehte sie sich um. „Ich war schon ewig nicht mehr bei dem Bankett. Ich komme gleich wieder. Ich muss mich umziehen." Sie war schon halb den Flur hinuntergelaufen, als ihr einfiel, dass sie ihn auf der Veranda hatte stehen lassen.

Sie kehrte um und ließ ihn herein. „Tut mir leid! Sorry. Komm rein. Ich will nur … glaubst du, du könntest in der Küche eine Vase finden? Die sind wunderschön, danke!" Ihre Wangen waren gerötet.

„Jade, hör zu, ich glaube nicht –"

„Keine Sorge, es dauert nicht lange." Und dann war sie verschwunden.

Madisons Küche war blitzblank geputzt und roch nach Zitrone und Kiefernnadeln. Er suchte in den Ahornschränken nach einer Vase. Was jetzt? Er hatte nicht das Herz, Jade die Wahrheit zu sagen. Nicht, nachdem er gesehen hatte, wie ihre Augen geleuchtet hatten. Nicht, nachdem sie in ihr Zimmer gelaufen war, um sich umzuziehen, so als hätte sie ihr Leben lang auf diese Verabredung gewartet.

Du Idiot. Warum hast du Madison nicht einfach angerufen und wie ein normaler Mensch gefragt? Oder besser noch, warum hast du deine Gefühle nicht einfach tief in deinem Innern weggesperrt, wo sie hingehören?

Er dachte über Jades Verhalten nach. Es war fast, als hätte sie ihn erwartet. Aber das war jetzt nicht zu ändern. Er würde mit Madisons Schwester ausgehen, ob es ihm gefiel oder nicht.

Er knallte die Schranktür zu und öffnete eine andere.

Er sagte sich seit Jahren, dass Madison für ihn unerreichbar war. Was für eine Zukunft konnte der Sohn von Wayne O'Reilly der Tochter einer der angesehensten Familien von Chapel Springs schon bieten? Keine! Das hatte er immer gewusst.

Was keinen Sinn ergab, waren die Augenblicke des Wahnsinns, in denen er sich eingeredet hatte, es wäre das Risiko wert, Madison zumindest zu fragen, ob sie mit ihm ausgehen wollte. Und jetzt stand er hier, in Madisons Küche, und war kurz davor, mit ihrer Schwester auszugehen. Wie alt war Jade überhaupt? Einundzwanzig, zweiundzwanzig? Jetzt konnte er seine Chancen bei Madison endgültig abschreiben.

Nicht, dass du jemals welche gehabt hättest, O'Reilly.

Konnte es noch schlimmer kommen?

„Kann ich dir helfen?"

Beckett zog den Kopf aus einem der Unterschränke und sah, dass das Objekt seiner Gedanken die Küche betreten hatte.

Er spürte, wie sein Mund bei ihrem Anblick ganz trocken wurde. Ihr Gesicht wurde von dunklen, welligen Haaren eingerahmt und ihre großen braunen Augen sahen ihn fragend an. Eine elegant geschwungene Augenbraue wanderte in die Höhe.

Endlich konnte er wieder sprechen. „Ich suche eine Vase."

Ihr Blick wanderte zu dem Strauß Rosen auf der Küchenzeile und dann wieder zu ihm, als er sich aufrichtete.

Sie ging mit vorgeschobenem Kinn an ihm vorbei zu dem Schrank über dem Edelstahlkühlschrank. Sie trug Jeans und ein weißes T-Shirt – ein Outfit, das auf einen gemütlichen Abend auf dem Sofa hindeutete. Sein Informant hatte recht gehabt. Sie ging nicht zu dem Bankett. Schon gar nicht mit ihm.

Sie stellte sich auf die Zehenspitzen, zog eine schlichte Glasvase aus dem Schrank und reichte sie ihm.

„Ich bin so weit." Jade schlitterte beinahe in die Küche, nachdem sie sich in Rekordzeit umgezogen hatte. Sie trug einen schwarzen, hauchdünnen Rock, Leggins und ein modisches Top, das ihr über die Schulter rutschte.

„Gut, du hast eine Vase gefunden. Er hat mir Blumen mitgebracht", erklärte sie Madison.

Madison verschränkte die Arme. „Das sehe ich."

Beckett wand sich unter Madisons Blick. Auf einmal wollte er nur noch gehen. Er ließ Wasser in die Vase laufen und wünschte, es würde schneller fließen. Er konnte hören, wie Jade Madison etwas zuflüsterte, aber durch das Wassergeräusch konnte er nicht verstehen, was sie sagte. Und er war sich ziemlich sicher, dass er es auch gar nicht wissen wollte.

Er stopfte die Blumen in die Vase und stellte sie auf die Küchenzeile. „Wir machen uns besser auf den Weg."

Rigsby bellte und Beckett füllte frisches Wasser in seinen Napf, während sein Herz bei der Erinnerung an die Szene heftig schlug. Er hatte versucht, Jades Gefühle nicht zu verletzen, aber am Ende hatte er genau das Gegenteil getan. Und er war sich sicher, Madison würde ihn das nicht vergessen lassen, Segelkurs hin oder her.

Kapitel 4

Madison stand um genau ein Uhr am Anleger und sah überall hin, nur nicht auf den mehr als anderthalb Kilometer breiten Ohio River. Auf der anderen Seite des Flusses lag Kentucky und die mit Bäumen bewachsenen Hügel leuchteten grün in der Nachmittagssonne. Doch Madison konnte an nichts anderes denken als an die unendlichen Mengen tiefen, trüben Wassers zwischen ihr und dem gegenüberliegenden Ufer.

Sie fröstelte bei dem Gedanken und schluckte, obwohl ihre Kehle so trocken wie Mehl war. Hastig kramte sie in ihrer Tasche nach der Wasserflasche. Na prima. Sie hatte sie auf der Küchenzeile stehen lassen. Madison unterdrückte ein Gähnen und holte die Tüte mit Kaffeebohnen heraus, von denen sie sich zwei in den Mund schob. Sie genoss den Schokoladenüberzug, bevor sie die Bohne kaute.

In der Nähe schlug das Wasser an die Unterseite der Boote in den Liegeplätzen des Hafens. Metallene Beschläge berührten klirrend die Masten und Stoff flatterte im Wind.

Sie sah auf ihre Uhr. Wo war Evan? Sie hasste Unpünktlichkeit und dass ihre Nerven angespannt waren wie Gitarrensaiten, machte die Situation nicht besser.

„Bereit?"

Sie drehte sich um, als sie den schroffen Tonfall hörte. Beckett O'Reilly schien es eilig zu haben, während er an ihr vorbei zu einem schmalen Anleger ging, als hätte er tausend Dinge zu tun.

„Was machst du denn hier?"

Er blickte nur flüchtig auf. „Ich gebe dir Segelunterricht."

Madison öffnete den Mund, stellte aber fest, dass keine Worte herauskamen. Ihr Herz raste auf eine unsichtbare Ziellinie zu.

„Wo ist Evan?"

„Ich nehme an, du hast deine Mailbox nicht abgehört." Er blieb bei dem Boot stehen. „Steig ein. Er musste arbeiten."

Sie verschränkte die Arme. „Nein, danke. Ich warte bis nächste Woche."

Er drehte sich um und seine Lippen verzogen sich zu dem typischen ironischen Grinsen. Am liebsten hätte sie es ihm mit einer Ohrfeige aus dem Gesicht gewischt. „Wie du willst. Aber er wird jetzt oft samstags arbeiten müssen und hat mich gebeten, für ihn einzuspringen, sofern es nötig ist. Wenn du Anfängerin bist, wie er gesagt hat, wirst du alle Hilfe brauchen, die du kriegen kannst."

„Du springst ein?"

„Sofern es nötig ist."

Das durfte nicht wahr sein. Sie wandte den Blick ab und sah auf den sich kräuselnden Fluss hinaus. Das Ganze war schlimm genug ohne die Aussicht, mehrere Stunden allein mit Beckett zu verbringen. Er hatte sie schon immer verwirrt, selbst vor dem Zwischenfall mit Jade. Während ihrer gemeinsamen Schulzeit hatte er alles getan, um sie zu ignorieren, als hätte sie irgendeine seltene Krankheit. Und dann, nach dem Abend in ihrem zweiten Jahr am College, hatte sich die Lage noch mehr angespannt.

Er verschränkte die Arme. „Also, was ist jetzt?"

Er war sauer. Vielleicht wegen ihres Anrufs vor zwei Wochen. Vielleicht wegen ihrer Weigerung, heute mit ihm rauszufahren. Vielleicht hatte es mit beidem zu tun. Aber in einer Hinsicht hatte er recht: Sie würde den ganzen Sommer brauchen, um sich auf die Regatta vorzubereiten. Und sie *würde* für die Regatta bereit sein.

„Gut." Sie musterte das Boot. Es war größer, als sie erwartet hatte. „Bist du dir sicher, dass es das richtige Boot ist?"

„Was für eins hast du denn erwartet?"

„Ich … ich weiß nicht. Ist es egal, mit welchem Boot man segeln lernt?"

„Nicht ganz. Es gibt Einmaster und Boote mit mehreren Riggs und in jeder Kategorie gibt es verschiedene Bootstypen."

„Riggs …"

Er blickte gen Himmel, ohne offensichtlich die Augen zu verdrehen. „Womit willst du denn segeln?"

„Ich habe ein siebeneinhalb Meter langes Folkeboot."

„Und wo ist das?"

„Es … es ist noch nicht fertig."

„Dann wird die Slup hier es auch tun."

Madison gab es nicht gerne zu, aber in ihren Augen sah ein Segelboot wie das andere aus. Sie musste ihm glauben. Er war schließlich ein guter Segler mit allen nötigen Qualifikationen. Vor einigen Jahren hatte er sogar einmal die Regatta gewonnen.

Er neigte den Kopf ein wenig zur Seite und zeigte auf das Boot.

Sie tat, als würde sie salutieren. *Aye aye, Käpt'n.*

Das Boot schaukelte unter ihren Füßen. Sie setzte sich und umklammerte die warme Reling. Ihr Herz hämmerte wie eine Trommel, die einen ungleichmäßigen Rhythmus schlug.

Er zeigte ihr, wie man die Taue losmachte, dann stieg er ein und warf ihr eine Schwimmweste zu, die sie an der Brust traf.

Der Wind zog an ihren Haaren, als sie die Weste umschnallte. Sie hätte sich einen Pferdeschwanz binden sollen, aber dazu war es jetzt zu spät. Außerdem war das ihre geringste Sorge. Sie hörte zu, während Beckett erklärte, wie man das Boot anließ, und versuchte krampfhaft, sich seine Anweisungen zu merken.

Aber als er das Boot aus dem Liegeplatz und dem Hafen steuerte, hatte sie Mühe, sich auf irgendetwas anderes als das Wasser zu konzentrieren, das mit jeder Sekunde tiefer wurde und sich im Wind kräuselte.

Du schaffst das, Madison. Du bist eine McKinley. Aus hartem Holz geschnitzt.

Sie sprach sich weiter Mut zu, bis sie den offenen Fluss erreicht hatten. Beckett drosselte den Motor, und als ihre Geschwindigkeit abnahm, fing das Boot an, sich im Wasser auf und ab zu bewegen.

„Willst du den ganzen Tag dasitzen, oder willst du lernen, wie man die Segel setzt?"

Madison reckte das Kinn vor, ließ die Reling los und tastete sich langsam zu der Stelle vor, an der Beckett stand. Ihre Beine fühlten sich auf dem schwankenden Boot ganz weich an.

Als sie bei ihm angekommen war, griff sie nach der nächsten Reling.

„Sowohl Stärke als auch Richtung des Windes sind wichtig, um die Segel zu setzen und das Boot zu kontrollieren. Man kann im Grunde in jede Richtung segeln, außer genau gegen den Wind – das nennt man ‚im Wind'."

Er fing an, den Unterschied zwischen tatsächlichem und scheinbarem Wind zu erklären und über Stellungen zu reden.

Madison bemühte sich krampfhaft, seinen Worten zu lauschen. Doch in ihrer Brust stieg die gleiche lähmende Angst auf, die sie bei dem Ausflug in der ersten Klasse erlebt hatte, schwoll an und wurde so schwer wie ein bleierner Ballon.

Sie wollte von dem auf und ab tanzenden Boot runter und die Füße auf festen, trockenen Boden stellen. *Komm schon. Du schaffst das.*

„Du hörst mir nicht zu", sagte Beckett.

„Doch", erwiderte sie automatisch.

„Und was habe ich gerade gesagt?"

Sie spulte das Band im Geiste zurück. Nichts. Sie kam auf das letzte Thema zurück, an das sie sich erinnerte. „Du hast von … ‚Raumschots' gesprochen … und von ‚Vor dem Wind'."

„Das war vor fünf Minuten."

„Entschuldige, dass ich bei einem faszinierenden Vortrag eingenickt bin. Setzen wir jetzt die Segel oder was?"

Er presste die Lippen aufeinander. „Also gut." Er trat an den Mast und fing an zu arbeiten. Nach einer Minute hielt er plötzlich inne und drehte sich um. „Kommst du?"

Madison zwang sich, die Reling loszulassen. Während sie zu ihm wankte, griff sie nach jeder Haltemöglichkeit, die sich ihr auf dem Weg bot.

Becketts Bewegungen waren ruckartig, während er dieses Dingsda richtete. Er runzelte die Stirn und sein Unterkiefer wirkte angespannt. Mit jeder Minute wurde offensichtlicher, dass er sich weit weg wünschte.

Damit waren sie schon zu zweit.

„Hast du es verstanden?", fragte er, nachdem er seine Erklärung beendet hatte.

Sie sollte seine Art eigentlich gewöhnt sein. In der Highschool hatte sein schroffes Verhalten ihre Gefühle verletzt – es hatte ihr sogar ein wenig Angst gemacht, zumal sie seinen Ruf, in Schwierigkeiten zu geraten, gekannt hatte. Und obwohl sie über das Teenie-Gezicke jetzt hinaus war, waren ihre Nerven mehr als strapaziert.

„Hör zu", sagte sie, „ich bin auch nicht glücklich über diese Situation. Ich habe einen Segelkurs mit Evan Higgins ersteigert, nicht mit dir. Aber ich muss segeln lernen und ich habe für den Unterricht bezahlt, also könntest du vielleicht die Kindereien lassen und es mir beibringen?"

„Vielleicht könnte ich das, wenn du den Todesgriff um das Fall lockerst."

Automatisch öffnete sie die Finger. Sie taten weh, weil sie die ganze Zeit etwas umklammert hatten.

„Hör mal, das hat keinen Sinn", sagte er. „Du kannst nicht versuchen, ein Boot in den Griff zu bekommen, das zweitausend Kilo wiegt, wenn du eine Todesangst vor dem Wasser hast."

So viel zu ihrem Versuch, sich nichts anmerken zu lassen. „Ich werde das durchziehen. Ich muss es lernen."

„Du wirst dir oder jemand anderem schaden. Wenn du nur eine Sekunde lang nicht aufpasst, wird dieser Baum quer übers Boot fliegen und du bist Geschichte."

„Ich verstehe. Wirklich. Ich … ich werde mein … mein Unbehagen überwinden." *Angst* war ein so hartes Wort.

Er zeigte auf ihre verkrampften Hände. „So kann ich es dir nicht beibringen."

Ihre Finger hatten sich gleich wieder um das Fall gewunden. Und irgendwie konnte sie nicht loslassen. Schon gar nicht, als ein vorbeifahrendes Motorboot ihr Boot hin und her schaukeln ließ. Ihr stockte der Atem und ihre Arme versteiften sich, um sie aufrecht zu halten, obwohl ihr Herz so wild hin und her schwankte wie das Boot.

Beckett drehte sich um und machte alles, was er gerade gemacht hatte, wieder rückgängig, plötzlich ganz sachlich.

„Was machst du da?"

„Wir gehen wieder an Land."

„Aber was ist mit meiner Unterrichtsstunde?"

„Die ist zu Ende."

Sie dachte an die Albträume, die sie im letzten Jahr häufiger gehabt hatte und die sie schweißgebadet und erschöpft aufwachen ließen. Sie dachte an die Regatta. An Michael und seinen Traum, der schon einmal zerschlagen worden war. Sie würde nicht zulassen, dass er erneut zerschlagen wurde. Sie hatte sich geschworen, dass sie es tun würde.

„Gut. Dann warte ich auf Evan."

„Niemand kann dich unter diesen Umständen unterrichten. Evan wird dir dasselbe erzählen."

Sie ließ das Fall lange genug los, um Beckett am Arm zu packen, als er sich an ihr vorbeischob. Sein Arm war wie Stein und seine Lippen bildeten eine dünne Linie.

„Bitte. Ich muss bei der Regatta mitsegeln. Ich muss einfach." Um Michaels willen. Um ihrer selbst willen. Sie konnte sich nicht überwinden, Beckett das zu sagen. Sie wollte kein Mitleid von ihm. Nur seine Hilfe. Sie brauchte seine Hilfe. Ihre Augen brannten und wurden feucht. Der blöde Wind. Sie blinzelte die Tränen zurück und hasste das Gefühl der Verwundbarkeit, das sie dabei empfand.

Becketts Blick wurde weicher, aber die steile Falte auf seiner Stirn blieb.

„Segeln zu lernen ist dein geringstes Problem, Madison. Du musst deine Angst vor dem Wasser überwinden, und das dauert. Und was das Gewinnen betrifft … weißt du, wie viele erfahrene Skipper dort sein werden und gegen welche Boote du antreten wirst?"

„Das wird doch berücksichtigt –"

„Arbeite aufs nächste Jahr hin und –"

„Nein!" Sie ließ seinen Arm los und umklammerte wieder das Fall. „Dieses Jahr. Es muss dieses Jahr sein."

Vor ihrem siebenundzwanzigsten Geburtstag. Außerdem konnte sie nicht noch ein Jahr mit dem klaffenden Loch in ihrem Brustkorb leben. Noch ein Jahr mit den Albträumen und dieser schrecklichen inneren … Unruhe. Wie viele Jahre würde der Verlust sie noch verfolgen? Nein, sie würde den Schmerz ein für alle Mal überwinden.

Keine Tränen. Beckett wandte sich ab, die Zähne zusammengebissen. Tränen, egal bei welcher Frau, gaben ihm das Gefühl, völlig hilflos zu sein. Aber bei Madison … waren sie wie ein Schlag in die Magengrube. Er blickte wieder zu ihr hinüber und wünschte sich augenblicklich, er hätte es nicht getan. Eine Träne zitterte in ihren dichten Augenbrauen und er ballte die Faust, um nicht die Hand auszustrecken und die Träne wegzuwischen.

„Ich kann es schaffen, das weiß ich. Ich brauche nur Hilfe."

Ihre Stimme klang ganz zittrig, ganz anders als die der starken Madison, die er kannte und –

Lass das, O'Reilly. Denk nach. Du schuldest ihr was. Das weißt du.

Aber hier draußen konnte er ihr nicht helfen, so viel stand fest. Das mit der Gefahr war sein Ernst gewesen. Er würde es sich nie verzeihen, wenn ihr irgendetwas zustieße.

Er kannte sich mit Angst vor dem Wasser ein wenig aus. Er war bekannt dafür, dass er seinem Großvater das Schwimmen beigebracht hatte. Mit zweiundsechzig Jahren hatte Grandpa O'Reilly beschlossen, dass er lange genug Angst gehabt hatte. Es war der Sommer gewesen, in dem Beckett das erste Jahr in der Highschool war, und es hatte nicht lange gedauert, bis er den älteren Mann so weit hatte, dass er im Schwimmbad seine Bahnen zog – nur ein Jahr, bevor bei seinem Großvater Alzheimer diagnostiziert worden war.

„Ich mache alles", sagte Madison jetzt. „Sag mir nur, was ich tun muss."

Gegen diese feuchten braunen Augen hatte er keine Chance. *Das ist nicht fair, Gott. Ein Mann ist schließlich auch nur ein Mensch.*

Sie sah ihn hoffnungsvoll an. Sie setzte ihre Hoffnung auf ihn. Was für ein Fehler! Und trotzdem ließ das leichte Schwindelgefühl, das diese Tatsache in ihm auslöste, zugleich eine angenehme Wärme in seinem Inneren aufsteigen. Er wollte ihre Erwartungen erfüllen – unbedingt. Außerdem stand er tief in ihrer Schuld. Diese Schuld konnte er niemals wiedergutmachen, aber er konnte es wenigstens versuchen.

Er deckte das Segel ab, wandte sich um und ging an ihr vorbei.

„Beckett?", rief sie seinem Rücken zu. In ihrer Stimme lag ein Hauch von Verzweiflung. Morgen würde er das bereuen. Ach was, er bereute es jetzt schon.

„Komm nächsten Samstag zum Boulder Creek, an der Trailview Lane. Dort ist ein Parkplatz. Weißt du, welche Stelle ich meine?"

„Boulder Creek?"

Er entspannte seine Miene, bevor er sich umwandte. „Wenn ich dir das Segeln beibringen soll – musst du zuerst schwimmen lernen."

Kapitel 5

Madison konnte es nicht finden. Sie suchte den vollgestopften Raum hektisch danach ab. Der Regen trommelte ans Fenster. Nein – es war Michael, der an die Scheibe hämmerte. Er trug seine weiße Segelkappe und er rief ihren Namen. Sie konnte ihn nicht hören, sondern nur von seinen Lippen lesen. Sein Gesicht sah durch das Glas blass und angespannt aus.

Sie musste es finden, bevor das Unwetter anfing. Aber das Zimmer war zu durcheinander. Sie sah unter einem Tisch nach, in Schubladen, unter einem Stuhl. Wo war es?

Der Regen hämmerte jetzt aufs Dach.

„Beeil dich! Es kommt näher!“ Sie las die Lippen ihres Bruders.

Tränen liefen über das Fenster, sodass sie Michaels Gesicht kaum noch sehen konnte.

Das Feuer schoss durch ihre Adern, als sie den Raum absuchte. Sie würde es in diesem Chaos niemals finden. Sie konnte jetzt hören, wie das Unwetter näher kam, laut und hungrig. Eine brüllende Wand aus Wasser.

„Hilfe!“, schrie sie, aber Michael konnte sie nicht hören. Niemand konnte sie hören. Ihr Mund war voller Watte, die sie zu ersticken drohte. Panik durchfuhr sie wie ein elektrischer Schlag.

„Hilfe!“

Madison riss im Dunkeln die Augen auf. Ihr Herz hämmerte auf der Matratze. Ihr Atem ging flach und keuchend. Sie schloss die Augen und fuhr sich mit der Hand über die feuchte Stirn. Nicht schon wieder.

Wann würde das endlich aufhören? Immer dasselbe, immer und immer wieder. Wonach suchte sie? Es ergab keinen Sinn. *Mach, dass es aufhört, Gott. Bitte lass es aufhören.*

Genauso plötzlich, wie das Gebet herausgerutscht war, nahm sie es wieder zurück. Es war doch seine Schuld. Er hätte das alles verhindern können, wenn er gewollt hätte. Aber das hatte er nicht.

Sie drehte sich auf die andere Seite und strampelte die Bettdecke fort. Die kühle Luft war angenehm. Auf dem Boden neben ihr lag ihr Border Collie Lulu und schnarchte leise. Madison war froh, dass wenigstens einer von ihnen schlief.

Madison besaß nicht einmal einen Badeanzug. Seit sie zwölf war, hatte sie die Füße nicht mehr in Wasser gesteckt, das tiefer war als die Badewanne. Deshalb war es kein Wunder, dass ihr das Herz bis zum Hals schlug und ihre Beine sich so unsicher anfühlten wie die eines neugeborenen Welpen, als sie sich am nächsten Samstag einen Weg durch das Unterholz bahnte. Unmittelbar vor ihr glitzerte das Wasser in der Nachmittagssonne.

Anstatt sich gegen ihre zittrigen Knie zu wehren, ließ sie ihr Handtuch fallen und sank etwa drei Meter vom Ufer entfernt ins Gras. Evan hatte Anfang der Woche angerufen, um herauszufinden, wie ihre erste Segelstunde gelaufen war. Sie hatte die kleine Verzögerung erklärt und er hatte gesagt, sie solle Bescheid sagen, wenn sie den Unterricht fortsetzen wolle.

Sie blickte zu dem Wasser, auf dem Sonnenflecken tanzten, ihre Nerven aufs Äußerste angespannt. Warum war sie hier? Und vor allem: Warum tat Beckett das? Die Frage war ihr die ganze Woche im Kopf herumgegangen. Dies ging weit über das hinaus, was sie bei der Auktion ersteigert hatte. Und weit darüber hinaus, dass er einem Kumpel mit einem vollen Terminkalender aus der Patsche half.

Sie konnte nur ein Motiv hinter Becketts Angebot entdecken: Schuldgefühle. Was immer er Jade angetan hatte, er hatte wenigstens den Anstand, sich deswegen schuldig zu fühlen. Madison fragte sich zum hundertsten Mal, wo ihre Schwester war, wie sie durchkam und ob sie eine Arbeit gefunden hatte.

Sie unterdrückte ein Gähnen. Der Albtraum hatte sie stundenlang wach gehalten. Müde, aber voller Angst, dass der Traum wiederkehren könnte, war sie aufgestanden und hatte ferngesehen, während sie eine Packung Pekannuss-Eiscreme geleert hatte.

Madison zog die Knie an und fragte sich, wie tief das Wasser in der Mitte war und wie es sich anfühlen würde, ganz von ihm umgeben zu sein, ja unterzugehen und es von allen Seiten um sich zu spüren. Sie fröstelte.

Es war nicht so, dass sie noch nie versucht hatte zu schwimmen. Ihr Vater hatte versucht, es ihr beizubringen, als sie noch klein gewesen war, und dann hatte Michael es versucht, als sie zwölf gewesen waren.

Sie sah ihn noch vor sich, wie er sie vom Ufer des Baches ins Wasser gelockt hatte. „Komm, Madds, es ist gar nicht tief."

Sie war ihm in den Bach gefolgt, aber das Gefühl, wie das Wasser an ihren Knöcheln und ihren Waden leckte, hatte sie schrecklich gefunden. Trotzdem hatte sie sich gezwungen weiterzugehen, bis zu den Knien, dann bis zur Hüfte. Am Tag zuvor hatte es geregnet, sodass der Schlamm am Grund des Wasserlaufs aufgewühlt gewesen war. Sie hatte den Boden nicht sehen können, hatte nicht einmal ihre Knie gesehen.

„Ich will das nicht." Die Angst war irrational, das wusste sie. Aber diese Erkenntnis ließ die Angst nicht verschwinden.

Er hatte ihre zitternde Hand genommen. „Fühlt sich das nicht gut an?"

An dem Tag war es über dreißig Grad heiß gewesen und irgendwo in ihrem Unterbewusstsein hatte sie gewusst, dass er recht hatte.

„Komm schon", hatte er gesagt. „Ich passe auf, dass dir nichts passiert."

Er war immer ihr Beschützer gewesen. In der Schule, gegenüber ihren Geschwistern. Er war ihr Bruder, ihr Zwilling, ein Teil von ihr. Aber die Panik, die sie verspürte, war stärker als die Realität.

Sie hatte sich losgerissen und dem Ufer zugewandt. „Ich kann nicht. Ich kann einfach nicht." Dann war sie, so schnell sie konnte, zurückgeplatscht, um wieder den vertrauten festen Boden unter den Füßen zu spüren anstelle des ekligen Schlamms. Am Ufer hatte sie ihre Shorts gepackt und sie mit Mühe über ihre nassen Hüften gezogen. Sie hatte ihren Bruder nicht einmal angesehen, als er ans Ufer getreten war.

„Ist schon gut, Madds. Wir versuchen es ein andermal wieder."

Das Brummen eines Fahrzeugs riss sie aus ihren Gedanken. Die Erinnerung hatte ihre Nervosität neu entfacht. Sie zupfte an dem ausgefransten Saum ihrer abgeschnittenen Jeans und blickte wieder auf das Wasser. Flussaufwärts konnte sie es über die Steine sprudeln hören, von wo es weiterströmte bis hierhin, in ein weites, schüsselförmiges Becken. Eine konkave Felswand bildete die andere Seite der Schüssel und hielt das Wasser auf, eine klare, blaue Brühe. Am gegenüberliegenden Ende zwangen Felsbrocken das Wasser in einen schmalen Strom, der bis zum Fluss weiterplätscherte.

Sie war kurz davor zu fliehen, als sie hinter sich Becketts Schritte auf dem Bett aus Kiefernnadeln hörte. Zu spät.

„Hallo", sagte er, während er an ihr vorbeiging und sein Handtuch am Ufer fallen ließ.

Sie runzelte die Stirn, als sie seine Jeans und seine Arbeitsschuhe sah. Wann immer sie sich diesen Schwimmunterricht ausgemalt hatte, war er mit ihr im Wasser gewesen. Sosehr ihr dieser Gedanke auch Angst machte, die Vorstellung, allein im Wasser zu sein, war schlimmer.

„Du … du gehst nicht mit rein?"

„Ich bin direkt von der Arbeit hergekommen." Er zog Schuhe und Socken aus, dann streifte er die Jeans ab. Sie wandte den Blick ab, als sie spürte, dass ihre Wangen heiß wurden, was nichts mit der Sonne zu tun hatte.

Als er sich auf dem grasbewachsenen Ufer niederließ, wagte sie wieder aufzusehen. Er trug eine schwarze Badehose und ein weißes T-Shirt. Er streckte die Füße ins Wasser und klopfte auf die Stelle neben sich.

Madison stand auf, streifte ihre Sandalen ab und setzte sich auf den Felsen, einen sicheren Meter von ihm entfernt.

„Wir gehen es langsam an", sagte er. Er war heute nett und das kam ihr verdächtig vor.

Sie tauchte die Füße bis zu den Knöcheln ins Wasser. So. Das war doch gar nicht so schlimm. Das Wasser war hier höchstens dreißig Zentimeter tief. Sie konnte den sandigen Grund sehen. Und die kleinen Kaulquappen, die hin und her flitzten. Sie schloss die Augen und holte tief Luft.

Kiefern. Lehmiger Boden. Ein männlicher, moschusartiger Duft.

„Ich bin beeindruckt. Ich habe drei Unterrichtsstunden gebraucht, um meinen Großvater so weit zu bringen."

„Wirklich?" Wahrscheinlich wollte er ihr nur Mut machen.

„Du wirst im Handumdrehen schwimmen."

Sie schnaubte. Er hatte keine Ahnung, womit er es hier zu tun hatte. Keine Ahnung, wie oft sie es versucht hatte.

„Wie läuft die Praxis? Hast du viel zu tun?"

Sie durchschaute die Taktik, sie abzulenken, aber trotzdem klammerte sie sich an diese Chance wie an einen Rettungsanker. „Ich habe gut zu tun. Es ist ein Vorteil, dass wir die einzige Tierarztpraxis in der Stadt sind. Rigsby habe ich schon länger nicht mehr gesehen. Bei ihm sind doch bestimmt bald wieder Impfungen fällig."

„Wahrscheinlich. Ich hätte ihn heute beinahe mitgebracht. Er liebt Wasser, aber –"

Sie lächelte spöttisch. Rigsby war ein ungestümer Junge; ein Elefant im Porzellanladen, sozusagen. „Ja, das wäre vielleicht nicht so gut gewesen."

„Grandpas Pflegerin sagt, du hättest ihm diese Woche eine Katze gebracht."

Madison nahm an einem Abend in der Woche ein Tier aus dem Tierheim mit ins Countryside Manor. Die alten Leute lebten auf, wenn sie einen freundlichen Hund oder ein süßes Katzengesicht sahen und die Tiere brauchten die Aufmerksamkeit ebenso.

„Er mag Hunde – Katzen nicht so sehr."

„Er hatte jahrelang einen Bassett. Grandpa erkennt mich vielleicht nicht immer, aber ein Teil von ihm erinnert sich an Bosco."

Becketts Großvater hatte ihn und Layla mehr oder weniger großgezogen, da ihr Vater immer wieder im Gefängnis gelandet war, meistens wegen geringfügiger Delikte. Beckett hatte die Gene seines Vaters geerbt. Man lebte nicht in einem kleinen Ort wie Chapel Springs, ohne diese Dinge zu wissen.

„Alzheimer muss hart sein", sagte sie.

„Für alle Beteiligten." Er stellte sich im Wasser hin und zog sein Hemd aus.

Madison blickte zur Seite, aber sie sah dennoch, wie seine Bauchmuskeln spielten. Sein T-Shirt landete neben ihr im Gras.

Er ging ein paar Schritte weiter, bis das Wasser den Rand seiner Badeshorts benetzte. Sein Oberkörper verjüngte sich von den breiten Schultern bis zu einer schmalen Taille, und seine Haut glänzte kupferfarben in der Sonne.

„Hast du Lust dich hinzustellen?“

Sie blickte hinunter. Das Wasser würde ihr hier bis über die Waden reichen, da der Boden ins tiefere Wasser hinein abfiel. Oh nein, sie hatte keine Lust sich hinzustellen.

„Klar.“ Sie rutschte bis zur Kante des Felsens. „Wir gehen es langsam an, ja?“ Sie hasste das Zittern in ihrer Stimme.

„Als könnte ich dich dazu bringen, irgendetwas zu tun, was du nicht willst.“

Jetzt stand sie. Ihre Zehen versanken in dem abschüssigen Untergrund. Das Wasser leckte an ihren Knien.

„Wie – wie tief ist es da draußen?“ Sie deutete mit dem Kopf auf die Mitte des Beckens.

„Nicht sehr. Bis zur Brust vielleicht.“

„Bis zu deiner oder meiner?“

„Zu deiner. Wir bleiben heute aber am Rand.“

Der Gedanke beruhigte sie ein wenig. Hier war es nicht viel tiefer als in einer Badewanne. Wenn sie nur das ganze Wasser da draußen vergessen könnte …

Er schöpfte mit den Händen etwas Wasser und machte seine Arme nass, dann lief er in die Mitte des Beckens, wo ihm das Wasser bis zum Bauch reichte. Er beugte die Knie, verschwand unter der Wasseroberfläche und kam triefend wieder hoch. Angeber.

„Erzähl mir von deinem Boot.“

„Es ist alt. Und nicht gut in Schuss.“

Beckett watete auf sie zu. Das Wasser rann in kleinen Bächen seinen Hals hinunter und über seine Schultern. Sie fragte sich, ob er trainieren musste oder ob er von der Arbeit solche Muskeln hatte. Dann fragte sie sich, warum sie sich das fragte.

Sie wandte den Blick ab, als er näher kam. Irgendwo in einem Baum in der Nähe ertönte der Ruf einer Schwarzkehl-Nachtschwalbe. Eine Brise raschelte in den Ästen und ließ einen Schauer über ihre Arme laufen.

„Also … die Regatta …“ Beckett sah sie prüfend an. „Du hast nicht vor zu gewinnen, oder?“

„Eigentlich … habe ich das vor.“

„Da hast du dir aber was vorgenommen, selbst im Team mit Evan. Du hast eine Menge Konkurrenz, mich eingeschlossen.“

„Bring du mir alles bei, was du weißt, und lass das andere meine Sorge sein."

Er ließ sich ein Stück von ihr entfernt im Wasser nieder und das Wasser reichte bis an seine Rippen.

„Das ist wohl der nächste Schritt", sagte sie.

Er zuckte mit den Schultern. „Wenn du kannst."

Als würde sie vor ihm kneifen. Ihr Herzschlag beschleunigte sich, als sie in die Hocke ging. Das Wasser umschloss ihre Hüften und sie machte ihre Arme nass, um Zeit zu schinden, während ihr Mund immer trockener wurde. Ihr Atem ging flacher. Als ihr keine Verzögerungstaktik mehr einfiel, setzte sie sich in das brusttiefe Wasser. Es presste mit erdrückendem Gewicht auf ihre Lunge.

Ich bin zu Hause in meiner Badewanne. Ich nehme nur ein Bad.

Nur dass dieses Wasser wie ein lebendiges, atmendes Wesen war. Es leckte an ihren Armen und zog an ihren Haaren. Madison zwang sich ein- und auszuatmen. Ein. Aus.

„Alles in Ordnung?"

Sie bemühte sich, ganz normal zu wirken, und war wütend darüber, dass sie sich nicht verstellen konnte. Ausgerechnet vor Beckett.

„Maddy?"

„*Madison.*" Sie presste den Namen zwischen zusammengebissenen Zähnen hindurch.

Das Adrenalin kribbelte in ihren Adern und ihr wurde ganz schwindelig. Sie hasste dieses Gefühl. Sie hasste es einfach. Deshalb hatte sie irgendwann aufgegeben. Sie erstickte.

„Einfach nur atmen. Ich bin hier."

Sie konzentrierte sich auf den Felsen auf der gegenüberliegenden Seite, wo ein Baum in einer Ritze Wurzeln geschlagen hatte. Ein Blauhäher gesellte sich mit einem lauten Schrei zu der Nachtschwalbe.

Dir passiert nichts. Es ist nur Wasser.

Madison fühlte ein sanftes Ziehen, das Wasser schaukelte sie leicht hin und her. Sie stemmte die Hände auf den Boden des Beckens und ihre Finger, die im Sand nach einem Halt suchten, versanken.

Dann legte sich eine Hand auf ihre Schulter und das Gewicht stabilisierte sie.

Er drängte sie. Dabei hatte er gesagt, sie würden am Rand bleiben, und darunter hatte sie sich nicht vorgestellt, dass sie bis zur Brust im Wasser sitzen würde.

„Du hast gesagt, wir lassen es langsam angehen." Ihre Zähne fingen an zu klappern und sie biss sie fest zusammen.

„Du machst das prima. Atme einfach weiter."

Sie hätte ihm am liebsten gesagt, er solle verschwinden. Sie wollte seine Hand von ihrer Schulter schlagen, aber sie brauchte sie, und das ärgerte sie nur noch mehr.

Warum das alles? Warum er? Sie hatte sich noch nie so verletzlich gefühlt und sie hatte zu viel Angst, um es zu verbergen. Es war eine Sache, das mit Michael zu versuchen, aber eine ganz andere mit Beckett. Wahrscheinlich lachte er über ihre Schwäche. Der große böse Beckett, der vor nichts Angst hatte. Risiko war sozusagen sein zweiter Vorname und sie saß hier in einer Pfütze und hatte panische Angst. Er hatte bestimmt einen Riesenspaß.

Ihre Augen brannten, aber sie biss die Zähne zusammen. Zum Henker noch mal. Er würde sie nicht weinen sehen. Sie schluckte.

Er drückte ihre Schulter. „Entspann dich. Dir wird nichts passieren, das verspreche ich."

Er war jetzt irgendwie näher. Fühlte sie sich deshalb besser oder schlechter? Sie war sich nicht sicher. Sie atmete ein. Atmete aus. Ein. Aus.

Die Wärme seiner Hand drang durch ihre Haut und wärmte sie bis auf die Knochen und das Gewicht verankerte sie am Grund des Flussbeckens. Sie ließ den Sand los, nahm die Hände vor sich und zog die Knie an, bis sie aus dem Wasser guckten. Sie würde es schaffen. Einfach nur sitzen und entspannen.

Er nahm seine Hand von ihrer Schulter. „Siehst du? Alles in Ordnung."

Es klang nicht so, als würde er lachen. Seine Stimme war dunkel und weich, wie Samt in ihren Ohren. Ihr Herzschlag verlangsamte sich. Immer noch schnell, aber besser. Vielleicht konnte sie es wirklich schaffen. Vielleicht wurde es mit der Zeit einfacher.

Sie wagte einen kurzen Blick zu ihm. Das Wasser hing in seinen Wimpern und verlieh seinem kantigen Gesicht einen jungenhaften Ausdruck. Seine Augen, die so dunkel und geheimnisvoll waren wie eine mondlose Nacht, erwiderten ihren Blick. Es war kein Lachen darin zu sehen. Stattdessen lag so etwas wie Besorgnis darin. Aber das konnte nicht sein. Er hatte wahrscheinlich nur Angst, dass sie durchdrehte.

Madison wandte den Blick ab, als sie merkte, dass ihr Herz wieder zu hämmern begann, diesmal jedoch aus einem ganz anderen Grund. Was war nur mit ihr los? Sie hatte es mit Beckett O'Reilly zu tun. Sie hatte fast Sorge gehabt, er könnte sie eigenhändig ertränken, und jetzt bemerkte sie nasse Wimpern und … und Muskeln. Die Angst musste ihre Gefühle völlig durcheinandergebracht haben.

Die Erinnerung an jenen Abend vor langer Zeit stieg in ihr auf. Eindeutig jede Menge Gefühle damals. Sie verdrängte den Gedanken mit aller Macht und drückte ihn unter Wasser, bis auch die letzten hartnäckigen Luftblasen an die Oberfläche gestiegen waren.

Sie blickte ins Wasser hinunter und auf die Gänsehaut an ihren Armen. Sie wollte zu Hause sein. Oder mit Lulu ausgiebig joggen gehen. Aber das ging nicht. Sie saß hier im Wasser und fragte sich, wie viel schlimmer es noch werden würde.

Madison warf Beckett einen fragenden Blick zu. „Also, welchen Spaß hast du als Nächstes für mich in petto, O'Reilly? Chinesische Wasserfolter? Mich unter Wasser zu halten, bis ich keine Luft mehr kriege? Vielleicht kannst du mich auch einfach in die Mitte des Beckens werfen und gucken, ob ich sinke oder schwimme."

Ein Blauhäher antwortete und sein spöttischer Ton deprimierte sie nur noch mehr.

„Ich bin kein Ungeheuer, Madison."

Beckett war gelegentlich in Schwierigkeiten geraten, aber es stimmte, er hatte nie jemanden verletzt – jedenfalls nicht, dass sie wüsste. Eigentlich hatte sie in all den Jahren kaum noch Gerüchte über ihn gehört. Vielleicht hatte er sich ja geändert. Außerdem war er hergekommen, um ihr zu helfen. Gewissensbisse machten sich in ihr breit.

Sie schluckte ihren Stolz herunter. Wenn ein McKinley im Unrecht war, entschuldigte er sich. „Tut mir leid. Die Angst bringt wohl meine schlimmsten Seiten zum Vorschein." Sie konnte das

Kind genauso gut beim Namen nennen. Schließlich konnte sie niemandem etwas vormachen.

Sie fühlte, wie sein Blick auf ihr ruhte und wie die Röte ihren Nacken hinaufkroch, als er sie so ansah. Sie fragte sich, was er wohl dachte. Ob er sich an den Abend erinnerte, an dem er sie geküsst hatte, oder ob das ein so banales Ereignis gewesen war, dass er es längst vergessen hatte.

„Jeder hat Angst vor irgendetwas", sagte er leise.

Aber er nicht. Er hatte weder die Lehrer noch den Direktor der Highschool gefürchtet. Er hatte keine Angst vor der Polizei oder vor dem Jugendknast gehabt. Sie hatte gesehen, wie er mit Motorschnellbooten über den Fluss gebrettert war, dass ihr schon vom Zusehen die Handflächen schwitzten. Und er hatte mit Sicherheit keine Angst vor dem, was die Leute sagten.

Sie drehte sich zu ihm um, als ihr plötzlich bewusst wurde, wie wenig sie den erwachsenen Beckett doch kannte. „Wovor hast du denn Angst?"

Er sah sie unverwandt an. In seinen Augen flackerte kurz etwas auf, was sie dunkler wirken ließ. Etwas, das sie auf einmal unbedingt verstehen wollte. Aber dann blinzelte er und es war verschwunden.

Schatten fielen über sein Gesicht, als er sich abwandte.

Er stand auf. Die Welle, die er dabei verursachte, zog und schob an ihrem Oberkörper, und Madison erstarrte.

Beckett sah zum strahlend blauen Himmel hinauf und blinzelte, als ein Habicht sich herabschwang und auf einem hohen Ast einer Eiche landete.

„Du hast für heute wahrscheinlich genug." Er begab sich ans Ufer.

Madison erhob sich ebenfalls, froh, aus dem Wasser zu kommen.

Er warf sich das Handtuch über die Schulter und hob seine Kleidung vom Boden auf. Sie hätte keine persönliche Frage stellen sollen. Aber sie fühlte sich verletzlich und wollte dabei Gesellschaft haben – war das so schrecklich?

„Hör zu", sagte er, „vielleicht funktioniert es doch nicht."

Funktioniert nicht? Was war mit dem Unterricht, für den sie bezahlt hatte? Er hatte gesagt, er würde ihr erst das Segeln beibringen, wenn sie ihre Angst überwunden hatte – *und die habe ich eindeutig noch nicht überwunden*, dachte sie, als sie einen Blick zurück zum Wasser warf.

Wer sonst könnte ihr das Schwimmen beibringen? Ihre Freundin Cassidy würde nur sagen, sie solle reinspringen und es hinter sich bringen. Mom hatte ebenso viel Angst vor dem Wasser wie sie selbst; Dad hatte mit der Farm alle Hände voll zu tun; Ryan half ihm in jeder freien Minute, die er hatte. PJ würde bald für die Sommerferien heimkommen, aber sie war flatterhaft und impulsiv – nicht die Person, der Madison ihr Leben anvertrauen wollte.

„Ich weiß, es ist viel verlangt, und wenn du nicht willst … Ich kann bestimmt … ich könnte vielleicht jemand anders finden. Aber du machst den Eindruck, als wüsstest du, was du tust, und ich wäre dir wirklich dankbar, wenn du es ein paar Wochen mit mir aushältst. Ich schaffe das."

Sie war sich nicht sicher, ob sie *ihm* gut zuredete oder sich selbst.

Beckett betrachtete sie mit seinem ruhigen, prüfenden Blick, und sie spürte, wie ihr durch und durch warm wurde. Sie legte sich das Handtuch um die Schultern und zwang sich, den Blick nicht abzuwenden.

Wenn sie doch nur die etwas steinige Vergangenheit, die sie miteinander verband, vergessen und sich auf die Gegenwart konzentrieren könnte, dann würde sie es überstehen, und dann würde sie erreichen, was sie wollte. Das allein zählte. Sie musste nur das Ziel im Auge behalten.

Er wandte den Blick ab und seufzte. „Also gut. Bis nächsten Samstag dann."

„In Ordnung."

Er verschwand im Dickicht der Bäume und dann hörte sie nur noch die leisen Schritte seiner nackten Füße auf dem Bett aus Kiefernnadeln.

Kapitel 6

Beckett war in seinem letzten Schuljahr gewesen, als er sie zum ersten Mal bemerkt hatte. Es war ein kühler Septemberabend gewesen und die Mannschaft der Chapel Springs Highschool hatte gegen die Columbus Bulldogs gespielt. Beckett, eher ein Einzelgänger, war noch nie bei einem Footballspiel gewesen. Aber an diesem Abend hatte sein Freund, der in ein Mädchen aus dem untersten Jahrgang verknallt war, ihn mitgeschleift.

Pruitt und er hatten sich hinter der Tribüne herumgetrieben und überlegt, ob sie nach dem Spiel eine Party aufmischen oder das alte Weineker-Gebäude mit der blauen Sprühfarbe, die er im Kofferraum hatte, neu dekorieren sollten. Kurz vor der Halbzeit gingen sie zur Imbissbude, um sich etwas zu essen zu holen. Die Zuschauer jubelten, als jemand einen Spielzug gewann und eine Kuhglocke ertönte. Die Luft war voller Gerüche – Herbstlaub und gemähtes Gras –, aber es war das Popcorn, das jetzt zu Becketts Sinnen durchdrang.

Er sah sie in der Schlange am Imbissstand, einige Schüler vor ihm. Sie unterhielt sich lachend mit einer Freundin, und ihr Lachen klang so melodisch, dass er sich wünschte, ihre Freundin würde noch etwas Lustiges sagen. Ihr breites Lächeln ließ vollkommene weiße Zähne aufleuchten, umrahmt von vollen Lippen, die zum Küssen geschaffen waren. Sie warf den Kopf zurück und das glänzende braune Haar rutschte ihr über die schmalen Schultern. Der rote Pullover, den sie trug, schmeichelte ihrer Figur an genau den richtigen Stellen, und eine modische Jeans machte das meiste aus ihren langen Beinen.

„Wer ist das?" Beckett deutete mit einem Nicken in ihre Richtung.

Pruitt folgte seinem Blick. „Die Brünette? Die kennst du doch – Madison McKinley. Sie ist im zweiten Jahr. Hat sich ziemlich gemacht, was?"

Beckett runzelte die Stirn. Das letzte Mal, als er die kleine Madison McKinley gesehen hatte, hatte sie eine Zahnspange getragen und Klein-Mädchen-Schuhe. Sie war erwachsen geworden. Und wie.

Er konnte den Blick gar nicht von ihr abwenden, vor allem, als sie wieder lachte. Sie hatte das hübscheste Lächeln, das er jemals gesehen hatte. Als sie an der Reihe war und sich dem Imbissverkäufer zuwandte, stützte sie den Ellbogen auf die Theke. Ihm blieb die Spucke weg. Jetzt würde er sich auch noch ein Getränk kaufen müssen.

„Schlag sie dir aus dem Kopf, Mann. Sie ist eine McKinley. Einserkandidatin, Schülerrat, Klassensprecherin … bei der hast du keine Chance."

„Hast du etwa ihren Eintrag im Jahrbuch auswendig gelernt?"

Pruitt zuckte mit den Schultern. „Ich meine ja nur."

Beckett hatte vielleicht einen schlechten Ruf, aber manchen Mädchen gefiel das. Vermutlich jedoch eher den Rebellinnen als einem Mädchen wie Madison. Ihre Familie war grundsolide. Ihr Vater war sozusagen der Charles Ingalls von Chapel Springs.

Sie nahm ihr Getränk entgegen und trat zur Seite, während sie bereits an dem Strohhalm zog. Ihr Blick huschte an ihm vorbei, kehrte dann aber zurück. Sie nahm den Strohhalm aus dem Mund und starrte ihn an. Diesen Blick spürte er bis zu den Löchern in seinen Socken. Sie spielte eindeutig in einer anderen Liga als er, wie Pruitt gesagt hatte, aber er konnte den Blick nicht von ihr abwenden. Sie erwiderte ihn unverwandt, bis ihre Freundin sie anstieß und ihr etwas zuflüsterte. Madison drehte sich um und ging davon, ohne sich noch einmal umzusehen.

Nachdem Beckett sie bemerkt hatte, sah er sie überall. Zwischen der zweiten und dritten Stunde ging sie vor dem Biologieraum an ihm vorbei. Vor dem Mittagessen kam er an ihrem Spind vorbei und wenn er sich vor der siebten Stunde besonders lange Zeit an seinem Schließfach ließ, sah er, wie sie die Sporthalle betrat. Manchmal sah sie ihn auch und dann zog eine hübsche Röte über ihre Wangen.

Er wusste nicht, warum er nicht einfach den ersten Schritt machte. Er bekam nicht oft einen Korb, und selbst wenn, machte es ihm normalerweise nicht viel aus. Aber die Vorstellung, dass Madison ihre kesse kleine Nase über ihn rümpfen könnte, ließ das Blut in seinen Adern gefrieren.

An einem Abend Mitte September hatte sein Vater verkündet, dass er einen zusätzlichen Job gefunden habe. Als verurteilter Krimineller nahm sein Vater, was er kriegen konnte, und Beckett half oft mit. Manchmal reparierte er im Sommer auch Motoren, aber in letzter Zeit hatte er Schwierigkeiten gehabt, einen Teilzeitjob zu finden. Offenbar eilte sein Ruf ihm voraus.

Als sein Vater am nächsten Samstag in die Auffahrt zur Farm der McKinleys einbog, erstarrte Beckett.

„Hier arbeiten wir?"

Sein Vater warf ihm einen Blick zu. „Bist du dir zu schade, um als Aushilfe zu arbeiten?"

Er betrachtete das Haus am Ende der Auffahrt. Es war die Art Haus, die man in Filmen sah, in der Menschen bis an ihr Ende glücklich und zufrieden lebten: weiß, auf einem grünen Hügel gelegen, zwei Stockwerke und eine Veranda ums ganze Haus mitsamt Schaukelbank und Farnen. Im Garten vor dem Haus standen Schatten spendende Bäume mit tief hängenden, dicken Ästen voller Herbstlaub.

Bitte mach, dass sie nicht zu Hause ist.

Sie arbeiteten den ganzen Tag in der heißen Sonne, aber er hätte auch vierundzwanzig Stunden durchgearbeitet, solange Madison ihn nur nicht sah, wie er hier zusammen mit Gastarbeitern für einen Mindestlohn schuftete.

Als er und sein Vater am Abend zu ihrem Wagen zurückgingen, verhöhnte er sich selbst. Hatte er wirklich geglaubt, er würde ihr hier über den Weg laufen? Als würde sie Seite an Seite mit den Hilfsarbeitern auf dem Feld ackern? Sie war höchstwahrscheinlich im Haus und lackierte sich die Fingernägel oder gab ihrer Rede für die Auszeichnungszeremonie den letzten Schliff.

Wenige Minuten später lenkte sein Vater den Wagen in Richtung Haus.

„Wo willst du hin?"

„Die McKinleys laden ihre Arbeiter zum Abendessen ein. Das ist Teil der Abmachung – nett, oder?"

Beckett erstarrte. „Im Haus?"

„Im Garten wahrscheinlich. Selbst in dem Palast kriegen sie uns nicht alle unter."

Beckett ballte die Hände zu Fäusten und rutschte unruhig auf seinem Sitz hin und her. „Ich muss nach Hause."

Sein Vater warf ihm einen Blick zu. „Fürs Essen ist ja wohl noch Zeit. Ich lasse mir doch keine gute Hausmannskost entgehen – und Mrs McKinley soll eine gute Köchin sein."

Beckett wand sich auf dem Beifahrersitz. Er war völlig verschwitzt. Er klappte den Spiegel in der Sichtblende herunter. In seinen Haaren hatten sich Maisfasern verfangen. Er zog sie heraus, fuhr sich mit schmutzigen Händen durchs Gesicht und knallte den Spiegel wieder zu, sein Atem plötzlich zittrig.

Als sie den Garten betraten, sah er sich nach Madison um, aber er sah nur dieselben Männer, mit denen er den ganzen Tag zusammen gearbeitet hatte. Zwei Picknicktische mit karierten Tischtüchern und Plastiktellern bildeten den Mittelpunkt des Gartens. Darum herum blühte ein Garten mit Blumen, Weinranken und Bodendeckern, und ein gepflasterter Weg wand sich zwischen den Beeten hindurch. Selbst im Garten fühlte er sich mit seinen dreckigen Stiefeln und Kleidern fehl am Platze.

Er sank auf eine Bank zwischen seinem Vater und einem großen, stillen Typen, dem er heute zum ersten Mal begegnet war. Die Fliegengittertür ging quietschend auf und Mrs McKinley erschien mit einem Kochtopf. Ihr folgten weitere McKinleys. Ryan, der Älteste, trug einen zweiten, größeren Topf. Dann kamen die beiden jüngeren Mädchen – an ihre Namen konnte er sich nicht erinnern –, das wilde Mädchen und das quirlige mit dem Pferdeschwanz.

Bitte nicht. Nicht Madison. Sie nicht. Nicht so.

Trotz seines stillen Flehens erschien sie als Nächste. Ihr Zwillingsbruder war ihr auf den Fersen. Beckett nahm ihr dunkelblaues T-Shirt und die weißen Shorts kaum wahr, bevor er den Blick abwandte und versuchte, sich hinter seinem Vater zu verstecken.

Vielleicht würde sie das Essen nur abstellen und gehen. Er beobachtete Madison verstohlen. Sie stellte den Brotkorb auf den anderen Tisch. Mr McKinley erhob sich, räusperte sich und sprach ein Tischgebet.

Nach dem Gebet fingen die McKinleys an, das Essen auszuteilen.

Entsetzt stellte Beckett fest, dass Madison auf ihren Tisch zukam. Er setzte den Ellbogen auf den Tisch und stützte den Kopf darauf. Vielleicht würde sie ihn nicht bemerken. Sie machte die Runde und gab jedem Arbeiter ein Brötchen oder auch zwei.

Jetzt stand sie hinter seinem Vater. Beckett war der Nächste. Das Herz schlug ihm bis zum Hals. Jemand sagte etwas und er hörte ihr melodisches Lachen.

Dann war sie neben ihm und berührte mit ihrem Ellbogen seine Schulter. „Möchten Sie ein –"

Er biss die Zähne zusammen. Super. Fantastisch.

Er senkte den Arm und wandte sich um. Er konnte sich nicht überwinden, ihr in die Augen zu sehen, während die Hitze seinen Hals hinaufkroch. „Zwei bitte." Es gelang ihm, es mit kräftiger Stimme zu sagen. Nichts war zu hören von dem Zittern, das ihn bis ins Mark durchfuhr.

„Hi", sagte sie ganz atemlos.

Er nickte unbestimmt in ihre Richtung und hoffte, dass der Schmutz in seinem Gesicht wenigstens die Röte verbarg.

Sie zögerte einen unbehaglichen Moment lang, bevor sie weiterging. Während der restlichen Mahlzeit starrte er nur auf seinen Teller, aber trotzdem wusste er die ganze Zeit, wo sie war.

Es war nett, dass sie die Arbeiter bediente, aber irgendwie betonte das nur die Tatsache, dass sie anders war als er. Er war ein Narr gewesen zu denken, er könnte sie um eine Verabredung bitten. Ein dummer Narr.

Von da an versuchte er, sie nicht zu beachten. Aber je mehr er das versuchte, desto häufiger sah er sie. Sah sie mit ihren Freundinnen lachen, sah sie, wie sie einem anderen Mädchen half oder bei einer Schülerversammlung redegewandt die Einführung übernahm. Und je mehr er sie sah, desto schlimmer wurde es.

Im nächsten Jahr hatte er dann sein Schicksal besiegelt. Wenn es auch nur den geringsten Hoffnungsschimmer für eine Zukunft mit Madison gegeben hatte, war er an jenem heißen Sommertag in einem einzigen Augenblick verflogen.

Kapitel 7

Madison überreichte den zitternden Cockerspaniel der Frau mittleren Alters, nachdem diese bei Cassidy bezahlt hatte.

„Mach's gut, Princess", sagte Madison zu dem Spaniel, dann wandte sie sich an dessen Besitzerin. „Vergessen Sie nicht die Wattebäusche, wenn Sie sie baden."

„Bestimmt nicht. Komm, wir gehen, Liebling." Die Frau wandte sich der Tür zu.

„Vergiss die hier nicht", flüsterte Cassidy Madison zu und gab ihr die Ohrentropfen.

Du liebe Güte, sie verlor noch den Verstand. Sie lief der Frau nach und reichte ihr das Medikament. „Sagen Sie Bescheid, wenn es in ein paar Tagen nicht besser ist."

Princess' Mama verabschiedete sich und ging dann langsam aus der Praxis, während sie die Hündin mit Babysprache beruhigte. Ihre rot gelockten Haare verschmolzen mit dem glänzenden Fell des Tieres.

Madison drehte sich zu Cassidy um. „Danke. Ich vergesse im Moment aber auch alles." Sie senkte die Stimme. „Dr. Richards hatte mich gebeten, ihn morgen zu vertreten, und ich habe es völlig vergessen."

„Ups."

„Er hat heute Morgen den Plan gesehen und wusste, dass ich es verpennt habe. Kannst du herumtelefonieren und ein paar meiner Termine umlegen?"

„Klar."

Cassidy Zimmerman war ihre beste Freundin, seit Madison denken konnte. Heute hatten Cassidys Haare wegen der Luftfeuchtigkeit einen Massenprotest gegen das Glätteisen gestartet. Beim Mittagessen hatte sie noch einen Pferdeschwanz gehabt und jetzt standen die Haare an ihrem Hinterkopf ab wie der buschige Schwanz eines Chow-Chows.

„Oh, und mein Großvater hat am Freitag um zehn einen Termin“, sagte Madison. „Wenn du ihn erinnerst, denk dran, eine Stunde abzuziehen.“

„Du und deine verrückte Familie.“

„Ich habe nie behauptet, dass wir normal sind.“

Als Indiana die Sommerzeit aufgebrummt bekommen hatte, war Grandpa der Einzige gewesen, der sich geweigert hatte, mitzuspielen. Während alle anderen ihre Uhren im Frühjahr eine Stunde vorstellten, blieben seine so, wie sie waren. Im Winter gingen sie alle gemeinsam in den späteren Gottesdienst, aber im Sommer erschien er gerade rechtzeitig für den Frühgottesdienst. Und aus irgendeinem Grund passten sich alle anderen an, auch in der Praxis.

„Dein letzter Patient ist in Zimmer zwei.“ Cassidy legte den Scheck unter die Bargeldkassette und schloss die Kasse mit hochgezogenen Augenbrauen. „Rat mal, wer.“

„Nicht Bernie Schmidt …“, flüsterte Madison. Er war mindestens fünfundfünfzig und baggerte sie jedes Mal an, wenn er Flossy in die Praxis brachte – was viel zu oft der Fall war.

„Nö.“

„Dann ist es mir egal, Hauptsache nicht er.“ Madison nahm Cassidy das Klemmbrett ab, doch als sie das Datenblatt überflog, schwand ihr Lächeln.

„Oh-oh“, sagte Cassidy.

Madison setzte ein selbstbewusstes Lächeln auf. „Gut. Rigsby war schon überfällig mit seinen Impfungen.“

„Mir machst du nichts vor, McKinley“, rief Cassidy ihr nach, als Madison den Gang hinunter entschwand.

Sobald sie um die Ecke gebogen war, blieb sie kurz stehen, holte tief Luft, reckte das Kinn vor und betrat das Behandlungszimmer.

Sie erspähte Beckett vor einer Tafel über Hundeherzwurm, die er las, bevor Rigsby auf sie zurannte, die Krallen hörbar klickend auf dem gekachelten Boden.

„Runter, Junge!“ Beckett packte die Leine gerade noch rechtzeitig. Er musterte sie mit seinen dunklen Augen. „Tut mir leid.“

„Er ist ein männlicher Teenager. Was kann man da schon anderes erwarten.“ Madison kraulte den Labrador ein wenig und fing dann mit der allgemeinen Untersuchung an. Beckett war distanziert, wie üblich. Er brachte Rigsby nur selten in die Praxis und war mit den Impfungen immer zu spät dran.

Beckett hielt den Hund fest, während sie die Ohren des Tieres untersuchte. Rigsby war ganz aufgeregt, zappelte und sabberte. Sein Besitzer, der jetzt näher kam, um Rigsby besser umklammern zu können, roch nach Moschusseife und schien nur aus Muskeln zu bestehen.

„Sitz, Rigsby", drang Becketts tiefe Stimme in Madisons Ohr.

Sie beendete die Untersuchung so schnell wie möglich und starrte auf das Klemmbrett, als wäre es ihr Rettungsanker. „Seine Tollwutimpfung ist überfällig. Nimmt er vorbeugend etwas gegen Herzwurm?"

„Das Medikament ist fast alle."

„Cassidy soll dir etwas mitgeben. Ich bin gleich wieder da."

Sie war erleichtert, dass sie den Raum verlassen konnte. Sie wusste nicht, warum er eine solche Wirkung auf sie hatte. Sie würde sich das abgewöhnen müssen, denn im Laufe des Sommers würden sie sich durch den Schwimmunterricht und den Segelkurs oft sehen. Und abgesehen von dem einen Aussetzer hatte er mehr als deutlich gemacht, dass er sie nicht mochte. Sonst würde er ihr ja nicht immer aus dem Weg gehen.

Und deshalb ist diese dämliche Anziehungskraft so verrückt. Und vergiss nicht den Zwischenfall mit Jade. Madison wusste immer noch nicht, was geschehen war. Aber warum musste sie sich all diese Tatsachen eigentlich immer wieder bewusst machen?

Wenige Minuten später kehrte sie mit dem Impfstoff ins Behandlungszimmer zurück, setzte eine 1-ml-Spritze in den Muskel des Tieres und kraulte den freundlichen Mischling hinter den Ohren.

Als Beckett den Hund losließ, rappelte er sich auf, wobei sein wedelnder Schwanz gegen die Wand schlug.

„So, jetzt bist du fertig", sagte sie zu Rigsby. „Das war doch gar nicht so schlimm, oder?"

„Das Stillsitzen war das Schlimmste daran."

Madison tätschelte Rigsby ein letztes Mal und öffnete dann die Tür, die in ihr Büro führte. „Cassidy gibt dir vorne die Medizin gegen den Herzwurm. Tschüss, Rigsby. Bis bald, Beckett."

Madison verließ den Raum und schlüpfte in ihr winziges Büro.

Die Tür zog sie hinter sich zu. Trotzdem konnte sie Beckett und Cassidy an der Rezeption plaudern hören. Rigsby bellte und die beiden lachten.

Sie zog das Stethoskop von ihrem Hals und streifte den Kittel ab. Wenn der Hund nicht krank wurde, würde Beckett so schnell nicht wiederkommen. Was natürlich nichts an der Tatsache änderte, dass sie sich beim Schwimmen bzw. Segeln sehen würden.

Madison setzte sich und fuhr mit den Fingern über die verzierte Kante ihres antiken Schreibtischs. Sie liebte ihren Schreibtisch. Sie hatte ihn nach ihrem Studium in „Grandmas Dachboden" gefunden, dem Antiquitätengeschäft ihrer Mutter. Das dunkel gebeizte Mahagoniholz, die künstlerischen Details und das schwere Gewicht der Schubladen gefielen ihr.

Es klopfte an der Tür. „Er ist weg", sagte Cassidy. „Du kannst aus deinem Versteck kommen."

Von ihrem Platz aus riss Madison die Tür auf. „Weißt du, manchmal glaube ich, Arbeit und Freundschaft sollte man nicht vermischen."

„Ohne mich wärst du aufgeschmissen, gib es zu."

„Ich könnte ohne deine Kommentare auskommen."

Cassidy zuckte unschuldig mit den Schultern. „Ich habe halt Augen im Kopf."

Madison verschränkte die Arme und blickte um Cassidys hübsches Gesicht herum auf ihre wilden Haare. „Es regnet also endlich?"

Ihre Freundin warf ihr einen gespielt finsteren Blick zu. „Der war unter der Gürtellinie, McKinley." Sie schob sich an Madison vorbei und hockte sich auf die Ecke des ordentlich aufgeräumten Schreibtischs.

„Hast du eigentlich herausgefunden, was zwischen ihm und Jade war?"

Madison kramte in ihrer Handtasche nach ihrem Lippenbalsam. „Er redet nicht darüber und sie ist wie vom Erdboden verschluckt."

Es war so still in ihrem Haus, seit Jade nicht mehr Gitarre spielte und ihre Schritte nicht mehr zu hören waren, die für ihre zarte Gestalt viel zu laut klangen. Sie war eine unkomplizierte Mitbewohnerin, die immer aufräumte und gut zuhören konnte. Und sie ließ auch unkonventionelle Gedanken zu und hatte Madison damit schon oft geholfen, ein Problem zu lösen.

„Aber sie hat deine Eltern angerufen, also weißt du, dass es ihr gut geht. Und Jade ist erfinderisch. Das muss man ihr lassen."

Zerbrechlich, aber erfinderisch. Das war Jade. Sie hatte tagsüber im Café gearbeitet und den Besitzer überredet, sie am Wochenende gegen Trinkgeld Gitarre spielen zu lassen. Während der Touristensaison hatte sie ganz gut verdient.

„Du glaubst doch nicht wirklich, dass er ihr etwas angetan hat …", sagte Cassidy.

Madison warf den Lippenbalsam in ihre Tasche und sank auf den Stuhl zurück. „Irgendetwas ist vorgefallen. Ich kenne Jade – sie wäre nicht ohne Grund gegangen. Und du hättest sie sehen sollen, als die beiden an dem Abend gegangen sind … ich habe sie noch nie so glücklich gesehen. Sie hatte Nachrichten von diesem heimlichen Verehrer bekommen. Wahrscheinlich hat Beckett sie geschickt."

Cassidy runzelte die Stirn. „Irgendwie passt das für mich nicht zusammen – Jade und Beckett."

„Jedenfalls ist er aus heiterem Himmel aufgetaucht und hat sie zu dem Bankett eingeladen. Und er hat rosa Rosen mitgebracht, die gleiche Sorte, die ihr Verehrer ihr vor die Tür gelegt hat."

Madison dachte daran zurück, wie Beckett in ihrer Küche gestanden hatte, einen Blumenstrauß auf der Küchenzeile, und Jade sich ganz aufgeregt fertig gemacht hatte, ihre Wangen gerötet. Selbst jetzt konnte Madison nicht leugnen, dass sie ein bisschen eifersüchtig gewesen war. Sie war eine furchtbare Schwester. Jade war so lange unglücklich gewesen und Madison hätte sich nur darüber freuen sollen, das Gesicht ihrer Schwester leuchten zu sehen.

„Sie hat nichts gesagt, als sie nach Hause kam?"

„Ich war in der Videothek und bin auf dem Nachhauseweg beim Café vorbeigefahren. Wäre ich doch nur zu Hause geblieben, dann hätte sie mit mir geredet. Ich hätte sie überzeugen können, dass sie hierbleiben muss."

„Du darfst dir nicht die Schuld geben."

„Das tue ich auch nicht – ich gebe Beckett die Schuld. Er hat schon immer Ärger gemacht."

„Jetzt sei aber mal fair. Vielleicht hat er in der Highschool Unsinn gemacht –"

Madison warf ihr einen Blick zu.

„Na gut, und in den Jahren danach auch noch. Aber so ist er nicht mehr. Er geht jetzt sogar in meine Kirche."

„Beckett?" Sie hatte Mühe, diese beiden Dinge miteinander in Verbindung zu bringen. Kirche und Beckett. Nicht, dass sie diesbezüglich mit Steinen werfen konnte. Ja, sie ging in die Kirche – sie war eine McKinley. Aber die Religion hatte nicht viel genützt, soweit sie das beurteilen konnte. Vor allem Michael hatte sie nichts genützt.

„Er mäht jede Woche den Rasen an der Kirche", sagte Cassidy. „Und letzten Sonntag hat er nach dem Gottesdienst den Ford der alten Mrs Barkley repariert, ganz umsonst – und im strömenden Regen."

„Schon gut, schon gut, er ist ein wahrer Musterjunge. Was willst du von mir hören?"

Cassidys Lippen zuckten. „Ein Zugeständnis, dass du dich irren könntest."

Madison schüttelte die Haare aus ihren Augen. „Unmöglich."

„Sehr unwahrscheinlich, das gebe ich zu. Aber Mensch, gib dem Mann eine Chance."

„Vielleicht würde ich das ja, wenn er mir sagt, was passiert ist."

„Es muss ein Missverständnis oder so etwas sein. Vielleicht hat es ja gar nichts mit Beckett zu tun. Im Ernst, ich kann mir einfach nicht vorstellen, dass er etwas Unrechtes getan hat, jetzt nicht mehr. Ich sage dir, er hat sich verändert."

Alles wegen Gott, vermutete sie. Madison verstand das nicht. Ihre Eltern verstanden es. Ryan verstand es. Michael hatte es verstanden. Ebenso Cassidy – und jetzt hatte offenbar sogar Beckett es begriffen. Was machte sie falsch?

Nichts. Gar nichts. Sie war doch ein guter Mensch, oder? Sie arbeitete ehrenamtlich im Altenheim, behandelte herrenlose Tiere kostenlos und half ihren Nachbarn. Wozu brauchte sie einen Glauben, wenn sie sich auf sich selbst und auf ihre Familie verlassen konnte?

Sie unterdrückte ein Gähnen, die Folge von zu vielen schlaflosen

Nächten. Was würde sie nicht für einen schönen langen Mittagsschlaf geben.

„Du siehst müde aus."

„Ich muss früher schlafen gehen, glaube ich."

„Na, dann viel Glück dabei. Hör mal, ich gehe heute Abend mit Stewie essen. Hast du Lust mitzukommen? Er könnte Dr. Fantastico anrufen und ihn auch einladen. Es sei denn, du willst deine Meinung über Beckett ändern."

Dr. Landon war die jüngste Bereicherung des Personals im Riverview General. Cassidys Freund zufolge war er daran interessiert, Madison kennenzulernen.

„Ich muss wirklich mal mit Lulu eine große Runde drehen und dann habe ich eine Verabredung mit einem Welpen und einem Dutzend Senioren."

Cassidy sprang vom Schreibtisch. „Was du doch für ein aufregendes Leben führst."

„Du bist ja nur neidisch. Grüß Stewie von mir."

„Mach ich. Bis morgen dann."

Nachdem sie gegangen war, vergewisserte Madison sich, dass die Haustür abgeschlossen war, und verließ die Praxis durch den Hintereingang.

Kapitel 8

Madison saß bereits bis zur Brust im Flussbecken, als Beckett eintraf.

„Nicht schlecht", sagte er.

„Hi." Sie konzentrierte sich auf die ruhige Oberfläche des Wassers.

Lulu rannte schwanzwedelnd auf Beckett zu und er kraulte sie. Dann lief der Border Collie zu Madison zurück und ließ sich im Gras am Ufer nieder, während Beckett Hemd und Jeans auszog.

Madison war in dieser Woche zweimal hier gewesen, wild entschlossen, die Sache so schnell wie möglich hinter sich zu bringen. Sie konnte jetzt tatsächlich im Wasser sitzen, ohne in Panik zu geraten. Sie hatte sogar ihre Haare nass gemacht. Zweifellos hielt Beckett heute schlimmere Foltern für sie bereit.

Er watete bis in die Mitte des Beckens und tauchte unter. Als er wieder auftauchte, glänzte sein muskulöser Oberkörper wie eine bronzene Poseidon-Statue.

„Bist du bereit, ein bisschen weiter rauszugehen?"

„Wie viel weiter?"

Er zog eine Augenbraue hoch. „Bis es tiefer wird?"

Schon bei dem Gedanken schlug ihr Herz schneller. Lulu legte sich hin und seufzte.

„Vielleicht."

Sie stellte sich vor, wie es sein würde. Sie würde aufstehen und zuversichtlich die Böschung hinunterwaten, während das Wasser ihre Beine hinauf und bis zu ihrem Oberkörper stieg. Sie stellte sich vor, wie sie sich zu ihm vorarbeiten würde, ganz entspannt und gelassen.

Klar.

Beckett starrte sie an, die Hände in die Hüften gestemmt und den Kopf ein wenig schief gelegt.

Sie konnte es genauso gut hinter sich bringen. Madison stand auf und begann langsam die Reise, die sie sich vorgestellt hatte, nur ohne Zuversicht, Entspannung und Gelassenheit. Als sie seinen Blick auf sich spürte, zog sie das nasse T-Shirt von ihrem Bauch. Es gab ein schmatzendes Geräusch von sich, als es sich löste.

„Du machst das gut."

Das Wasser reichte ihr jetzt bis zu den Oberschenkeln und fühlte sich dick und zäh an.

„Gleich geht es ein bisschen runter." Er trat vor und streckte die Hand aus.

Sie nahm seine Hand und hielt sich an seinem sicheren Griff fest, während ihre Füße sich langsam über den abfallenden Grund vorwärtstasteten. So. Sie fühlte mit ihren Zehen und bewegte sich zentimeterweise weiter. Das Wasser reichte ihr jetzt fast bis zur Taille.

Madison konzentrierte sich auf die Wasseroberfläche, die sich aufgrund ihrer Bewegungen kräuselte und glitzerte. Langsam atmete sie ein und ließ die Luft zitternd entweichen. *Du kannst das, Madison. Du* tust *es.*

„Gut." Immer noch hielt er ihre Hand, doch sie beklagte sich nicht darüber.

Beckett trat einen Schritt zurück und führte sie weiter in tieferes Wasser. Jetzt umspielte es ihren Bauch.

„Ist das nicht weit genug?" Sie hasste den dünnen, zittrigen Klang ihrer Stimme. Ihm reichte das Wasser nur bis zur Hüfte, er hatte es gut. Was würde sie nicht dafür geben, zwanzig Zentimeter größer zu sein.

„Du hast erfolgreich die tiefste Stelle erreicht. Glückwunsch."

„Das heißt, es wird nicht schlimmer?"

„Es wird nicht tiefer."

„Ach so." Schlimmer wäre unterzugehen.

„Hattest du eine gute Woche?" Sein Tonfall war weich und besänftigend. Er versuchte wieder, sie abzulenken.

„Kann man so sagen. Viel zu tun." Das Wasser beruhigte sich um sie herum und wurde glatt und glänzend. Sie blickte nach unten und konnte kaum noch ihre Füße auf dem sandigen Flussboden sehen.

„Warum bist du Tierärztin geworden?"

Sie zuckte mit den Schultern. „Ich mochte Tiere schon immer.

Mein Vater meinte, ich hätte jedes herrenlose Tier im Bezirk mit nach Hause gebracht. Ich hatte einen ganzen Zoo."

„Das Studium dafür ist ganz schön lang – acht Jahre?"

Sie nickte. „Ich hatte aber während der Schule schon ein paar Kurse belegt, deshalb konnte ich direkt ins zweite Jahr einsteigen."

„Streberin."

Unter Wasser hielten sie sich noch immer an den Händen. Madison wurde plötzlich seine Handfläche in ihrer nur allzu bewusst, seine kräftigen Finger um ihre. Sie lockerte ihren Griff und er ließ los.

Sie würde das packen. Je mehr sie sich zwang, desto eher würde sie diese schreckliche Angst überwinden. Und desto eher konnte sie segeln lernen.

„Woher hast du deinen Hund?"

Sie blickte zum Ufer hinüber, wo der Collie in der Sonne lag. „Lulu? Ich habe sie auf der Straße gefunden, als ich auf der Uni war."

„Universität von Cincinnati."

Chapel Springs war nicht umsonst eine Kleinstadt. „Sie hinkte und ihr Auge war entzündet. Sie war meine erste richtige Patientin. Da ich ihren Besitzer nicht ausfindig machen konnte, nahm ich sie mit ins Studentenwohnheim."

Seine Augenbrauen verschwanden unter dem nassen Pony. „Ist das nicht gegen die Regeln?"

„Ich bin durchaus in der Lage, gegen die eine oder andere Regel zu verstoßen – für einen guten Zweck. Im Gegensatz zu Menschen, die willkürlich dagegen verstoßen."

„Menschen ändern sich."

Madison erinnerte sich an das, was Cassidy über Beckett gesagt hatte, mit der Kirche und so.

Sie warf ihm einen Blick zu. „Vielleicht." Obwohl das ihrer Erfahrung nach selten vorkam. Langsam bewegte sie die Hände und versuchte sich daran zu gewöhnen, wie schwer sie gegen das Wasser ankamen.

„Geh ein bisschen in die Knie." Beckett tat es selbst auch, während er sprach, bis sein Kinn auf der Wasseroberfläche lag. Er saß wahrscheinlich schon.

Sie beugte die Knie, woraufhin das Wasser über ihren Busen und ihr Schlüsselbein kletterte. Als es ihren Hals berührte, hielt Madison inne. Sie schloss die Augen und holte tief Luft. Fast hatte sie den Eindruck, dass ihr Herz heftig genug schlug, um eine Springflut auszulösen.

Sie hasste die Angst, die sich in ihr ausbreitete und an ihren Nerven zerrte. Sie wollte aufstehen und auf festen Boden zurückkehren, aber Beckett würde noch mehr von ihr verlangen.

„Du machst das prima, Madison. Gut gemacht."

Als Nächstes würde er ihr den Kopf tätscheln. „Ich bin kein Hund."

„Das Wasser ist dein Freund." Sie hörte das Lächeln in seiner Stimme und streckte die Hand aus, um Wasser in sein Gesicht zu spritzen.

Der Schwung der Bewegung ließ sie nach hinten kippen und sie fiel. Panisch ruderte sie mit den Armen in der Luft, im Wasser, doch sie fand keinen Halt.

Beckett griff nach ihr. Sie klammerte sich an ihn, bis sie ihr Gleichgewicht wiedergefunden hatte.

Ihr Herz schlug erbarmungslos gegen ihre Rippen. Sie öffnete den Mund, um einzuatmen, und funkelte ihn an.

Wasser tropfte von seiner Nase, seinem Kinn. „Ts ts ts. Du solltest die Hand, die dich füttert, nicht beißen, Schätzchen."

Der Kosename, den er mit samtweicher Stimme aussprach, weckte ein angenehmes Gefühl in ihr. Wahrscheinlich war das die Stimme, die er auch bei Jade benutzt hatte, bevor er ihr angetan hatte, was immer er ihr angetan hatte.

Sie schüttelte seine Hand ab. „Ich bin nicht dein Schätzchen."

„Schade eigentlich. Bist du bereit unterzutauchen?"

Bevor sie die erste Aussage verdaut hatte, kam die Reaktion auf seine Frage über ihre Lippen. „Was?"

„Einmal bist du doch schon unten gewesen." Becketts Blick wanderte zu den nassen Haaren, die in Strähnen über ihre Schultern hingen.

„Ich habe nur den Kopf ein bisschen ins Wasser hängen lassen."

„Das ist dasselbe."

„Das ist es ganz und gar nicht!"

„Wir lassen es langsam angehen."

„Das hast du letzte Woche auch gesagt." Und hier standen sie mitten im Fluss und kurz davor, in das trübe Wasser zu tauchen. Madison blickte nach unten. Sie konnte vielleicht ihre Füße sehen, aber es war eindeutig trübe.

„Wenn du Angst hast, musst du nicht."

Warum provozierte er sie nicht einfach? Madison biss die Zähne zusammen, um die Tatsache zu verbergen, dass sie klapperten wie Teetassen in einem fahrenden Wohnwagen.

„Ich bin hier. Hol einfach tief Luft und tauch das Gesicht ins Wasser. Du kannst meine Hände halten, wenn du willst." Er hielt sie ihr hin.

Sie wollte sie gerade wegstoßen, als ihr die letzte plötzliche Bewegung einfiel, die sie gemacht hatte, und sie es sich anders überlegte.

Trotzdem ignorierte sie seine Hände und betrachtete das Wasser, während sie ihren Unterkiefer zu entspannen versuchte. „Gerade runter oder nach vorne?" Ihre Worte bebten.

„Wie es dir lieber ist."

Ihr war beides nicht lieb. *Du schaffst das, Madison. Nur einmal kurz untertauchen. So als säßest du in der Badewanne. Das Wasser ist sauber und erfrischend.* Wenn sie sich das oft genug sagte, würde es sich vielleicht irgendwann wahr anfühlen.

Madison starrte eine gefühlte Ewigkeit lang aufs Wasser. Es würde ihr nichts tun. Sie war in Sicherheit. Schließlich holte sie tief Luft, hielt sich die Nase zu und tauchte unter, bis ihr Kopf ganz unter Wasser war. Das kühle Nass drückte gegen ihr Gesicht, füllte ihre Ohren und machte laut gurgelnde Geräusche. Sie fuhr hoch und atmete, als sie wieder über Wasser war, erst einmal kräftig aus, um dann tief Luft zu holen.

Mit zitternden Händen wischte sie sich übers Gesicht und sah Beckett düster an. „Zufrieden?"

Seine Lippen waren zu einem Grinsen verzogen, was bei ihm extrem selten der Fall war. Er sah irgendwie stolz aus. Sie versuchte, ihre angespannten Nerven nicht von diesem Blick beruhigen zu lassen. Sie war lieber wütend.

„Perfekt. Versuchen wir es gleich noch mal."

Kapitel 9

„Wie läuft es eigentlich mit dem Segelkurs?“ Mom reichte Madison die Platte mit den Frikadellen.

Die Dämmerung hüllte den Garten in Schatten und eine kühle Brise raschelte in dem Baldachin aus Laub.

Neben ihr schaufelte ihr Großvater Mais auf seinen Teller und schob anschließend seine Brille zurecht. „Segelkurs?“

„Sie wird dieses Jahr bei der Regatta mitsegeln“, sagte PJ, während sie sich die Schläfen rieb.

„Ich bringe das Boot heute Abend rüber, wenn du willst“, sagte Ryan.

„Gut. Ich muss anfangen, es fit zu machen.“ Madison sah ihre Mutter an. „Im Moment bin ich noch dabei, schwimmen zu lernen.“

„Schwimmen?“, sagte Dad. „Dass ich das noch erleben darf!“

Mom starrte sie an und wie immer sahen ihre Augen alles. „Alles in Ordnung, Liebling? Du siehst noch müder aus als in den letzten Wochen.“

„Es geht mir gut.“

„Sie hat wahrscheinlich Angst einzuschlafen“, sagte Dad. „Wiederkehrende Albträume aus der Zeit, als sie ein Baby war.“ Er zwinkerte Mom zu.

Bei der Erwähnung von Albträumen begegnete ihr Blick dem von Ryan.

Mom schob das Kinn vor. „Woher sollte ich wissen, dass sie ausgerechnet das eine Mal, als ich sie aufs Sofa gelegt habe, beschließt das Umdrehen zu lernen? Außerdem ist sie ja nicht tief gefallen.“ Die zum wiederholten Mal vorgebrachte Verteidigung nutzte nichts. Dad würde sie weiter damit aufziehen.

„Keine Sorge, Mom“, sagte PJ, die immer noch ihre Schläfen rieb. „Madison hat nur ein paar Narben davongetragen. Ich bin diejenige, wegen der du ein schlechtes Gewissen haben solltest. Als ich geboren wurde, war das Spielen mit Feuer eine anerkannte Freizeitaktivität. Und wo sind noch mal all die Bilder von mir?“

„Du armes Baby“, sagte Ryan. „Ich durfte mit achtzehn zum ersten Mal aus dem Haus.“

„Hast du Kopfschmerzen, Liebes?“, fragte Mom PJ.

„Schon seit drei Tagen.“

„Möchtest du ein Aspirin?“

„Ich habe schon eine Tablette genommen. Allmählich glaube ich, etwas stimmt nicht.“

Auf der anderen Seite des Tisches verdrehte Daniel die Augen. Ihr Ersatzbruder wusste, was sie alle wussten: PJ glaubte immer, dass irgendetwas nicht stimmte.

„Muss ein Hirntumor sein“, sagte Ryan.

Mom versetzte ihm einen Klaps auf den Arm. „Das ist nicht witzig.“

PJ schnitt eine Grimasse in Ryans Richtung. „Wenn es wirklich einer ist, tut es dir nachher leid.“

„Hast du nicht gesagt, dass du aufgehört hast, Kaffee zu trinken?“, fragte Madison.

„Ja, am Dienstag. Aber wenn ich so darüber nachdenke, ist mir auch ein bisschen schwindelig. Vielleicht sollte ich meine Symptome googeln.“

„Du bist so ein Hypochonder“, sagte Ryan.

„Apropos Kaffee“, sagte Mom. „Ich habe welchen aufgesetzt, für den Fall, dass jemand Kaffee will.“

„Ohhh.“ PJ biss sich auf die Lippe und sah Madison an. „Du willst doch sicher welchen, oder? Dann könntest du mir einen winzigen Schluck abgeben.“

„Was hast du gesagt, wer dir das Schwimmen beibringt, Madison?“, fragte Grandpa und wechselte damit aus heiterem Himmel das Thema.

„Also, Beckett O'Reilly.“ Sie verteilte Mayo auf ihrer Frikadelle und wünschte, sie könnten zu dem sicheren Thema Hirntumor zurückkehren.

„O'Reilly?“, sagte Daniel stirnrunzelnd. „Ist er nicht derjenige, der Jade vertrieben hat?“

Mom legte eine Hand auf seinen Arm. „Das wissen wir nicht, mein Junge."

„Ich habe auch eher Negatives über ihn gehört", sagte Dad. „Ich weiß nicht, ob mir das gefällt, Madison."

Madison warf ihrer Mutter einen Blick zu und sah so etwas wie Verständnis in ihren blauen Augen. „Menschen ändern sich, Thomas. Er ist jetzt erwachsen."

Die steile Falte auf der Stirn ihres Vaters hatte sich nicht geglättet.

Madison wandte den Blick ab. „Er will mir das Segeln nicht beibringen, bevor ich schwimmen kann."

„Also, das klingt vernünftig, finde ich", sagte Grandpa. „Als ich klein war, nahm dein Vater dich und warf dich ins Schwimmbecken. Da hast du schnell schwimmen gelernt."

Der Hauptgrund dafür, warum sie auf Schwimmunterricht von ihrem Großvater verzichten konnte.

„Ich dachte, Evan Higgins würde mit dir segeln", sagte Mom.

„Sie teilen sich den Kurs – Evan hat unerwartet viel Arbeit."

„Hat er dir eigentlich erzählt, was an dem Abend mit Jade vorgefallen ist?", fragte Daniel mit besorgtem Blick. Er war Jade immer ganz besonders zugetan gewesen. Er nannte sie Winzling und zog sie an den Haaren.

„Nein, aber ich werde es schon noch aus ihm herausbekommen."

„Sei vorsichtig", sagte Dad. „Ich könnte mich ein bisschen umhören …"

„Dad."

Ryan biss gerade in seinen Hamburger, als sein Rufgerät zu piepsen anfing, gefolgt von Daniels.

Als Mitglieder der freiwilligen Feuerwehr standen sie sofort auf und liefen mit ihren Burgern in der Hand zu ihren Autos. Die Familie rief ihnen hinterher, dass sie auf sich aufpassen sollten, und wünschte ihnen viel Erfolg. Madison sah, wie Mom die Augen schloss und ihre Lippen sich in einem stillen Gebet bewegten.

Zwei Stunden später wies Madison Ryan ein, als dieser den Bootsanhänger rückwärts in ihre Auffahrt setzte. Der Grund für den

Feuerwehreinsatz war ein kleinerer Autounfall gewesen, sodass sie ziemlich schnell wieder hatten nach Hause fahren können.

„Ein bisschen nach links … noch ein bisschen … noch einen Meter. In Ordnung, so ist gut."

Ryan stieg aus dem Pick-up und bückte sich, um den Anhänger loszumachen. „Gut, dass du so eine lange Auffahrt hast."

Als Lulu ihre feuchte Nase in sein Gesicht schob, kraulte er ihr schwarzweißes Fell.

Madison drehte sich um und starrte Michaels altes Boot an. In ihrer Auffahrt sah es riesig aus und im Schein der nackten Glühbirnen an der Seitenwand ihres Hauses so alt, wie es war. Wenn sie das Gefährt nur ansah, fühlte sie sich schon überfordert. Nach ästhetischen Gesichtspunkten war das Boot ein Schandfleck, aber Michael hatte gesagt, es hätte eine gute Substanz, und damit hatte er sicher recht gehabt. Das hoffte sie jedenfalls.

Madison folgte Ryan zu seinem Pick-up. „Danke fürs Herbringen", sagte sie am Fahrerfenster.

„Ich hoffe, du weißt, was du tust."

Sie grinste schief. „Eigentlich nicht."

„Wie ich dich kenne, wirst du es schon noch herausfinden. Sag Bescheid, wenn ich dir helfen kann."

„Danke." Sie stützte einen Ellbogen auf den Fensterrahmen. „Wie läuft die Arbeit? Du hast es doch nicht eilig, oder?"

„Ich habe keine Verabredung, falls du mich aushorchen willst." Das typische charmante Lächeln erschien auf seinem Gesicht.

„Wer, ich?" Sie hatte Ryan schon mit mehreren ihrer Freundinnen zu verkuppeln versucht. Sie fanden ihn alle umwerfend, aber er war bestenfalls unentschlossen gewesen. Er wartete auf einen ganz besonderen Menschen, und ehrlich gesagt hatte er den auch verdient.

Ryans Blick wanderte zu ihrem Haus, doch er blieb nicht an der gerade erst gereinigten hellgelben Fassade oder den frisch gestrichenen blauen Fensterläden hängen, sondern an den dunklen Fenstern und der ohrenbetäubenden Stille, die über dem Garten lag.

Zwei steile Falten erschienen zwischen seinen Augenbrauen, als er Madison wieder ansah. „Wie geht es dir?"

Sie hatte gewusst, dass die Äußerung ihrer Mutter, sie sehe müde aus, nicht unbemerkt bleiben würde. Und sie wusste auch, dass ihr Make-up die dunklen Ringe unter ihren Augen nicht mehr ganz überdeckte.

„Die Träume kommen jetzt häufiger." Irgendwie schwächte es die Wirkung ab, wenn sie von Träumen sprach.

„Der gleiche?"

Sie nickte. Jade hatte gewusst, dass sie gelegentlich Albträume hatte. Das konnte man nicht vor einem Menschen verbergen, der im Zimmer nebenan schlief. Aber Ryan war der Einzige, dem sie sich wirklich anvertraut hatte.

„Er ist fort, Mad", sagte Ryan leise. „Ich weiß, dass du ihn geliebt hast, das haben wir alle, aber du musst ihn loslassen."

„Meinst du, das hätte ich nicht versucht? Wenn ich nur verstehen könnte, warum. Es hat mir immer zu schaffen gemacht, dass wir nicht wissen, wie er gestorben ist."

„Er ist von einer Klippe gesprungen und hat sich eine Gehirnerschütterung zugezogen. Und dann ist er ertrunken. Es stand alles im Autopsiebericht, Kleines."

„Aber so war Michael nicht. Er war vernünftig. Kannst du dir vorstellen, dass er so etwas Verrücktes getan hat? Ich konnte mir noch nie einen Reim darauf machen."

„Vielleicht solltest du mit jemandem reden, Mad."

„Ich rede doch mit dir."

„Du weißt, was ich meine. Vielleicht mit Pastor Adams. Er hat mir auch schon durch ein, zwei schwierige Phasen geholfen."

Ein Pastor war der Letzte, mit dem sie reden wollte, aber das würde sie Ryan niemals sagen. Außerdem würden die Albträume bald vorüber sein. Sobald sie die Regatta gewonnen hatte.

„Wir hatten früher die gleichen Träume", sagte sie. „Wusstest du das?"

„Du und Michael?"

„Ja." Sie lächelte. „Wir haben beide in der gleichen Woche geträumt, wir würden über ein verschneites Feld fliegen, oder manchmal sogar das Gleiche in derselben Nacht. Einmal träumten wir beide, wir hätten lila Schuhe an. Es war richtig unheimlich."

„Wahrscheinlich eine Zwillingssache. Habt ihr damals auch den Traum gehabt, den du in letzter Zeit hast?"

Madison schüttelte den Kopf. „Das hat erst angefangen, als er nicht mehr da war."

Ryan stützte den Ellbogen auf die Fensterkante. „Vielleicht ist der Stress wegen Jades Abreise schuld daran, dass er jetzt öfter kommt."

„Vielleicht. Ich mache mir Sorgen um sie."

„Ich weiß. Aber sie ist ein großes Mädchen."

„Ich hätte nie gedacht, dass sie alleine weggehen könnte. Ich meine, wo schläft sie? Ihr muss doch langsam das Geld ausgehen. Sie hatte nicht viel gespart."

„Ich bete für sie. Und hoffe, dass sie bald wiederkommt. Ich sehe, dass es Mom ziemlich mitnimmt. Dad auch, aber er kann es besser überspielen."

„Ich wünschte, sie würde mich anrufen."

„Wenigstens hat sie Mom angerufen, damit wir wissen, dass sie in Ordnung ist."

Oder es vor einem Monat war. Sie wusste, dass Ryan dasselbe dachte, aber keiner von ihnen wollte es aussprechen.

„Und du sei vorsichtig mit O'Reilly. Mom und Dad haben genug Sorgen, ohne dass du verletzt wirst."

„Jetzt fang du nicht auch noch an. Ich kann sehr gut auf mich selbst aufpassen." Es wäre nett, wenn ihre Familie ihr etwas Intelligenz zubilligen könnte. Sie trat von dem Wagen zurück. „Ich lasse dich jetzt besser nach Hause fahren und duschen."

„Ist das ein Wink mit dem Zaunpfahl?"

Sie zuckte mit den Schultern. „Ich dachte, es sei ziemlich direkt gewesen." Sie zog ihn auf, aber er war wirklich ein toller Bruder, auch wenn er sie unterschätzte.

„Bis bald, Kleines. Sag Bescheid, wenn ich dir mit dem Boot helfen kann."

„Mach ich." Sie klopfte gegen die Tür des Pick-ups und sah ihm nach, bis die Schlusslichter in der dunkler werdenden Nacht verschwanden.

Kapitel 10

Madison stand bis zur Taille im Wasser und hyperventilierte nicht. Die beiden Ausflüge, die sie auch diese Woche wieder zum Fluss unternommen hatte, zahlten sich aus. Beckett, ihr grausamer Sklaventreiber, hatte sie trotzdem provoziert. Sie hatte in den vergangenen zwanzig Minuten so viel Zeit unter Wasser verbracht und Luftblasen fabriziert, dass ihr Gesicht wahrscheinlich so verschrumpelt war wie das ihrer Freunde im Altenheim.

„Also gut, gehen wir einen Schritt weiter." Beckett verschwand im Wasser und tauchte triefend wieder auf.

„Jetzt schon?" Sie beobachtete, wie ein Tropfen von seiner Schulter bis zu seinem Waschbrettbauch lief.

„Was hältst du davon, dich treiben zu lassen?"

„Ungefähr so viel wie davon, kopfüber vom Dach des Gerichtsgebäudes auf den Rasen zu springen."

„Lehn dich einfach zurück. Ich halte dich."

Sie blickte auf das Wasser und runzelte die Stirn. „Klar doch", murmelte sie.

„Was hast du gesagt?"

„Ich habe eine Gänsehaut." Sie rieb sich die Arme. Sie hatte tatsächlich eine und zwar seit dem Moment, in dem er die Worte *treiben lassen* ausgesprochen hatte.

Sie kannte die wissenschaftliche Erklärung – die Dichte ihres Körpers war geringer als die Wasserdichte, also müsste sie theoretisch treiben. Ihr Gehirn glaubte das auch, aber als sie die Flüssigkeit um sich herum betrachtete, nahm ihr Herz es ihr nicht ab.

„Lehn dich zurück. Ich fange dich auf." Er hielt die Arme in Höhe der Wasseroberfläche.

Ganz bestimmt würde sie sich zurücklehnen und sich darauf verlassen, dass er sie vor dem Ertrinken bewahrte – Beckett O'Reilly, der böse Junge von Jefferson County.

Du kannst hier stehen, Madison. Du brauchst also keine Angst zu haben. Hol tief Luft. Sie ließ sich zurücksinken und hob ein Bein an.

Beckett stützte ihren Oberschenkel und ihren Rücken. Sie versteifte sich in ihrer zusammengeklappten Haltung und umklammerte seinen Bizeps. Schließlich hielt er sie vor seinem Bauch auf den Armen. Man musste kein Genie sein, um zu merken, dass er die ganze Arbeit machte.

„Lehn dich zurück. Entspann dich."

Ihr Herz hämmerte gegen ihre Rippen. Sie funkelte ihn an. „Du hast gut reden."

„Ich lasse dich nicht untergehen. Mach die Augen zu. Und entspann deine Muskeln."

Madison lockerte den Griff um seinen Arm. Sie war sich nicht sicher, was schlimmer war: die heimtückische Angst oder die Demütigung.

Entspannen. Atmen.

„Tu so, als würdest du im Bett liegen. Lass dich auf die Matratze fallen."

„Meine Matratze ist nicht aus Wasser."

„Du schaffst das." In seinen dunklen Augen sah sie, dass er das tatsächlich glaubte. Sie blickte in diese Augen und versuchte etwas von der Zuversicht in sich aufzunehmen, aber sie wurde von den nassen Wimpern abgelenkt. Lange, dunkle Wimpern.

Madison schloss die Augen und zwang ihre Muskeln, sich zu lockern, angefangen mit dem Bauch. Langsam machte sie sich gerade und gleich darauf drang gurgelnd Wasser in ihre Ohren.

Sie versteifte sich und riss die Augen auf.

„Ich habe dich."

Sie spürte Becketts Arme unter ihrem Rücken und ihren Beinen und versuchte, sich darauf zu konzentrieren. Erneut lehnte sie sich zurück und stellte sich vor, wie es sich anfühlen würde, wenn das Wasser ihren Haaransatz erreichte. *Streck dich aus, Madison. Komm schon, du schaffst das. Kinder machen das jeden Tag. Du liegst auf einer grünen Wiese. Die Sonne scheint. Du kannst den Wind spüren, der deine Haut kühlt. Einatmen. Ausatmen.*

Beckett sagte etwas, aber das Wasser nahm die Worte auf wie ein gieriger Schwamm.

Sie ließ ihre Beine schlaff ins Wasser hängen, angefangen bei der Hüfte und dann bis zu den Knien und Fußgelenken hinunter. Dann streckte sie ihre Arme seitwärts aus, und ihr Ellbogen berührte seinen Bauch.

Sie trieb beinahe auf dem Wasser. Sie konnte seine Hände noch unter sich fühlen, aber nur als zusätzliche Absicherung. Das Wasser kitzelte ihre Wangen, ihr Kinn.

Nicht verkrampfen. Ein Körper schwimmt. Einatmen. Ausatmen.

Wieder sagte er etwas, wahrscheinlich um ihr Mut zu machen. Sie machte ihre Sache wirklich gut. Sehr gut sogar.

Das Wasser küsste ihre Mundwinkel. Sie presste die Lippen zusammen und atmete durch die Nase. Ihr Atem ging flacher und die erhöhte Sauerstoffmenge trocknete ihre Kehle aus.

Er sagte wieder etwas in einem beruhigenden Tonfall.

Entspann dich. Entspann dich. Entspann dich. Atme. Ein. Aus. Du bist locker.

Locker.

Leicht.

Er ist hier und hält dich fest –

Halt, wo waren seine Hände? Sie spürte seine Hände nicht mehr.

Sie schwamm ganz allein.

Und dann nicht mehr.

Er griff nach ihr, aber vorher schlug das Wasser über ihrem Gesicht zusammen und sie schluckte einen Mund voll Flusswasser.

Hustend klammerte sie sich an ihn. Ihre Füße suchten den Boden unter ihr.

„Alles in Ordnung. Du bist sicher."

Jetzt stand sie und stieß ihn wütend zurück. „Du hast ja auch nicht die Lunge voll Wasser."

„Aber du bist geschwommen. Du hast es geschafft."

„Du hast losgelassen!"

„Und du bist geschwommen. Ganz alleine."

„Klar, kurz bevor ich abgesoffen bin."

„Du bist nicht abgesoffen. Und du wirst auch nicht absaufen. Vertrau mir."

Sie hustete ein letztes Mal und warf ihm einen düsteren Blick zu. Vertrauen. Instinktiv dachte sie an Jade.

„Ich vertrau dir aber nicht, okay?" Sie sah ihm lange genug in die Augen, um ihrer Aussage Nachdruck zu verleihen.

In seinen Augen flackerte etwas auf, doch sie wappnete sich dagegen.

Madison wusste, dass sie unverhältnismäßig heftig reagierte. Aber es gefiel ihr nicht, ihm ausgeliefert zu sein. Sie war in seinen Händen nicht sicher.

„Ich brauche einen Moment." Sie watete ein, zwei Meter von ihm fort, hustete und wischte ihr Gesicht trocken. Dann betrachtete sie eine Schleierwolke, die langsam über den blauen Himmel zog. Ein Blauhäher stieß seinen Schrei aus. Irgendwo flussaufwärts sprudelte Wasser über bemooste Felsen. Sie füllte ihre Lunge mit der nach Kiefern duftenden Luft. Es fühlte sich an, als würden Becketts Blicke Löcher in ihren Rücken brennen.

Sie würde ihm vertrauen – vielleicht –, wenn er ihr nur erzählte, was mit Jade vorgefallen war.

Madison erinnerte sich an ihre Unterhaltung mit Ryan und ihren Entschluss herauszufinden, was geschehen war. Wenn sie die Wahrheit kannte, könnte sie ihre Schwester vielleicht überreden, nach Hause zu kommen – falls Jade sie jemals anrief.

Sie drehte sich um und sah, dass er sie musterte. „Wann willst du mir eigentlich erzählen, was mit Jade war?"

Er runzelte die Stirn und presste die Lippen zusammen. „Wenn sie will, dass du es erfährst, wird sie es dir selbst erzählen."

„Aber sie ist nicht hier."

„Sie ist erwachsen, Madison."

Wusste er nicht, wie zerbrechlich Jade war? Dass sie nie das Gefühl hatte, irgendwo wirklich hinzugehören? Dass sie sich verzweifelt danach sehnte, geliebt zu werden, obwohl sie es doch längst war? Hatte Beckett nur mit ihren Gefühlen gespielt? Waren die Nachrichten, die er ihr als heimlicher Verehrer geschickt hatte, nur ein Spiel für ihn gewesen? Dass er mit Jades Herz so sorglos hatte umgehen können, ließ ihre Wangen glühen.

„Was hast du ihr angetan?“, fragte Madison.

„Ich habe ihr gar nichts angetan.“ Beckett schob das Kinn vor und biss die Zähne zusammen, um nichts zu sagen, was er später bereuen würde.

Er hätte es ihr liebend gerne erzählt, wenn es nicht so erhellend wäre. Wenn er nicht so viel zu verlieren gehabt hätte.

„Irgendetwas *musst* du gemacht haben. Sonst wäre sie nicht gegangen, Beckett. Sie war glücklich, als ihr zu dem Bankett gefahren seid, und dann war sie plötzlich weg. Wenn du nichts zu verbergen hast, dann sag es mir.“

Er wandte sich ab. Meinte sie, es mache ihm nichts aus, dass er Jade verletzt hatte? Seit sie verschwunden war, hatte er jeden Tag für sie gebetet.

„Ich habe ihr nicht wehgetan.“ Jedenfalls nicht so, wie Madison es vermutete.

„Was ist dann passiert?“ Ihre Stimme war jetzt näher. „Erzähl es mir.“

Er drehte sich um und betrachtete ihr schönes Gesicht. Wie ihre Augen glänzten. Wie ihr zartes Kinn sich vorreckte. Eine Wasserperle rann über ihre Schläfe und auf ihre Wange wie eine Träne. Er konnte sich nur mühsam davon abhalten, sie wegzuwischen.

„Wir sollten uns wieder an die Arbeit machen“, sagte er leise. „Ich habe in einer Stunde eine Verabredung.“

In ihren Augen flackerte etwas auf und ein Schatten legte sich über ihr Gesicht. Dann waren alle Emotionen daraus verschwunden. Ihre Miene war so verschlossen, als hätte ein Ladenbesitzer das *OFFEN*-Schild umgedreht.

„Ich werde es herausfinden. Sie wird es mir erzählen.“

Die Warnung versetzte Beckett in Panik, aber aus einem ganz anderen Grund, als sie dachte.

Und dann drehte sich Madison zum Ufer um und ging davon.

Beckett drehte sich ebenfalls um und tauchte in die Mitte des Beckens. Er schwamm unter Wasser, bis seine Lunge brannte. Erst auf der anderen Seite tauchte er wieder auf, in der Nähe der Felswand. Das Ufer war menschenleer. Nach wenigen Minuten hörte er, wie Madison ihren Wagen anließ.

Er tauchte wieder unter, schwamm, bis ihm die Luft ausging, und paddelte dann ans Ufer zurück. Er musste sich abreagieren.

Das Letzte, was er gewollt hatte, war Jade wehzutun. Sie hatte ihn schon immer an einen verwundeten Vogel erinnert, wobei er sich sicher war, dass ihr der Vergleich nicht gefallen würde. Sie tat alles, um sich „anders" zu kleiden: Hippieröcke, Kopftücher, Ringe an jedem Finger. Manchmal leuchtete eine bunte Strähne in ihrem dunklen Haar. Jemand wie sie hatte entweder ein Faible für Mode, eine rebellische Ader oder tief verwurzelte Komplexe. Bei Jade hatte er immer auf Letzteres getippt.

Beckett richtete sich im Wasser auf und watete den restlichen Weg zum Ufer. Dann setzte er sich ins Gras und trocknete sich ab.

Alles an jenem Abend war ihm unangenehm. Wie sie auf dem Weg zu dem Fest geredet hatte, aufgeregt, aber schüchtern; wie sie ihn angelächelt hatte, nachdem sie die Stadthalle betreten hatten, mit leuchtenden Augen wie ein Kind an Weihnachten.

Er war noch nie bei dem jährlichen Bankett der Landwirtschaftskammer gewesen. Die Anzüge, die leise Musik und die fein gedeckten Tische waren nicht sein Ding. Aber er musste zugeben, dass die Veranstalter den Saal völlig verwandelt hatten. Weiße Damasttücher bedeckten die runden Tische, die Wandleuchter verbreiteten sanftes Licht und Girlanden aus einem tüllartigen Stoff hingen kunstvoll drapiert von der Decke. Der übliche Popcorn- und Kaffeegeruch war einem süßen, zarten Duft gewichen.

Beckett wählte einen Tisch in einer Ecke, zog Jade einen Stuhl heraus und plauderte eine Weile mit ihr über dies und das. Eine dreiköpfige Band stimmte eine langsame Melodie an und er war dankbar für die Unterbrechung des unbehaglichen Small-Talks.

Allmählich wurde ihm klar, dass das Überstehen dieses Abends nur die halbe Schlacht war. Sie würde eine weitere Verabredung erwarten und dann noch eine. Wie sollte er ihr schonend beibringen, dass er daran kein Interesse hatte?

Seine Hand zögerte auf dem Weg zum Wasserglas, als er Mr und Mrs McKinley auf der anderen Seite des Saals erspähte. Wenige Sekunden später entdeckte er Jades Bruder Ryan mit Freunden an einem Tisch. Na, prima. Super. Die ganze Familie würde ihn hassen. Sie würden zweifellos erleichtert sein, wenn nichts aus ihrer Beziehung wurde, aber sie würden ihn dafür hassen, dass er Jade verletzt hatte.

Sobald das Lied zu Ende war, begann die Band mit dem nächsten

Stück. Leises Gemurmel erfüllte den Raum, während die Bedienungen die Salate verteilten. Jade schob ihren Stuhl zurück und sah Beckett mit leuchtenden Augen an. „Ich muss kurz zur Toilette. Bin gleich wieder da."

„Alles klar."

Er blickte ihr nach. Schuldgefühle drückten gegen seine Rippen und machten ihm das Atmen schwer. Dummkopf! Wie hatte er nur glauben können, es wäre in Ordnung, Madison um eine Verabredung zu bitten?

Einen Augenblick später schob sich seine kleine Schwester auf den Stuhl neben ihm, wobei sich ihr blauer Rock um sie herum aufbauschte. Laylas Haare fielen in dunklen, federnden Locken auf ihre Schultern und ein Hauch Make-up unterstrich ihre von Natur aus hübschen Züge.

„Sie hat Ja gesagt! Wo ist sie?"

Offensichtlich hatte Layla Jade noch nicht gesehen. Er wünschte, der Erdboden würde sich auftun und ihn verschlingen. „Sie hat nicht Ja gesagt. Ihre Schwester aber."

Layla zog ihre zarten Augenbrauen zusammen. „Was?"

Er erzählte ihr, was geschehen war, und sah das Mitgefühl in ihren Augen.

„Das ist ja schrecklich. Was willst du jetzt machen?"

Sidney Blevins packte Layla am Arm. „Hilfe! Mein Spaghettiträger ist gerissen! Hast du eine Sicherheitsnadel?"

Beckett wandte den Blick ab, während seine Schwester in ihrer riesigen Handtasche kramte.

„Ich komme gleich wieder", sagte Layla gleich darauf.

„Lass dir Zeit." Er würde nirgendwohin gehen.

Die Band spielte noch zwei Lieder, bevor er Jade den Saal betreten sah. Er zwang sich zu lächeln, aber als sie auf ihn zukam, bemerkte er eine Veränderung in ihrem Gang, ihrer Haltung.

Aus der Nähe sah er noch mehr Veränderungen. Ihre Lippen waren zusammengepresst und unter einem ihrer Augen war die Wimperntusche verschmiert. Sie blickte zu Boden.

„Was ist los?", fragte er, als sie an den Tisch trat.

„Bring mich nach Hause." Nichts war mehr von der Hoffnung in ihrer Stimme zu hören.

Beckett stand auf und berührte ihren Arm. „Was ist denn los? Was ist passiert?"

Sie schüttelte seine Hand ab. „Bring mich einfach nach Hause!"

Ihre Wangen waren gerötet, ebenso wie ihre Augen, die nervös hin und her blickten.

Beckett führte sie zwischen den Tischen hindurch, während seine Gedanken sich überschlugen. Was war geschehen, seit sie den Tisch verlassen hatte? Es waren gerade einmal zehn Minuten vergangen.

Draußen umgab sie die plötzliche Stille wie eine kratzige Wolldecke. Sollte er sie drängen? Sie in Ruhe lassen? Er konnte mit weinenden Frauen einfach nicht umgehen. Das hatte er noch nie gekonnt.

Die Spannung in der Fahrerkabine war mit Händen zu greifen und das Schweigen wurde nur durch ihr Schniefen unterbrochen. Er konnte sie nicht gehen lassen, bevor er herausgefunden hatte, was vorgefallen war.

Er bog in die Main Street ein und warf ihr einen Blick zu. Sie wischte sich gerade mit dem Handrücken eine Träne von der Wange. „Hat jemand etwas Gemeines zu dir gesagt?"

„Lass mich einfach in Ruhe, Beckett", sagte sie mit zusammengebissenen Zähnen.

Aber das konnte er nicht. Er war für sie verantwortlich. Sie war seine Verabredung, wenn auch versehentlich. „Wenn jemand dir zu nahe getreten ist, dann will ich das wissen. War es ein Typ?"

Hatte jemand sie angefasst? Er verspürte einen Anflug von Beschützerinstinkt – wie er ihn verspürt hätte, wenn jemand Layla wehtäte. Er hielt an einer roten Ampel. „Wenn jemand dir wehgetan hat, dann sag es mir, und ich kümmere mich darum."

„Du kannst dir die Show sparen! Ich weiß, dass du Madison wolltest und nicht mich, also steck dir deine falsche Besorgnis sonst wohin!"

Wie hatte sie es erfahren? Beckett verkniff sich einen Ausdruck, den er seit Jahren nicht mehr gebraucht hatte. „Jade –"

Jade wandte sich ab und wischte die nächsten Tränen fort. „Bring mich einfach nur nach Hause! Ich habe mich noch nie so gedemütigt gefühlt wie heute Abend."

Die Ampel wurde grün und Beckett gab Gas. Seine Schwester

war die Einzige, die Bescheid wusste. Hatte sie vielleicht auf der Toilette etwas zu ihrer Freundin gesagt und Jade hatte es gehört?

Er wusste nicht, was er sagen sollte. Er konnte es nicht leugnen, also sagte er nichts. Die kurze Fahrt zu Madisons Haus dauerte eine Ewigkeit. Erleichtert stellte er fest, dass Madisons Auto nicht in der Auffahrt stand. Vielleicht würde Jade ihrer Schwester nicht erzählen, dass Beckett sie zu dem Bankett hatte mitnehmen wollen. Kaum war ihm der Gedanke gekommen, drehte sich ihm angesichts seines Egoismus' auch schon der Magen um.

Er stellte den Motor aus und wollte aussteigen.

„Gib dir keine Mühe", sagte Jade und knallte ihre Tür zu.

Beckett fühlte sich wie der eklige Schlamm am Grund des Ohio River, während er beobachtete, wie sie das dunkle Haus betrat.

Es war das letzte Mal gewesen, dass jemand sie gesehen hatte.

Kapitel 11

Der Basset auf Madisons Arm wand sich, während ihre Absätze im Countryside Manor auf den sterilen Kacheln des Flures klackerten. Als sie an Mrs Doolittles Schreibtisch vorbeikam, warf die Schwester dem Welpen über ihre Lesebrille hinweg einen finsteren Blick zu.

„Hallo, Mrs Doolittle."

„Hmpf."

Wenn es nach der Krankenschwester gegangen wäre, hätte Madison diese „dreckigen Viecher" gar nicht in das Seniorenheim bringen dürfen. Zum Glück hatte Mrs Doolittle nicht das letzte Wort.

Madison drückte einen Kuss auf das warme Fell des Welpen und er sah sie aus seinen hellbraunen Augen an. „Du bist nicht dreckig, nicht wahr, mein Süßer?"

Der Hund würde nicht lange im Tierheim bleiben, so niedlich und verspielt wie er war. Ihre betagten Freunde würden ihn lieben.

Sie betrat den Aufenthaltsraum und sah ihre Lieblingsgruppe Damen in der hinteren Ecke sitzen. Ihre Stricknadeln gingen beinahe so schnell wie ihre Münder. Sie waren als die „knienden Omas" bekannt, weil sie als morgendliche Gebetsgruppe angefangen hatten, die in einen abendlichen Strickkreis mutiert war. Trotz ihres Spitznamens gab es sicherlich einige in der Gruppe, die sich nicht mehr auf die Knie begeben konnten, geschweige denn wieder aufstehen. Sie beteten immer noch gemeinsam, aber sie waren auch eine fröhliche, gesellige Truppe.

„Hallo, meine Damen! Ich habe Besuch mitgebracht."

„Oh!", sagte Mrs Geiger. „Der ist ja noch ganz klein – was für ein hübsches Kerlchen du bist." Sie legte ihr Strickzeug beiseite, streckte die Hände nach dem Hund aus und drückte ihn an ihren üppigen Busen. Er leckte ihre rundliche Wange und brachte sie damit zum Lachen.

„Warum ist sie immer als Erste dran?" Mrs Ettlers Nadeln klapperten, während sie mit flinken Fingern handarbeitete.

„Weil sie der Tür am nächsten sitzt, Dummerchen." Mrs Stuckey schob ihre Hornbrille auf der Nase nach oben. „Der ist aber wirklich süß."

„Haaatschi!" Mrs Marquarts Nadeln fielen auf ihren Schoß, da sie sich hastig die Hand vor Mund und Nase hielt. „Ich habe eine Allergie, das wisst ihr doch." Ihr Strickzeug rutschte zu Boden, als sie aufstand und nach ihrem Rollator griff. Durch das Niesen war ihre rotbraune Perücke ein wenig verrutscht.

„Ach, setz dich wieder", sagte Mrs Geiger und reichte den Hund weiter. „Du bist gegen Katzen allergisch, nicht gegen Hunde."

Mrs Marquart runzelte die Stirn. „Bist du dir sicher?"

„Ganz sicher", sagte Madison und rückte die Perücke der alten Dame unauffällig wieder zurecht. „Erinnern Sie sich noch an den Spaniel? Er ist auf Ihrem Schoß eingeschlafen."

Mrs Geiger schnaubte. „Und dann bist *du* eingeschlafen."

„Wir sollten ein Bild machen und es ins Facebuch stellen", sagte Mrs Stuckey.

„Face*book*." Mrs Etter drückte einen Kuss auf den Kopf des Welpen. „Er ist ein Schatz. Ist er schon vergeben?"

„Wir dürfen doch keine Haustiere halten." Mrs Stuckey hatte ihre Arbeit an dem Babypullover wieder aufgenommen, der zweifellos für eines ihrer Enkelkinder bestimmt war.

„Mein Enkel Perry sucht einen Hund für seine Kinder. Ich glaube, sie würden das Kerlchen mögen."

„Er ist noch zu haben, aber es dauert bestimmt nicht lange, bis sich ein Interessent für ihn findet", sagte Madison. „Besprechen Sie es mit Perry und geben Sie mir bald Bescheid, falls Sie tatsächlich Interesse haben. Er ist stubenrein und hat alle Impfungen bekommen."

„Ach, du bist wirklich perfekt, nicht wahr, mein Süßer?"

„Immer noch nichts von Ihrer Schwester gehört?", fragte Mrs Stuckey Madison, während sie eifrig mit den Nadeln klapperte.

Die Nachricht von Jades plötzlicher Abreise hatte in der ganzen Stadt die Runde gemacht. „Leider nein."

„Wir haben heute Morgen für sie gebetet und das werden wir auch weiter tun. Und für Sie auch, meine Liebe. Was macht denn der Schwimmunterricht?"

„Woher wissen Sie denn davon?“ Offenbar brodelte die Gerüchteküche ausgiebig.

„Wir haben unsere Mittel und Wege.“

„Aber vor allem, wie geht es dem hüschen O'Reilly-Jungen?“ Mrs Geiger wackelte mit ihren aufgemalten Augenbrauen. „Er hat das Aussehen seines Großvaters geerbt, meint ihr nicht auch, Mädels?“

Drei Köpfe nickten eifrig.

„Sie will sagen, er ist auch ein hübsches Kerlchen“, erklärte Mrs Stuckey.

Mrs Etter gab dem Welpen einen letzten Kuss und reichte ihn dann an Mrs Marquart weiter, die ihn mit ausgestreckten Armen Mrs Stuckey übergab.

„Der beißt doch nicht.“ Mrs Stuckey knuddelte den jungen Hund. „Oder, mein Süßer? Du bist aber auch zappelig.“

„Ich sollte mir die Hände waschen.“ Mrs Marquart stand auf und entfernte sich mit ihrem Rollator.

„Nehmen Sie ihn lieber wieder“, sagte Mrs Stuckey, als der Welpe von ihrem Schoß kletterte und auf dem Boden landete.

Madison hakte die Leine in sein Halsband ein. „Ich glaube, er will ein bisschen laufen. Am besten drehe ich jetzt meine Runde und halte Sie nicht länger von Ihrer Handarbeit ab.“

„Bringen Sie ihn noch mal vorbei, bevor Sie gehen?“, fragte Mrs Etter.

Madison willigte ein und lief dann mit dem Hund den Gang hinunter. Sie sah bei einem ihrer Lieblingsbewohner vorbei, dessen Angehörige in Georgia wohnten. Der alte Mann blickte erfreut auf, als er merkte, dass er Gesellschaft bekam. Er war in Redelaune, also blieb Madison eine Weile bei ihm. Anschließend besuchte sie noch einige andere Senioren, die keine Familie in der Nähe hatten. Sie wünschte, sie hätte Zeit für alle Bewohner des Altenheims. Einige von ihnen waren schrecklich einsam.

Auf dem Flur blieb sie immer wieder stehen, damit diejenigen, denen sie begegnete, den jungen Hund streicheln konnten. Es bereitete ihr Freude zu sehen, wie ein Lächeln auf die Gesichter der alten Menschen trat, und der Hund genoss ebenfalls jeden Augenblick. Seine Nase arbeitete beinahe ebenso schnell wie seine kleinen Beinchen.

Ihre letzte Station war Mr O'Reilly. Madison ging den Gang hinunter, blieb jedoch abrupt stehen, als sie sah, wie Beckett das Zimmer seines Großvaters verließ.

Während er die Tür hinter sich schloss, zog sie an der Leine und drückte sich gegen die Wand, wo sie regungslos stehen blieb. Es war albern, sich zu verstecken, aber heute Abend konnte sie Beckett nicht gegenübertreten. Nicht nach ihrem Streit wegen Jade. Die Sache lag ihr seit Samstag im Magen.

Als Beckett in Richtung Ausgang ging, atmete Madison erleichtert aus. Sie wartete, bis er um die Ecke gebogen war, bevor sie bei seinem Großvater klopfte und den Raum betrat.

„Hallo, Mr O'Reilly."

Er saß in seinem Bett, das Kissen im Rücken, die dünnen, weißen Haare frisch gekämmt, und machte die knochigen Hände auf seinem Schoß auf und zu. Das Zimmer roch nach Desinfektionsmittel und Old Spice.

Die Falten auf seiner Stirn vertieften sich. „Wer war das?"

„Der gerade gegangen ist? Das war Ihr Enkel."

Er kniff seine feuchten Augen zusammen. „Er ist ein Lügner!"

Madison zog den Hund von dem metallenen Mülleimer fort. „Das war Beckett, Mr O'Reilly. Sie erinnern sich doch an ihn. Er ist Ihr –"

Seine blauen Augen funkelten. „Er ist ein Lügner!"

Madison nahm den Welpen auf den Arm. „Sehen Sie mal, wen ich heute mitgebracht habe. Er ist ein Basset. Sie hatten doch früher auch einen. Erinnern Sie sich an Bosco?"

Die Hände des alten Mannes gingen immer noch unablässig auf und zu und sein Blick war unverwandt auf die Tür gerichtet.

Madison trat bewusst zwischen ihn und die Tür. „Sehen Sie, Mr O'Reilly. Ich habe einen Freund mitgebracht."

Endlich wanderte sein Blick zu dem Welpen und sofort wurden seine Züge milder. Die Falten auf seiner Stirn glätteten sich.

Als er die Hand ausstreckte, legte sie den Hund auf seinen Schoß. Der Welpe schnupperte an der Decke, leckte Mr O'Reillys Hand und rollte sich zu einem pelzigen Ball zusammen.

Madison hatte den ganzen Tag über an Beckett denken müssen. Dass sie sich im Altenheim versteckt hatte, war ein eindeutiges Zeichen. Sie bereute die Tatsache, dass sie ihn am Fluss auf diese Weise hatte stehen lassen. Ja, sie wünschte, er würde ihr von Jade erzählen, aber er tat ihr mit dem Schwimmunterricht einen Gefallen und sie hatte sich eindeutig danebenbenommen.

Während sie sich dem Jachthafen näherte, nahm sie Lulu, deren rosafarbene Zunge wie ein loser Schnürsenkel hin und her baumelte, an die Leine. An einer Pfütze blieben sie stehen, damit der Hund trinken konnte. Die Sonne verschwand hinter den Wolken und vom Fluss zog eine Brise herauf, die den Pferdeschwanz in Madisons Nacken umspielte.

Madison erblickte Beckett am Tankanleger, wo er ein Boot betankte. Die Besitzer, die Tacketts, schlenderten auf dem Anleger entlang und sahen sich die anderen Boote an.

Madison hielt Lulu an der kurzen Leine, damit sie sich nicht weit entfernen konnte. Während sie darauf wartete, dass Beckett seine Arbeit beendete, betrachtete sie das hölzerne Boot, dessen Tank er füllte. Ein Fischerboot für zwei Personen mit schnittigen Kurven, karamellbraunem Lack und silbernen Zierleisten. Ein solches Boot hatte sie noch nie gesehen. Als Madison an den abblätternden Schandfleck in ihrer Auffahrt dachte, verspürte sie automatisch so etwas wie Bootsneid.

Sie wartete, bis Beckett den Tank verschlossen hatte, bevor sie ihn ansprach. „Das ist eine echte Schönheit."

Wenn es ihn überraschte, sie zu sehen, dann ließ er es sich nicht anmerken. „Hi." Er hängte die Zapfpistole zurück und wischte sich die Hände an einem Lappen ab, der aus seiner Tasche hing.

„Das ist richtige Kunst."

Er sah das Boot an. „Eine Spezialanfertigung."

Lulu zog an der Leine, die Pfoten an der Stegkante und die Nase in die fischige Luft gereckt. Als in der Nähe ein platschendes Geräusch ertönte, spitzte sie die Ohren.

„Aber ich will dich nicht stören. Ich weiß, dass du viel zu tun hast."

Beckett wischte einige Tropfen Diesel vom Deck, streichelte Lulu und richtete sich wieder auf. „Was kann ich denn für dich tun?"

Sie blickte über das Wasser hinaus zu den grünen Hügeln, die sich hinter dem Fluss erhoben, und ihr wurde bewusst, dass es ihr nicht mehr so viel ausmachte, hier zu sein. Und das hatte sie allein Beckett zu verdanken.

„Ich habe ein schlechtes Gewissen wegen Samstag."

Er steckte den Lappen ein, wandte den Blick aber nicht ab. Irgendwie gab seine Art sie anzusehen ihr immer das Gefühl, nackt zu sein. Sie verschränkte die Arme, so gut das mit der Leine in der Hand ging.

„Ich auch." Der Wind zerzauste seine Haare und wehte den schwachen Geruch von Diesel und den so typischen warmen, würzigen Duft von Beckett in ihre Nase.

„Waffenstillstand?", fragte sie.

Er schien ihre Worte abzuwägen, bevor er seine Hand ausstreckte.

Madison ergriff sie und spürte genau, wie seine Finger die ihren umschlossen, während er ihr weiter in die Augen sah.

„Ich weiß deine Hilfe zu schätzen. Mit dem Schwimmen."

Er nickte einmal und ließ dann ihre Hand los.

„Gut." Sie trat einen Schritt zurück. Lulu zog sie hinter sich her. „Ich lasse dich weiterarbeiten. Bis Samstag."

Während Madison davonging, waren ihr das Hämmern ihres Herzens, ihre trockene Kehle und der Abdruck seiner warmen Hand in ihrer nur allzu bewusst. *Nur noch eine Weile, Madison. Dann kannst du in deine sichere kleine Welt zurückkehren.*

Kapitel 12

Ihr Waffenstillstandsabkommen mit Beckett funktionierte; sie hatten sich seitdem nicht mehr gestritten. Aber der neue Friede brachte andere Probleme mit sich. Da sie nicht damit beschäftigt war, empört zu sein, bemerkte Madison andere Dinge. Dinge wie seine schwarzen Augen, seinen Dreitagebart, seine trainierten Muskeln.

Mitte Juli war sie so weit, dass sie sich mit strampelnden Bewegungen über Wasser halten konnte, und Beckett erklärte, jetzt könne sie mit dem Segelunterricht beginnen. Sie war froh über die Tatsache, dass sie nicht mehr direkt mit dem Wasser konfrontiert war – oder mit dem hemdlosen Beckett. Ihre ersten beiden Segelstunden absolvierte sie bei Evan, der an zwei Abenden Zeit für sie fand. Es war ein großartiges Gefühl, die Slup ohne die Panik betreten zu können, die sie beim ersten Mal überfallen hatte. Der letzte Rest Nervosität verflog, als Evan die Segel setzte.

Madison hatte immer noch nichts von Jade gehört und sie beneidete ihre Eltern und Ryan, die in der Lage zu sein schienen, zu beten und loszulassen. Sie dachte an die Damen im Seniorenheim und ihr Versprechen, für Jade zu beten. Der Gedanke tröstete sie, obwohl sie nicht sagen konnte, warum. Ihre Eltern beteten täglich für jedes ihrer Kinder, und was hatte es Michael genützt?

An diesem Nachmittag hatte Madison zwischen zwei Terminen etwas Zeit und saß am Schreibtisch, um einige liegen gebliebene Dinge zu bearbeiten. Als ihr plötzlich die Augen schwer wurden, sah sie in ihre Schublade und stellte fest, dass ihre Tüte mit Kaffeebohnen leer war.

Seufzend lehnte Madison sich auf ihrem Stuhl zurück. Sie würde einfach ein paar Minuten die Augen schließen. Bis zu ihrem nächsten Termin hatte sie noch zwanzig Minuten Zeit. Ein Nickerchen würde sie durch den Rest des Nachmittags bringen.

„Dr. McKinley?“

Madison fuhr von ihrem Schreibtisch hoch. Sie rieb sich die Augen und blinzelte in Richtung Tür.

Dort stand Dr. Richards. Er runzelte die Stirn. „Ihr Drei-Uhr-Termin wartet seit einer Viertelstunde."

Madison sprang auf. „Es tut mir schrecklich leid. Ich weiß auch nicht, wie ich einschlafen konnte."

Ihr Chef spitzte die Lippen. „Darüber reden wir später."

Die Nachmittagsstunden schleppten sich dahin, während Madison ihre Patienten behandelte. Innerhalb weniger Wochen hatte sie zwei Fehler begangen. Vor zwei Wochen war Dr. Richards am Morgen in die Praxis gekommen und hatte festgestellt, dass die Hintertür nicht abgeschlossen gewesen war. Madison war am Tag zuvor als Letzte gegangen.

Dr. Richards war ein Mensch, der keine Inkompetenz tolerierte. Aber was redete sie da? Sie selbst duldete Inkompetenz ebenso wenig. Was war nur mit ihr los?

Anstatt darauf zu warten, dass ihr Chef sie zur Rede stellte, klopfte Madison nach ihrem letzten Termin an seine Tür. Er bat sie herein.

„Die Sache heute Nachmittag tut mir leid. Ich wollte nur meine Augen ausruhen und dann –"

„Setzen Sie sich, Dr. McKinley."

Nicht gut. Überhaupt nicht gut. Madison nahm auf dem Stuhl in der Ecke Platz.

„Sie sind eine hervorragende Tierärztin, Madison. Und normalerweise arbeiten Sie sehr gründlich. Aber in letzter Zeit sind Sie vergesslich und unkonzentriert. Sie vergessen, dass Sie versprochen haben, für mich einzuspringen, Sie schlafen in Ihrem Büro ein und Sie vergessen, die Türen abzuschließen. Ihnen sind in letzter Zeit mehrere Rechnungsfehler unterlaufen und – bitte verzeihen Sie die persönliche Beobachtung – Sie sehen aus, als hätten Sie seit Tagen nicht geschlafen."

„Ich … ich schlafe im Moment nicht gut."

„Das wirkt sich auf Ihre Arbeit aus."

Sie konnte nicht leugnen, dass das wahr war. „Ich werde mich bessern, Dr. Richards."

„Ich bin sonst niemand, der bei der Arbeit persönliche Ratschläge gibt, aber vielleicht sollten Sie einen Arzt aufsuchen."

„Natürlich. Ich weiß Ihre Geduld zu schätzen. Und ich werde in Zukunft aufmerksamer sein."

„Das will ich hoffen." Er lächelte väterlich, damit seine Worte nicht zu hart klangen.

Madison verstand dies als Aufforderung zu gehen und erhob sich. „Danke."

Sie ging in ihr Büro und schloss die Tür, während sie darauf wartete, dass ihr Herzschlag sich normalisierte. Das war unangenehm gewesen. Sie hatte sich gefühlt wie ein Kind im Zimmer des Schuldirektors und das war eine Erfahrung, die sie nicht gewohnt war.

Madison griff nach ihrer Handtasche und wollte den schrecklichen Tag nur noch hinter sich lassen, als Cassidy den Kopf zur Tür hereinstreckte.

„Bitte sag nicht Nein …", sagte Cassidy.

„Nein."

Cassidy seufzte und trat ein. „Du bist wirklich ein Sturkopf. Was, wenn ich dir eine Million Dollar angeboten hätte?"

„Dann würde ich sagen, dass du zu viel verdienst."

„Es ist nur eine Verabredung zum Kaffee. Morgen. Dr. Drew möchte dich wirklich gerne kennenlernen und Stewie und ich werden auch dort sein, deshalb wird es auch nicht unangenehm sein wie sonst bei ersten Verabredungen. Außerdem kannst du deinen Vorrat an Kaffeebohnen auffüllen, wenn du im Café bist."

Madison legte ihr Stethoskop auf den Schreibtisch und streifte den Kittel ab. „Ich weiß nicht."

„Was hält dich davon ab? Er ist Arzt, er sieht gut aus … er ist Arzt …" Cassidy schob ihre Haare über die Schulter nach hinten. Heute umrahmten sie ihr Gesicht in wohlgeordneten Locken.

„Deine Haare sehen hübsch aus."

„Wechsel nicht das – wirklich?" Cassidy drehte sich zu dem kleinen antiken Spiegel hinter ihr um und spähte in das fleckige Glas. „Ich habe mir ein neues Glätteisen gekauft, das hat Ionen oder so was. Aber egal. Sag Ja. Ich verspreche, dass du es nicht bereuen wirst."

Wenn sie ehrlich war, wusste Madison nicht, was sie zurückhielt. *Doch, das weißt du sehr wohl, Madison.* Der Grund dafür war etwa eins fünfundachtzig groß, hatte breite Schultern und schmachtende

Augen. Sie musste aufhören, an Beckett zu denken. Er hatte ganz offensichtlich kein Interesse an ihr. Er bat sie schließlich nicht um eine Verabredung, oder?

Sie seufzte so tief, dass sich die Blätter auf ihrem Schreibtisch bewegten. „Also gut."

Cassidy jubelte. „Super! Du, ich muss los. Wir sehen uns morgen früh ... und morgen Abend!" Sie verließ das Büro und rief über ihre Schulter: „Du wirst es nicht bereuen."

„Das tue ich jetzt schon", rief Madison zurück.

Das Coachlight Coffeehouse befand sich in einer renovierten viktorianischen Villa. Das Backsteingebäude war ursprünglich im Jahr 1907 erbaut worden und stand an der Ecke Main Street und Maple Street. Die breite Veranda und die repräsentativen Säulen luden jedermann zum Eintreten ein; das Café war bei den Bewohnern der Stadt ebenso beliebt wie bei den Touristen, denn es gab dort hervorragenden Kaffee, leckeres Gebäck und ein Ambiente im Charme der Jahrhundertwende.

Beckett kam jedoch nur des Kaffees wegen her. Hier gab es eine stark geröstete kolumbianische Mischung, gegen die Dewitts Automatenkaffee wie Motorenöl schmeckte. Nach einem hektischen Arbeitstag wie dem heute verlangte es ihn einfach nach einem großen Glas Eiskaffee.

Seine Pläne für den Abend waren angenehm unkompliziert. Er würde einen Kaffee trinken und dann zum Felsenturm gehen. Über einen Pfad jenseits des Riverside Parks und einen langen Anstieg zu erreichen, bot der Felsenturm einen erhebenden Blick über das Tal. Er war Becketts Lieblingsort. Dort ging er hin, um der Menschheit zu entfliehen und die Schönheit der Schöpfung Gottes zu genießen.

Der volle Duft guten Kaffees schlug ihm entgegen, als er die Tür öffnete und zwei Touristen vorbeiließ, die gerade gingen. Er überquerte den knarrenden Dielenboden und stellte sich in die Schlange, die, wie freitagabends üblich, ziemlich lang war.

Beckett betrachtete die Vitrine mit dem Gebäck darin. Er hatte über Mittag durchgearbeitet und zwischen mehreren Reparaturen lediglich einen Apfel gegessen.

Als er an der Reihe war, bestellte er an der Kasse einen Kaffee und ein Stück holländischen Apfelkuchens, und die Bedienung, ein Mädchen im Teenageralter, lächelte ihn bewundernd an.

Nachdem er bezahlt hatte, trat er zur Seite und blickte sich in dem vollen Café um. Maeve Perkins und Dottie Meyers saßen am Fenster und nippten an ihrem Tee. Er erkannte ein paar Urlauber, die am Tag zuvor ein Boot zum Angeln gemietet hatten. Sie waren mit einer Reihe von Schwarzbarschen zurückgekehrt.

Er ließ den Blick über einen Tisch in der Nähe der Tür schweifen. Als er Madison in der Gruppe erkannte, stockte er. Sie saß dort mit Cassidy Zimmerman, Stew Flannery und einem Mann, den er kannte, aber im Moment nicht einordnen konnte. Beckett wusste nicht, wie er sie beim Hereinkommen hatte übersehen können.

Zwei Männer, zwei Frauen – er erkannte eine Doppelverabredung, wenn er eine sah. Vor allem, da der ihm bekannt vorkommende Mann seine Hand über Madisons Stuhllehne legte und seine Finger ihr Haar berührten.

Beckett knirschte mit den Zähnen, als sein Blick zu ihr zurückwanderte. Ihr Haar fiel in dunklen Wellen über ihre schmalen Schultern. Die Kerze auf dem Tisch warf einen warmen Schein auf ihr Gesicht und ließ ihre Lippen glänzen. Sie trug einen rosafarbenen Pullover über einem weißen Top. Eine silberne Kette funkelte in dem sittsamen Dekolleté. Jetzt lachte sie über etwas und Beckett sah ihre Verabredung an.

Plötzlich erinnerte Beckett sich an den Mann. Das war der neue Arzt im Riverview General. Er hatte im Frühjahr ein Boot gemietet, als er neu in die Stadt gezogen war.

Er hatte zerzaustes, hellbraunes Haar und Grübchen, wenn er lächelte – was er oft tat.

„Bitte schön, Mr O'Reilly", sagte das Mädchen hinter dem Tresen.

Beckett wandte sich seinem Kaffee und dem Apfelkuchen zu, der auf einem Teller lag. Das Letzte, was er wollte, war, hier zu sitzen und zuzusehen, wie jemand Madison anschmachtete.

„Entschuldigung, kann ich das zum Mitnehmen haben?"

Sie lächelte entwaffnend. „Selbstverständlich."

Natürlich war Madison schon häufiger mit anderen Männern ausgegangen. Er hatte sie bei Verabredungen gesehen, aber das war eine Weile her. Und es war vorher gewesen.

Vor was, O'Reilly? Bevor sie dich für den Unterricht angeheuert hat?

Wann würde er endlich begreifen, dass sie keine Chance hatten? Ihr Friede war nur eine Feuerpause und kein Deut mehr. Irgendwie hatte er sich aber eingeredet, es könnte mehr daraus werden.

Wieder einmal. *Wann wird das endlich in deinen Dickschädel hineingehen? Was das angeht, hast du jede Chance an einem heißen Sommertag vor zehn Jahren zunichtegemacht.*

„Bitte schön." Das Mädchen reichte ihm einen Beutel und einen Pappbecher.

„Danke."

„Gern geschehen."

Er drehte sich um, den Kopf gesenkt, und bahnte sich einen Weg zur Tür. Als er den letzten Tisch passiert hatte, griff er nach dem Türknauf.

„Beckett, Kumpel", sagte Stew. „Warte mal kurz. Ich habe Drew gerade von deinen selbst gebauten Booten erzählt."

Beckett gab seinen Fluchtversuch auf und trat an den Tisch.

„Er interessiert sich für etwas in der Art wie das Boot, das du für die Tacketts gebaut hast."

Becketts Blick wanderte zu Madison und sie zog eine Augenbraue hoch. Er hatte das Boot gerade betankt, als Madison erschienen war, um den Waffenstillstand auszurufen. Er hatte ihr nicht gesagt, dass es sein Werk war, auch dann nicht, als sie es „Kunst" genannt hatte, was ihm ein unglaublich gutes Gefühl beschert hatte.

Der Arzt streckte die Hand aus. „Drew Landon."

„Beckett O'Reilly." Er ergriff die Hand des Mannes.

„Wie lange dauert so etwas denn?"

„Kommt darauf an. Da spielen eine Menge Faktoren rein." Er hatte bislang nur zwei Boote verkauft, aber es widerstrebte ihm, mit Madisons Verabredung Geschäfte zu machen. Beckett legte seine ganze Seele in seine Boote, und er war sich nicht sicher, ob dieser Typ die Mühe wert war. Oder vielleicht wollte Beckett auch einfach nicht glauben, dass er es wert war.

Drew Landon holte sein Handy heraus. „Geben Sie mir doch Ihre Nummer, dann reden wir später darüber."

Beckett leierte seine Nummer herunter und Dr. Perfekt tippte sie ein.

„Super." Der Arzt steckte sein Telefon wieder ein. „Ich hoffe, wir kommen ins Geschäft."

Beckett nickte in die Runde, aber sein Blick wanderte unwillkürlich zu Madison. Sie zupfte an einem Butterhörnchen und sah auf ihren Teller hinunter.

Kapitel 13

Madison legte die Schleifmaschine beiseite und trat einen Schritt von dem Boot zurück. Eine Staubwolke umgab sie und bunte Farbschnipsel waren wie Konfetti auf ihrem Schotterweg verstreut. Das Boot hatte in seiner Vergangenheit mindestens vier verschiedene Farben gehabt. Sie wollte es nachtblau streichen – falls sie jemals mit dem Schleifen fertig wurde. Ihre Hände waren schon ganz gefühllos und sie arbeitete erst seit einer Stunde.

Am anderen Ende des Gartens jagte Lulu ein Glühwürmchen im schwindenden Tageslicht, natürlich ohne Erfolg. Ein anderes leuchtete auf und sie schnappte danach, fing es aber nicht, als das Licht erlosch. Lulu reckte die Schnauze in die Luft und roch etwas, das Madisons Nase entging, dann streifte sie durchs Gras, auf der Suche nach dem, was ihre Neugier erregt hatte.

Madison nahm den Schwingschleifer und schaltete ihn ein. Er sprang brummend an und vibrierte in ihrer Hand. Sie hätte auf ihren Vater hören und einen Mundschutz kaufen sollen. Wahrscheinlich hatte sie die Hälfte von dem, was sie abgeschliffen hatte, eingeatmet, und die andere Hälfte hing in ihren Kleidern und Haaren.

Eine kühle Brise wehte durch den Garten und vertrieb die Staubwolke. Das Schleifgerät brummte und der Geruch von altem Holz stieg ihr in die Nase.

Ihre Gedanken wanderten zu ihrer Verabredung im Café zurück, die vor zwei Stunden zu Ende gegangen war. Drew schien nett zu sein. Er war attraktiv und aufmerksam und er hatte Sinn für Humor. Aber als Cassidy vorgeschlagen hatte, den Abend mit einem Kinobesuch fortzusetzen, hatte Madison abgelehnt. Sie hatte Drew allerdings ihre Nummer gegeben und falls er sie fragen würde, ob sie mit ihm ausgehen wollte, würde sie Ja sagen. Er war nett und wer weiß? Manchmal kann die beste Liebe aus Freundschaft erwachsen. Jedenfalls hatte sie das gehört.

Ein Schatten fiel auf das Boot. Als Madison sich umdrehte, sah sie einen Mann hinter sich stehen. Sie erschrak so sehr, dass sie beinahe den Schwingschleifer hätte fallen lassen.

Hastig schaltete ihn aus und funkelte Beckett wütend an, während sie die Hand auf ihr Herz drückte und Lulu angerannt kam. „Du hast mich zu Tode erschreckt."

„Ich habe Hallo gesagt, aber das hast du nicht gehört." Seine Blicke wanderten über ihr Gesicht und seine Lippen zuckten, während er Lulu wie verlangt am Bauch kraulte. „Du solltest Schutzbrille und Mundschutz tragen."

Natürlich ertappte er sie ausgerechnet in einem Moment, in dem sie verschwitzt und staubig aussah. Sie wischte sich mit tauben Fingern übers Gesicht und stellte sich die bunten Farbpartikel darauf vor.

„Was führt dich zu mir?"

„Ich hätte versucht, dich zu Hause anzurufen, aber ich dachte, du wärest noch mit deinen Freunden aus. Deshalb wollte ich dir eine Nachricht schreiben. Mir ist gerade eingefallen, dass ich unsere Segelstunde morgen absagen muss, und Evan arbeitet natürlich."

„Oh." Sie spürte einen Anflug von Enttäuschung und merkte, dass sie sich darauf gefreut hatte. Natürlich hatte sie das. Es war der nächste Schritt zu ihrem Ziel.

Beckett sah Lulu an und kraulte sie hinter den Ohren, woraufhin diese die Augen so sehr verdrehte, dass sie praktisch in ihrem Kopf verschwanden.

„Ich muss nach Indy fahren."

Es war kein Geheimnis, dass sein Dad im Gefängnis von Marion County einsaß. „Kein Problem. Dann machen wir einfach nächste Woche weiter."

Beckett fuhr mit der Hand über den unbearbeiteten Korpus des Bootes und dabei blätterten weitere Farbstücke ab. „Das ist also dein Segelboot."

Madison versuchte, das Boot mit seinen Augen zu sehen, und was sie sah, gefiel ihr nicht. „Es ist im Moment ein ziemliches Wrack."

Er ging um das Boot herum und begutachtete es ausgiebig. Sie dachte an das Boot, das er gebaut hatte, mit seiner schnittigen Form und dem schönen Lack. Madison gab es nicht gerne zu, aber es war ihr wichtig, was Beckett dachte, und er konnte nichts Gutes denken.

„Meinst du, es ist ein hoffnungsloser Fall?“
„Wie ist der Motor?“
Sie zuckte mit den Schultern. „Ich habe ihn noch nicht überprüfen lassen, aber Michael sagte, das Boot sei technisch in Ordnung.“
Becketts Hand, die in diesem Moment über den Bug fuhr, hielt in der Bewegung inne. „Michael?“
„Es gehörte ihm. Er hat es gekauft, kurz bevor –“ Sie sollte inzwischen in der Lage sein, das Wort auszusprechen. Aber Beckett setzte sich wieder in Bewegung und ersparte es ihr, den Satz beenden zu müssen.
„Es hat die ganze Zeit in der Scheune meiner Eltern gelegen. Michael hat jeden Cent, den er sich in zwei Sommern zusammengespart hatte, in dieses Boot gesteckt. Er wollte kein Auto, sondern immer nur dieses Boot.“
Das Schweigen hing so dick wie Staub in der Luft.
„Er war ein netter Kerl“, sagte Beckett schließlich. „Wir haben zwar nicht mit denselben Leuten herumgehangen, aber er war immer freundlich zu mir.“
Das überraschte Madison nicht, auch wenn die beiden völlig unterschiedlich gewesen waren – Beckett der böse Junge der Gegend; Michael das Vorzeigekind. Michael hatte in allen Menschen das Gute gesehen, auch in ihr. War es ein Wunder, dass sie sich nach seinem Tod so allein gefühlt hatte?
„Er hatte so eine Art“, sagte sie.
„Nicht viele Teenager schaffen es, offen über Gott zu reden, so wie er es getan hat, und trotzdem beliebt zu sein.“
Und genau das war der Gedanke, der ihr immer zu schaffen machte. Michael hatte einen so starken Glauben gehabt und Gott so sehr geliebt. Aber wo war sein Herr an jenem Tag gewesen? War er mit etwas anderem beschäftigt gewesen? Ihre Großmutter hatte immer gesagt: *Gott verliert nie die Kontrolle*. Aber an dem Tag hatte er sie verloren. Madison schob den beunruhigenden Gedanken beiseite.
„Madison, du kannst nicht ernsthaft glauben, dass du mit dem Ding gewinnen kannst.“
„Ich weiß, dass noch viel dran gemacht werden muss.“
Er schüttelte den Kopf.

Sie schob das Kinn vor. „Ich werde tun, was nötig ist." Michael hatte an das Potenzial dieses Bootes geglaubt, also musste sie es auch tun. „Außerdem wird doch die Art des Bootes berücksichtigt, oder nicht? Und ich werde Evan Higgins haben, der mir hilft. Er ist mein Ass im Ärmel."

„Das mit den Bootsklassen hilft, aber hier ist noch wahnsinnig viel zu tun."

Beckett kannte sie nicht sehr gut, wenn er glaubte, sie würde wegen ein bisschen Arbeit aufgeben. „Ich schaffe das schon."

Er war einmal um das Boot herumgegangen und begutachtete jetzt das Schleifgerät. „Du brauchst gröberes Papier. Damit geht es viel schneller." Er gab ihr den Schwingschleifer zurück. „Ich könnte dir helfen, wenn du willst."

Sie blinzelte ihn an. Jetzt, wo die untergehende Sonne in seinem Rücken stand, wirkten seine Augen tiefschwarz. Sie erinnerte sich an seinen Blick im Café, als Stew ihn angesprochen hatte. Beckett hatte sie kaum angesehen und jetzt fragte sie sich, woran das lag.

„Warum solltest du das tun?" Er hatte ihr schon in seiner Freizeit das Schwimmen beigebracht. Konnte es etwa sein, dass –

„Ich mache so etwas gerne, weißt du nicht mehr?" Er wandte den Blick ab und fuhr mit der Hand über die Stelle, die sie abgeschliffen hatte.

Klar. Natürlich wollte er nicht … Wie dumm von ihr. Wenn er Interesse an ihr hätte, würde er sie fragen, ob sie mit ihm ausgehen wollte, oder etwa nicht?

Sie zuckte mit den Schultern. „Ich würde das Angebot nicht ablehnen. Ich kann die Hilfe weiß Gott gebrauchen."

„Ich kann auch nachsehen, ob der Motor in Ordnung ist, wenn du willst."

Er war schrecklich nett. Allmählich kam ihr das verdächtig vor. Vielleicht hatte er ein schlechtes Gewissen wegen Jade. Vielleicht war das seine Form der Buße …

„Oder auch nicht", sagte er.

Wahrscheinlich standen ihre Gedanken ihr ins Gesicht geschrieben. „Nein, ich weiß das Angebot wirklich zu schätzen. Danke. Ich kann dich für die Reparaturen bezahlen."

„Warten wir erst mal ab, wie es läuft. Vielleicht gibt es ja keine Probleme. Wann soll ich vorbeikommen?“

„Äh … Montag, nach dem Abendessen?“

„Klingt gut.“

Eine Grille zirpte in einem Busch und in einiger Entfernung wurde eine Wagentür zugeschlagen.

„Es ist spät. Ich gehe besser.“ Er trat auf den Schotterweg zurück.

Madison wollte nicht, dass er ging, wurde ihr plötzlich bewusst, aber ihr fiel kein Grund ein, warum er bleiben sollte. „Bis Montag dann.“

„Ja, bis Montag.“

Sie blickte ihm nach, als er sich mit seinem leicht wiegenden Gang entfernte, und sie wusste, wenn er sie eingeladen hätte, mit ihm ins Kino zu gehen, hätte sie nicht Nein gesagt.

Obwohl er eine zwielichtige Vergangenheit hatte.

Obwohl sie nicht wusste, was zwischen Jade und ihm vorgefallen hatte.

Obwohl er ihr den besten Kuss ihres Lebens gegeben hatte, nur um dann so zu tun, als wäre es nie geschehen.

Der Tanz fiel auf einen verschneiten Februarabend in Madisons zweitem Jahr an der Highschool von Chapel Springs. Die Schüler, die sich langweilten und eingesperrt fühlten, kamen in Scharen. Ob als Pärchen oder in Gruppen war egal, solange sie einen Grund hatten, das Haus zu verlassen.

Madison kam mit einer Gruppe Freundinnen und tanzte mit den Jungen, die sie aufforderten. Aber die meiste Zeit saß sie in einer Ecke und versuchte Cassidy dazu zu überreden, dass sie Luke Cavendish, in den sie derzeit verknallt war, zum Tanz aufforderte.

Madison hatte ihren Lieblingsrock getragen, ein weißes, dünnes Kleidungsstück, das um ihre Knie floss, und ihren neuen blauen Pullover, dessen Kragen mit Schmetterlingen bestickt war.

Als Mrs Pinsky durch das übersteuerte Mikrofon ein Tanzspiel ankündigte, begaben die Schüler sich auf die Tanzfläche.

„Das ist meine Chance", sagte Cassidy, als Luke sich zu den anderen gesellte. Sie zog Madison hinter sich her. „Komm mit!"

Madison folgte ihr in die Mitte der Turnhalle, wo sich eine Menschentraube gebildet hatte, die Mrs Pinkys Anweisungen lauschte. Die Jungen sollten sich im inneren Kreis aufstellen und in eine Richtung gehen, die Mädchen in den äußeren Kreis und in die andere Richtung. Sie würde pfeifen, die Kreise blieben stehen und man tanzte mit der Person, die einem gegenüberstand.

„Super", schmollte Cassidy. „Wie stehen denn dabei meine Chancen?"

„Wenn du ihn fragen würdest, ständen sie bei hundert Prozent", sagte Madison, während sie einen Kreis um die Jungs bildeten.

„Höchstens fifty-fifty. Hast du gesehen, mit wem er getanzt hat?"

Die Musik begann und die Kreise setzten sich in Bewegung. Die Diskokugel warf blasse weiße Flecken in den Raum, der kaum dunkler war als beim Sportunterricht. Der Kreis wurde schneller, die Mädchen stießen sich gegenseitig an und lachten. Die Jungen waren in der anderen Richtung schon völlig außer Rand und Band. Michael zog sie an den Haaren, als er vorbeilief, und er war schon vorbei, bevor sie sich rächen konnte.

Ein Pfiff ertönte. Die Kreise blieben stehen.

Madisons Lachen verstummte und ihr Lächeln erstarb. Ihr gegenüber stand Beckett O'Reilly. Sie hatte ihn an diesem Abend nicht einmal wahrgenommen. Er kam normalerweise gar nicht zu Veranstaltungen wie dieser, das tat kaum einer aus der Abgangsklasse.

Er erwiderte ihren Blick mit einer unergründlichen Miene.

„Glück gehabt!", flüsterte jemand in Madisons Ohr, bevor sie einen Schritt auf ihren Tanzpartner zumachte.

Auf ihrer anderen Seite tat Cassidy sich mit einem großen, schlaksigen Typen aus dem ersten Highschooljahr zusammen.

Jetzt konnte sie die Sache nicht mehr verhindern, indem sie ein wenig nach links oder rechts rutschte.

Außerdem war Beckett schon einen Schritt näher gekommen. Madison legte die Hände auf seine Schultern, während ihr Herz doppelt so schnell schlug wie der Rhythmus des langsamen Liedes. Sie reichte ihm kaum bis ans Kinn. Er war frisch rasiert und ein Hauch von würzigem Rasierwasser kitzelte ihre Sinne.

Kelly Clarkson sang die ersten Worte von „A Moment Like This".

„Ich heiße Beckett." Sie hatte seine Stimme noch nie gehört, jedenfalls nicht so. Sie war tief und rauchig, gar nicht wie die Stimme eines Teenagers, sondern wie die eines erwachsenen Mannes.

„Ich weiß. Madison."

Seine Hände brannten durch ihren dünnen Pullover hindurch an ihrer Taille. Sie erinnerte sich daran, wie sie ihn das erste Mal gesehen hatte, bei dem Footballspiel. Solche Augen vergaß man nicht, wenn sie einen durchbohrt hatten. Aber seitdem hatte er sie ignoriert. Und sie hatte seitdem all den Gerüchten über ihn gelauscht.

Er war dabei erwischt worden, wie er ein altes Holzlagerhaus mit Graffiti besprüht hatte, war wegen einer Schlägerei vom Unterricht ausgeschlossen worden und man hatte ihn beschuldigt, einen Siegelring aus Bradley Moores Spind gestohlen zu haben – und das alles seit September. Der Siegelring war im vergangenen Monat Gesprächsthema Nummer eins gewesen.

Sie hätte gerne gewusst, was er dachte, aber nicht dringend genug, um ihm in die Augen zu sehen und ihn zu fragen. Ihr Pullover fühlte sich warm und kratzig an und ihr Gesicht glühte, sodass sie wahrscheinlich aussah wie ein Clown.

Sein Atem ließ die zarten Locken an ihrer Schläfe erzittern und sie spürte seine Gegenwart bis in die Zehenspitzen. Keiner der anderen Jungen, die mit ihr getanzt hatten, hatte diese Wirkung auf sie gehabt, aber von ihnen war auch keiner Beckett O'Reilly gewesen.

Cassidy warf ihr mit weit aufgerissenen Augen einen Blick über Becketts Schulter zu und sagte lautlos etwas, das Madison nicht von den Lippen ihrer Freundin ablesen konnte.

Madison konzentrierte sich auf den Ausschnitt von Becketts schwarzem T-Shirt, auf den Text des Liedes, auf ihre schmerzenden Zehen in den Pumps. Ihr Magen fühlte sich an wie eine Popcorn-Maschine, so wild hüpfte alles darin herum. Einer von ihnen musste etwas sagen und diese schreckliche Spannung durchbrechen. Und es sah nicht so aus, als würde er es tun.

„Hast du es getan?" Etwas Dümmeres hätte ihr aber auch nicht einfallen können! Sie biss sich auf die Unterlippe.

„Was soll ich getan haben?"

Ihr fiel nicht ein, was sie sonst antworten sollte. „Den Siegelring gestohlen."

Becketts Muskeln verhärteten sich unter ihren Händen.

Madison schnitt eine Grimasse. Er musste sie für die Tugendprinzessin der Schule halten.

Sie spürte, dass er sie ansah. Das Durcheinander in ihrem Magen wurde noch schlimmer und trommelte gegen ihre Rippen. Sie hätte nach seinem Großvater fragen können oder nach den Kursen, die er belegt hatte, oder nach irgendetwas anderem. *Dummkopf!*

„Ich bin kein Dieb." Etwas an seinem Tonfall überraschte sie, etwas Trauriges.

Ihr Blick suchte den seinen, weil sie nicht ganz glauben konnte, was sie gehört hatte. Aber als sie ihm in die Augen sah, war es ganz kurz darin zu sehen, bevor er blinzelte.

Der Augenblick unerwarteter Verletzlichkeit berührte sie. Irgendwie hatte sie nicht gedacht, dass Beckett O'Reilly wahre Gefühle haben könnte.

„Ich glaube dir", sagte sie.

Seine unergründlichen Augen sahen sie prüfend an. Er schien sie in sich aufzusaugen und sie ließ es zu. Er hatte die längsten Wimpern, die sie bei einem Jungen jemals gesehen hatte. Seine Nase war an der Wurzel etwas schief, wahrscheinlich die Folge einer Prügelei. Aber nicht der jüngsten, nach allem, was sie gehört hatte. In seiner Oberlippe war eine verführerische Einbuchtung, die –

Plötzlich lag der Raum im Dunkeln. Es war vollkommen schwarz. Sie blieben stehen.

Jemand pfiff und erste Rufe erklangen, bis schließlich der Geräuschpegel die Musik übertönte.

„Jemand versucht offenbar, witzig zu sein", sagte Madison. Sie sollte einen Schritt zurücktreten, auch wenn die Musik weiterlief. Sie war sich sicher, dass niemand mehr tanzte. Neben sich spürte sie einen Luftzug.

„Wahrscheinlich geben sie mir die Schuld." Ihre Haare bewegten sich, als er seufzte.

„Ich bin dein Alibi." Madison hoffte, dass er das Lächeln in ihrer Stimme hören konnte.

Jemand stieß sie an, sodass sie auf ihren Absätzen ins Wanken geriet. Er zog sie näher, die Arme schützend um sie gelegt. Sie fragte sich, wie eine Berührung an der Taille eine Gänsehaut auf ihren Armen und ein Kribbeln auf ihrer Kopfhaut verursachen konnte.

„Das meiste ist wahr“, sagte er ihr ins Ohr.

Sie brauchte nicht zu fragen, was er meinte. Sie wollte ihn nur fragen, warum. Warum tat er all diese Dinge? Warum machte er Schwierigkeiten, wenn es doch so viel einfacher war, die Regeln zu befolgen?

Aber bevor sie fragen konnte, legten sich seine Hände um ihr Gesicht. Die Fragen verpufften und wichen Empfindungen.

Seine rauen Hände auf ihrem Gesicht. Die Härte seiner Muskeln unter ihren Händen. Sein würziger Geruch. Madisons Atem stockte.

Sie fühlte, wie er näher kam, und dann berührten seine Lippen die ihren. Sie waren so sanft wie ein Sommerwind und genauso warm. Bevor der Nebel in ihrem Kopf sich lichten konnte, hatte er seinen Mund von dem ihren genommen. Fast hätte Madison um eine zweite Chance gefleht. Sie hatte sich nicht einmal gerührt! Hatte dort gestanden wie ein völliger Trottel. Sie dachte an all die anderen Mädchen, mit denen er ausgegangen war, und wusste, dass ihr Kuss schlimmer gewesen sein musste als alles, was er bisher erlebt hatte.

Sein Daumen fuhr über ihre Unterlippe und ließ sie erzittern. Sie wünschte, sie könnte seine Augen sehen.

Dann lagen seine Lippen wieder auf ihren und sie war einfach nur froh über die zweite Chance. Sie würde sie nicht vergeuden. Sie erwiderte seinen Kuss, Zug um Zug.

Ihre Reaktion machte ihn mutiger. Seine Arme umfassten sie fester und zogen sie näher. Seine Schultern waren hart und seine Lippen weich, ein faszinierender Kontrast. Die Turnhalle verschwand, während sie an einen anderen Ort schwebte, einen wundervollen und vollkommenen Ort.

Ihre Hände glitten seine Schultern hinauf und ihre Finger fuhren durch die Haare in seinem Nacken. Sie fühlten sich so weich an, wie sie es sich vorgestellt hatte. Noch weicher.

Als hinter Madisons Lidern ein Licht aufleuchtete, riss sie die Augen auf. Sie nahm die Bewegung und die Geräusche wahr, die sie irgendwie ausgeblendet hatte, während sie sich Beckett an den Hals geworfen hatte.

Beckett O'Reilly!

Sie hatten kaum je zwei Sätze miteinander gesprochen. Natürlich versuchte er, sie zu verführen; er war schließlich Beckett O'Reilly. Aber sie musste nicht so reagieren wie eine seiner Samstagabend-Eroberungen.

„Beruhigt euch, Jungen und Mädchen", sagte Mrs Pinsky. „In Ordnung, legen wir das nächste Lied auf. Und wer immer das war … wir finden es heraus."

Ein Musikstück begann. Die Leuchtstoffröhren wurden mit jeder Sekunde heller. Madisons Gesicht glühte, und sie war sich sicher, dass sie jetzt tatsächlich wie ein Clown aussah. Sie konnte sich nicht überwinden, Beckett anzusehen, nachdem sie ihn so leidenschaftlich geküsst hatte.

Cassidy packte sie am Arm. „Du brauchst eindeutig frische Luft", sagte sie zu Madison und warf Beckett einen Blick zu.

Cassidy musste Madison nicht lange dazu überreden, ihr ihr Herz auszuschütten, als die Tür der Halle hinter ihnen zugefallen war.

Doch als Madison zum Tanz zurückkehrte, war Beckett verschwunden. Und als sie am nächsten Montag in der Schule an ihm vorbeiging, sah er sie nicht einmal an. Aber sie lächelte trotzdem, als sie Wochen später hörte, dass Bradley Moore seinen Siegelring hinter seinem Nachttisch gefunden hatte.

Kapitel 14

Beckett blickte zu Madison hinüber, während sie schliff. Die Schutzbrille, die er ihr mitgebracht hatte, verschluckte ihr Gesicht fast vollständig, aber sie schützte ihre hübschen Augen. Sie waren jetzt seit fast zwei Stunden an der Arbeit. Trotz Atemmaske war sein Mund ganz ausgetrocknet.

Eine Brise wehte durch den Garten und kühlte seine Haut. Das Brummen der Schleifgeräte hallte in seinen Ohren und die Vibrationen machten seine Finger taub, während er mit der Holzmaserung arbeitete und die Lackreste in alle Richtungen davonstoben.

Seine Fahrt nach Indy am Samstag war genau so verlaufen, wie er es erwartet hatte. Sein Vater hatte nach Grandpa gefragt und nach Becketts Arbeit, dann hatten sie sich nichts mehr zu sagen gehabt. Als er das letzte Mal betrunken Auto gefahren und deswegen im Gefängnis gelandet war, war Beckett beinahe erleichtert gewesen. Er lebte in ständiger Angst, dass sein Dad jemand töten könnte. Es war geradezu ein Wunder, dass er es nicht längst getan hatte. Er hatte angefangen zu trinken, als Mom ihn verlassen hatte, und seitdem hatte er nicht mehr aufgehört, obwohl Beckett und Layla ihn immer wieder angefleht hatten, Hilfe in Anspruch zu nehmen.

Auf dem Heimweg waren Becketts Gedanken so schwer gewesen wie immer, wenn er seinen Vater besuchte. Dad hatte abgenommen, seine stoppeligen Wangen waren eingefallen und sein Bauch unter der sandfarbenen Gefängniskleidung war flach.

Beckett wusste, dass er ihn häufiger besuchen sollte, aber das Gefühl hielt danach immer tagelang an, und er konnte sich einfach nicht überwinden, mehr als einmal im Monat nach Indy zu fahren. Sein Vater hatte ihm sein ganzes Leben lang nichts als Schande bereitet. Warum Beckett sich deswegen schuldig fühlte, war ihm selbst nicht klar.

„Es wird zu dunkel." Madison schaltete ihren Schwingschleifer aus und zog ihre Brille ab. Mit den Haaren zum Pferdeschwanz gebunden sah sie wie achtzehn aus.

„Wie wäre es mit etwas zu trinken?"

„Gerne." Beckett folgte ihr mit Lulu auf den Fersen zum Haus. Madisons Zuhause war ein kleines Holzhaus im Cape-Cod-Stil mit spitzem Giebel und Gauben, und es lag an einer von Bäumen gesäumten Straße. Dazu gehörten ein gepflegtes Stück Rasen und eine gemütliche Treppe, die hervorragend für Gute-Nacht-Küsse geeignet war.

Beckett trat über die Schwelle und dachte an die letzte Gelegenheit, bei der er das Haus betreten hatte, mit einem Strauß Blumen und einer Verabredung, die auf einem Missverständnis beruhte. Er fragte sich, ob Madison auch daran dachte, als sie sich mit einer Wasserflasche vom Kühlschrank umdrehte.

„Danke." Beckett löschte seinen Durst und ging zum Küchenfenster hinüber. Hinter den dünnen Gardinen war die Sonne über den Hügeln untergegangen und hatte den Himmel rosa und lila gefärbt. Im Haus war es ruhig, nur das Summen des Kühlschranks durchbrach die Stille. Er fragte sich, ob Madison von Jade gehört hatte, aber er würde ganz bestimmt nicht davon anfangen.

„Danke für das Schleifpapier. Damit geht es viel schneller." Sie lehnte sich an die Küchenzeile und trank einen Schluck.

„Es ist viel Farbe drauf."

Selbst in einem ausgeleierten T-Shirt und abgewetzten Jeans und mit Farbresten auf den Wangen sah sie umwerfend aus. Ihre mandelförmigen braunen Augen brauchten kein Make-up und ihre Lippen waren vollkommen, rosig und voll. Seine Gedanken wanderten zu dem Tanz vor so langer Zeit zurück, als er einen Augenblick lang vergessen hatte, dass Madison für ihn unerreichbar war. In diesem kurzen Moment hatte er sich eingeredet, dass sie ihn lieben könnte. Aber das war eine Illusion gewesen.

Er ging zum Wohnzimmer und blieb in der Tür stehen, von wo aus er die bequemen Sofas und die Flechtteppiche betrachtete. Er bemerkte Details, die er beim letzten Mal übersehen hatte: ein kleines, selbst gebautes Regal, das mit Büchern vollgestopft war; Spitzendeckchen auf Tischen im Kolonialstil, Lampen, die den Raum in ein warmes Licht tauchten. Er spürte den riesigen Unterschied zwischen ihrem gemütlichen, persönlichen Stil und seiner eigenen minimalistischen Einrichtung. Ihm fiel ein, dass er eigentlich gar nicht hier sein sollte.

Warum tue ich mir das immer wieder an, Gott? Je mehr Gründe ich habe, auf Distanz zu gehen – und die habe ich mehr denn je –, desto mehr Zeit verbringe ich mit ihr. Er war ihr etwas schuldig, aus vielen Gründen, aber diese Schuld zu bezahlen, würde ihn umbringen.

„Möchtest du noch was?"

Er drehte sich um und sah, dass sie dicht hinter ihm stand. Eine Haarsträhne war aus ihrem Pferdeschwanz gerutscht und bewegte sich im Luftzug des Deckenventilators.

Als er die Flasche nahm, berührten seine Finger die ihren. Sie duftete nach Jelängerjelieber und Zedernholz, eine betörende Mischung. In ihren Haaren und auf ihrer Nase befanden sich Farbreste. Bevor er eine Dummheit begehen konnte, schob Beckett seine freie Hand in die Hosentasche.

Über ihren Köpfen tickte der Ventilator, der sich langsam drehte.

Nachdem Madison ihr Wasser ausgetrunken hatte, warf sie die Plastikflasche in die Recycling-Tonne. Beckett war heute Abend still und seine Stimmung war irgendwie anders als sonst. Ernster. Sie fragte sich, warum. War es etwas, das sie gesagt hatte? Etwas, das bei der Arbeit geschehen war?

Nachdenklich sah sie ihm beim Trinken zu. Sein Adamsapfel hüpfte zweimal, dreimal auf und ab, bevor er den Deckel auf die Flasche schraubte, wobei er auf seine Hände hinunterstarrte und seine Wimpern fächerartig auf seinen Wangen lagen. Ein großes Stück neongrüner Farbe zierte seinen Wangenknochen. Das konnte sie unmöglich so lassen. Sie streckte die Hand aus und fuhr leicht darüber.

Augenblicklich spannten sich seine Gesichtsmuskeln unter ihrem Daumen an und er zuckte zurück.

Die Zurückweisung versetzte Madison einen Stich irgendwo in der Nähe des Herzens. Sie ließ die Farbe, wo sie war, zog die Hand weg und ließ den Arm sinken. Sie spürte, wie ihr Hals warm wurde und Röte in ihr Gesicht stieg. Wann würde sie endlich begreifen, dass er kein Interesse hatte?

Er räusperte sich und wandte sich der Tür zu. „Ich muss gehen."

Lulu, die nichts von der angespannten Atmosphäre mitbekam, rannte mit wedelndem Schwanz hinter ihm her.

„Danke für das Wasser", sagte er, als er an der Tür angekommen war.

„Danke für deine Hilfe."

„Bis Samstag."

„Bis dann."

Die Tür fiel zu und Lulu trottete an Madisons Seite zurück. Gleich darauf hörte sie den Motor von Becketts Wagen anspringen, dann drehten die Reifen auf dem Schotter durch. Offenbar konnte er gar nicht schnell genug fliehen.

Schlecht gelaunt duschte Madison und zog ihren Pyjama an. Sie schaltete den Fernseher ein, konnte sich aber nicht auf die Sendung konzentrieren, weil sie immerzu daran denken musste, wie Beckett zurückgezuckt war.

Verärgert zog sie das Chenillekissen ihres Sofas an sich und schlang die Arme darum. Sie musste aufhören, an ihn zu denken. Es gab jede Menge anderer Männer.

Drew hatte sie vor der Kirche angesprochen und gefragt, ob sie am kommenden Wochenende mit ihm ausgehen wollte. Sie hatte versprochen, in ihrem Kalender nachzusehen und sich bei ihm zu melden. Vielleicht sollte sie ihn anrufen. Sie war sich nicht sicher, warum sie es hinausschob. Sie war sich ziemlich sicher, dass er vor ihrer Berührung nicht zurückschrecken würde.

Ihr Telefon klingelte und sie griff nach dem Hörer. Drew? Beckett?

Die Anruferkennung zeigte eine ihr unbekannte Vorwahl. Madison runzelte die Stirn. „Hallo?"

Sie hörte Geräusche im Hintergrund. Leise Musik.

„Madison?" Die Stimme ihrer Schwester würde sie überall erkennen.

Sie fuhr hoch. „Jade?"

„Ja, ich bin's."

„Wo warst du? Ich habe mir schreckliche Sorgen gemacht."

„Tut mir leid. Ich habe dir eine Nachricht dagelassen. Und ich habe Mom und Dad angerufen."

Sie holte Luft und erinnerte sich daran, dass ihre Schwester zu alt war, um ausgeschimpft zu werden. „Geht es dir gut? Wo bist du?"

„Mir geht es gut. Ich bin in Chicago."

„*Chicago?*"

„Kaum zu glauben, dass mein treuer Gefährte es so weit geschafft hat, was?" Jades erbsengrüner Ford pfiff schon seit fünf Jahren aus dem letzten Loch.

„Aber du bist okay? Wo wohnst du? Brauchst du Geld?"

Jade lachte leise. „Nein, ich brauche kein Geld, große Schwester. Mir geht es gut. Ich habe einen Job und ich wohne bei Izzy und Kirsten von der Highschool. Sie wollten immer schon, dass ich mal eine Zeit lang zu ihnen komme."

„Hat Izzy nicht geheiratet?"

„Nein. Sie hat einen kleinen Sohn, aber der Vater hat sich aus dem Staub gemacht."

„Chicago ist so eine große Stadt …"

„Wir passen aufeinander auf. Mach dir keine Sorgen."

Aber das tat sie. Was wusste Jade schon über die Welt? Die Leute würden ihre Naivität ausnutzen. Oder ihre Großzügigkeit.

„Ich wünschte, du würdest nach Hause kommen. Mom und Dad machen sich Sorgen. Das tun wir alle."

„Ich bin schon groß. Ich – ich muss mal eine Weile auf eigenen Füßen stehen, weißt du?"

„Dazu musst du doch nicht in Chicago leben."

„Mir geht es gut, ihr braucht euch wirklich keine Sorgen zu machen." Doch etwas in ihrer Stimme führte dazu, dass Madison genau das tat.

„Wo arbeitest du?"

„In einem kleinen Café. Ich bekomme gute Trinkgelder."

Chicago war teuer. Wie konnte sie sich ihren Teil der Miete leisten? Es sei denn, sie wohnte in irgendeinem Loch. Wenn Madison die Adresse erfuhr, könnte sie bei Google Earth nachsehen.

„Du hast deinen Lieblingsschal vergessen. Ich habe ihn hinter der Kommode gefunden. Ich kann ihn dir schicken."

„Ach, lass ruhig. Ich weiß ja, wo er ist. Aber genug von mir. Was gibt es bei dir Neues? Hast du den Segelkurs ersteigert?"

„Ja. Und es läuft gut." Es hatte keinen Sinn, Beckett zu erwähnen.

„Und das Theaterstück? Haben die Proben schon angefangen?"

„Am kommenden Wochenende ist das Vorsprechen. Ich freue mich schon darauf. Aber ich vermisse dich."

„Im Haus herrscht Chaos, oder?"

„Es könnte sein, dass ein bisschen Geschirr in der Spüle liegt."

„Und eine Staubschicht überall sonst?"

Madison lächelte. Mensch, wie sie Jade vermisste. „Möglich."

Sie brachte ihre Schwester auf den neuesten Stand, was die anderen Familienmitglieder betraf, doch irgendwann unterbrach Jade sie. „Hör zu, ich muss Schluss machen. Meine Pause ist rum. Ich wollte dir nur sagen, dass es mir gut geht – und deine Stimme hören."

„Warte, kann ich dich unter dieser Nummer erreichen?"

„Es ist die Nummer vom Café. Wir haben im Moment kein Festnetz."

Das war besser als nichts.

„Ich muss weiterarbeiten", sagte Jade. „Grüß alle von mir."

„Das mache ich. Ich hab dich lieb, Jade."

„Ich dich auch."

Und dann legte sie auf. Madison presste das Telefon an ihre Brust. Jade ging es gut, im Moment jedenfalls. Auch wenn manches von dem, was sie gesagt hatte, irgendwie seltsam war.

Nachdem sie einen Blick auf die Uhr geworfen hatte, wählte Madison die Nummer ihrer Eltern. Sie würden alles wissen wollen.

Kapitel 15

Der Wind zerrte an Madisons Haaren, als Beckett das Boot in den Jachthafen zurücklenkte. Der Tag hatte klar und sonnig begonnen, mit einer leichten Brise, und war daher perfekt gewesen für ihre erste Segelstunde mit Beckett. Nachdem sie mit Evan die Grundlagen durchgearbeitet hatte, war sie bereit gewesen, einige Techniken in der Praxis zu lernen. Sie hatten das Segeln am Wind geübt und ebenso das Wenden und Halsen.

Als sie in den Hafen einfuhren, wanderten Madisons Gedanken zu ihren Eltern. Gestern Abend war die Stimmung beim Familiengrillen gut gewesen. Dass sie von Jade gehört hatten, war für alle eine Beruhigung. Madison hatte im Internet mithilfe der Telefonnummer nach dem Café gesucht und es auch tatsächlich gefunden, woraufhin sie sich den Stadtteil mit Google Earth hatte ansehen können. Nicht, dass ihr das viel nützte.

Beckett drosselte den Motor. Madison hatte beschlossen, ihn als Freund zu betrachten. Nicht als den Typen, der ihr den besten Kuss ihres Lebens beschert hatte. Nicht als den Typen, dessen Muskeln im Sonnenlicht spielten. Nicht als den Musterjungen, den Cassidy beschrieben hatte.

Freunde. Das war alles.

Aus diesem Grund hatte sie es vermieden, ihn zu berühren oder anzusehen oder ihn auch nur anzusprechen, wenn es nicht notwendig war. Um ihre Entscheidung zu bekräftigen, hatte sie sich für heute Abend mit Drew verabredet. Er hatte beschlossen, gemeinsam mit ihr für das Theaterstück vorzusprechen, da er in der Schule in einer Theatergruppe gewesen war. *Liebe in Gefahr* hatte den jährlichen Wettbewerb als bestes Stück eines Dramatikers aus Indiana gewonnen.

Madison freute sich darauf, für die Hauptrolle vorzusprechen.

Eleanor war eine komplizierte und sympathische Figur mit einem spannenden Handlungsbogen.

Nach dem Vorsprechen würde Drew sie in ein Restaurant auf der anderen Seite des Flusses in Louisville ausführen, ein gehobenes Steakhaus. Er hatte sie bereits gewarnt, dass er Rufbereitschaft hatte. Sie würde sich daran gewöhnen müssen, wenn sie mehr Zeit mit ihm verbrachte.

Beckett lenkte das Boot in den Liegeplatz. Als sie sich dem Anleger näherten, nahm Madison die Vorleine und stieg aus, wobei sie einen kurzen Anflug von Nervosität spürte. Sie zog, bis das Boot an Ort und Stelle war, und schlang das Seil um die Klampe, wobei sie die Achterwicklung verwendete, wie Beckett es ihr gezeigt hatte.

„Das war gut heute“, sagte er und sprang vom Boot.

„Es gibt so viel zu lernen.“

„Du hast riesige Fortschritte gemacht.“

Sie wollte sich einige seiner Anweisungen aufschreiben, bevor sie alles vergaß. Man musste beim Segeln an viel mehr Dinge denken, als sie sich vorgestellt hatte. Trimmen, Wenden, Halsen … so viel, was sie sich merken musste.

Die Sonne brannte auf ihre Schultern, als sie den Anleger hinuntergingen. Sie blickte auf ihre Uhr. Sie würde noch Zeit für eine schnelle Dusche haben, bevor Drew erschien.

„Ich hoffe, du verspätest dich meinetwegen nicht bei irgendetwas.“

Sie wollte gerade ihre Verabredung erwähnen, doch dann überlegte sie es sich anders. „Nö.“ Als sie bei Dewitts Büro angekommen waren, dankte sie ihm, verabschiedete sich und ging zu ihrem Wagen.

„Wie war die Verabredung?“ Am nächsten Morgen ließ sich PJ neben Madison auf die Bank fallen.

„Nicht schlecht.“ Die Kirche füllte sich jetzt zügig, da der Gottesdienst in wenigen Minuten beginnen würde. Die Pianistin schlug einen alten Choral an und ihre silbernen Locken hüpften bei jedem Akkord.

„Mehr erfahre ich nicht? Ich bin deine Schwester.“ Sie warf ihre braunen Haare über die Schulter zurück.

Madison seufzte. „Wir waren bei Morton's. Die Kritiker hatten recht – das Steak war fantastisch."

„Das Fleisch ist mir egal. Hat er dich zum Abschied geküsst?"

Madison zog eine Augenbraue hoch. „Ja …"

PJ lächelte.

„Auf die Wange."

PJs Mundwinkel wanderten wieder nach unten. „So ein Mist!"

„Er ist ein Gentleman. Daran ist nichts auszusetzen." Sie winkte, als ihre Eltern vorbeikamen und zwei Reihen weiter vorne hinter ihrem Bruder und Daniel Platz nahmen.

PJ zog ihren geblümten Rock zurecht. „Dein Vorsprechen war vorhin in der Bibelstudiengruppe das Gesprächsthema des Tages."

Sie hatte sich darüber gefreut, wie gut es gelaufen war. Auch von Drews schauspielerischen Fähigkeiten war sie beeindruckt gewesen. „Wirklich?"

„Deins und Drews. Dottie ist begeistert, dass sie dieses Jahr so begabte Darsteller hat. Ich glaube, Drew könnte in dem Stück deinen Partner spielen. Dann würdest du ihn während der Proben gut kennenlernen."

Als sie die Proben erwähnte, nagte ein Anflug von Besorgnis an Madison. Vielleicht hatte ihre Mutter recht. Mit dem Job, dem Segelkurs, den Theaterproben und ihren Freunden im Altenheim würde sie ziemlich rotieren.

„Ich hoffe, ich habe mir nicht zu viel aufgeladen."

„Ach, das macht bestimmt Spaß." PJ streckte die Finger der linken Hand aus und ballte sie dann wieder zur Faust. Sie rollte die linke Schulter nach hinten.

„Was ist?"

„Es ist merkwürdig. Meine linke Hand fühlt sich irgendwie komisch an. Taub." Sie sah Madison mit großen Augen an. „Ist das nicht ein Zeichen für einen Herzinfarkt?"

„Ja …" Madison streckte die Hand aus und zog das Haargummi vom Handgelenk ihrer Schwester. „Es ist auch ein Zeichen für schlechte Durchblutung."

„Oh. Ups."

Der Anbetungsleiter ging nach vorne und begrüßte die Gemeinde. Madison lehnte sich zurück. Nachdem sie mehrere Lieder gesungen und Zeit zum Gebet gehabt hatten, trat Pastor Adams an das Pult und fing mit der Predigt an.

Madison schlug ihre Bibel bei Lukas 8 auf. Das Gleichnis vom Sämann. Die Saat am Weg, die Saat auf dem Fels, die Saat zwischen Dornen und die Saat, die auf guten Boden fiel. Sie hatte das Gleichnis schon Dutzende Male gehört. Sie starrte auf den Text, als Pastor Adams anfing zu lesen, aber die Worte verschwammen vor ihren Augen, während ihre Gedanken zu dem hektischen Ablauf des nächsten Tages wanderten.

Kapitel 16

Madison traf später als sonst in Countryside Manor ein. Die knienden Omas hatten ihr Strickkreistreffen schon aufgelöst und so traf sie Mrs Geiger allein in ihrem Zimmer an.

„Hallo“, sagte Madison, als sie über die Schwelle trat.

„Hallo, meine Liebe. Oh, ein Tiger!“ Mrs Geiger schlurfte ihr in ihren rosafarbenen Plüschhausschuhen entgegen und nahm Madison den Kater ab. „Ich hatte auch mal so einen, wissen Sie. Er hieß Oscar, und er hatte die schreckliche Angewohnheit, alle Katzen in der Nachbarschaft zu schwängern.“

„Warum haben Sie ihn nicht kastrieren lassen?“

„Oh, davon wollte Mr Geiger nichts wissen. Es war ja auch nicht seine Katze, die einen Wurf nach dem anderen bekam. Die Nachbarn waren nicht begeistert, das kann ich Ihnen sagen.“

„Ich hatte gehofft, ich würde Sie und Ihre Freundinnen zusammen antreffen, schließlich war ich letzte Woche schon nicht da.“

„Ich bin sowieso die einzige Katzenliebhaberin von uns und Mrs Marquart ist allergisch.“ Sie drückte den grau getigerten Kater an ihre Brust und das Tier blinzelte langsam. „Mrs Etters Enkel liebt den kleinen Hund, den sie adoptiert haben. Er hat ihr Bilder mit dem Computer geschickt, aber sie weiß nicht, wie man sie öffnet. Aber bestimmt bringt Perry bald welche mit.“

„Ich bin froh, dass es geklappt hat.“

Mrs Geigers gemalte Augenbrauen schossen in die Höhe. „Oh, ich habe von dem Theaterstück gehört! Herzlichen Glückwunsch zur Hauptrolle. Ich kann es kaum erwarten.“

„Danke. Wir hatten gerade unsere erste Probe. Deshalb bin ich auch so spät dran. Ich muss eine Menge Text lernen.“

„Ich bin mir sicher, Sie machen das ganz prima, wie immer. Sie haben viel um die Ohren, mit dem Stück, dem Segeln und allem anderen. Wir werden Sie bei beiden Veranstaltungen anfeuern. Aber jetzt erzählen Sie mir von Jade. Die Mädchen wollen morgen bei unserer Gebetsrunde sicher die Neuigkeiten erfahren. Wir haben gehört, dass sie angerufen hat … ist das wahr?“

Madison nahm ein Foto in die Hand, das Mrs Geiger mit ihren Enkeln und Urenkeln zeigte. „Ja, sie ist in Chicago.“

„Ach, du liebe Güte. Jedenfalls ist sie wohlauf. Gott wird auf sie aufpassen.“

„Sie wohnt bei Freunden von der Highschool. Ich mache mir Sorgen um sie.“ Madison stellte das Foto ab. „Sie ist so freigebig, das wissen Sie ja. Sie würde einem Fremden ihr letztes Hemd geben. Ich hoffe, sie wird nicht ausgenutzt.“

„Wir werden weiter für sie beten, da können Sie ganz beruhigt sein. Gott wird dieses Mädchen und seine musikalische Begabung für etwas ganz Besonderes nutzen. Sie werden es schon noch sehen.“

Nachdem sie sich eine Weile unterhalten hatten, drückte Mrs Geiger den Kater ein letztes Mal und gab ihn dann zurück. „Auf Wiedersehen, mein kleiner Liebling. Ich dusche jetzt besser und gehe zu Bett, sonst verschlafe ich noch die Gebetsstunde morgen früh. Mrs Etter regt sich fürchterlich auf, wenn ich sie verpasse.“

Madison lächelte. „Danken Sie den Damen von mir für ihre Gebete.“

„Das werde ich. Und wir werden auch weiter für Sie und den hübschen O’Reilly-Jungen beten.“

„Ich gehe jetzt mit dem neuen Doktor aus – Drew Landon.“

„Hmmm, ja, das habe ich gehört.“ Sie zog Madison in eine herzliche Umarmung. „Sagen Sie uns nur, wenn es noch etwas gibt, wofür wir beten können.“

„Das mache ich.“

Madison ging den Flur hinunter und blieb hin und wieder stehen, um mit verschiedenen Bewohnern zu sprechen. Sie wollte gerade eine Freundin besuchen, als sie am Ende des Ganges Lärm vernahm. Sie blickte in beide Richtungen und sah keine Pfleger kommen, also ging sie in die Richtung, aus der die lauten Stimmen kamen.

„Das will ich nicht!“ Sie erkannte Mr O’Reillys raue Stimme.

Madison beschleunigte ihre Schritte.

„Lassen Sie mich los! Lassen Sie mich in Ruhe!“

Als sie das Zimmer erreichte, sah sie Mr O'Reilly vor dem Fenster auf den Knien. Beckett streckte die Hand nach ihm aus.

Mr O'Reilly stieß seine Hand weg. „Ich brauche Ihre Hilfe nicht!"

Madison betätigte den Notruf neben dem Bett.

„Komm schon, Grandpa", sagte Beckett leise. „Du gehst besser wieder ins Bett."

„Verschwinden Sie! Sie lügen! Ich will Sie nicht sehen!"

„Ich bin es, Grandpa. Beckett. Komm schon." Er fasste den alten Mann unter den Armen.

Mr O'Reilly schlug mit den Fäusten nach Becketts Gesicht und traf mehr als einmal.

Madison eilte ihm zu Hilfe. „Hallo, Mr O'Reilly. Ich bin es, Madison. Kann ich Ihnen helfen?"

Mr O'Reilly, der jetzt stand, stieß Beckett fort und drehte sich zu ihr um. „Schaffen Sie die hässliche Katze raus!"

Schwester Doolittle kam ins Zimmer gerauscht und warf Madison über ihre Brille einen vernichtenden Blick zu. „Sie haben gehört, was der Mann gesagt hat. Und jetzt legen Sie sich wieder hin, Mr O'Reilly, in Ordnung?"

Beckett trat zur Seite und rieb sich den Nacken.

Mr O'Reilly sah sich im Zimmer um und wirkte auf einmal verloren und verwirrt. Sein trüber Blick wanderte über Beckett und blieb schließlich auf Mrs Doolittle liegen.

Die Krankenschwester nahm den Arm des alten Mannes und führte ihn zu seinem Bett. „So ist es besser. Soll ich Ihnen Ihre schönen warmen Socken geben, Mr O'Reilly? Ihr Enkel hat sie frisch und sauber mitgebracht."

Die Pflegerin flüsterte Beckett etwas zu und tätschelte seinen Arm. Ein Schatten fiel über sein Gesicht, als er an Madison vorbei und zur Tür hinausging.

Sie holte ihn in der Nähe des Schwesternzimmers ein und ging neben ihm, ohne etwas zu sagen.

Nachdem seine Atmung sich beruhigt hatte, sagte sie: „Alles in Ordnung?"

„Mir geht es bestens." Seine Stimme war tonlos, so als säße etwas in seiner Kehle, das alle Gefühle unterdrückte.

„Dir geht es überhaupt nicht bestens. Komm, setz dich." Sie zog ihn in den verlassenen Aufenthaltsraum und setzte sich an einen der Tische. Hinter ihr summte ein Getränkeautomat. Der Kater rollte sich auf ihrem Schoß zusammen, schloss die Augen und schnurrte.

Beckett ließ sich auf einen Stuhl fallen und faltete die Hände in seinem Nacken, sodass die Ellbogen vorragten. Seine Augen waren blutunterlaufen.

„Es muss schwer sein", sagte sie.

„Gott sei Dank ist es nicht immer so."

Aber irgendwann würde es das sein. Keiner von beiden musste es aussprechen. „Es ist eine schreckliche Krankheit. Schwer für alle Beteiligten."

Er starrte ins Leere. „Ich weiß nicht, warum er mich einen Lügner nennt."

„Das ist die Demenz, du darfst das nicht persönlich nehmen. Er weiß nicht, was er tut oder sagt. Er liebt dich."

Beckett seufzte. „Das weiß ich." Auf seiner Wange war ein roter Fleck an der Stelle, wo die Faust seines Großvaters ihn getroffen hatte.

Madison tat es in der Seele weh, ihn so zu sehen. Sie konnte sich nicht vorstellen, wie es wäre, wenn ihr eigener Großvater sie nicht erkennen und grausame Dinge zu ihr sagen würde. Beckett war ganz sanft und geduldig mit ihm gewesen.

„Du sorgst gut für ihn. Waschen die seine Wäsche hier nicht?"

„Doch, natürlich."

„Mrs Doolittle sagte, du hättest seine Socken gewaschen."

„Es sind seine Lieblingssocken – er bekommt leicht kalte Füße – und hier verschwinden sie immer." Er zuckte mit den Schultern.

„Er kann von Glück sagen, dass er dich hat. Einige der Bewohner sind schrecklich einsam. Es ist traurig."

„Kommst du deshalb her?" Sein Blick suchte den ihren und ließ ihn nicht wieder los.

„Tiere machen Menschen glücklich. Außerdem mag ich die Leute hier. Ältere Menschen sind Quellen der Weisheit. Es ist schade, dass man das immer vergisst." Sie streichelte den Kater und er schnurrte im Schlaf. „Du und dein Grandpa müsst euch ziemlich nahegestanden haben."

„Ich war erst zehn, als wir zu ihm gezogen sind."
„Du und deine Schwester und dein Dad?"
Er nickte. Sein Vater war oft im Gefängnis gewesen, als Beckett ein Teenager gewesen war. Sie hatte noch nie darüber nachgedacht, was mit Beckett und Layla geschehen war, während er fort war.
„Was ist mit deiner Mutter?"
Beckett verschränkte die Arme auf dem Tisch und sah auf seine Hände hinunter.
„Tut mir leid, ich wollte nicht neugierig sein."
„Sie hat uns verlassen, als wir klein waren. Ich habe sie ab und zu gesehen. Sie lebt jetzt irgendwo in Kalifornien, hat wieder geheiratet."
Madison dachte an ihre eigene, intakte Familie. Klar, sie mischten sich manchmal zu sehr ein und sie konnten ganz schön nerven, aber sie konnte sich das Leben ohne sie nicht vorstellen.
„Grandpa hat uns praktisch großgezogen. Er war es, der mit uns in die Kirche gegangen ist. Regen, Schnee, Sturm, ganz egal. Sonntagsmorgens um neun gingen wir durch die Tür und fuhren in seinem großen braunen Oldsmobile zur Kirche, ob wir wollten oder nicht."
Madison lächelte. „Bei uns war es auch so. Wenn man schwänzen wollte, musste man schon Fieber haben."
„Das kenne ich. Ein Thermometer und ein Glas heißes Wasser funktionieren. Noch ein bisschen Seife in die Augen, damit sie schön rot sind und tränen, und man kann sich vor so ziemlich allem drücken."
Madison lachte. „Du böser Junge."
„Er ist dahintergekommen, als ich dreizehn war. Entscheidend ist, dass es man es nicht übertreibt."
„Danke für den Tipp."
„Ich habe ihm das Leben schwergemacht, aber er hat nie nachgegeben. Jetzt bin ich froh, dass er mich gezwungen hat mitzugehen. Er hat es getan, weil er mich liebte."
„Du gehst in die gleiche Kirche wie meine Freundin Cassidy, glaube ich."
„Riverview Community. Das sind gute Leute dort. Die Frauen-

gruppe schickt meinem Grandpa Karten und selbst gebackene Kekse und die Männergruppe besucht ihn."

Und Beckett reparierte Autos von Witwen und mähte den Rasen um die Kirche. „Du hast dich seit der Highschool ganz schön verändert."

Er grinste ironisch. „Sag es schon: Ich war ein Idiot."

Madison lächelte. „Du warst fehlgeleitet."

Und das war sie auch, was Beckett betraf. Sie sah ihm in die Augen und ihr wurde bewusst, dass sie ihm keine faire Chance gegeben hatte. Menschen wurden erwachsen. Das Leben ging weiter, Menschen änderten sich.

Sie war bei dem, was sie in Bezug auf den Zwischenfall mit Jade geglaubt hatte, von längst vergangenen Zeiten ausgegangen, und das war ungerecht gewesen. Was immer an dem Abend vorgefallen war, war nicht seine Schuld – da war sie sich sicher.

„Erzähl mir von deinen Booten. Wie kam es dazu?"

Er zuckte mit seinen breiten Schultern. „Anfangs wollte ich nur eins für mich selbst bauen. Etwas, das billig und zweckmäßig war. Aber als ich erst einmal angefangen hatte, war billig und zweckmäßig plötzlich kein Thema mehr. Ich hatte Spaß an der Arbeit und beschloss, noch ein Boot zu bauen. Das habe ich an einen Touristen verkauft und von da an hat es sich einfach weiterentwickelt."

Madison gefiel es, wie seine Augen leuchteten, wenn er von seinen Booten sprach.

„Im Moment ist es nur ein Hobby", fügte er hinzu.

„Du solltest dein eigenes Unternehmen gründen. Mit Website und so."

„Das habe ich auch vor, aber dazu braucht man Geld. Wenn ich dieses Jahr die Regatta gewinne, werde ich das Preisgeld dafür benutzen, meine Firma zu gründen. Irgendwann kann ich mit dem Bootsbau hoffentlich meinen Lebensunterhalt verdienen."

Sie hatten also beide ein Ziel bei der Regatta. Schade, dass sie nicht beide gewinnen konnten. „Wer ist in deiner Mannschaft?"

„Keine Mannschaft. Ich segle allein."

„Damit niemand dabei ist, der einen Fehler machen kann?"

„Das hat mich schon zweimal den Titel gekostet. In diesem Jahr steht zu viel auf dem Spiel."

Das Gespräch wandte sich Madisons Boot zu. Sie redeten und lachten und vergaßen völlig die Zeit, bis Mrs Doolittle in der Tür erschien und sie mit gespitzten Lippen über ihre Brille hinweg musterte.

„Was machen Sie denn noch hier? Die Besuchszeit ist vorbei.“ Sie verschränkte die Arme und wartete, als wären sie zwei Vierjährige, die dabei erwischt worden waren, wie sie die Keksdose plünderten.

Beckett sah auf seine Uhr und seine Augenbrauen schossen in die Höhe.

„Ups.“ Madison erhob sich, den Kater auf dem Arm, und schob unter Mrs Doolittles prüfenden Blicken ihren Stuhl unter den Tisch.

„Gute Nacht“, sagte Beckett zu der Schwester, als sie gingen.

Madison konnte Mrs Doolittles Blicke in ihrem Rücken spüren, als sie den stillen Flur hinuntergingen.

„Du hast einen schlechten Einfluss auf mich“, flüsterte sie.

Als Beckett ihr einen schelmischen Blick zuwarf, konnte Madison nicht mehr an sich halten. Sie brachen in Gelächter aus und das Lachen hallte an den Wänden des Ganges wider. Madison konnte Mrs Doolittles missbilligende Blicke förmlich sehen.

Kapitel 17

Beckett folgte Madison in ihr Haus. Nach der Segelstunde hatten sie an Madisons Boot gearbeitet, und als sie ihm Popcorn und Limonade angeboten hatte, hatte er keinen Grund gesehen, Nein zu sagen. Ihre Beziehung war seit der Unterhaltung im Altenheim in der vergangenen Woche viel unbefangener.

Madison lernte schnell, auch außerhalb des Klassenzimmers. Sie hatte sich zweimal mit Evan getroffen, seit Beckett das letzte Mal mit ihr auf dem Wasser gewesen war. Er staunte, wie schnell sie sich die Terminologie und die Segeltechniken angeeignet hatte. Wie es aussah, würde sie für Evan doch keine Achillesferse sein. Beckett würde sich am Tag der Regatta ins Zeug legen müssen.

Er genoss Madisons Gesellschaft und ertappte sich dabei, wie er hoffte, dass Evan jeden Samstag arbeiten musste. Sie hatte eine Art, über sich selbst zu lachen, die er erstaunlich und bewundernswert fand. Erst heute war sie auf dem Weg zu ihrem Auto über ihre eigenen Füße gestolpert und bäuchlings im Gras gelandet, bevor er sie hatte auffangen können. Er hatte gedacht, es wäre ihr peinlich, aber sie hatte gelacht, bis ihr die Tränen kamen. Sie hatte immer noch dasselbe melodische Lachen wie damals als Schülerin. Er könnte es den ganzen Tag hören.

„Cola oder Sprite?", fragte sie über ihre Schulter.

„Cola. Ich hole sie." Er gesellte sich zu ihr in der Küche, wo sie ihm eine Zwei-Liter-Flasche und zwei Gläser in die Hand drückte.

„Ich werfe das Popcorn an. Ich benutze einen Popcornautomaten. Bei mir gibt's keine Mikrowellentüten."

Er füllte Eiswürfel in die Gläser. „Ich wusste gar nicht, dass die noch hergestellt werden."

„Dieser hier gehörte meinen Eltern. Sie sind auf Mikrowelle umgestiegen."

„Zusammen mit dem restlichen Amerika."

„Du kannst sagen, was du willst, mit der Maschine geht es schneller und billiger. Außerdem ist kein Öl drin."

„Wir essen es trocken?"

Sie lachte, als sie seine entsetzte Miene sah. „Oh nein, ich ertränke das Popcorn in geschmolzener Butter. Das schmeckt viel besser als Öl."

„Ich hatte schon Angst." Er schenkte die Cola ein und wartete, bis der Schaum sich gesetzt hatte.

Für heute waren sie mit dem Schleifen fertig. Beide hatten sie Staub und Farbpartikel in den Haaren und auf den Kleidern, obwohl sie versucht hatten, sie vor der Tür abzuklopfen.

„In welcher Farbe willst du das Boot lackieren?"

Madison steckte den Kopf in die Speisekammer. „Dunkelblau. Ich wollte den Lack am Montag holen. Welche Sorte nehme ich denn am besten?"

„Eine gute Grundierung auf Wasserbasis. Verschwende kein Geld für Bootslack. Normaler Acryllack funktioniert gut. Kauf eine Rolle und einen guten Pinsel. Wenn wir zusammenarbeiten, dürften wir eine gute Lackierung hinkriegen. Sobald das Boot trocken ist, werden wir sehen, in welchem Zustand es mechanisch ist."

„Klingt gut."

„Hast du dir schon einen Namen überlegt?"

Ein Scheppern ertönte. „Oh-oh."

Er drehte sich um und sah Madison auf Zehenspitzen mit dem Popcornautomaten zwischen den ausgestreckten Fingerspitzen.

Sofort war er hinter ihr, um ihr die Maschine abzunehmen. Sie schwankte nach hinten und er schlang seinen freien Arm um ihre Taille, damit sie nicht fiel.

Madison schien zu erstarren, aber ihr Körper schmiegte sich weich und kurvig an seinen. Becketts Kehle wurde trocken. Er erhaschte einen Hauch ihres Shampoos und hielt die Popcornmaschine fester.

„Danke", flüsterte sie und drehte sich in seinem Arm um. Ihr Blick begegnete dem seinen. Ihr Pony fiel ihr in die Augen und blieb in ihren Wimpern hängen. In diesem Moment verspürte Beckett ein solches Verlangen, dass er dagegen machtlos war.

Ihre Lippen öffneten sich. „*Michael's Dream.*"

Ihre Worte überrumpelten ihn. „Was?“

„Das Boot – so werde ich es nennen.“

Michaels Traum ...

„Er wollte der jüngste Regattagewinner aller Zeiten sein – vor seinem siebenundzwanzigsten Geburtstag. Der ist bald, aber ich werde es rechtzeitig schaffen, dank dir und Evan.“

Darum ging es also? Bei den Segelstunden, dem Boot, der Regatta? Er hatte gedacht, es wäre der Wettkampf oder das Preisgeld – so wie bei ihm und vielen anderen, die an der Regatta teilnahmen.

Es ging ihr überhaupt nicht um das Geld, sondern um den Traum ihres toten Bruders. Den Traum, den Beckett gestohlen hatte.

Dank ihm, hatte sie gesagt. Beckett hatte kein Recht, hier zu sein und sie im Arm zu halten. Er hatte kein Recht, überhaupt hier zu sein und daran zu denken, wie sie duftete und sich anfühlte. Warum vergaß er das immer wieder?

Er trat einen Schritt zurück. „Tut mir leid, ich ... ich muss jetzt gehen.“

Sie blinzelte und ihr Blick bewölkte sich. „Aber ... das Popcorn dauert nur eine Minute.“

Sie wollte mit ihm befreundet sein und er war so dumm gewesen zu glauben, das könnte funktionieren. So dumm zu glauben, er könnte sich damit zufriedengeben. Nicht bei Madison. Niemals.

Er stellte die Maschine auf die Küchenzeile. „Tut mir leid. Ein anderes Mal.“ Er sah sie nicht noch einmal an. Ein Blick in diese verwirrten braunen Augen und er wäre versucht zu bleiben.

Es war still, nachdem Beckett gegangen war. Die Cola zischte in den halb vollen Gläsern, die Eiswürfel knackten. Was war geschehen? Gerade noch war alles gut, sie schenkten sich etwas zu trinken ein und schmiedeten Pläne. Und dann rannte er plötzlich davon. War etwas Ähnliches nicht vor zwei Wochen schon einmal passiert? Sie hatte gedacht, sie hätten seitdem riesige Fortschritte gemacht.

Offensichtlich nicht.

Als sie seine Hand um ihre Taille gespürt hatte und die Hitze seines Körpers an ihrem Rücken, war ihr mit einem Mal wieder eingefallen, warum eine Freundschaft zwischen ihnen so schwierig war. Zwischen ihnen sprühten genug Funken, um ein Feuer zu entzünden.

Wenigstens, was sie betraf. Aber Beckett war nicht darauf eingegangen.

Das ist das Problem, Madison. Ist er nicht bei jeder Gelegenheit auf Abstand gegangen? Als sie versucht hatte, ihn zu berühren, und als sie in der Speisekammer gegen ihn gestolpert war. Vielleicht glaubte er sogar, sie hätte das extra so eingefädelt, damit sie in seinen Armen landete. War er deshalb geflohen?

Madisons Stimmung war völlig am Boden. Sie stellte die Popcornmaschine auf ein Regalbrett und schüttete die Cola herunter. Dann sank sie auf das Sofa, die lange Nacht vor sich. Es war zu still im Haus.

Der Gedanke, ihm wieder gegenüberzutreten, ließ ihr Gesicht glühen. *Wann wirst du es endlich in deinen dicken Schädel bekommen, Madison? Er hat kein Interesse. Kein. Interesse. Also behalte deine Hände bei dir.*

Außerdem musste sie an Jade denken. An dem Abend ihrer Verabredung mit Beckett war sie so glücklich gewesen wie seit Monaten nicht mehr. Und Beckett musste auch etwas für Jade empfinden. Hatte er nicht diese Briefe geschickt? Sie zum Bankett ausgeführt? Er *hatte* diese Briefe doch geschrieben, oder?

Sie stand auf und ging in Jades Zimmer. Der Lieblingsduft ihrer Schwester hing noch immer in der Luft, eine leichte orientalische Note. Jade hatte ihr die Nachrichten gezeigt, als sie sie bekommen hatte. Sie bewahrte sie in ihrem Nachttisch auf.

Madison zog die Schublade auf und stellte überrascht fest, dass Jade die Briefe zurückgelassen hatte.

Sie zog den dünnen Stapel heraus und setzte sich auf Jades Bett. Eine gepresste rosafarbene Rose lag obenauf, ihre Blätter brüchig. Jade hatte die Blume eines Sonntags auf dem Sitz ihres Wagens gefunden.

Als Nächstes kam ein Gedicht, „Sie naht in Schönheit" von Lord Byron. Sie erinnerte sich daran, wie Jade und sie das Papier untersucht hatten, um einen Hinweis zu finden. Es war kein gewöhnliches Notizpapier. Das Format war kleiner, die Ränder perforiert. Es war elfenbeinfarben mit feinen grauen Linien.

Die Worte waren auf einen sandfarbenen Zettel getippt und mittig auf das Blatt aufgeklebt geworden, und das Ganze war in Drittel gefaltet. Madison las die schönen Verse jetzt noch einmal und hatte Mühe, sich vorzustellen, dass Beckett dieses Gedicht ausgewählt haben sollte. Jade musste den Romantiker in ihm zum Vorschein bringen. Kein Wunder, dass er vor Madison immer weglief.

Es folgte eine kurze Nachricht, die Jade nach der Arbeit an ihrem Wagen gefunden hatte, in einer ordentlichen Handschrift auf dem gleichen Papier verfasst und genauso gefaltet. „Deine Musik bringt mein Herz zum Klingen." Es war eine von zwei handschriftlichen Nachrichten, aber sie hatten die Schrift nicht erkannt. Allerdings war es nicht schwer, die eigene Handschrift zu verstellen.

Sie öffnete eine rote Karte mit einem rosafarbenen Herz auf dem Deckblatt. „Alles Gute zum Valentinstag von deinem heimlichen Verehrer. XXXOOO"

Die anderen Nachrichten waren ähnlich und verrieten nichts über den Mann, der sie geschrieben hatte. Hatte Jade die Identität ihres Verehrers wirklich nicht gekannt, wie sie behauptet hatte? Hatte sie wirklich keine Ahnung gehabt, bis Beckett auf der Matte gestanden hatte?

Madison legte die Gegenstände wieder in die Schublade. Was spielte das schon für eine Rolle? Die Verabredung war eine Katastrophe gewesen und jetzt war Jade nicht mehr da.

Madison musste Beckett vergessen. Sie musste nur noch ihre restlichen Segelstunden überstehen, dann würde sie ihn nicht mehr sehen müssen. Der Gedanke hätte ihre Stimmung eigentlich heben müssen, aber stattdessen sank sie noch mehr.

Was war nur mit ihr los? War sie so einsam, dass sie sich darauf freute, Zeit mit einem Mann zu verbringen, der kein Interesse an ihr hatte? Einem Mann, der sich offensichtlich nach ihrer Schwester verzehrte?

Hatte Madison wirklich Gefühle für Beckett entwickelt?

Sie schüttelte den Kopf. Es war bestimmt nur die Erinnerung an den Kuss vor so langer Zeit – den er ganz vergessen hatte –, die ihre Gefühle so in Aufruhr brachte. Sie musste ihn vergessen, sich auf die Regatta konzentrieren und auf das Theaterstück. Sie hatte jede Menge Dinge, denen sie sich widmen konnte, darunter auch Drew.

Vielleicht sollte sie ihn zum Abendessen einladen. Sie könnten ihre Texte durchgehen. Die Übung könnte Madison definitiv gebrauchen. Sie blickte sich im Haus um und versuchte, sich Drew in ihren vier Wänden vorzustellen.

Zeitungen stapelten sich auf dem antiken Couchtisch, der Kaffeebecher von diesem Morgen stand immer noch auf dem Beistelltischchen aus Eichenholz und ihr gegenüber lagen die Sofakissen wild durcheinander auf dem Lehnstuhl. Madison hatte erst bemerkt, wie oft Jade aufgeräumt hatte, seitdem sie nicht mehr da war.

Die Wanduhr tickte vor sich hin und der Kühlschrank summte. Madison kramte ihr Skript unter den Zeitungen hervor und lernte eine Stunde lang ihren Text auswendig. Als sie damit fertig war, schaltete sie den Fernseher ein, damit irgendein Geräusch die Stille durchdrang. Eine alte Sitcom lief über den Bildschirm und erfüllte das Zimmer mit Stimmen und unechtem Gelächter. Aber Madisons Inneres weigerte sich, sich von den Geräuschen beruhigen zu lassen.

Kapitel 18

Beckett schraubte den Arm der Montagevorrichtung an den Heckspiegel und übte dabei mehr Druck auf den Akkuschrauber aus, als nötig war. Seine Nachbarn waren über den Lärm wahrscheinlich nicht erbaut. Er hatte versucht zu schlafen, aber jedes Mal, wenn er die Augen schloss, sah er Madison vor sich, die zu ihm aufblickte. Voller Hoffnung. Voller Dankbarkeit.

Er versenkte die Schraube und griff nach dem nächsten Verbindungsstück. Wenn sie nur wüsste.

Die Erinnerung machte ihm noch immer zu schaffen. Sie folgte ihm wie ein dunkler Schatten, der sich von hinten anschlich, wenn er am wenigsten damit rechnete. So wie heute Abend. Er versuchte sie zu verdrängen, aber sie überfiel ihn und verschlang ihn.

Er war bei Turner's Bend geschwommen, wie er es oft an schwülen Samstagen tat. Im Schatten der zerklüfteten Felswand bewegte der Fluss sich langsam und faul, während er um die Kurve bog, das Wasser klar und erfrischend.

Er musste bald nach Hause und sich für die Arbeit umziehen, hatte aber noch keine Lust zu gehen. Er tauchte unter und blieb unter Wasser, bis seine Lungen zu bersten drohten.

Als er an die Oberfläche kam, sah er Michael McKinley, der am Strand seine Nikes abstreifte. Beckett sah sich um, in der Hoffnung, dass Madison mitgekommen war, aber Michael war allein. Wahrscheinlich war es besser so. Seit dem Kuss bei dem Ball im letzten Jahr hatte er alles getan, um sie zu ignorieren, was seit seinem Abschluss ziemlich einfach geworden war. Aber das hinderte ihn nicht daran, an sie zu denken.

Michael lächelte breit, wie es für ihn so typisch war. „Hi, O'Reilly."

Beckett nickte und tauchte wieder unter. Ihm war nicht nach Gesellschaft. Er war hierhergekommen, um allein zu sein. Sein Vater hatte schon um neun Uhr morgens angefangen zu trinken und sein Großvater und seine Schwester waren den Tag über fort. Beckett hatte keine Lust gehabt, zu Hause zu bleiben und zuzusehen, wie Dad sich immer mehr betrank.

Er tauchte genau in dem Augenblick auf, als Michael ins Wasser sprang. Michael spielte Basketball und war in der letzten Saison der Star der Mannschaft gewesen, obwohl er erst im ersten Highschooljahr war. Er hatte eine sportliche Figur und seine Augen hatten die gleiche Farbe und Form wie die von Madison.

Beckett stieß sich von der Felswand ab und schwamm mit langen, schmerzhaften Zügen durchs Wasser. Schon wieder Madison. Warum konnte er sie nicht vergessen? Trotz all der Mädchen, mit denen er seitdem ausgegangen war, schwirrte sie ihm im Kopf herum wie eine lästige Mücke.

Als er zum Luftholen auftauchte, war Michael in der Nähe der Felswand.

„Mann, das tut gut", sagte Michael. „Heute sind es bestimmt fünfunddreißig Grad."

„Oder noch mehr." Beckett bewegte die Beine, um sich über Wasser zu halten, eine Hand an der zerklüfteten Felswand.

„Ich frage mich, wie schlimm dann der August wird. Ich sollte eigentlich an meinem Boot arbeiten, aber in der Scheune ist es zu heiß. Heute geht aber auch nicht das geringste Lüftchen."

„Unsere Klimaanlage ist kaputt."

„Mist." Michael blickte die viereinhalb Meter hohe Felsklippe hinauf. Oben krähte ein Blauhäher auf einem hohen Ast. „Angeblich ist es zu flach, um runterzuspringen, aber ich habe mich oft gefragt, ob das stimmt."

Beckett blickte ebenfalls nach oben. „Ich habe es mal gemacht." Es war praktisch Todessehnsucht gewesen, nachdem sein Dad am Abend zuvor an der Ecke Main Street und Oak Street verhaftet worden war, weil er betrunken über eine rote Ampel gefahren war.

„Das glaube ich dir nicht."

Hätte ein anderer das gesagt, hätte er ihm einen Fausthieb ins Gesicht verpasst, aber Michael hatte so eine Art an sich. Außerdem war er Madisons Bruder.

„Im letzten Sommer. Der Fluss war flacher als jetzt."

„Nie im Leben."

Beckett betrachtete ihn eine Weile. „Ich zeig es dir." Er schwamm zum Ufer, zog sich aus dem Wasser und kletterte dann den steilen Pfad zu der Klippe hinauf, während das Wasser ihm von den Beinen rann. Das Unkraut kitzelte seine Waden und die Wurzeln und Steine taten ihm unter den Füßen weh.

„Du, ich glaube, das ist keine gute Idee", sagte Michael, als Beckett oben ankam und an die Kante trat.

„Anker lichten." Beckett stieß sich ab, streckte die Arme aus und flog hinunter. Er durchbrach die Wasseroberfläche und tauchte unter. Dann machte er eine scharfe Wendung und kam wieder an die Oberfläche.

Als er nach oben kam, holte er Luft und schüttelte das nasse Haar aus seinen Augen. „Siehst du? Tief genug."

„Mensch, ich habe mir echt Sorgen gemacht."

„Du bist dran."

Michael lachte leise. „Ich weiß nicht. Vielleicht später."

Beckett lachte und spritzte Michael nass, bevor er ihn seinen Runden am Ufer überließ.

Beckett ließ sich eine Weile den Fluss hinuntertreiben, dann schwamm er zum Ufer zurück, wo er das Wasser abschüttelte und sich ein Handtuch um den Nacken legte.

„Mach's gut", rief Michael.

Beckett hob die Hand, ohne sich umzudrehen. Deshalb sah er nicht das letzte Lächeln, das jemals Michael McKinleys Gesicht zierte. Als er später das Martinshorn hörte, wusste er nicht, für wen der Notarztwagen ausrückte. Aber als er erfuhr, dass Michael tot geborgen worden war, brauchte er keine Autopsie, um zu wissen, wie er gestorben war.

An jenem Abend hatte er zum ersten Mal in den Armen seines Vaters geweint – das einzige Mal, an das er sich erinnern konnte, und die Schuldgefühle hatten die Worte aus ihm heraussprudeln lassen wie Wasser, das einen Damm durchbricht. Er hatte sich nicht überwinden können, zu der Beerdigung zu gehen.

Jetzt drehte Beckett die Schraube hinein, bis sie tief im Holz versank. Erst dann wischte er sich den Schweiß von der Stirn.

Nein, er hatte kein Recht, Madison zu berühren; kein Recht, sie zu lieben; nicht einmal das Recht, an sie zu denken. Aber wenn sie die Regatta für Michael gewinnen musste, dann würde er alles in seiner Macht Stehende tun, um ihr zu helfen. Es war das Mindeste, was er tun konnte.

Kapitel 19

„Ich treffe mich zum Abendessen mit Stewie“, sagte Cassidy von der Bürotür aus.

Madison blickte von ihren Unterlagen auf. „Viel Spaß. Vergiss nicht, dass der neue Drucker zwischen acht und neun kommt.“

„Ich werde hier sein und die Zahlungserinnerungen gehen morgen in die Post. Du hast heute Abend eine Verabredung mit Drew, oder?“

„Ein Picknick im Riverside Park. Mom packt uns ein Festmahl ein.“

„Die gute alte Mama Jo. Deine Eltern sind echt die Besten.“

„Das musst du mir nicht sagen. Sie helfen mir auch mit dem Boot. Ihnen und Beckett ist es zu verdanken, dass es nicht mehr wie dasselbe Boot aussieht – und das ist gut so.“

Cassidy legte den Kopf schief. „Beckett hilft dir mit dem Boot?“

„Beim Schleifen und so.“ Madison beugte sich wieder über ihre Arbeit.

„Du hast immer noch eine Schwäche für ihn.“

„Habe ich nicht.“

„Hast du wohl. Ich erinnere mich noch an den Kuss ...“

Cassidys Gedächtnis war entschieden zu gut. Bei der Arbeit war das hilfreich, bei Madisons Privatleben eher nicht. „Ein Kuss. Ich war praktisch noch ein Baby und er erinnert sich nicht einmal mehr daran.“

„Ach, wirklich?“

Madison reckte das Kinn vor. „Wirklich. Ich hatte es selbst fast vergessen, bis du es gerade erwähnt hast.“ Sie notierte eine Reihe Zahlen, die keinerlei Sinn ergaben.

„Aha. Das erklärt auch, warum du plötzlich rot wirst.“

Madison warf ihr einen gespielt bösen Blick zu. „Hast du nicht gesagt, du hättest was vor?“

Cassidy zuckte unschuldig mit den Schultern. „Gib mir nicht die

Schuld. Wenn du in ihn verknallt bist, dann kann ich doch nichts dafür …"

„Ich bin nicht …" Madison räusperte sich. „Er hilft mir segeln zu lernen, das ist alles."

„Und dein Boot zu restaurieren."

„Was sehr nett von ihm ist."

„Nett."

„Ich gehe mit Drew aus und nicht mit Beckett. Du erinnerst dich an Drew? Mit dem ich mich unbedingt verabreden sollte?"

Cassidy hob die Hände. „Drew ist toll. Ich mag Drew. Und wenn du Drew auch magst, ist ja alles gut."

„Ich mag Drew."

„Perfekt." Cassidy streckte sich und warf Madison einen Blick zu, der besagte, dass sie sich nicht im Geringsten täuschen ließ. „Bis dann."

Madison packte die Reste des Picknicks ein, während Drew sich bemühte, die Decke zusammenzufalten, die im Wind hin und her schlug. Die beiden Familien, die vorher noch im Park gewesen waren, hatten sich auf den Heimweg gemacht, als die Sonne untergegangen war.

Sie unterdrückte ein Gähnen und hoffte, dass Drew es nicht bemerkte. Sie schlief in letzter Zeit schon schlecht genug, aber in der vergangenen Nacht hatte Cappy Winters sie um Mitternacht angerufen. Sein Bernhardiner war in die Garage des Nachbarn eingedrungen und hatte Rattengift gefressen. Sie hatte Cappy bei der Praxis getroffen, hatte den Hund dazu gebracht, sich zu übergeben, und mit einer Vitamin-K-Therapie begonnen. Zum Glück hatte Cappy es früh entdeckt, sodass sie von einer vollständigen Genesung ausging.

Das nächste Gähnen packte sie.

„Langweile ich dich?", fragte Drew.

„Tut mir leid. Ein Hundenotfall mitten in der Nacht." Der Wind wurde stärker und es roch nach Regen. „Ich hoffe, es gibt kein Unwetter. Ich brauche meinen Segelunterricht morgen." Es waren nur noch zwei Wochen bis zur Regatta.

„Stew hat mir erzählt, dass du bei der Regatta mitmachst. Ich höre, es gibt ein schönes Preisgeld."

Madison stand auf und bürstete sich das Gras von den Knien. „Das stimmt, aber das ist nicht der Grund, warum ich gewinnen werde."

Er ließ die gefaltete Decke auf den Picknickkorb fallen. „Mir gefällt dein Selbstbewusstsein. Warum wirst du dann gewinnen?" Seine Augen funkelten neckisch.

Madison wünschte, sie hätte es nicht erwähnt. „Ich hatte einen Zwillingsbruder, der mit siebzehn gestorben ist. Ich tue es sozusagen für ihn – es war sein Traum."

Drew sah sie erschrocken an. „Oh. Das tut mir leid."

Sie wischte seine Betroffenheit mit einer Handbewegung beiseite. „Das ist lange her. Es ist nur etwas, das ich tun muss."

„Ich hoffe, du gewinnst. Brauchst du Hilfe? Ich bin noch nie gesegelt, aber vielleicht kann ich ein bisschen Muskelkraft beisteuern."

„Das ist lieb. Danke, aber ich habe einen Partner. Er hat in den letzten beiden Jahren gewonnen, das heißt, ich habe eine reelle Chance. Er ist fantastisch."

Drew warf ihr über die Schulter ein Lächeln zu, während er zu der Schaukel ging. „Muss ich mir Sorgen machen?"

Madison lachte und folgte ihm. „Er ist verheiratet und hat drei Kinder, also eher nicht."

„Ich bin eher Angler als Segler", sagte Drew. „Ich habe diesem O'Reilly den Auftrag gegeben, an einem Boot für mich zu arbeiten. Er ist teuer, aber seine Arbeit ist spektakulär. Ich habe mein altes Boot verkauft, bevor ich aus Chicago weggezogen bin, und ich vermisse es, auf dem Wasser zu sein."

„Du wirst feststellen, dass der Fluss ganz anders ist als der Lake Michigan, aber angeln kann man hier gut."

„Das bezweifle ich nicht." Drew hielt ihr eine Schaukel hin. „Komm her."

Die Sonne war hinter den Hügeln untergegangen und in der Nähe flackerte eine Straßenlaterne auf. Madison sank auf den u-förmigen Sitz. Die dicken Eisenglieder der Kette fühlten sich in ihren Händen kühl an und der Sitz presste ihre Knie zusammen.

Drew zog die Schaukel zurück und gab ihr einen sanften Schubs und Madison streckte die Füße nach vorne.

„Weißt du, wie lange es her ist, dass ich auf einer Schaukel gesessen habe?“

„Weißt du, wie lange es her ist, dass ich in einem Park war?“

Der Wind in ihren Haaren und das Gefühl, durch die Luft zu schweben, taten gut. „Ich sollte das öfter machen.“

In ihrem vollen Terminkalender kam Freizeit nicht oft vor. Sie hatte festgestellt, dass sie immer dann, wenn sie nichts tat, anfing, über sich selbst nachzudenken, und das führte meistens zu Unzufriedenheit.

Drews Pieper ertönte. Er lächelte entschuldigend. „Entschuldige kurz …“

„Klar.“

Er entfernte sich ein Stück und wählte eine Nummer.

Madison beugte sich vor und zurück und die Bewegung ließ sie höher und höher aufsteigen. Ganz oben konnte sie über die dichte Hecke des Parks hinweg den Fluss sehen. Das letzte Tageslicht schimmerte auf der Wasseroberfläche.

Sie fragte sich, wo Beckett war; ob er und Rigsby es sich vor dem Fernseher gemütlich gemacht hatten oder ob er an seinem nächsten Boot arbeitete, vielleicht sogar an dem für Drew.

Ein paar Meter entfernt ging Drew auf und ab, während er in sein Telefon sprach. Sie fragte sich, ob er zum Krankenhaus fahren musste, und stellte fest, dass der Gedanke ihr nichts ausmachte. Lulu war den ganzen Tag im Haus eingesperrt gewesen und Madison hatte ein schlechtes Gewissen, weil sie die Hündin vernachlässigte. Sie hätte sie beinahe zu dem Picknick mitgenommen, aber Drew hatte keine rechte Begeisterung gezeigt.

Wenige Minuten später kam Drew näher und steckte sein Handy ein. „Gute Nachrichten. Es ist keine Blinddarmentzündung.“

„Das ist wirklich eine gute Nachricht. PJ hatte eine Blinddarmentzündung, als sie vierzehn war.“

„PJ …“

„Meine Schwester. Die in der Kochschule in Indianapolis ist.“

„Ach ja. Du hast sie erwähnt.“ Er setzte sich auf die Schaukel neben ihr. Seine langen Beine behinderten ihn, und so ließ er beim Schaukeln die Füße über den Boden schleifen.

Madison zog die Beine an und ließ die Schaukel ausschwingen.

„Es ist bestimmt nicht schön, wenn deine Pläne so oft zunichtegemacht werden."

Er drehte sich zu ihr um. „Man gewöhnt sich daran. Es gibt viele Vorteile, die für den einen Nachteil entschädigen."

„Was magst du an deiner Arbeit am liebsten?"

„Dass ich Menschen helfen kann", sagte er, ohne zu zögern. „Das Problem zu finden und zu lösen."

„Was ist, wenn du es nicht lösen kannst?"

„Dann ist es schwer, aber ich versuche, nicht zu oft an diese Fälle zu denken."

Sie schaukelte ein paar Minuten schweigend weiter, während er mit der Kante seiner Bootsschuhe durch die Holzspäne auf dem Boden fuhr.

„Die Probe gestern lief gut", sagte er. „Das Theater hier macht wirklich Spaß. Die Leute sind alle supernett. Und ich finde es toll, dass sie Elliot mit einbeziehen."

„Er ist klasse." Elliot war Anfang zwanzig und geistig behindert. Er half bei der Bühnenbeleuchtung.

„Bist du schon aufgeregt wegen der Premiere?"

Es war nur noch ein Monat bis dahin, aber sie konnte ihren Text auswendig und hatte auch schon die meisten Regieanweisungen verinnerlicht.

„Das meiste habe ich im Kopf, aber mit der letzten Szene tue ich mich noch schwer. Wenn ich die gelernt habe, komme ich klar."

„Ich fand, du warst ziemlich gut. Das wird schon."

„Ich hatte alles intus und dann hat Dottie die Regieanweisungen geändert. Jetzt habe ich Mühe mir zu merken, was ich sagen muss, wie ich es sage, wo ich stehe und was ich mit den Händen machen soll."

Madison zog ihre Füße durch die Holzspäne, um die Schaukel anzuhalten.

„Wir könnten die Szene ein paarmal durchgehen."

Sie sah sich um. „Hier?"

Er zuckte mit den Schultern. „Es ist doch niemand hier. Anders als bei der Probe."

„Stimmt auch wieder. Also gut." Sie stand auf und suchte sich eine freie Stelle auf dem Rasen in der Nähe des Eingangs zum Park. Umgeben von der Hecke waren sie ungestört.

„Ich verstehe nicht so recht, was Eleanor in der Szene empfindet", sagte Madison. „Wie siehst du das?"

„Du musst bedenken, dass sie Lucas liebt, aber er hat sie schon einmal verletzt, also hat sie Angst, ihren Gefühlen zu trauen."

„Also sollte Angst die dominierende Emotion sein? Er greift nach ihr, aber ich will nicht, dass es so aussieht, als hätte sie Angst vor ihm, denn er hat ihr nie körperlich wehgetan."

„Das stimmt", nickte Drew. „Er packt sie, aber nur, weil er solche Angst hat, sie zu verlieren. Es ist Leidenschaft, nicht Aggression. Sie hat keine Angst vor *ihm*, sondern vor ihrer eigenen Schwäche für ihn, ihren eigenen Gefühlen."

„Aber wie bringe ich das rüber?"

„Die Körpersprache, die Dottie dir beigebracht hat. Es geht um Selbstschutz. Die Worte klingen wütend, aber die Körpersprache drückt Angst aus."

„Das klingt logisch. Lass es uns ein paarmal durchspielen."

Beckett wischte sich die Hände an dem schmutzigen Lappen ab und sah auf seine Uhr.

Es war später, als er gedacht hatte. Aber die Reparatur an dem Jetboot war erledigt, sodass es wie vereinbart morgen abgeholt werden konnte.

Er trank etwas aus dem Wasserspender, schloss ab und ging zu seinem Wagen, der hinter der Werkstatt des Jachthafens stand. Der Wind fühlte sich gut an auf seinem verschwitzten Nacken. Der Duft von Jelängerjelieber lag in der Luft und erinnerte ihn an Madison.

Er würde sie morgen sehen, wenn das Wetter nicht umschlug. Und er betete, dass es das nicht tat, denn sie hatten nicht mehr viel Zeit. Er konnte nicht leugnen, dass er sich darauf freute, sie zu sehen. Was dumm war, wenn man bedachte, dass Madison eine Sackgasse war. Und dass es für ihn eine Qual war, mit ihr zusammen zu sein.

Seine Gedanken wanderten zu dem Augenblick in ihrer Speisekammer vor einer Woche zurück. Sie hatte sich so gut angefühlt, als er sie im Arm gehalten hatte. Zu gut. Er hatte nicht das Recht, so über sie zu denken. Sie würde puterrot werden, wenn sie wüsste, dass ihm ein Schauer über den Rücken gelaufen war, als er ihren Duft eingeatmet hatte. Oder dass er sie am liebsten noch näher gezogen und ihr Herz an seinem gespürt hätte.

Jetzt drehst du wohl völlig durch, O'Reilly. Gut, dass die Regatta bald vorbei ist, sonst begehst du wieder mal eine Dummheit.

Er streckte die Hand nach dem Türgriff seines Pick-ups aus, als der Wind ein Geräusch zu ihm herübertrug. Die Stimme einer Frau, die wütend erhoben war. Das nächste Haus war zwei Blocks entfernt. Zu weit, als dass es von dort kommen könnte, und außerdem, dachte Beckett, als er sich umdrehte, kam die Stimme aus dem Park.

Er lauschte einen Moment und vernahm eine andere Stimme, männlich, ebenfalls zornig. Hastig steckte er seinen Autoschlüssel ein und ging in die Richtung, aus der die Stimmen kamen.

Es dauerte keine Minute, bis Beckett die Büsche erreicht hatte, die den Park umgaben. Er ging auf dem Bürgersteig in Richtung Eingang, während die Stimmen lauter wurden. Seine Schritte wurden schneller.

„Ich habe Nein gesagt! Wie oft muss ich es denn noch sagen?" Madisons Stimme.

Ein Adrenalinstoß ließ ihn vorwärtsschnellen.

„Das meinst du doch nicht ernst. Du weißt, dass das nicht dein Ernst ist. Geh nicht!"

Beckett erreichte den Eingang und das Blut pochte in seinen Schläfen.

„Lass mich in Ruhe!"

„Komm her!" Drew packte Madison am Arm und riss sie herum.

Etwas explodierte in Becketts Kopf. Er sprang vor und war in der nächsten Sekunde bei Drew. Er packte den Mann am Hemd und wirbelte ihn herum. Seine Faust landete mit einem befriedigenden Knacken auf dem Kinn des anderen.

Drews Kopf flog zurück und er schwankte.

Aber Beckett war noch nicht zufrieden. Er packte Drews Hemd erneut und stieß ihn gegen einen dicken Baum. „Du willst dich mit jemandem anlegen? He, du Dreckskerl?"

„Beckett, nicht!"

Drew wich zurück, aber ohne Erfolg, die Augen weit aufgerissen. „Wir haben doch nur gespielt!"

Beckett riss ihn vor und stieß ihn dann wieder zurück, während die Wut wie ein heißer Nebel seinen ganzen Körper durchströmte. Drews Kopf knallte gegen den Baum. „Jetzt hast du nicht mehr so 'ne große Klappe, was?"

„Hör auf, Beckett!" Madison zog an seinem Arm. „Wir haben *geprobt.* Wir haben nur geprobt."

Geprobt.

Das Wort durchdrang das Gewirr seiner Gefühle. Der Nebel begann sich zu lichten. Beckett erstarrte, die Hände noch immer in Drews Hemd gekrallt.

Madison rüttelte an seinem Arm. „Das Theaterstück. Wir haben geprobt, das ist alles."

Das Theaterstück. Die Hitze in seinem Innern kühlte sich ab. Er öffnete die Fäuste.

Drew stieß ihn fort. „Lass mich los."

Beckett ließ die Hände sinken. Dann trat er zurück.

Das Theaterstück. Geprobt. Sein Atem ging keuchend.

Das Blut, das ihn wie eine Flutwelle durchströmt hatte, schien in einem kalten Schlamm mitten in seinem Magen zusammenzulaufen.

Drew rieb sich das Kinn und warf Beckett finstere Blicke zu. „Ich sollte dich dafür anzeigen."

Madisons Hand fiel von Becketts Arm. „Es war doch keine Absicht …"

Während das Adrenalin verebbte, stieg etwas Neues in ihm auf. Etwas, das den Wunsch in ihm auslöste, im Erdboden versinken zu können. „Tut mir leid …"

Madison berührte seinen Arm. „Ist schon gut –"

Drew durchbohrte sie mit seinem Blick und zog mit einem Ruck sein Hemd herunter.

„Ich meine –"

„Ich gehe besser." Beckett wich zurück und hob die Hände. „Es tut mir leid." Er drehte sich um und ging mit raschen Schritten zum Eingang.

„Bist du in Ordnung?“, hörte er Madison Drew fragen. Er wartete die Antwort nicht ab.

Dummkopf! Er hatte sich wie ein Narr in die Sache hineingestürzt und einem Typen einen Kinnhaken verpasst. Und nicht irgendeinem Typen – ausgerechnet Madisons Verehrer. Hatte er gedacht, er könnte den Ritter in glänzender Rüstung geben? Was für ein Witz! Er war der Letzte, der Madison retten konnte – wenn sie überhaupt gerettet werden musste, und das musste sie nicht.

Hast du nicht einmal nachgedacht und dich das gefragt, O'Reilly?

Er hatte genau das getan, was er früher getan hätte. Er hatte impulsiv gehandelt. Sein altes Ich hatte ihn wieder eingeholt.

Und das hatte er jetzt davon.

Kapitel 20

Madison ging an Bord und wartete auf Beckett. Sie hatte lange geschlafen, nachdem sie sich stundenlang schlaflos im Bett hin und her gewälzt hatte und die Ereignisse des Abends immer wieder wie ein schlechter Film vor ihrem geistigen Auge abgelaufen waren. Als Drew sie schließlich nach Hause gebracht hatte, war sein Kinn rot angeschwollen gewesen. Beim Anblick der geröteten Haut hatte sie ein schlechtes Gewissen verspürt, und zwar aus mehr als einem Grund. Weil er für einen Schläger gehalten worden war und weil sie ihn erst so spät gefragt hatte, ob er verletzt war.

Aber Beckett hatte ihr auch leidgetan. Er war wie ein Racheengel mit fliegenden Fäusten in den Park gerannt. Um sie zu beschützen. Sie konnte seine Miene nicht vergessen, als er seinen Fehler bemerkt hatte. Die harten Kanten seines Gesichts waren ganz weich gewesen, seine Augen geschlossen. Wenn sie ehrlich war, war es dieser Gesichtsausdruck, der ihr nicht aus dem Sinn ging.

Und deshalb fühlte sie sich noch schlechter. Sollte Drew nicht derjenige sein, mit dem sie Mitgefühl hatte? Es waren ihre Schuldgefühle gewesen, die sie dazu gebracht hatten, ihn an der Tür mit einem schnellen Kuss zu verabschieden. Nicht gerade der beste Grund für einen ersten Kuss.

Als Madison Schritte auf dem Steg vernahm, wandte sie den Kopf. Beckett kam mit undurchdringlicher Miene näher.

Sie wappnete sich für das Gefühl der Verlegenheit. „Hi."

Er blieb an der Klampe des Bootes stehen und rieb sich den Nacken. „Ich weiß nicht, was ich sagen soll, Madison", sagte er schließlich.

Seine tiefe, leise Stimme weckte in ihr den Wunsch, sein Gewissen zu beruhigen. „Du hattest schließlich gute Absichten."

Er löste die Leine und ging an Bord. „Ich komme mir total dumm vor."

„Du konntest das unmöglich wissen. Und es war irgendwie süß, dass du mich retten wolltest – aber wage es ja nicht, Drew zu erzählen, dass ich das gesagt habe."

Sein Lachen war kaum mehr als ein Ausatmen. „Ich glaube nicht, dass er in nächster Zeit mit mir sprechen wird."

Becketts Verhalten hatte ihn wahrscheinlich den Auftrag für ein Boot gekostet. Aber daran hatte er offensichtlich nicht gedacht, als er sich auf Drew gestürzt hatte.

„Ist er okay?", fragte Beckett.

„Er hat einen blauen Fleck, aber er glaubt nicht, dass etwas gebrochen ist. Ich bin mir sicher, das mit dem Schmerzensgeld hat er nicht so gemeint."

„Ich bezweifle sowieso, dass ich etwas habe, was er gebrauchen könnte."

„Abgesehen vielleicht von deinem rechten Haken."

„Sehr witzig."

Madison lächelte. „Ich dachte nur, ich lockere die Stimmung ein bisschen auf."

Als sie kurz darauf auf dem Wasser waren und die Segel setzten, legte sich die Verlegenheit wieder. Madison fierte die Schoten, trimmte das Hauptsegel, sicherte die Stagreiter.

„Okay, reden wir über die Startposition", sagte Beckett, ganz der Segellehrer. „Ein guter Start ist wichtig, und zu wissen, in welcher Position man startet, ist dafür entscheidend. Die Startlinie wird schräg angelegt sein und ein Ende wird der ersten Markierung näher sein. Zunächst einmal musst du unter allen Umständen darauf achten, dass du nicht über die Linie ragst, wenn das Signal ertönt. Dann musst du zurücksegeln und noch mal starten – davon erholt man sich nicht so schnell. Also, die Startposition. Auf welcher Seite hast du die beste Position für die erste Boje?"

„Auf der, die ihr am nächsten ist?"

„Das kommt darauf an."

„Auf den Wind?"

„Genau. Sagen wir, du startest am nördlichen Ende der Startlinie. Dann bist du vielleicht dichter an der Markierung, aber wenn der Wind am Südende stärker ist, werden die Boote dort mit größerer Geschwindigkeit segeln. Außerdem hast du Vorfahrt, wenn du den Wind von Steuerbord hast, während du Vorfahrt gewähren musst, wenn du den Wind von Backbord hast."

„Also entscheidet es sich am Tag der Regatta?"

„Das ist taktisch kluges Denken und hier kommt die Vorbereitung ins Spiel. Höchstwahrscheinlich wird Evan schon früh auf dem Wasser sein und entscheiden, welche Seite ihm lieber ist. Aber du solltest verstehen, wie das alles zusammenhängt."

Beckett ging mehrere Möglichkeiten durch und zeigte ihr bei jedem Fall die beste Startposition und den Grund dafür. Dann segelten sie an beiden Ufern des Flusses entlang, um die Bedingungen abzuschätzen. Da der Wind aus Norden kam, war dies heute die bevorzugte Seite.

„Also gut, wir machen einen Probelauf zur ersten Markierung. Sie ist drei Bootslängen entfernt", rief Beckett. „Du fängst an", erinnerte er sie, als sie sich der Markierung näherten.

„Boot vier an Steuerbord", rief Madison. „Wir kreuzen nicht."

„Einverstanden. Vorschot nicht nachlassen."

Sobald der Baum sich rückwärts bewegte, ließ sie die Backbordschot los und zog die Steuerbordschot an.

„Das war schon ganz gut", rief Beckett, nachdem sie die imaginäre Boje umrundet hatten. „Das machen wir noch mal, diesmal ein bisschen flüssiger."

Cappys Pizzeria war ein wenig einladendes Lokal, in dem es die beste Pizza der Welt gab. Beckett nahm einen Hauch Knoblauch wahr, als er sich an den vollen Tischen vorbei zu einer freien Nische in der hinteren Ecke schob. Die grünen Pendelleuchten waren immer gedimmt und durch die getönten Fensterscheiben fiel nur wenig Licht. Wahrscheinlich um die Tatsache zu verbergen, dass der Ort nicht gerade steril war.

Er setzte sich auf die rote Kunstlederbank. Fernseher plärrten von den Wänden und im Hinterzimmer lief ein lautstarkes Billardspiel. Durch das Fenster zur Küche sah er Cappy wirtschaften, wobei er gehetzt wirkenden Teenagern Befehle erteilte und sein kahler Kopf im Neonlicht der Küche glänzte. In der Ferne grollte der Donner, kaum zu hören bei den Stimmen, der Sportschau im Fernsehen und dem Geklapper von Gabeln und Tellern.

Beckett schob die Speisekarte beiseite und bestellte die Getränke, als die Bedienung vorbeikam. Wenige Minuten später sah er, wie seine Schwester auf ihn zukam – vorbei an der verlassenen Salatbar, an der nur wenige sich zu bedienen wagten.

Layla nahm in der Nische Platz und warf ihre silberne Handtasche in die Ecke. Dann wischte sie die Regentropfen von ihrem Arm. „Tut mir leid, dass ich zu spät bin. Da draußen regnet es in Strömen."

Er war froh, dass Madison und er den Segelunterricht geschafft hatten, bevor das Unwetter losgebrochen war. „Du bist nicht zu spät. Ich habe dir gerade ein Root Beer bestellt."

„Perfekt. Lass uns das ganze Programm nehmen. Ich bin am Verhungern."

„Klingt gut." Er hatte selbst Hunger, da er die Mittagspause durchgearbeitet hatte.

„Ich war heute Morgen bei Dad", sagte Layla einige Minuten später, nachdem die Bedienung ihre Bestellung aufgenommen hatte. Sie schob ihre feuchten Haare über die schmalen Schultern zurück und trank einen Schluck von ihrer Kräuterlimonade.

„Wie geht es ihm?"

„Du kennst ihn ja. Er hatte nicht viel zu sagen. Er kämpft sich gerade durch seine Hemingway-Bücher, in der Hoffnung, dass er auf Bewährung rauskommt."

Beckett wollte gerade fragen, wann das sein würde, aber dann überlegte er es sich anders. Manchmal war Unwissenheit ein Segen.

„Wie laufen die Proben?", fragte er. Seine Schwester hatte eine Nebenrolle in dem Theaterstück.

„Nicht schlecht. Dottie ist eine gute Regisseurin. Aber ziemlich streng. Es kostet mich eine Menge Zeit."

„Was hast du denn sonst zu tun?", fragte Beckett.

„Ach, ich weiß nicht. Arbeiten, ehrenamtliche Tätigkeiten, Sommerbibelschule …"

„Du Arme."

Sie legte den Kopf schief. „Du hörst besser auf, sonst begleiche ich die Rechnung nicht."

„Ich bin sowieso dran."

Laylas Miene erhellte sich. „Ach ja. Mist. Ich hätte noch Grissini bestellen sollen."

„Zu spät."

„Für Grissini ist es nie zu spät."

„Du kannst von Glück sagen, wenn du deine Hälfte der Pizza schaffst, Kleines."

„Ich kann sehr wohl mithalten." Layla stopfte die Speisekarten in den Halter auf dem Tisch und stellte den Paprikastreuer in seine Edelstahlvorrichtung. „Ach, was ich dir noch erzählen wollte ... In der Apotheke bin ich heute Morgen Drew Landon über den Weg gelaufen. Du weißt schon, der Typ, der –"

„Ich weiß, wer er ist", sagte Beckett und sein Ton klang schärfer, als er beabsichtigt hatte.

Sie zog eine Augenbraue hoch. „Dann ist ja gut. Jedenfalls war sein Unterkiefer ganz grün und blau und geschwollen. Sieht schrecklich aus. Ich hoffe, das heilt rechtzeitig bis zur Premiere. Offenbar hat ein Patient sich auf ihn gestürzt."

Beckett starrte auf sein Tischset aus Papier hinunter. Rückte es gerade. Wischte einige Krümel vom Tisch. Er trank einen Schluck von seiner Cola und versuchte zu ignorieren, dass die Hitze seinen Hals hinaufstieg.

„Beckett ... es war doch ein Patient oder so was, richtig?"

„Oder so was."

Layla fiel die Kinnlade herunter. „Das ist nicht dein Ernst."

„Es war ein Versehen."

Layla grinste spöttisch. „Du hast dem Typen versehentlich einen Kinnhaken verpasst."

Er erklärte, was am Abend zuvor im Park geschehen war und endete mit den Worten. „Du hättest mir ruhig erzählen können, dass Madison und Drew in dem Stück ein Liebespaar spielen."

Sie schnaubte. „Es ist also meine Schuld?"

„Das habe ich nicht gesagt."

Sie starrte ihn an, bis er den Blick abwandte. Seine Schwester hatte die besondere Gabe, ihm in die Augen zu sehen und jeden seiner Gedanken zu lesen. Es war lästig.

„Ich wusste ja nicht, dass du eine nahtlose Berichterstattung haben willst“, sagte sie, als sie sein Gehirn zu Ende seziert hatte. „Aber mir ist aufgefallen, dass sie sich bei den Proben ziemlich nahe gekommen sind.“

Beckett drehte sich der Magen um. Das dämliche Theaterstück. Schlimm genug, dass der Arzt mit ihr ausging. Jetzt probten sie auch noch die ganze Zeit als Liebespaar …

„Wenn du etwas unternehmen willst – endlich – dann tu es besser bald, Bruderherz.“

„Es ist ja nicht so, als hätte ich es nicht versucht.“

„Ihre Schwester zum Bankett auszuführen und ihr das Herz zu brechen, zählt nicht.“

„Das war ein Schlag unter die Gürtellinie.“

Sie zuckte mit den Schultern. „Ich nenne das Kind nur beim Namen.“

Wahrscheinlich hatte er insgeheim gedacht, jetzt, wo sie gemeinsam an dieser Segelsache arbeiteten, würde es irgendwie geschehen, weil es so sein sollte. Er hatte nicht damit gerechnet, dass ein gut aussehender Arzt auftauchen und ihr Herz im Sturm erobern würde.

Layla legte eine Hand auf Becketts Arm. „Ich finde, du solltest es versuchen. Ich weiß, dass du Komplexe hast wegen des Jungen, der du mal warst, aber du hast dich geändert, Beck. Du hast eine Menge zu bieten. Ich meine, ich weiß, dass ich nur deine Schwester bin, aber du bist ein guter Kerl. Du bist treu und hast Humor. Du kannst sogar charmant sein, wenn du dich entscheidest zu lächeln. Und ich habe andere Frauen sagen hören, du sähest gut aus.“ Sie hob die Hände und lehnte sich auf ihrem Sitz zurück. „Ich kann das nicht nachvollziehen, aber wenn sie meinen …“

Er lächelte gequält. Er war sich nicht sicher, ob seine Schwester in mancherlei Hinsicht recht hatte oder nicht, aber sie wusste nicht alles. Er hatte ihr nie von seiner Rolle bei Michaels Tod erzählt. Es gab nur einen Menschen, der davon wusste, und der saß im Gefängnis.

Layla drückte seinen Arm. „Im Ernst, die Devise lautet: jetzt oder nie. Du weißt, dass ich dich für den besten halte, aber ein *Arzt*, Beck. Das hat für ein alleinstehendes Mädchen eine Menge Gewicht. Und er scheint nett zu sein. Ich werde sein verträumtes gutes Aussehen nicht erwähnen, denn das wäre gemein.“

Er warf ihr einen finsteren Blick zu. „Das wäre es."

Layla trank einen Schluck von ihrer Limonade. „Wie hat Madison eigentlich gestern Abend reagiert, als du ihre Verabredung verprügelt hast?"

„Es war nur ein Kinnhaken."

Layla zog eine Grimasse. „Beeindruckend. Also, war sie wütend auf dich, hat sie ihren gestürzten Helden betüdelt oder was?"

Er überlegte und ließ die Szene noch einmal vor seinem geistigen Auge ablaufen, wovor er sich den ganzen Tag gedrückt hatte. „Nein, sie hat einfach ... ich weiß nicht. Sie war eigentlich nicht wütend. Und heute Morgen war sie ziemlich entspannt wegen der Sache."

„Du hast mit ihr gesprochen? Gut gemacht." Layla tätschelte seine Hand, als wäre er ein kleines Kind.

„Wir hatten Segelunterricht."

„Oh. Na ja, wenigstens ist sie nicht sauer."

„Sie hat sogar einen Witz gemacht."

Layla lächelte. „Das Mädchen gefällt mir."

„Sie sagte, es sei süß, dass ich sie retten wollte, oder so etwas in der Art."

Layla presste eine Hand auf ihre Brust und lächelte. „Ohhh. Sie fühlte sich beschützt."

„Vor einer unschuldigen Verabredung."

„Trotzdem. Ich bin mir sicher, sie war nicht damit einverstanden, dass du den Typen zusammengeschlagen hast, aber Frauen lieben einen Mann mit Beschützerinstinkt."

„Klingt altmodisch."

„Nicht altmodisch, sondern zeitlos. Glaub mir. Also bete wegen der Sache, in Ordnung? Ich glaube nämlich, sie wäre eine klasse Schwägerin."

„Du überstürzt die Dinge ein bisschen, Kleines." Aber er konnte den winzigen Schauer, der ihn bei dem Gedanken durchfuhr, nicht leugnen.

Die Bedienung stellte eine dampfend heiße Pizza vor ihnen auf den Tisch. „Guten Appetit!", sagte sie, bevor sie davontänzelte.

Beckett gab Layla das erste Stück und nahm sich dann selbst eines, während der Duft von Knoblauch und Oregano ihn in der Nase kitzelte.

„Also, wirst du darüber beten?“, fragte Layla noch einmal, nachdem er das Tischgebet gesprochen hatte.

„Du nervst.“

„Das ist keine Antwort.“ Seine Schwester biss ein großes Stück von ihrer Pizza ab und wischte sich dann die tropfende Tomatensauce vom Kinn.

„Also gut. Ich werde darüber beten.“

Sie zuckte mit den Schultern. „Mehr verlange ich ja gar nicht.“

Kapitel 21

Am Montag wurde die Theaterprobe wegen eines elektrischen Defekts abgesagt und Madison hatte einen freien Abend vor sich, was selten vorkam. Die lange Nacht erstreckte sich vor ihr wie eine menschenleere Wüstenstraße. Anstatt sich über die Gelegenheit zur Entspannung zu freuen, überlegte sie, was sie mit dem Abend anfangen konnte, und entschied sich schließlich dazu, joggen zu gehen. Da sie sich nicht mit der Leine belasten wollte, ließ sie Lulu zu Hause, aber sie hatte ein schlechtes Gewissen, als sie ihre Auffahrt hinunterging. Die Abendluft war kühl und eine angenehme Brise wehte vom Fluss herauf. Die Sonne stand tief am Himmel.

Seit Jade weg war, bedeutete ein Abend zu Hause Stille. Stille führte zum Nachdenken und Nachdenken löste Gefühle aus. Madison war es leid, diese Gefühle zu unterdrücken. Selbst der Schlaf bot keine Erlösung, denn ein- oder zweimal in der Woche kam der Albtraum und ließ sie schweißgebadet aus dem Schlaf hochschrecken. Dann lag sie dort und konnte die schreckliche Panik nicht abschütteln.

Nur noch zwei Wochen, Madison. Dann werden die Albträume aufhören. Sie würde die Regatta gewinnen, Michaels Traum erfüllen, und dann würde sie endlich Ruhe haben und in die Zukunft blicken können. Endlich würde der schlimme Traum einem guten Traum weichen.

Trotzdem drückten die dunklen Gefühle sie nieder. Ihr wurde bewusst, dass sie das in letzter Zeit oft erlebte, trotz ihres vollen Terminkalenders. Vielleicht lag es an dem bevorstehenden Wettkampf. Deswegen dachte sie häufiger an Michael. Sie musste nur dafür sorgen, dass sie beschäftigt war, und sich auf die Aufgabe konzentrieren, die vor ihr lag. Wenn sie siegte, würde alles andere sich von allein ergeben.

Sie beschleunigte ihre Schritte, um den Kopf frei zu bekommen. Wenn sie doch bis zu dem Tag der Segelregatta vorspulen könnte

– sie wollte es hinter sich bringen. Immer schneller lief sie, als könnte sie die Zeit ebenso leicht beschleunigen. Ihre Schritte klangen rhythmisch auf dem Gehweg und ihr Atem ging schneller, bis ihre Lunge anfing zu brennen.

Wenige Minuten später durchquerte sie den Riverside Park. Auf halbem Weg sah sie Beckett auf dem asphaltierten Basketballplatz. Er dribbelte, machte einen Korbleger und fing den Ball danach wieder auf.

Als er sich mit dem Ball in der Hand umdrehte, entdeckte er sie. Madison verringerte ihr Tempo und lief keuchend auf ihn zu. Sie trafen sich am Rand des Spielfelds.

„Hallo … ich jogge nur eine Runde." *Ach was.* Sie schnitt eine Grimasse.

„Ich dachte schon, die Höllenhunde wären hinter dir her. Du hast ein ganz schönes Tempo drauf."

Sie zuckte mit den Schultern. „Arbeitest du an deiner Technik?"

„Eigentlich nicht. Ich wollte nur den Kopf freikriegen." Er ließ den Ball dreimal aufsetzen und hielt ihn dann fest. „Wie geht es Drew?"

Sie runzelte die Stirn, bis ihr bewusst wurde, dass Beckett von seinem Kinn sprach. „Gut. Es ist alles gut." In der Kirche hatten ihn mehrere Leute auf die Prellung angesprochen und Madison hatte sich innerlich gewunden, als er der Frage ausgewichen war.

„Ich lasse dich besser weiterlaufen", sagte er. „Optimale Herzfrequenz und so."

Sie blickte in die Richtung, in die sie gerade gelaufen war, und stellte fest, dass das Laufen weder ihren Kopf frei machte noch ihre Gefühle veränderte. Als ihr das klar wurde, ließ sie die Schultern hängen und presste die Fersen auf den Boden. Manchmal wünschte sie, sie könnte vor sich selbst davonlaufen.

„Alles in Ordnung?"

Sie sah ihn an, eine lockere Antwort schon auf den Lippen, doch dann versank sie in seinen dunklen Augen. Die beiläufige Antwort löste sich in Luft auf.

„Nein." So ehrlich war sie die ganze Woche nicht gewesen.

Seine Miene zeigte keine Überraschung, als er ihren Blick lange erwiderte. „Komm mit. Ich möchte dir etwas zeigen."

Er trat ein paar Schritte zurück und sie folgte ihm. Als er an dem Parkeingang vorbeiging, wunderte sie sich. Er strebte auf den bewaldeten Hügel hinter dem Basketballplatz zu, wobei er sich gelegentlich umdrehte, um zu sehen, ob sie ihm folgte. Ihre Füße liefen durch wucherndes Gras und dann stiegen sie einen Pfad bergan.

„Wohin gehen wir?“, fragte sie, als sie ein Stück in den Wald hineingegangen waren.

„Das wirst du gleich sehen.“

Das Tempo war im Vergleich zu ihrem Dauerlauf entspannend und die kühlere Luft fühlte sich angenehm an. Während sie den Hügel erklommen, atmete sie den lehmigen Duft ein. Brüchige Blätter knisterten und kleine Zweige knackten unter dem Gewicht ihrer Füße. Über ihr verschluckte das Laubdach das letzte Tageslicht. Eine Meise stimmte ihren typischen, aus zwei Wechselnoten bestehenden Gesang an.

Es war ein herrliches Fleckchen Erde. „Wem gehört das Land hier?“

Er hielt einen Ast für sie aus dem Weg. „Es ist Teil des öffentlichen Parks.“

„Lulu fände es hier oben toll.“

„Rigsby liebt es auch, aber er ist immer mit Kletten übersät, wenn er zurückkommt.“

Der Boden wurde steiniger, je höher sie stiegen. Sie überquerten einen ausgetrockneten Bachlauf und kletterten über einen umgestürzten Baum. Kurz darauf sah Madison einen Lichtfleck vor sich und wusste, dass sie bald oben angekommen waren. Als sie aus dem Wald traten, machte Beckett sich daran, einen Turm aus Felsbrocken zu erklimmen.

Madison folgte ihm und nahm seine Hand, wenn ihre kürzeren Beine den nächsten Schritt erschwerten.

Ihre Fingerspitzen umfassten einen Felsvorsprung und sie zog sich hinauf. „Du versuchst, mir das Bein zu brechen, damit ich die Regatta absagen muss.“

„Du hast mich durchschaut.“

Noch ein paar Steine, dann waren sie oben. Ein flacher Fels von der Größe eines Garagendaches ragte über die andere Seite des Hügels hinaus.

Vorsichtig trat Madison an den Rand, zog sich aber wieder zurück, als sie sah, wie steil es in die kiefernbewachsene Schlucht hinunterging. Ihr gegenüber hing die Sonne tief über dem Horizont und bemalte den Himmel mit leuchtend roten und rosafarbenen Streifen. Auf der anderen Seite des Tales entdeckte sie die alte weiße Kapelle und ganz in der Nähe den Ort, an dem die Quelle entsprang, nach der die Stadt benannt war. Sie waren auf dem Dach der Welt.

Madison stemmte die Hände in die Hüften, atmete langsam aus und starrte ehrfürchtig auf die atemberaubende Landschaft. „Wie kommt es, dass ich diesen Ort nicht kenne?"

Beckett ließ sich auf dem Felsen nieder, ein gutes Stück vom Rand entfernt, dem Sonnenuntergang zugewandt. „Ganz nett, was?"

Der perfekte Ort für ein romantisches Picknick. Wetten, dass Beckett eine ganze Reihe Frauen hier heraufgebracht hatte? Vielleicht all die Mädchen, mit denen er in der Highschool ausgegangen war.

Sie sank neben ihm auf den Boden. Der Fels, der die Hitze des Tages aufgesogen hatte, fühlte sich unter ihren Beinen warm an. „Deine eigene kleine Aussichtsplattform für Gäste?"

„Nee, diesen Platz behalte ich lieber für mich."

Aber ihr hatte er ihn gezeigt. Madison zog die Augenbrauen hoch, als ihr bewusst wurde, dass das etwas ganz Besonderes war.

Beckett rieb sich das Kinn und wandte den Blick ab. Sein Gesicht hatte den goldenen Schein der untergehenden Sonne angenommen und seine kantigen Züge wirkten jetzt weicher, sodass er beinahe verletzlich aussah.

Die Stille tat ihm offenbar gut. Madison atmete den Duft von Kiefern, verrottenden Blättern und einen Hauch von Becketts würzigem Rasierwasser ein. Sie schloss die Augen und lauschte dem Gesang eines Vogels, der irgendwo in der Nähe zwitscherte. Die Brise fuhr durch das Laub und streichelte die nackte Haut an ihren Armen und Beinen.

„Wie oft kommst du hierher?"

Beckett lehnte sich zurück und stützte sich auf die Ellbogen, sodass der Stoff seines T-Shirts sich spannte. „Manchmal lese ich hier oben in der Bibel. Oder ich komme her, wenn ich nachdenken muss – oder beten."

„Meinst du, das ist es, was ich brauche?"

„Spielt es eine Rolle, was ich meine?"

Madison warf ihm einen Blick zu. Er hatte die Augen geschlossen, als würde er die Natur in sich aufsaugen. Oder beten.

Sie wünschte, sie könnte ihm ihr Herz ausschütten. Ihm all ihre Gefühle in Bezug auf Michael offenbaren. Wie sehr sie ihn vermisse. Wie sehr sie von ihm frei sein wollte und wie schuldig sie sich deswegen fühlte. Und wie verzweifelt – wie zutiefst verzweifelt – es sie nach innerem Frieden verlangte. Nach Schlaf.

Er würde ihr zuhören, das wusste sie. Und er würde sie nicht verurteilen. Er wusste zu genau, wie es war, wenn man verurteilt wurde.

Plötzlich fiel ihr wieder der Abend ein, an dem sie miteinander getanzt hatten. Als er ihr gesagt hatte, er hätte den Siegelring nicht gestohlen, als wäre es ihm wichtig, was sie dachte. Angesichts all dessen, was das Leben seither mit sich gebracht hatte, war es nur ein kurzer Augenblick gewesen, aber damals war er ihr bedeutsam erschienen.

Vor allem der Kuss. Er war zu dem Kuss geworden, mit dem sie jeden anderen Kuss danach verglichen hatte – dem einen Kuss, neben dem alle anderen verblassten.

Madison lächelte wehmütig. Ziemlich erbärmlich, wenn man bedachte, dass Beckett sich nicht einmal daran erinnerte.

„Wenn ich hier oben sitze", sagte er, die Augen jetzt geöffnet, „haut es mich einfach um, dass Gott uns überhaupt bemerkt, weißt du?"

Sie blickte über die Hügel und Täler hinaus und zu dem Fluss, der sich zwischen ihnen hindurchschlängelte, auf Chapel Springs mit seinen Hunderten von Dächern weit unter ihnen, in denen Familien wie ihre eigene wohnten.

Bemerkte Gott sie wirklich? Jeden Einzelnen von ihnen? Nahm er Notiz von Madison? Sie konnte sich das kaum vorstellen. Es war wichtig, bemerkt zu werden. Das war etwas, womit Jade zu kämpfen hatte, hatte Madison immer gedacht. Es war schwierig, seinen Platz in der großen Welt zu finden, selbst in einer großen Familie. Sie selbst war sich auch oft ein bisschen verloren vorgekommen in dem Durcheinander der McKinley-Familie. Aber sie würde ihre Familie für nichts in der Welt hergeben. Sie fragte sich, ob Jade ebenso empfand.

„Manche Menschen versuchen ihr ganzes Leben lang, bemerkt zu werden“, sagte sie.

Sie spürte seinen Blick auf ihr, bevor er sprach. „Du?“

Sie legte sich auf dem Felsen zurück und schob die Hände unter ihren Kopf. „Manchmal.“

Die Sonne versank am Himmel und das Rosa wurde leuchtender.

„Ich habe dich schon vor langer Zeit bemerkt.“

Seine Worte ließen ihr Herz schneller schlagen, auch wenn sie die Ironie erkannte. Beckett hatte sie kurz wahrgenommen, sie dann aber schnell wieder vergessen.

„Nein, das hast du nicht“, sagte sie. „Nicht richtig.“

Das Bemerken, das sie meinte, beinhaltete mehr als einen flüchtigen Blick. Es beinhaltete, gesehen zu werden. Erinnert zu werden. Menschen wollten wichtig sein. Sie wollte es, Jade wollte es, alle wollten es.

„Du hast einen weißen Rock getragen, der weich um deine Knie fiel … und einen blauen Pullover mit winzigen Schmetterlingen am Kragen.“

Madison atmete lange und tief ein, während sie sich zu ihm umwandte. Er wusste nach all den Jahren noch, was sie bei dem Tanzabend getragen hatte?

Er erwiderte ihren Blick und in seinen Augen lag ein Ausdruck, den sie nicht deuten konnte, obwohl sie ihn so gerne verstanden hätte.

„Du erinnerst dich?“ Ihre Stimme war so leise, dass sie sich nicht sicher war, ob er sie gehört hatte.

„Ich erinnere mich an alles, was mit dir zu tun hat.“

Es schien unmöglich. Er war so damit beschäftigt gewesen, in Schwierigkeiten zu geraten und mit anderen Mädchen auszugehen. Außer diesem einen Kuss hatte er nie irgendwelches Interesse gezeigt.

Und dann war da noch Jade.

„Du hast meiner Schwester diese Briefe geschrieben …“

Er rollte sich auf die Seite und verlagerte sein Gewicht auf einen Ellbogen. „Was für Briefe?“

Sie hatte sie selbst gelesen. Hatte den Stich der Eifersucht verspürt, als ihr klar gewesen war, von wem sie kamen. Denselben Stich der Eifersucht, den sie gespürt hatte, als Beckett an dem Abend des Banketts vor ihrer Tür gestanden hatte.

„Ich habe deiner Schwester keine Briefe geschrieben."

Konnte es wahr sein? Sie hatte es einfach angenommen, als er im Anzug bei ihnen aufgetaucht war, mit einem Strauß Blumen für Jade ...

Oder ... war er *wirklich* wegen Jade gekommen?

Madison schnappte nach Luft und alles in ihrem Innern erstarrte. Ihre Haut wurde ganz heiß, als ihr Blick dem seinen begegnete. Sie war im Schlafzimmer gewesen und hatte sich umgezogen, als er erschienen war. Jade hatte die Tür aufgemacht und wegen der anonymen Briefe ...

„Du wolltest zu mir", sagte sie. Wieder fand ein Puzzleteilchen seinen Platz. „Deshalb war Jade an dem Abend so aufgebracht."

Seine Lippen öffneten und schlossen sich wieder. Aber er brauchte nichts zu sagen. Sie sah die Wahrheit in der Tiefe seiner Augen. Und in dem kurzen, unbehaglichen Aufflackern darin.

„Warum hast du mir nichts gesagt?"

Beckett strich eine Haarsträhne aus ihrem Gesicht und alle Gedanken verstummten.

„Ich hatte Angst", sagte er.

„Warum?", flüsterte sie.

Ihre Blicke verfingen sich und verschmolzen. Madison vergaß die Frage, vergaß alles außer dem Verlangen, das sich in den dunklen Abgründen seiner Augen widerspiegelte.

Er beugte sich vor und berührte ihre Lippen. Bei der Berührung entfaltete sich etwas in ihrem Innern. Etwas Warmes und Köstliches, Berauschendes.

Er hielt ganz kurz inne, seine Lippen nur einen Atemzug entfernt. Sie spürte, dass er eine Entscheidung traf, und ihr Herz stockte, aus Angst, er könnte sich zurückziehen. Oder, noch schlimmer, sich entschuldigen.

Aber er schloss die Lücke und ihr Herz begann wieder zu schlagen, immer schneller und heftiger.

„Maddy", flüsterte er.

Sie legte die Hand um seinen Hals und sein Kuss wurde intensiver und entlockte ihr einen tiefen Seufzer.

Sie hatte sich im Laufe der Jahre gefragt, ob die Erinnerung an den Kuss sich mit der Zeit verklärt hatte. Oder ob die Wirkung seiner Berührung ihr in ihrer Jugend größer erschienen war.

Aber nein.

Nein.

Es war genau so, wie sie es in Erinnerung hatte. Als wäre er in dieser großen Welt ihr perfekter Partner. Der Eine, der sie wirklich glücklich machen konnte.

Seine Hand brannte sich durch den Stoff ihres T-Shirts, während seine Lippen sie verzauberten. Wie hatte sie all die Jahre ohne dieses Gefühl leben können? Wie hatte sie den ganzen Sommer mit ihm verbringen können, ohne diese eine Sache für sich zu beanspruchen, die sich anfühlte, als gehörte sie allein ihr?

Kurz darauf beendete Beckett den Kuss. Beide atmeten sie flach und schnell. Ihr Blick hielt den seinen fest, als er sich von ihr löste, aber er war schwer zu durchschauen.

„Hab Erbarmen, Madison."

Sie war also nicht die Einzige. Ein Lächeln trat auf ihre Lippen, als sie sich ihre Haare hinter die Ohren schob. Er nahm ihre Hand und küsste die Knöchel ihrer Finger.

„Du hast recht, was den Platz hier betrifft", sagte sie. „Ich fühle mich schon viel besser."

Er lächelte.

Plötzlich dachte Madison an Drew und den Mitleidskuss, den sie ihm am Freitag gegeben hatte. Doch sie schob den Gedanken schnell wieder beiseite, weil sie den Augenblick nicht verderben wollte. Jetzt, wo der Adrenalinstoß verebbte, fühlte sie sich angenehm ermattet.

Becketts Blick wanderte von ihr zum Himmel und er drückte ihre Hand. „Es wird dunkel."

Die Sonne war hinter dem Horizont untergegangen und die gerade noch leuchtenden Wolken waren jetzt aschgrau. Die Dämmerung hatte ihren Vorhang nach dem letzten Akt fallen lassen.

Beckett half ihr auf die Füße und Madison folgte ihm über die sanfte Neigung des Felsens. Der Abstieg dauerte länger als der Aufstieg und zweimal packte er sie am Handgelenk und hob sie eine Stufe hinunter. Jedes Mal stützte sie sich mit den Händen auf seinen Schultern ab und hoffte, dass es noch einen Kuss geben würde, und zwar bald.

Kapitel 22

Die Dunkelheit senkte sich schnell über den Weg und es wurde schwieriger, ihn zu sehen. Beckett bremste seine Schritte, während er in Gedanken die vergangene Stunde noch einmal erlebte. Er hatte nicht vorgehabt, Madison zu küssen. Er hatte sie nur auf den Hügel mitgenommen, um die Traurigkeit in ihren Augen zu lindern.

Aber dann hatte er zu viel gesagt und sie hatte begriffen, was damals mit Jade geschehen war. Er hatte nicht gewusst, wie sie reagieren würde, aber dann hatte er den Blick in ihren Augen gesehen … Danach hatte es kein Halten mehr gegeben. Der Stein war den Hügel hinuntergestoßen worden und er hatte nur in eine Richtung rollen können.

Er bereute es nicht. Wie könnte er auch? Beckett hielt Madisons Hand fester, während er einen tief hängenden Ast für sie anhob. Jetzt waren sie fast wieder unten, was gut war, denn er konnte den Boden kaum noch sehen.

Wenige Augenblicke später, als sie aus dem Wald traten, bot Beckett Madison an, sie nach Hause zu fahren. In der Stille der Fahrerkabine fragte er sich, was sie wohl dachte. War sie schon wieder zurück auf der Erde?

Dachte sie an Drew Landon? Beckett schon. Er fragte sich, ob der Arzt sie geküsst hatte. Ob sie auf ihn ebenso reagiert hatte. Und er fragte sich auch noch andere Dinge, zum Beispiel, ob sie es bereute, Beckett geküsst zu haben.

Sie war schließlich immer noch Madison McKinley und er war Beckett O'Reilly, Sohn eines stadtbekannten Trinkers, und noch Schlimmeres, von dem sie nichts wusste.

Er verdrängte den Gedanken. Er würde nicht darüber nachdenken, über nichts davon. Wenn er das Glück hatte, Madison im Arm halten zu können, würde er es nicht bereuen oder sezieren. Er würde es genießen.

Als sie an ihrem Haus ankamen, brachte er sie noch zur Tür. Es war jetzt ganz dunkel und die Zikaden hatten ihren nächtlichen Chor angestimmt. Sie öffnete die Haustür und schaltete das Licht auf der Veranda an. Lulu sprang ihr entgegen, als wäre Madison ein ganzes Jahr fort gewesen, und sie mussten lachen.

„Geh Gassi", sagte Madison zu der Hündin und der Collie trottete die Verandatreppe hinunter und in den Garten.

Madison steckte ihre Schlüssel ein und verschränkte die Arme. Dann ließ sie sie wieder sinken und lehnte sich an die Fliegengittertür. Der Ausdruck in ihrem Gesicht erinnerte ihn an ihre Stunden im Fluss, als ihre Angst sie so verletzlich gemacht hatte. Sie war eine starke Frau und dafür liebte er sie.

Liebe?

Das Wort durchkreuzte seine Gedanken, wie ein Blitz über den Gewitterhimmel fährt. Er beobachtete sie, wie sie Lulu beobachtete, die versuchte eine Motte zu fangen, die um die Verandalampe schwirrte. Sie sah überall hin, nur ihn sah sie nicht an, und plötzlich wurde ihm ganz warm und seine Knie wurden schwach.

Ja, er liebte sie.

Er hatte versucht, es nicht zu tun. Aber jetzt stand er hier, auf ihrer Veranda, und beobachtete, wie sie eine Motte beobachtete, und ihm wurde bewusst, dass er die Motte war und sie das Licht. So würde es immer sein.

Gewissheit stieg in Beckett auf und stärkte ihn. Er legte die Hände über ihren Schultern an die Tür.

Goldene Flecken tanzten in ihren großen braunen Augen, als sie seinen Blick erwiderte.

„Du bist schweigsam", sagte er.

Eine Haarsträhne war über ihre feinen Augenbrauen gefallen und er sehnte sich danach, sie zurückzustreichen. Mehr noch spürte er das Verlangen, seine Lippen wieder auf ihre zu pressen und zu fühlen, wie sie reagierte.

„Nachdenklich", berichtigte sie ihn.

Er war sich nicht sicher, ob er den Unterschied verstand, und es war ihm auch gleichgültig. Er sog ihren Duft ein – frische Luft und Jelängerjelieber. Er bemerkte ihre vollkommene kleine Nase und wie sie zu ihren süßen, rosigen Lippen hin zulief. Und plötzlich wollte er diese Lippen so sehr schmecken, dass er sich kaum zurückhalten konnte.

„Ich werde dich noch einmal küssen."

Madison erwiderte seinen Blick. „Und ich werde es dir erlauben."

Er beugte sich vor und nahm sie beim Wort. Ihre Lippen waren so weich wie Schmetterlingsflügel und so warm wie die Hitze, die durch seine Glieder strömte. Sie legte eine Hand auf seine Brust und er zog sie näher. Es war wunderbar, wie sie sich ganz natürlich an ihn schmiegte. Wie sie sich in seinen Armen anfühlte, so klein und zerbrechlich. Er fragte sich, ob sie seinen rasenden Puls spüren konnte.

Ein Auto bog in die Auffahrt nebenan ein und der Schotter knirschte. Das Licht der Scheinwerfer streifte die Veranda.

Beckett zog sich zurück und gleich darauf wurde der Motor abgestellt. Eine Wagentür schlug zu, dann noch eine und noch eine. Stimmen drangen herüber, Kinderstimmen, die Worte nicht zu verstehen.

„Die Waverlys", sagte Madison und ließ ihre Hand über seine Brust gleiten.

„Schlechtes Timing."

Ihre Lippen zuckten. „Stimmt."

„Hi, Miss McKinley!" Ein Junge von etwa fünf oder sechs Jahren winkte zu ihnen hinüber und Lulu trottete los, um sich eine Dosis Aufmerksamkeit zu holen.

„Hallo, Oliver", sagte Madison.

Beckett war stolz auf die Atemlosigkeit in ihrer Stimme.

„Ich habe einen Zahn verloren", sagte der Junge.

„Dann leg ihn unter dein Kopfkissen."

„Komm, Oliver", sagte seine Mutter. „Tut mir leid!" Sie grinste Madison und Beckett verlegen an und schob die Kinder ins Haus.

Ein Baby weinte, ein Licht ging an, und Beckett hörte, wie die Familie sich im Haus verteilte.

Lulu kam Madisons Verandatreppe heraufgelaufen und drängte sich mit wackelndem Hinterteil zwischen sie. Madison legte ihre Hand auf den Kopf der Hündin.

Beckett trat einen Schritt zurück, obwohl er sie nicht loslassen wollte. „Ich sollte besser gehen. Wir müssen morgen beide früh raus."

„Danke, dass du mir dein Versteck gezeigt hast."

„Du bist dort jederzeit willkommen."

„Kann gut sein, dass ich auf das Angebot zurückkomme."

Er war noch nicht einmal gegangen und schon jetzt konnte er es kaum erwarten, sie wiederzusehen. „Komm morgen Abend rüber."

„Ich habe Probe."

„Anschließend. Ein spätes Abendessen. Ich bestelle Pizza."

Ihm wurde erst bewusst, dass er die Luft angehalten hatte, als ihr die Antwort über die Lippen kam. „Okay."

Ganz benommen fuhr Beckett nach Hause. Er konnte sich kaum daran erinnern, welcher Tag heute war und es war ihm auch völlig gleichgültig. Er hatte Madison McKinley im Arm gehalten und es hatte sich richtig angefühlt.

Richtig? Gütiger Himmel, es hatte sich vollkommen angefühlt! Er könnte nie wieder mit Cara Meyers oder Jessie Brooks oder irgendeiner anderen Frau ausgehen – nicht, dass mit denen etwas nicht stimmte. Es war nur – er war …

Verliebt, O'Reilly?

Oh ja. Ganz und gar. Und obwohl diese Erkenntnis alle möglichen Befürchtungen auslöste, wurden sie überlagert von all dem Guten, das in seinem Innern aufbrach. Freude und Befriedigung und Seligkeit. Selig war ein gutes Wort dafür. Er war von Madisons Reaktion geradezu berauscht.

Beckett bog in seine Auffahrt ein und stieg aus. Er konnte es nicht erwarten, sie wiederzusehen. Es war ihm egal, wie lange die Probe dauerte oder wie viel Schlaf er verpasste. Sie war für ihn wie Sauerstoff.

Erst als er die Treppe hinaufging, bemerkte er, dass im Haus Licht brannte. Das schwache Geräusch des Fernsehers drang durch die Fensterscheiben. Er ließ nie das Licht an und den Fernseher hatte er nach der Arbeit auch nicht angeschaltet.

Beckett betätigte den Türknauf und augenblicklich kam Rigsby angerannt, aber er sah den Hund nicht an. Er sah nur auf die Rückenlehne des karierten Sessels, den Kopf mit schütter werdendem grauem Haar und die drei bernsteinfarbenen Flaschen auf dem Boden daneben.

Alle guten Gefühle in seinem Bauch versanken im Morast, als der Sessel herumfuhr und die Flaschen polternd umwarf.

„Wird auch Zeit, dass du nach Hause kommst."

Beckett schloss die Tür und seine Schultern fühlten sich zentnerschwer an. „Hallo, Dad."

Kapitel 23

Madison trug die letzte Patientenkarte zum Empfang und machte eine Notiz über den aggressiven Cockerspaniel. Der Hund schien niemanden leiden zu können außer seinem Frauchen. Was ein Problem war, da es sieben Monate alte Zwillinge im Haus gab. Der nächste Hundetrainer war ziemlich weit entfernt, aber Madison hatte versprochen, der Hundebesitzerin einige Bücher zu empfehlen.

„Also, was ist los?", sagte Cassidy.

Madison schrieb weiter. „Was meinst du?"

„Komm schon. Ich trage einen neuen Lippenstift – und die Farbe ist ziemlich heiß, auch wenn ich es selbst sage –, ich habe Milchkaffee auf deinem Büroteppich verschüttet, meine Haare stehen mit jeder Sekunde dieses schwülen Tages höher zu Berge, und du hast nichts davon bemerkt."

„Auf meinem Perser ist ein Fleck?"

Cassidy legte den Kopf schief und verschränkte die Arme.

Sie war also ein bisschen abgelenkt gewesen. Madison lief heute auf Autopilot und behandelte wie von allein Infektionen und Allergien, führte Impfungen durch und gab Tipps, wie man Hunde stubenrein bekommt. Sie war die halbe Nacht auf gewesen, hatte sich gefragt, ob Beckett anrufen würde, und an den heutigen Abend gedacht. Es fühlte sich wieder genauso an wie in der Highschool.

Cassidy räusperte sich. Es fehlte nur noch, dass sie mit dem Fuß wippte.

Ihr Lippenstift sah wirklich hübsch aus, ein Rosaton, der ihren tollen Teint gut zur Geltung brachte. Madisons Blick wanderte einige Zentimeter höher. „Ach, du liebe Güte!"

Cassidy schmollte. „Jetzt wechsle nicht das Thema. Was ist heute mit dir los?"

Madison biss sich auf die Lippe. Eigentlich war es ein Wunder, dass sie den Tag überstanden hatte, ohne es jemandem zu erzählen.

„Er hat mich geküsst, okay?"
Cassidy lächelte verschmitzt. „Wurde ja auch Zeit …"
„Äh, nicht Drew. Beckett."
Cassidys Augenbrauen schossen in die Höhe. „Oh!"
„Ja. Oh."
Cassidy stützte das Kinn auf ihre Hand. „Hmmm. Nicht völlig unerwartet."
„Für mich war es unerwartet."
„Du bist ja in dieser Hinsicht auch etwas schwer von Begriff."
„Hey!"
Cassidy zuckte mit den Schultern. „Ich mein ja nur. Also, erzählst du mir mehr oder behältst du alles für dich?"
Madison lächelte. „Ich behalte alles für mich."
„Wie du willst. Aber denk daran, wenn du zwei Jahre in einer stagnierenden Beziehung bist, werde ich dir auch keine romantische Abwechslung bieten."
Madison fand, Cassidy und Stew passten gut zusammen. „Stagnierend?"
Cassidy machte eine abwehrende Handbewegung. „Schlechte Wortwahl. Also, was willst du wegen Drew unternehmen? Er mag dich wirklich."
Madison schnitt eine Grimasse. Sie waren nur einige Male miteinander ausgegangen, aber bei den Proben hatten sie sich ständig gesehen.
„Es war nur ein Kuss", sagte Madison. „Und Drew und ich sind wohl kaum ein festes Paar …"
„Aber …"
Cassidy durchschaute sie sofort. „Aber ich mag Beckett richtig gern." Unabhängig davon, was als Nächstes geschah, war ihr Herz zu sehr von Beckett erfüllt, als dass sie mit jemand anderem hätte ausgehen könne. Es war beängstigend, wie oft sie nicht nur seinen Kuss, sondern auch seine Worte in Gedanken hatte Revue passieren lassen.
„Erinnerst du dich an den Tanzabend damals in der Highschool – als Beckett mich geküsst hat?"
„Natürlich."
Sie sah Cassidy in die Augen. „Er weiß noch, was ich damals anhatte."

Cassidy seufzte und ein verträumtes Lächeln legte sich auf ihre Lippen. „Kein Wunder, dass du den ganzen Tag wie benebelt herumgelaufen bist."

„Stimmt."

Die Probe lief an diesem Abend nicht gut. Madison vergaß zweimal ihren Text und Drew musste ihr soufflieren. Sie hatte Schwierigkeiten, ihm in die Augen zu sehen und die Rolle der verliebten Frau zu spielen, nachdem sie am Abend zuvor einen anderen geküsst hatte.

So erpicht sie auch darauf war, zu Beckett zu fahren, hatte sie Drew doch gefragt, ob er nach der Probe ein paar Minuten Zeit hätte. Jetzt wartete sie bei seinem weißen Saab auf dem menschenleeren Parkplatz. Dottie hatte ihn gebeten, noch kurz zu bleiben, weil sie einige Regieanweisungen mit ihm besprechen wollte. Die Proben würden künftig unangenehm werden, aber sie fand es nicht richtig, mit Beckett zusammen zu sein, bis die Sache geklärt war.

Als Drew herauskam und sich ihr wie üblich mit selbstbewussten Schritten näherte, zwang sie sich zu lächeln. „Glückwunsch. Du hast die ganze Probe geschafft, ohne angepiepst zu werden."

„Es geschehen noch Zeichen und Wunder." Als er näher kam, bemerkte sie seine Zurückhaltung an den starren Schultern und daran, dass sein Lächeln nicht seine Augen erreichte.

Sie hatte versucht, ganz normal zu sein, aber er war scharfsinnig. Die einsame Parkplatzlaterne summte über ihnen und warf harte Schatten auf sein Gesicht.

„Danke, dass du dir die Zeit nimmst." Madison suchte krampfhaft nach den richtigen Worten. Sie hasste diese Situation. Vielleicht war es besser, wenn sie sich setzten und sich unterhielten. „Sollen wir uns in meinen Wagen setzen?", fragte sie.

Drews Mundwinkel wanderten ein Stück nach oben, aber es war kein richtiges Lächeln. „Brich mir lieber gleich hier das Herz, Madison."

Sie schnitt eine Grimasse. „Ist es so offensichtlich?"

„Du bist nicht besonders gut darin, deine Gefühle zu verbergen."

„Tut mir leid. Es liegt nicht an dir –“

„– sondern an mir.“ Er berührte ihren Arm, um seine Reaktion abzufedern. „Gibt es einen anderen?“

Es hatte keinen Sinn zu lügen. „Ja. Wir sind noch nicht zusammen, aber …“ Sie zuckte mit den Schultern und hoffte, er würde nicht fragen, um wen es sich handelte. Es gab keine schonende Methode ihm beizubringen, dass es der Typ war, der ihm einen Kinnhaken verpasst hatte.

Drew blickte über den Parkplatz in Richtung Fluss. Der schwüle Tag war einem milden Abend gewichen. Über ihnen waren die Sterne in Scharen erschienen und verwandelten den Himmel in einen funkelnden Baldachin.

„Ist schon gut, ich verstehe.“ Er sah sie an und lächelte mühsam, wie es schien. „Falls es mit dem anderen Kerl nicht funktioniert, ruf mich an. Du bist ein nettes Mädchen, Madison.“

Und er war ein klasse Typ. Nur nicht der Richtige für sie. „Du nimmst es wirklich gut auf.“

Drew umarmte sie und winkte zum Abschied und Madison ging zu ihrem Auto, erleichtert, weil diese Unterredung vorbei war.

Sie zwang sich, das Gespräch hinter sich zu lassen, und richtete ihre Gedanken auf Beckett, während sie die kurze Strecke zu seinem Haus zurücklegte.

Wenige Minuten später knirschte der Kies unter ihren Reifen, als sie in seine Auffahrt einbog. Sein weißes, eingeschossiges Haus hatte schwarze Fensterläden, von denen die Farbe abblätterte, ein großes Panoramafenster und eine schiefe Treppe. Vor dem Haus befand sich eine gepflegte Rasenfläche, die von Büschen umgeben war. Aber das Beste an dem Grundstück war die stämmige Eiche mit den niedrigen, dicken Ästen, die in alle Richtungen abstanden, wodurch sie ein idealer Kletterbaum war. Madison hätte wetten können, dass Beckett einen ordentlichen Teil seiner Kindheit in dem Baum verbracht hatte.

Er öffnete die Tür in ausgewaschenen Jeans und einem schwarzen T-Shirt, das mit der Zeit etwas heller geworden war. Rigsby zwängte sich zwischen sie und stieß mit der Schnauze gegen ihre Hand, bis sie ihm die gebührende Beachtung schenkte.

„Tut mir leid, dass ich so spät bin.“

Er küsste ihre Hand, dann zog er sie in die Küche. „Du kommst genau richtig. Die Pizza ist gerade geliefert worden."

Der Duft von Knoblauch und Oregano erfüllte den kleinen Raum. Die Schachtel stand auf einem alten Klapptisch, der für zwei Personen gedeckt war. Salz- und Pfefferstreuer bildeten die Tischdeko.

„Mmm. Cappys Pizza."

Die Kühlschranktür stieß gegen den Tisch, als er sie öffnete. „Cola? Sprite? Wasser?"

„Gerne Wasser." Sie quetschte sich an ihm vorbei und legte jeweils ein Stück Pizza auf die Teller, die er bereitgestellt hatte.

„Ich dachte, wir nehmen die Sachen mit ins Wohnzimmer. Da ist mehr Platz."

„Klingt gut."

Das Wohnzimmer wurde von zwei Lampen erhellt. Ein alter Song von Foreigner ertönte aus einem Radio, das unter dem Fernseher stand.

Madison folgte Beckett zum Sofa, das den Mittelpunkt des Raumes bildete. Er zog einen verkratzten Couchtisch näher und sie stellte ihr Wasser darauf ab. Als sie sich setzte, nahm er ihre Hand und sprach ein Tischgebet.

Im Haus der McKinleys waren Tischgebete normal, aber bei einer Verabredung war es ungewohnt. Becketts Worte drangen leise an Madisons Ohr, und sie stellte fest, dass es ihr gefiel. Und vor allem gefiel ihr, wie er anschließend ihre Hand drückte und sie anlächelte.

Sie berichtete ihm die Neuigkeiten von der Probe und erzählte dann von dem Stück im letzten Jahr, bei dem sie eine Rekordsumme für das Tierheim gesammelt hatten. Er erzählte ihr, dass er Rigsby dort als Welpen gefunden hatte. Der Hund hatte sich spielerisch verneigt, als Beckett den Raum betreten hatte, und sein Hinterteil mit wedelndem Schwanz in die Luft gestreckt. Beckett war sofort hin und weg gewesen.

Madison erzählte davon, dass es ihr jeden Monat das Herz gebrochen hatte, wenn das Tierheim einen Prospekt mit den zu vermittelnden Tieren gedruckt hatte, und dass dies der Auslöser dafür gewesen war, dass sie angefangen hatte, die Tiere zu ihren Besuchen ins Altenheim mitzunehmen.

Als „Desperado“ im Radio lief, redeten sie über ihre Lieblingssongs und entdeckten, dass sie beide die gleichen Oldies-Sender mochten.

Dann wandte ihre Unterhaltung sich der Kirche zu. „Ich habe mich schon gefragt … wie genau ist aus Bad Boy Beckett der Musterjunge geworden, der du heute bist?“

„Erst einmal, Musterjunge – nein. Aber der Sommer, in dem ich zwanzig wurde, war ein Wendepunkt. Ich hatte einige … schlechte Entscheidungen getroffen. Eines Abends wollten ein Freund und ich ein Auto kurzschließen, das seit Tagen an der Tankstelle stand. Die Polizei tauchte auf und ich bin abgehauen. Ich war schon öfter in Schwierigkeiten geraten und wusste, dass diese Sache mich hinter Gitter bringen würde. Bei Rick war es die erste Straftat und deshalb würde er mit einem blauen Auge davonkommen – das redete ich mir jedenfalls ein.

Ich rannte den ganzen Weg nach Hause, aber ich konnte nicht ins Haus gehen. Ich wusste, dass mein Großvater mich sofort durchschauen würde. Also lief ich in den Schuppen, und während ich dort im Dunkeln saß, kam ich mir wie ein Schwein vor. Ich meine, ich hatte schon Sachen gemacht, die nicht in Ordnung waren, aber im Grund genommen hielt ich mich für einen guten Menschen. Nicht die Art Typ, die einen Freund im Stich lässt. Zum ersten Mal sah ich mich so, wie ich wirklich war, und das war kein schöner Anblick.“

Beckett schwieg. Die Pizza war längst aufgegessen und ihre Teller standen auf dem Couchtisch. Madison konnte sich kaum daran erinnern, aufgegessen zu haben.

„Und was geschah dann?“, fragte sie.

Er zuckte mit den Schultern. „Ich dachte an all die Sonntagsschullektionen zurück, die ich über mich hatte ergehen lassen, und all die Gespräche mit meinem Grandpa. Auf einmal ergaben sie einen Sinn. Mir wurde klar, dass der Glaube kein abstraktes Gedankenkonstrukt ist, das es nur zu verstehen gilt. Dass ich meinen Freund im Stich gelassen hatte, war wie ein Aha-Erlebnis. Ich wusste plötzlich, dass ich ein Sünder war und dass ich Gott brauchte.“

Michael hatte etwas Ähnliches erlebt, abgesehen von der Straftat. Er hatte ihr nur ein einziges Mal davon erzählt, aber er war ganz aufgeregt gewesen. Nie würde sie den begeisterten Blick in seinen Augen vergessen. Diese Gewissheit, dass er etwas sehr Wichtiges getan hatte. Ein Teil von ihr war damals neidisch gewesen. So wie sie auch Beckett jetzt beneidete. Trotz all der miesen Umstände in seinem Leben hatte er es geschafft, inneren Frieden zu finden.

„Was ist danach passiert?", fragte sie. „Ist dein Freund im Gefängnis gelandet?"

„Er nicht – aber ich."

„Du hast dich selbst angezeigt?" Sie hatte nicht gewusst, dass Beckett im Knast gewesen war. Es musste eine Weile nach Michaels Tod gewesen sein. Damals hatte sie die Welt um sich herum eine Zeit lang kaum wahrgenommen.

„Es war die richtige Entscheidung. Ich habe immer noch Kontakt zu Rick. Er ist jetzt verheiratet und lebt in Tennessee. Das war zugleich der Anfang und das Ende seiner Karriere als Autodieb."

Draußen fuhr ein Wagen vor und die Scheinwerferlichter durchschnitten den Raum. Beckett sprang auf, um aus dem Fenster zu sehen und seine Anspannung war in seinen gehetzten Bewegungen deutlich zu erkennen.

Er schlug mit der flachen Hand gegen den Fensterrahmen.

„Was ist?"

„Mein Dad. Ich habe ihm gesagt, er soll bis elf wegbleiben."

„Er ist wieder da?"

„Seit gestern Abend." Diese Information war ihr heute irgendwie entgangen, wahrscheinlich, weil sie den Kopf in den Wolken gehabt hatte.

Eine Autotür knallte zu.

„Super", sagte Beckett wenige Sekunden später. Er ging zur Haustür.

Madison fragte sich, ob sie gehen sollte. Aber bevor sie sich entscheiden konnte, kam Becketts Vater auch schon zur Tür hereingeschlurft. Er stolperte über Rigsby und murmelte einen Fluch, den Madison schon lange nicht mehr gehört hatte.

Beckett packte ihn am Arm. Die harten Muskeln in seinem Unterkiefer zuckten. „Komm, wir gehen, Dad." Beckett zog ihn zurück in den Flur.

Mr O'Reilly entdeckte Madison. „Heyyy..."

Sie nickte. „Mr O'Reilly. Hallo." Sie wusste nicht, ob er sich an sie erinnerte, selbst im nüchternen Zustand. „Ich bin Madison."

„Ein Kinley-Mädchen."

„Das stimmt."

„Ihr lebt in dem schiggen Haus da oben auf'm Berg …"

„Es reicht, Dad." Beckett zog am Arm seines Vaters.

Rigsby lief ihm vor die Füße, sodass Mr O'Reilly erneut wankte.

„Sitz!", sagte Beckett zu dem Hund.

Rigsby ließ den Kopf hängen und trottete zu Madison, wo er sich zu ihren Füßen niederließ. Sie kraulte den Hund hinter den Ohren und versuchte die Geräusche, die aus dem Flur hereindrangen, zu ignorieren. Mr O'Reillys undeutliche Worte, Becketts schroffen Tonfall.

Beckett warf die Schuhe seines Vaters in die Ecke und verbiss sich die Bemerkung, die ihm auf der Zunge lag. Seine Worte wären am nächsten Morgen ohnehin vergessen. Er sah seinen Vater an, der mit geschlossenen Augen auf dem Bett lag, während etwas Speichel aus seinem Mundwinkel lief, und hätte ihn am liebsten geschüttelt. Stattdessen löschte er das Licht, schloss die Tür und betete, dass sein Dad dort bleiben möge, bis Madison gegangen war.

Als er das Wohnzimmer betrat, hockte Madison auf der Sofakante. Sie sah ihn mit großen, unsicheren Augen an und ihm wurde bewusst, dass die Szene, die sie gerade mit angesehen und die er schon tausendmal erlebt hatte, ihr völlig fremd war.

Sein Gesicht glühte, als er neben dem Sessel stehen blieb. „Tut mir leid."

Sie wischte seine Entschuldigung mit einer Handbewegung fort. „Nein, ist schon gut."

Es war nicht gut. Es war überhaupt nicht gut. Er hatte gewusst, dass sie irgendwann einen Eindruck von seiner Welt bekommen würde, aber er hatte nicht gewollt, dass es so bald geschah.

Madison stand auf und schob den Riemen ihrer Handtasche über ihre Schulter. „Ich muss sowieso los. Es ist schon spät."

Beckett fühlte sich hin- und hergerissen, weil er einerseits die angespannte Situation hinter sich bringen, andererseits aber mit ihr zusammen sein wollte. Aber das Gefühl ungezwungener Gemeinschaft war verflogen und es war klar, dass dieser Abend nicht mehr zu retten war.

„Es tut mir wirklich leid", sagte er noch einmal, als sie sich an der Tür zu ihm umdrehte.

Madison hob die Hand und legte sie auf seine Wange und er sah das Mitleid in ihren Augen, bevor sie ihn küsste.

Am nächsten Abend hatte sie zu Hause keine Nachricht auf dem Anrufbeantworter. Madison schalt sich dafür, eine von diesen Frauen zu sein. Sie überlegte, ob sie Beckett selbst anrufen sollte, aber es war erst ein Tag vergangen und sie hatten beide viel zu tun. Die unangenehme Situation des vergangenen Abends war ihr den ganzen Tag nicht aus dem Kopf gegangen. Beckett hatte ihr leidgetan. Hatte er seine ganze Kindheit über damit leben müssen?

Madison wollte es sich gerade mit Lulu und ihrer Lieblingsfachzeitschrift im Bett gemütlich machen, als das Telefon klingelte. Sie lächelte, als sie Becketts Nummer auf dem Display sah.

„Ist es zu spät?" Der tiefe Klang seiner Stimme war Balsam in ihren Ohren.

„Überhaupt nicht. Ich wollte mir gerade ein Exemplar von ZVAV zu Gemüte führen."

„Wie war das?"

„*Zeitschrift des Verbandes Amerikanischer Veterinärmediziner*. Eine faszinierende Lektüre, das kannst du mir glauben."

„Klingt nach dem perfekten Schlafmittel."

„Du interessierst dich nicht für die Risikofaktoren für Harnstein bei Katzen?"

„Ich weiß nicht mal, was das bedeutet."

„Wenn du so alt geworden bist, ohne es zu wissen, brauchst du es wahrscheinlich auch nicht zu wissen." Sie kuschelte sich tiefer in ihr Kissen und machte es sich bequem, erleichtert, dass von der Spannung des Abends zuvor nichts mehr zu spüren war.

„Vor allem, da ich keine Katze habe. Wie war dein Tag?"

„Voll. Ich hatte in der Praxis den ganzen Tag Termine und anschließend Probe. Ich bin gerade erst nach Hause gekommen. Kaum Zeit zu verschnaufen. Wie war deiner?"

„Lang. Ich habe dich vermisst."

Ihr Magen zog sich zusammen angesichts seiner Ehrlichkeit. Etwas Warmes und Angenehmes breitete sich in ihrem Innern aus und zauberte ein dämliches Grinsen auf ihr Gesicht.

„Ach ja?"

„Du klingst so, als fändest du das gut."

„Es ist schön, vermisst zu werden." Und es würde noch jede Menge Gelegenheiten dazu geben. Bis Samstag war es noch eine gefühlte Ewigkeit. „Was hast du heute Abend gemacht?"

„Ich habe Grandpa besucht."

„Wie geht es ihm?"

„Er hat mich erkannt, eine Zeit lang jedenfalls."

„Das ist toll. Diese Augenblicke müssen dir sehr viel bedeuten. Vielleicht erfinden sie bald ein besseres Medikament. Etwas, das die Entwicklung weiter verlangsamt."

„Wenigstens hat er seinen Frieden mit Gott gemacht. Das ist ein Trost. Ich kann mir nicht vorstellen, wie es wäre, jemanden an Alzheimer zu verlieren, ohne diese Gewissheit zu haben. Wenn man weiß, dass jeder lichte Moment seine letzte Chance sein kann."

Madison dachte an Michael und den letzten Augenblick, den sie mit ihm erlebt hatte. Wenn sie gewusst hätte, dass es ihre letzte Gelegenheit sein würde, hätte sie sich anders verhalten. Sie hatte kaum von ihrem Buch aufgesehen, als er gesagt hatte, er wolle bei Turner's Bend schwimmen gehen.

Sie war froh, als Beckett das Thema wechselte und aufs Segeln zu sprechen kam. Nachdem sie darüber ausführlich gesprochen hatten, folgte eine Pause, die aber nicht unangenehm war. Es war spät, aber Madison war noch nicht bereit aufzulegen.

„Wann kann ich dich sehen?", fragte Beckett.

Sie liebte seine Direktheit und vor allem liebte sie die Tatsache, dass er so erpicht darauf war, sie zu sehen.

„Donnerstag und Freitag habe ich Probe und Dottie hat uns schon gewarnt, dass es lange Abende werden. Aber morgen habe ich frei."

„Da habe ich Bibelkreis." Er seufzte. „Dann wird es wohl nichts vor Samstag."

Sie unterhielten sich noch einige Minuten, bevor sie einander eine gute Nacht wünschten. Madison schaltete den Fernseher ein und lehnte sich in einem behaglichen Kokon der Zufriedenheit zurück.

Kapitel 24

Als Madison am Samstag aufwachte, rüttelte der Wind an ihren Fenstern. Lulu, die zu ihren Füßen lag, rührte sich und legte den Kopf auf Madisons Bein. Helles Morgenlicht fiel durch die dünnen Gardinen und warf einen goldenen Schein über die Steppdecke.

Am vergangenen Wochenende hatte PJ bei Madison übernachtet. Sie hatten einen letzten Mädchenabend veranstaltet, bevor PJ zurück an die Kochschule musste. Es war ein sehr schöner Abend gewesen. Sie hatten sich zwei Filme angeschaut, eine Packung Butter-Pekannuss-Eiscreme geleert und waren die halbe Nacht aufgeblieben. Madison vermisste PJ schon jetzt, umso mehr, da nun beide Schwestern fort waren. Aber PJ hatte versprochen, am letzten Wochenende im August zur Regatta und am ersten Septemberwochenende zu Madisons Geburtstag nach Hause zu kommen.

Das Telefon klingelte und sie wusste, wer es war, bevor sie auf die Anruferkennung blickte.

„Hallo." Sie setzte sich im Bett auf und fuhr sich über die Haare, als könnte Beckett sie sehen.

„Warst du schon draußen?"

„Nein, aber ich kann den Wind selbst hier drinnen hören. Das Wetter scheint sich gegen uns verschworen zu haben."

„Morgen soll es auch windig sein."

Lulu sprang vom Bett und schob die Nase zwischen die Vorhänge, als wollte sie selbst nach dem Wetter sehen.

„Uns läuft die Zeit davon. Die Regatta ist nächste Woche und ich muss noch so viel lernen."

„Vielleicht können wir irgendwann nächste Woche abends eine Stunde einschieben."

„Ich habe am Montag, Dienstag und Donnerstag Probe. Hast du am Mittwoch deinen Bibelkreis?"

„Ja. Wie wäre es mit Freitag?"

„Da gehen Evan und ich den Parcours durch.“ Es war ihre letzte Chance vor der Regatta.

„Gute Idee. Wir könnten uns am Donnerstagmorgen vor der Arbeit treffen, um dein Boot zu Wasser zu lassen und ein paar Übungsrunden zu drehen.“

Beckett hatte beim letzten Mal, als er bei ihr gewesen war, den Motor angeworfen und gesagt, er klinge gut. „Das ist eine Idee. Bist du dir sicher, dass wir es heute nicht riskieren können?“

„Bei dem Wind? Auf keinen Fall.“

„Du würdest rausfahren, wenn du allein wärst.“

„Aber das bin ich nicht, also schlag es dir aus deinem hübschen Kopf. Keine Angst, ich werde schon dafür sorgen, dass du bereit bist.“

Obwohl Madison enttäuscht war, gefiel es ihr, dass Beckett um ihre Sicherheit besorgt war.

„Wie sieht das Boot aus?“, fragte er.

„Gut. Ryan und PJ haben mir beim Grundieren und Lackieren geholfen. Die Methode, die du mir gezeigt hast, war prima. Es sieht fast aus wie besprüht. Und Mom hat mir geholfen, die Kabine sauber zu machen – damit waren wir fast den ganzen letzten Sonntag beschäftigt.“

„Ist die Farbe so geworden, wie du es dir vorgestellt hast?“

„Perfekt. Nachtblau. PJ hat den Namen in weißen Lettern draufgemalt. Sie kann so was.“

Einen Augenblick lang schwiegen sie beide. Madison war noch nicht bereit aufzulegen – sie hatte gehofft, er würde fragen, ob sie den Tag dennoch zusammen verbringen wollten.

„Okay“, sagte er, „ich muss Schluss machen. Ich muss noch einige Motoren reparieren.“

Madison hatte vergessen, dass er samstags arbeitete, wenn sein Chef ihm nicht freigab, damit er ihr Segelunterricht erteilen konnte. Aber vielleicht hatte er vor, sie am Abend auszuführen. Vielleicht könnten sie eine Fahrradtour machen oder bei Cappy eine Pizza essen.

„Also sehen wir uns am Donnerstagmorgen um sechs Uhr?“, fragte er. „Ich bringe meinen Anhänger mit, dann lassen wir dein Boot zu Wasser.“

Sie schluckte den Kloß der Enttäuschung in ihrem Hals herunter. „In Ordnung, bis dann.“

Nachdem sie aufgelegt hatte, zog sie ihre Bettdecke bis zum Kinn hoch und streckte die Hand aus, um Lulu zu kraulen. „Na, mein Mädchen, dann sind wir zwei heute wohl auf uns gestellt."

Beckett legte auf und ging schlecht gelaunt zu dem Außenbordmotor zurück. Er hatte Madison heute sehen, hatte mit ihr ausgehen wollen. Vor einer Woche hätte er es noch gekonnt.

Aber jetzt war alles anders, weil sein Vater zu Hause war. Als Beckett an diesem Morgen zur Arbeit aufgebrochen war, hatte Dad *Der alte Mann und das Meer* gelesen und seine erste Flasche Bier in der Hand gehalten. Beckett wusste, wie es weitergehen würde. Am Abend würde sein Vater in seine Lieblingskneipe gehen wollen und Beckett würde tun, was er konnte, um das zu verhindern. Und falls er es nicht verhindern konnte, würde er darauf bestehen, seinen Vater zumindest nach Hause zu fahren.

Er würde sich mit einem Anruf bei Madison zufriedengeben müssen – wenn sie nichts anderes vorhatte. Sein Magen zog sich zusammen, als ihm der Gedanke kam, dass sie sich vielleicht mit Drew Landon traf. Er hatte sie nach dem Arzt fragen wollen, aber in dem Augenblick, in dem er ihre schläfrige Stimme gehört hatte, war ihm jeder andere Gedanke abhandengekommen.

Um vier Uhr schloss Beckett das Gebäude ab und fuhr nach Hause. Als er in die Auffahrt einbog, sah er, dass sein Vater an seinem alten roten Mazda arbeitete.

Ein würziger Geruch lag in der Luft und Beckett lief das Wasser im Mund zusammen. „Du räucherst Rindfleisch."

„Darauf hab ich schon seit Monaten Lust. Müsste so gegen fünf fertig sein."

„Klingt gut." Beckett deutete mit dem Kinn auf den Wagen. „Was ist denn damit?"

„Mäuse haben die Kabel durchgenagt, während ich weg war."

„Brauchst du Hilfe?"

Dad nahm einen kräftigen Schluck aus seiner Bierflasche. „Ich bin gleich fertig."

Sie mussten sich unterhalten. Bis jetzt hatte es nie gewirkt, aber er musste es weiterversuchen. Vielleicht war dieser letzte Aufenthalt im Gefängnis genug gewesen.

Dad schloss die Motorhaube und startete den Wagen. Er sprang sofort an. Sein Vater war der beste Mechaniker in der Gegend und er hatte Beckett alles beigebracht, was er wusste.

Beckett folgte seinem Vater in den Hinterhof, wo er nach dem Rindfleisch sah, und setzte sich an den baufälligen Picknicktisch. Er wünschte, er könnte das Gespräch vermeiden. Einen Augenblick lang beneidete er Layla um die Freiheit, die sie dadurch hatte, dass sie in einem eigenen Haus lebte. Aber Grandpa hatte Beckett sein Haus vermacht, bevor er ins Seniorenheim gezogen war. Hätte er es nicht getan, wäre es längst vor die Hunde gegangen.

Dad schloss den Räucherschrank und lehnte sich an den Tisch, die bernsteinfarbene Flasche in der Hand. Er hatte sich seit seiner Rückkehr noch nicht rasiert, aber seine grau gesprenkelten Haare hatte er irgendwann schneiden lassen. Wenn man ihn jetzt so ansah, konnte man sich kaum vorstellen, dass er früher ein gut aussehender Mann gewesen war.

„Wann fängst du wieder an zu arbeiten?", fragte Beckett, nachdem er beschlossen hatte, sich langsam anzutasten.

„Ha! Harvey nimmt mich nicht mehr, mit ihm habe ich schon gesprochen." Er fluchte. „Ich bin der beste Mechaniker, den sie haben, und das weiß er auch."

Wäre da nicht die Kleinigkeit, dass er monatelang fort war oder nicht immer im besten Zustand bei der Arbeit erschien.

„Dad, wir müssen reden."

Sein Vater stieß sich vom Tisch ab. „Nicht das schon wieder. Warum nimmst du deine Gardinenpredigt nicht auf Band auf, dann kann ich sie mir regelmäßig anhören."

„Dad, du hast ein Problem."

Er warf die Hände in die Luft, wobei die Flasche in der späten Nachmittagssonne funkelte. „Ich weiß, ich hätte nicht betrunken Auto fahren dürfen. Aber ich habe meine Zeit abgesessen – willst du mich auch noch bestrafen?"

„Du bist Alkoholiker."

Er lachte und schüttelte den Kopf. „Du gibst nicht auf, oder? Wenn ich Alkoholiker wäre, wäre ich nicht monatelang zurechtgekommen, ohne was zu trinken. Habe ich gezittert? Hatte ich Schweißausbrüche oder Halluzinationen? Nein, hatte ich nicht. Mir ging es gut. Ich muss nicht trinken, ich *mag* es einfach. Das ist ein Unterschied."

„Dass du keine Entzugserscheinungen hast, bedeutet nicht –"

„Wenn ich ein Alki wäre, wüsste ich es. Dann hätte ich keine Arbeit behalten oder eine Familie großziehen können."

Beckett schluckte die Antwort herunter, die ihm auf der Zunge lag. Nachdem Mom gegangen war, hatten Beckett und Layla sich selbst großgezogen, mit der Hilfe ihres Großvaters, während Dad seinen Kummer im Alkohol ertränkt hatte. Das tat er immer noch.

„Wir können Hilfe für dich bekommen, Dad. Es ist nicht zu spät, um etwas aus deinem Leben zu machen. Du könntest einen Imbiss eröffnen, wie du es immer wolltest. Du machst das beste Rauchfleisch und die besten Rippchen, die ich je gegessen habe. Das würde bei den Leuten hier im Ort und bei den Touristen super ankommen. Aber zuerst musst du nüchtern werden."

Sein Vater grinste spöttisch. „Hast du irgendwo einen Haufen Geld versteckt, von dem ich nichts weiß?"

„Wir brauchen einen Geschäftsplan und einen Bankkredit. Ich helfe dir natürlich, so gut ich kann."

„Dafür bin ich zu alt."

„Du bist doch erst Anfang fünfzig. Da hast du noch viele Jahre vor dir. Aber du musst die Trinkerei in den Griff krie –"

„Aaahhh! Es reicht, Beckett!" Sein Vater sprang auf, stürmte durch die Hintertür ins Haus und knallte die Fliegengittertür hinter sich zu.

Kapitel 25

Madison starrte die Zahlen in der Excel-Tabelle an, bis sie vor ihren Augen verschwammen. In Gedanken ging sie erst ihren Tag durch und dachte dann an das Telefonat mit Beckett am vergangenen Abend zurück. Es hatte so geklungen, als wäre seine Woche bisher genauso hektisch gewesen wie ihre. Sie hoffte, dass er sie heute Abend nach dem Bibelkreis anrufen würde.

Ihre Gedanken wanderten zu dem Boot, das in ihrer Auffahrt saß. Jedes Mal, wenn sie daran vorbeiging, schien es ihren Namen zu rufen. Sie wollte endlich aufs Wasser und herausfinden, was sie damit anfangen konnte.

Madison betrachtete mit gerunzelter Stirn die Arbeit auf ihrem Schreibtisch. Gerade als sie anfangen wollte, die Unterlagen beiseitezuräumen, kam ihr eine Idee. Sie zog ihr Handy aus ihrer Hosentasche und wählte eine Nummer.

„Bist du beschäftigt?", fragte sie, nachdem ihr Bruder sich gemeldet hatte.

Fünfundvierzig Minuten später saß Madison in dem Boot und gab Ryan Anweisungen, während er den Anhänger auf der anderen Seite des Riverside Parks rückwärts die Rampe hinunterfuhr.

„Geradeaus." Sie hielt sich am Bootsrand fest, als die Reifen des Anhängers die Rampe hinunter und bis in den Fluss rollten. „So ist es gut."

Das war viel besser, als am Schreibtisch zu sitzen. Sie würde nicht segeln, aber sie wollte sich vor Freitag vergewissern, dass das Boot fahrtüchtig war.

Die Hinterreifen des Pick-ups erreichten das Wasser und Madison spürte, wie das Boot sich hob. „Okay, das reicht."

Ryan schob den Schaltknüppel in die Parkposition und stieg aus. „Ich kann nicht glauben, dass die Regatta schon in drei Tagen ist. Bei der Feuerwache drücken dir alle die Daumen."

„Ich hoffe, ich bin gut genug vorbereitet."

Ryan blickte zu der untergehenden Sonne hinüber. „Ich wünschte, du würdest noch warten. Es wird bald dunkel."

„Ich fahre nur kurz mit dem Boot raus und wieder zurück. Und ich trage mein Rettungsweste." Sie hatte sich erst letzte Woche einen nagelneuen Rettungsschwimmkörper gekauft.

„Du weißt doch, dass Boote manchmal zu viel Kohlenmonoxid abgeben. Du könntest ohnmächtig werden und ins Wasser fallen."

„Deshalb die Rettungsweste."

Ryan sah auf seine Uhr. „Vielleicht sollte ich hierbleiben. Es macht nichts, wenn ich etwas zu spät komme."

„Du liebe Güte, ich komme schon klar. Beckett hat mir alles gezeigt. Dafür braucht man nicht Einstein zu sein."

„Beckett, hm?" Er stemmte die Hände in die Hüften.

Wahrscheinlich war es an der Zeit, die Katze aus dem Sack zu lassen. „Wir sind jetzt zusammen. Nur zu deiner Information."

„Wissen Mom und Dad davon?"

„Eigentlich nicht." Sie würden sich einfach an den Gedanken gewöhnen müssen. „Er ist ein guter Mann, Ryan. Das werden sie auch sehen, wenn sie ihm eine Chance geben."

Ihr Bruder nickte langsam. „*Falls* sie ihm eine Chance geben. Wirf den Motor an und guck, ob das Boot funktioniert."

Madison verdrehte die Augen. „Aye-aye, großer Bruder."

Sie betätigte die Benzinpumpe, drosselte den Motor zum Anlassen und riss zweimal kräftig an der Leine. Beim dritten Versuch sprang der Außenbordmotor an und röhrte laut. Grinsend schob sie den Choke wieder hinein, bis das Boot unter ihr sanft vibrierend über das Wasser glitt.

„Zufrieden?", rief sie über das Motorengeräusch zurück.

„Hast du dein Handy dabei?"

„Ja, Mr Sicherheitsfanatiker. Du kannst jetzt gehen."

„Wie kommst du nach Hause?"

„Ich wohne nur vier Blocks entfernt. Geh zu deiner Besprechung, McKinley." Sie grinste frech, als sie das Boot langsam rückwärts an den Liegeplätzen vorbeilenkte, an denen sie es später festmachen würde. Dann fuhr sie auf den Fluss hinaus.

Die tief am Himmel stehende Sonne schimmerte auf dem Wasser

und erwärmte ihre Haut. Ihre Haare flatterten im leichten Fahrtwind um ihre Schultern.

Ein Lächeln umspielte Madisons Lippen. Es war so weit. Sie fuhr in Michaels Boot. Na gut, sie segelte nicht, aber das Boot war auf dem Wasser. Sie hatte es restauriert und zu dem Boot gemacht, das er sich erträumt hatte. Irgendwie fühlte sie sich Michael hier draußen näher. Fast konnte sie ihn neben sich am Steuer spüren und sein Lachen hören.

Siehst du uns, Michael? Sieht das Boot nicht fantastisch aus? Madison fuhr mit der Hand über die weiße Zierleiste und wurde von einer Sekunde auf die andere so sehr von einem Gefühl der Einsamkeit überwältigt, dass sich ihr Magen zusammenzog.

Ihre Augen brannten. *Ich wünschte, du wärest hier. Ich vermisse dich. Ich werde diese Regatta für dich gewinnen, Bruder. Du wirst schon sehen. Ich werde deinen Traum wahr machen.*

Nachdem sie den Hafen hinter sich gelassen hatte, beschleunigte sie. Der Wind zerrte jetzt an ihren Haaren und zog an ihrer ärmellosen Bluse. Als sie die Mitte des Flusses beinahe erreicht hatte, wandte sie sich flussabwärts, dann zog sie den Gasgriff zu sich, damit das Boot noch schneller fuhr.

Es fühlte sich an, als würde sie fliegen. Jetzt verstand sie, warum Michael so gerne hier draußen gewesen war. Man war ganz allein mit dem Brummen des Motors. Mit dem Wind im Gesicht, der Sonne auf der Haut und dem Wasser, das sich unter dem Boot kräuselte.

Madison fuhr flussabwärts in Richtung Louisville, ohne dass ihr an diesem ruhigen Wochentag jemand begegnete. Sie fragte sich, wie lange es wohl dauern würde, bis sie Louisville erreichte, und wie lange sie bis Cincinnati brauchen würde, wenn sie mal flussaufwärts fuhr. Irgendwann wollte sie das versuchen, mit gehissten Segeln.

Eine Weile später sahen die Hügel an beiden Ufern im schwindenden Tageslicht beinahe grau aus. Madison legte den Schalter für die Navigationsleuchten um. Zeit zurückzufahren. Sie drosselte ihre Geschwindigkeit, schob den Griff von sich weg, wendete rechts herum und beschleunigte wieder.

Die Luft war jetzt kühler und sie bekam an den Armen und Beinen Gänsehaut. Da sie nun flussaufwärts fuhr, ging es langsamer voran. Sie bewegte den Griff und erhöhte die Benzinzufuhr.

Jetzt, wo das Boot schon im Wasser war, konnten Beckett und sie ihre ganze Zeit am Donnerstagmorgen damit verbringen, den Parcours durchzugehen. Evan und sie hatten diese Woche noch eine Segelstunde einschieben können, die gut gelaufen war. Sie waren ein gutes Team und Evan hatte ihre effizienten Bewegungen und ihre Kenntnisse der Terminologie gelobt. Beckett war ein guter Lehrer gewesen. Außerdem hatte Madison sich in der Bücherei einige Segelbücher ausgeliehen, die er ihr empfohlen hatte, und bis in die frühen Morgenstunden darin gelesen.

Doch lesen und tun waren zwei verschiedene Paar Schuhe. Die Kraft des Windes und das Schwingen des Baumes zu spüren … sie war froh, dass sie am Tag des Wettkampfs Evans Hilfe haben würde. Trotzdem musste sie wissen, was sie tat, wenn sie eine Chance auf den Sieg haben wollte, mit oder ohne Handicap. In Chapel Springs und Umgebung gab es einige erfahrene Segler.

Der Himmel hatte sich verdunkelt und am Ufer waren nur wenige Lichter zu sehen. Die Sonne war schneller gesunken, als Madison gedacht hatte, aber es war jetzt nicht mehr weit. Als sie um eine Kurve bog, konnte sie in der Ferne die Lichter des Jachthafens von Chapel Springs sehen. Sie steuerte direkt darauf zu, während sie in Gedanken ihre To-do-Liste für den nächsten Vormittag durchging.

Plötzlich stotterte der Motor.

Madison blickte über ihre Schulter und runzelte die Stirn.

Der Motor stotterte wieder. Und noch einmal. Dann gab er ein schmatzendes Geräusch von sich und tuckerte kurz. Das Boot wurde langsamer, obwohl sie den Gasgriff betätigte.

Nein, nein, nein.

Der Motor rülpste noch einmal und verstummte dann. Stille legte sich über den Fluss, als das Boot zum Stillstand kam, und Madison stieg der beißende Gestank von Rauch in die Nase.

Kapitel 26

Madison stand breitbeinig und mit gebeugten Knien vor dem Motor und riss an dem Anlasser. Nichts. Sie versuchte es noch dreimal, bevor sie aufgab.

Das Boot hüpfte in seinem eigenen Kielwasser auf und ab. Sie setzte sich und holte tief Luft, während ihr Herz raste. Was sollte sie tun?

Paddeln. Es musste doch irgendwo an Bord Paddel geben, oder? Es würde zwar eine Weile dauern, bis sie das Ufer erreichte, aber sie war stark. Sie würde an Land paddeln und Ryan anrufen.

Madison sah unter den Sitzen nach, obwohl ihr eigentlich klar war, dass sie die Paddel hätte sehen müssen, als Mom und sie das Boot sauber gemacht hatten. Sie hatten jeden Zentimeter geschrubbt. Trotzdem sah sie in jedem Staufach nach. Nichts.

Madison blickte zum Ufer, das vielleicht fünfzig Meter entfernt war. In diesem Augenblick bemerkte sie, dass ihr Boot flussabwärts trieb. Fort von Chapel Springs.

Die Hügel erhoben sich als unheimliche Schatten vor dem Nachthimmel. Das Wasser war im letzten Tageslicht schwarz wie Tinte geworden. Madison fragte sich, wie tief es wohl war, und ihre alten Ängste stiegen wieder in ihr auf, als sie hineinblickte.

Du kannst jetzt schwimmen, Madison. Und du hast deine Rettungsweste an. Du bist in Sicherheit.

In Sicherheit, aber in der Klemme. Sie musste jemanden anrufen und es gab nur einen Menschen, der sie aus dieser Misere befreien konnte. Madison zog ihr Handy heraus und stellte erleichtert fest, dass sie zwei Balken Empfang hatte.

Madison wählte seine Nummer und setzte sich auf die Bank. Es klingelte zweimal, dreimal. *Bitte geh ran.*

Beim fünften Klingeln nahm er ab. „Hi. Was gibt's?“, sagte Beckett leise, und ihr fiel wieder ein, dass er an diesem Abend Bibelkreis hatte.

„Tut mir leid, dass ich dich störe. Ich … äh, ich brauche deine Hilfe. Ich stecke gewissermaßen in Schwierigkeiten."

„Eine Sekunde."

Sie hörte das Geräusch von rückenden Stühlen. Becketts gedämpfte Stimme. Dann war er wieder am Apparat, diesmal lauter. „Wo bist du?"

„Tut mir leid, ich weiß, dass du heute Bibelkreis hast."

„Wir waren sowieso fast fertig. Ist alles in Ordnung?"

Sie stieß ein halbherziges Lachen aus, das erstickt klang. „Hängt davon ab, wie du ‚in Ordnung' definierst. Ich bin mitten auf dem Fluss mit einem streikenden Motor."

Am anderen Ende der Leitung hörte sie eine Tür oder etwas in der Art klicken. „Dein Boot?"

„Es fuhr so gut, und dann … nicht mehr."

„Wie weit bist du weg?" Ein Motor sprang an.

„Ich kann die Lichter des Jachthafens sehen." Madison blickte in die entsprechende Richtung und stellte fest, dass sie inzwischen um die Kurve getrieben war. „Jedenfalls konnte ich das gerade noch. Die Strömung zieht mich weiter weg." Sie fröstelte und verschränkte die Arme gegen die Kälte.

„Setz den Anker. Weißt du noch, wie das geht?"

„Ja, Moment." Sie legte das Handy beiseite und ließ den Anker hinab, bis er auf dem Boden lag.

„Okay, der Anker ist gesetzt."

„Dann bist du also flussabwärts gefahren? Richtung Louisville?"

„Ja."

„Bleib ruhig sitzen. Wir kriegen das hin. Gib mir fünf oder zehn Minuten. Und vergewissere dich, dass die Navigationsleuchten an sind. Du trägst deine Rettungsweste, oder?"

„Ja." Madison sah sich in der Dunkelheit um, die von allen Seiten auf sie eindrang, und wünschte, sie hätte sich die Sache gründlicher überlegt. Das Wasser hatte ihr nichts ausgemacht, als sie es sehen konnte. Jetzt konnte sie nur noch hören, wie es gegen das Boot schlug, und spüren, wie es schaukelte.

„Bist du in Ordnung?"

Reiß dich zusammen, Madison. „Ja, mir geht es gut."

„Soll ich am Telefon bleiben?"

Sie sollte sich nicht so anstellen. „Nein, nein. Wir sehen uns gleich. Danke, Beckett."

Madison legte auf und umklammerte das Handy mit ihren klammen Händen. Da war sie zum ersten Mal allein in einem Boot und schon geriet sie in Schwierigkeiten.

Und der Motor – es waren nur noch drei Tage bis zur Regatta und ihr Motor gab keinen Mucks mehr von sich. Sie hoffte, dass man ihn würde reparieren können. Sie war sich ziemlich sicher, dass ein neuer Außenbordmotor locker zweitausend Dollar kostete, und die hatte sie eindeutig nicht auf dem Konto. Vielleicht könnte sie sich einen leihen. Aber jeder Bootsbesitzer, den sie kannte, nahm selbst an dem Wettkampf teil.

Und selbst wenn der Motor zu reparieren war, wie lange würde das dauern und was würde es kosten? Sie hatte so ziemlich jeden Cent, den sie besaß, in die Aufarbeitung des Bootes gesteckt.

Das pulsierende Zirpen Hunderter Heuschrecken hallte auf dem Wasser wider. Madison kauerte sich in die Plicht und lehnte sich an die Schottwand, um sich vor dem Wind zu schützen. Die Luft roch noch immer ein wenig nach Qualm.

Sie blickte in Richtung Chapel Springs, obwohl sie wusste, dass es noch zu früh war, als dass Hilfe kommen könnte. Wahrscheinlich war Beckett noch nicht einmal am Hafen angekommen.

Madison zog ihr Mobiltelefon heraus und öffnete ihr E-Mail-Postfach, weil sie Ablenkung brauchte.

Als in der Nähe ein spritzendes Geräusch ertönte, fuhr sie zusammen. *Das ist nur ein Fisch, Madison.* Aber dieser Gedanke beruhigte weder ihren Herzschlag noch ihre Nerven.

Madison zwang sich, ihre E-Mails zu lesen, überwiegend dienstliche Nachrichten. Sie beantwortete sie alle.

Mrs Etter hatte ihr ein Foto von Perrys Familie mit dem jungen Basset geschickt. Sie sahen glücklich aus. Im Hintergrund standen Perry und seine Frau. Er trug wie üblich ein Piratenkopftuch. Vorne waren die Kinder zu sehen. Der Welpe war auf dem Arm eines kleinen Mädchens, dessen Gesicht er leckte. Madison mailte zurück und sah sich ihre restlichen Nachrichten an.

PJ hatte ihr einen Link zu einem Artikel über einen Spürhund namens Samson geschickt, der Schlagzeilen gemacht hatte, weil er ein siebenjähriges Mädchen gefunden hatte, das eine Woche lang vermisst gewesen war.

Sie hatte den Artikel gerade zu Ende gelesen, als sie in der Ferne ein rotes und ein grünes Licht aufleuchten sah. Beckett? Eine Minute später waren die Lichter schon größer und sie hörte das leise Summen des Motors, als das Boot näher kam.

Sie stand auf und wollte ihm eigentlich winken, aber er steuerte schon auf sie zu. Außer ihr war schließlich auch niemand hier draußen. Beckett wurde langsamer und Madison konnte die Umrisse seiner Gestalt jenseits des Buglichts ausmachen. Noch nie im Leben war sie so froh gewesen, einen Menschen zu sehen.

Der Motor verstummte, als Beckett sie umkreiste und auf der anderen Seite näher trieb.

„Alles in Ordnung?"

„Jetzt schon. Ich habe die Fender an der Steuerbordseite rausgehängt. Kann ich irgendetwas tun?"

Sein Boot schob sich neben ihres. „Bleib einfach sitzen. Ich mache das schon."

Er begann mit Seilen zu hantieren. Eine Leine führte von seinem Bug zu der Klampe in der Mitte ihres Bootsrumpfs und eine andere von seiner Bootsmitte zu ihrem Heck. Als er sich vergewissert hatte, dass die Leinen ausreichend gesichert waren, ging er zu seinem Fahrersitz.

„Gut, jetzt lichte den Anker und sag mir, wenn er an Bord ist."

Nachdem der Anker oben war, gab sie das Okay.

„Halt dich fest."

Sie umklammerte die Reling, als er nach und nach beschleunigte, sodass beide Boote sich vorwärtsbewegten. Beckett fuhr langsam und überprüfte ständig die Leinen.

Madison hatte ein schlechtes Gewissen, weil sie ihn von seinem Bibelkreis weggeholt hatte und weil sie so dumm gewesen war, das Boot kurz vor Einbruch der Dunkelheit auszuprobieren. Ryan sagte sie besser nichts davon, sonst würde er ihr das bis in alle Ewigkeit aufs Brot schmieren. Schlimm genug, dass Beckett es wusste.

Es dauerte über eine Stunde, bis sie den Jachthafen erreichten, und als sie schließlich beide Boote festgemacht hatten, war Madison einfach nur froh, wieder an Land zu sein. Sie trat auf den

Bootssteg neben Beckett, als er den Knoten an der Klampe befestigt hatte und sich aufrichtete.

Die Lichter des Jachthafens warfen einen goldenen Schein auf sein Gesicht. Er sah zerzaust aus, die Haare vom Wind verwuschelt, sein Kinn mit einem Bartschatten versehen. Gemeinsam gingen sie den Anleger hinunter.

„Ich weiß gar nicht, wie ich dir danken soll. Typisch, dass ich ohne Sinn und Verstand auf dem Wasser rumpaddel."

Fältchen erschienen um seine Augen, als er lächelte. „Wo wir gerade von Paddeln sprechen …"

„Ich kaufe gleich morgen welche."

„Und ich muss es wahrscheinlich nicht extra erwähnen, aber –"

Sie hob die Hand. „Ich weiß, ich weiß. Es war dumm und leichtsinnig und ich hätte bis Donnerstag warten sollen."

Becketts Lippen zuckten. „Dann hätten wir beide auf dem Wasser festgesessen. Ich wollte sagen, dass ich mir morgen früh gleich den Motor vornehme."

Er rettete sie in letzter Zeit immer. „Danke. Ich hoffe, es ist nicht zu teuer."

Beckett sah sie an. „Du musst mich nicht bezahlen, Dummerchen. Wahrscheinlich ist es ohnehin keine große Sache."

„Was mache ich, wenn er kaputt ist?"

„Darüber können wir uns immer noch Gedanken machen, wenn es wirklich so ist." Er blieb bei seinem Wagen stehen und Madison wurde bewusst, dass er zum Anleger hinuntergefahren war und verbotenerweise auf dem Gras geparkt hatte. Bei dem Gedanken, dass er es eilig gehabt hatte, sie zu retten, wurde ihr ganz warm ums Herz.

„Ich bringe dich noch zu deinem Wagen."

„Das ist lieb, aber Ryan hat mich hergefahren. Ich laufe nach Hause."

„Du hattest für einen Abend genug Abenteuer." Er öffnete die Beifahrertür. „Steig ein."

Im Wagen roch es nach ihm, moschusartig und etwas würzig. Madison sog den Duft tief ein. Schön. Männlich.

Nachdem auch Beckett eingestiegen war, ließ er den Pick-up an und fuhr langsam auf die Straße. „Wie weit bist du flussabwärts gefahren?"

„Ich bin mir nicht sicher. Etwa eine halbe Stunde lang war ich ziemlich schnell. Das Boot läuft wirklich gut." Madison seufzte. Sie war so dicht davor, Michaels Traum zu erfüllen. Warum mussten solche Dinge passieren? Warum musste alles so schwierig sein?

Beckett stieß sie mit der Schulter an. „Hey, mach dir keine Sorgen. Ich habe noch keinen Motor getroffen, den ich nicht reparieren konnte."

Sie erwiderte sein Lächeln und als er den Blick wieder auf die Straße richtete, wandte sie sich nicht ab. Sie hätte sich in der Highschool nie träumen lassen, dass er sich zu einem wahren Gentleman entwickeln würde, aber das hatte er, trotz seiner problematischen Familienverhältnisse.

Sie erinnerte sich an das, was Cassidy über ihn gesagt hatte, und an die Dinge, die Beckett ihr über die Kirche und über Gott erzählt hatte. Hatte Gott wirklich die Veränderung in seinem Leben bewirkt? Und Michaels Leben so umgekrempelt?

Ihr Bruder war in der siebten Klasse in einem Ferienlager gewesen und ganz verwandelt zurückgekommen. Ihre Eltern hatten sich über die Veränderung unheimlich gefreut – und es war eine Veränderung zum Guten gewesen, das konnte Madison nicht leugnen. Aber irgendwie hatte sie sich ausgeschlossen gefühlt. Sie hatte immer gedacht, dieses geistliche Hochgefühl würde sich wieder legen, aber das hatte es nicht getan. Von diesem Zeitpunkt an war Michael fast zu gut gewesen, um wahr zu sein. Gott völlig hingegeben, ihren Eltern gegenüber gehorsam und zu allen Menschen freundlich.

Ja, und du siehst ja, was es ihm genutzt hat. Behandelte Gott so seine treuen Diener?

„Woran denkst du gerade?"

Madison wurde bewusst, dass sie Beckett angestarrt hatte, und wandte den Blick ab. „Es tut mir leid, dass ich dich heute bei deiner Gruppe gestört habe. Ich wusste nicht, wen ich sonst anrufen sollte."

Er bog in ihre Straße ein. „Wie gesagt, wir waren so gut wie fertig. Außerdem habe ich nicht jeden Abend die Gelegenheit, eine Jungfrau in Nöten zu retten." Er warf ihr ein schiefes Grinsen zu.

„Ob du es glaubst oder nicht, normalerweise bin ich ziemlich selbstständig."

„Von einer McKinley würde ich auch nichts anderes erwarten."

„Ja, Mom hat uns das allen eingetrichtert. Vor allem uns Mädchen."

„Das ist nicht schlecht."

Er fuhr die Auffahrt hinauf und stieg aus. Dass er sie noch zur Tür brachte, schien das Normalste der Welt zu sein. Ihre Gedanken wanderten eine Woche zurück und ihr Herz raste vor Vorfreude. Sollte sie ihn hereinbitten?

Irgendwo im Gebüsch zirpte eine Grille und der Duft von frisch gemähtem Gras lag in der Luft. Auf der Veranda angekommen, öffnete Madison die Tür und schaltete die Außenbeleuchtung ein. Lulu ließ sich begrüßen, dann eilte sie auf den Rasen.

Das Licht umhüllte sie wie eine goldene Decke. Madison drehte sich um und wollte Beckett gerade hereinbitten, als er zuerst sprach.

„Kann ich dich etwas fragen?"

Sie schlang die Arme um ihren Oberkörper, um sich vor der nächtlichen Kälte zu schützen. „Klar."

„Ich habe gezögert, es anzusprechen, aber … hast du etwas von Jade gehört?"

Madison fragte sich, ob er Jade vermisste oder ob er sich einfach nur Sorgen machte. Dann erinnerte sie sich daran, dass Beckett diese Briefe ja nicht geschrieben hatte. Und ihr wurde bewusst, dass sie nach allem, was geschehen war, immer noch nicht wusste, von wem die Nachrichten stammten.

„Sie hat vor etwa einem Monat angerufen."

„Dann geht es ihr gut." Die Erleichterung in seiner Stimme war nicht zu überhören.

„Sieht so aus."

Sie hätte ihm mehr erzählen können. Dass Jade eine Arbeit hatte und in Chicago war, aber sie sagte nichts.

Sein Gesicht sah in dem warmen Licht weicher aus. „Ich sollte gehen."

Sie wollte nicht, dass er schon ging. „Du könntest noch mit reinkommen."

Beckett sah auf seine Uhr, dann wieder zu Madison, und auf seine Miene trat ein Ausdruck des Bedauerns. „Du, ich gehe wirklich besser. Ich muss morgen früh raus."

Sie kämpfte gegen eine Welle der Enttäuschung an. „Jetzt können wir morgen keine frühe Runde auf dem Fluss drehen."

„Das musst du dann am Freitag mit Evan machen. Ich repariere den Motor, dann könnt ihr loslegen."

„Ich hoffe es. Danke für heute Abend." Sie trat zu ihm und umarmte ihn. „Ich weiß nicht, was ich ohne dich gemacht hätte."

Sie fühlte, wie seine Hände sich um ihre Taille legten, sie näherzogen und die Umarmung erwiderten.

„Gern geschehen." Seine Stimme klang leise und tief in ihrem Ohr.

Der Schauer, der sie durchfuhr, hatte nichts mit der kühlen Nachtluft zu tun. Beckett war warm und er roch so gut. Fühlte sich so gut an. Die Haare in seinem Nacken kitzelten sie am Handrücken. Seine Schultern fühlten sich unter ihren Händen fest an. Sie fragte sich, ob er wohl spürte, wie ihr Herz gegen ihre Rippen hämmerte.

Seine Hand fuhr in einer flüchtigen Liebkosung über ihren Rücken und sie schmiegte sich an ihn, während ihre Knie ganz weich wurden.

Musik ertönte, die Titelmelodie von Seinfeld. Ihr Handy.

Widerstrebend löste sie sich von Beckett. „Das ist bestimmt Ryan." Ihre Stimme klang ganz atemlos. „Er will sicher wissen, ob ich wieder zu Hause bin."

„Dann geh besser ran." Beckett war bereits einen Schritt zurückgetreten und kramte nach seinen Schlüsseln.

„Danke noch mal, Beckett."

Er lächelte und hob die Hand zu einem letzten Gruß, dann ging Madison ins Haus und zog das Handy aus ihrer Tasche.

Aber es war nicht Ryan.

Nachdem sie abgenommen hatte, hörte sie Evans Stimme am anderen Ende der Leitung. „Gott sei Dank, dass ich dich erreiche."

„Was ist denn, Evan?"

„Ich habe vor zwei Stunden einen Anruf von meiner Mutter in Georgia bekommen. Mein Vater hatte einen Autounfall. Ich bin auf dem Weg zum Flughafen."

Die Regatta, schoss es Madison durch den Kopf. Sofort verspürte sie ein schlechtes Gewissen. „Das tut mir schrecklich leid. Ist es denn ernst?"

„Wir wissen noch nicht viel. Er ist nicht bei Bewusstsein. Ich weiß nicht, ob ich rechtzeitig zur Regatta wieder da sein kann, Madison."

Nur noch drei Tage ... Was, wenn er es nicht schaffte? Ohne ihn konnte sie den Wettkampf nicht gewinnen. Sie könnte von Glück sagen, wenn sie überhaupt am Ziel ankam. Und sie würde niemals einen Ersatz finden. Sämtliche Segler hatten ihre Mannschaften längst zusammengestellt.

Madison schob den Gedanken beiseite. „Das spielt keine Rolle. Du musst zu deinem Vater fahren. Ich hoffe, alles wird gut."

„Ich habe ein paar Telefonnummern für dich. Zwei Segler, die im Ruhestand sind und dir vielleicht helfen können, wenn ich nicht rechtzeitig zurück bin. Ich würde ja Beckett vorschlagen, aber ich weiß, was er vom Segeln im Team hält. Und ich vermute, er will das Preisgeld kassieren. Hast du etwas zum Schreiben da?"

Madison konnte es nicht fassen, dass Evan in einer solchen Situation an sie dachte. „Schieß los."

Sie notierte sich die Nummern. Gleich morgen würde sie diese Leute anrufen und etwas für den Notfall arrangieren.

Kapitel 27

Madison belegte die Klampe mit der Vorleine und richtete sich auf, um die Haare beiseitezuwischen, die sich aus ihrem Pferdeschwanz gelöst hatten und ihr nun ins Gesicht hingen. Am Morgen hatte Evan angerufen. Sein Vater war wieder bei Bewusstsein und sie warteten auf die Untersuchungsergebnisse. Aber es sah ganz gut aus und er hatte für den späten Abend einen Direktflug von Atlanta gebucht.

Sie hatte die beiden Pensionäre gestern angerufen. Einer konnte wegen seines Rheumas nicht segeln und bei dem anderen wartete sie noch auf einen Rückruf. Aber so wie es aussah, würde sie ihn nicht brauchen.

Beckett war nach Louisville gefahren, um das Ersatzteil für ihren Motor zu holen, und hatte die Reparatur heute Morgen ausgeführt. Sie hatte sich überschwänglich bei ihm bedankt. Heute Abend hatte das Boot auf dem Fluss eine gute Figur gemacht.

Madison hingegen gar nicht. Ihre Übungsfahrten durch den Parcours waren schwierig gewesen – und das Wasser war nicht übersät mit anderen Booten, wie es morgen der Fall sein würde.

„Ich war grottenschlecht." Sie befestigte auch die Achterleine.

Beckett sprang vom Boot auf den Steg. „Du kannst deinen Hang zum Perfektionismus genauso gut jetzt zu den Akten legen. Es gibt kein perfektes Rennen."

„Ich bin keine Perfektionistin."

Er warf ihr einen Blick zu.

„Na gut, ein bisschen vielleicht, aber die letzte Wende … also wirklich. Das ist alles so kompliziert – und ich bin nicht sehr konzentriert." Sie folgte ihm den Bootssteg hinauf.

„Konzentration ist entscheidend, aber beim Wettkampf wird es laut Vorhersage nicht so windig sein. Hör zu, du wirst morgen Fehler machen. Die machen alle. Wichtig ist, dass du sie sofort abhakst. Denk nicht darüber nach. Behalte eine positive Einstellung.

Du kennst die Grundlagen und Evan wird dir bei allem anderen helfen."

„Wenn er rechtzeitig hier ist."

„Du hast doch gesagt, er hätte den Flug gebucht."

„Du hast recht. Ich bin einfach nervös. Was noch?", fragte sie.

„Es ist keine schlechte Idee, einem guten Segler zu folgen. Mach einfach, was er macht. Das habe ich bei meinen ersten Rennen getan. Einmal bin ich damit Dritter geworden und ich habe eine Menge gelernt."

„Und wem soll ich folgen?"

„Mir natürlich."

Sie lachte und stieß ihm den Ellbogen in die Rippen. „Ich habe so ein Gefühl, dass Evan niemandem folgen wird."

„Das braucht er auch nicht. Denk daran, das Rennen ist in Kategorien unterteilt. Du wirst nicht die Führung übernehmen, nicht mit einem Folkeboot, also keine Panik."

Leichter gesagt als getan. Sie wollte nur gewinnen und es hinter sich haben. Sie war bereit, nach vorne zu blicken. Bereit, die Regatta – und alles andere – hinter sich zu lassen. Sie konnte nicht fassen, dass der Wettkampf morgen endlich stattfinden würde. Bei dem Gedanken zog sich ihr Magen zusammen.

Sie drückte eine Hand auf ihren Bauch, während sie auf ihren Wagen zugingen. „Ich bin total aufgeregt."

„Du machst das schon."

An der Wagentür drehte Madison sich um. Die Dunkelheit brach herein und der kühle Wind fühlte sich gut an auf ihrer erhitzten Haut. Becketts Haar war wie immer nach dem Segeln zerzaust und ihm hing eine Strähne in die Augen.

„Danke, Beckett. Für den Unterricht in Sachen Schwimmen und Segeln. Ohne dich hätte ich das alles nie geschafft."

„Du hättest einen Weg gefunden. Aber ich bin froh, dass ich dir helfen konnte."

„Lass mich wenigstens die Reparatur des Motors bezahlen."

Er machte eine abwehrende Handbewegung. „Das Ersatzteil hat nicht viel gekostet und das ist das Mindeste, was ich tun konnte, nachdem ich mich auf deinen Freund gestürzt habe."

„Er war nicht mein Freund. Wir sind nur ein paarmal zusammen ausgegangen.“ Madison lehnte sich an die Wagentür. „Außerdem habe ich ihm vor Kurzem gesagt, dass wir uns nicht mehr treffen sollten – ich weiß nicht, ob ich das erwähnt hatte.“

Beckett beugte sich vor und stützte die Arme rechts und links von ihr ab. Ein selbstgefälliges Lächeln trat auf seine Lippen. „Ach ja? Und warum das?“

Sie unterdrückte ein Grinsen. „Weißt du, ein anderer Typ hat mich geküsst und …“ Sie beendete den Satz nicht, sondern zuckte nur mit den Schultern.

Seine Lippen zuckten. „Und es hat dir gefallen.“

„Vielleicht.“

Er kam näher. „Dir hat es sogar so gut gefallen, dass du dir wünschst, er würde dich wieder küssen.“

„Es könnte sein, dass ich einen Kuss nicht ausschlagen würde.“

Beckett war nur einen Atemzug entfernt und doch noch zu weit weg. Sein Blick wurde ernst und das Lächeln verschwand. Dann berührten seine Lippen die ihren, vorsichtig, langsam, und raubten ihr den Atem, die Kraft. Wie konnte eine so zarte Berührung einen solchen Sturm in ihrem Innern auslösen und ihr Herz stocken lassen?

Er beendete den Kuss viel zu früh, aber er entfernte sich nicht weit.

„Reservier morgen Abend einen Tanz für mich.“

Die Segelregatta endete immer mit einem Fest im Riverside Park, mit Band, Tanz und jeder Menge Fastfood.

„Nur einen?“

„Ich wollte nicht gierig klingen.“

Wenn es nach ihr ginge, würde sie den ganzen Abend in seinen Armen verbringen und hoffentlich ihren Sieg feiern. Der Gedanke versetzte ihr einen Stich. Wenn sie gewann, musste Beckett verlieren. Und mit der Niederlage würde er auch das Preisgeld verlieren, das er für seine Selbstständigkeit brauchte. Sie schob die Zweifel beiseite.

„Willst du noch mit zu mir kommen?“, fragte sie.

Er sah auf seine Uhr. „Das würde ich gerne, aber es ist schon spät. Und du, junge Frau, brauchst heute Nacht jede Menge Schlaf.“

Er hatte recht, aber deshalb musste ihr seine Entscheidung noch lange nicht gefallen. Sie würde noch einmal die Wettkampfregeln durchgehen, während sie auf Evans Anruf wartete. Er hatte gesagt, er würde sich melden, sobald er in Louisville eingetroffen war.

Beckett hob ihr Kinn mit einem Finger an. „Also … morgen wird es hektisch und wir haben vielleicht vor dem Rennen nicht mehr die Gelegenheit zu reden, deshalb … viel Glück morgen."

„Dir auch."

Er drückte einen Kuss auf ihre Stirn. „Bis dann." Beckett schenkte ihr das für ihn so typische schiefe Lächeln, das ihre Knie jeglicher Kraft beraubte, und ging dann über den Parkplatz davon. Sie sah ihm nach.

Auf dem Heimweg zwang Madison sich, an etwas anderes zu denken. Ihre Gefühle für Beckett hatten rapide zugenommen, aber darüber konnte sie nach dem Wettkampf nachdenken. Sie fragte sich, ob Jade auch etwas für ihn empfand. Sie hoffte nicht. Das Letzte, was sie wollte, war, ihrer Schwester wehzutun. Sie wünschte, Jade könnte morgen hier sein. Alle Mitglieder ihrer Familie hatten heute angerufen und ihr alles Gute gewünscht und ihr gesagt, dass sie dabei sein würden, um sie anzufeuern. Alle außer Jade.

PJ hatte Plakate gebastelt und ihre Mutter hatte Michaels Lieblingskappe mitgebracht, eine weiße Schirmmütze mit einem in Blau aufgestickten Anker. Die hatte er immer getragen und Madison wollte sie bei der Regatta aufsetzen.

Als sie die Tür öffnete, sprang Lulu begeistert auf sie zu, bevor sie an ihr vorbei in den Garten lief. Während der Hund draußen war, klingelte das Telefon.

Auf dem Display war Evans Name zu sehen. Madison nahm ab und begrüßte ihn voller Hoffnung.

„Es tut mir leid, Madison, aber ich werde heute Abend doch nicht nach Hause fliegen. Meinem Vater geht es schlechter. Die Untersuchungen haben irgendein Hirntrauma gezeigt und ich muss wirklich hierbleiben."

„Natürlich musst du das. Es tut mir schrecklich leid." Noch während die Worte über ihre Lippen kamen, Worte, die sie wirklich ernst meinte, sank sie enttäuscht auf den Küchenstuhl. Welche Chance hatte sie jetzt noch zu gewinnen?

„Ich weiß, wie viel dir die Regatta bedeutet. Ich fühle mich schrecklich." Er klang müde.

„Bitte mach dir keine Gedanken deswegen. Im Ernst. Ich überlege mir etwas."

„Danke, Madison. Wenn es dir nichts ausmacht, könntest du für meinen Dad beten. Es könnte ein langer Weg für ihn werden … für uns alle."

„Das mache ich, Evan. Versuch, dich ein bisschen auszuruhen." Benommen beendete sie das Telefonat und steckte das Gerät auf die Station.

Sie ließ Lulu wieder herein und ging in der Küche auf und ab. Warum geschah das? Ohne Evan würde sie niemals gewinnen. All ihre Mühen waren umsonst gewesen. Madison presste eine Faust in ihren Magen, um den Schmerz zu lindern. Den Schmerz, der jedes Mal zunahm, wenn sie an Michael dachte. So würde er nie weggehen.

Hör auf, so negativ zu denken, Madison. Es musste etwas geben, was sie tun konnte. Etwas anderes, als sich auf einen Plan B in Form eines Rentners zu verlassen, der wahrscheinlich noch nie einen Platz bei einer Regatta gemacht hatte – nicht, dass er sich auf ihren Anruf hin überhaupt zurückgemeldet hätte. Gedanklich ging sie alle Skipper durch, die sie kannte, einen nach dem anderen, aber alle, die sie kannte, nahmen selbst an dem Wettkampf teil. Es war das Ereignis der Saison.

Madison suchte nach der Nummer des Rentners und versuchte noch einmal, ihn zu erreichen, aber wieder sprang der Anrufbeantworter an. Sie hinterließ noch eine Nachricht und legte auf.

Sie wollte Beckett anrufen, aber was würde das nützen? Er hatte sein eigenes Boot, sein eigenes Rennen zu gewinnen.

Ihr blieb nichts anderes übrig, als auf den Rückruf des alten Seglers zu warten. Ihre Chancen zu gewinnen waren verschwindend gering, aber was sollte sie sonst tun? Sie konnte nur hoffen und beten, dass es irgendwie funktionierte.

Hoffen und beten. Das Erste konnte sie gut, das Zweite eher nicht so gut. Madison warf noch einen Blick auf die Uhr und traf dann eine Entscheidung. Sie griff zum Telefon und wählte eine Nummer. Erleichtert vernahm sie, wie am anderen Ende der Leitung eine leise Stimme ertönte.

„Mrs Geiger, hier ist Madison. Ich frage mich, ob ich Sie und die anderen Damen um einen Gefallen bitten darf … Ich habe ein paar Gebetsanliegen."

Kapitel 28

Madison entdeckte ihre Familie am nächsten Vormittag unter dem großen Pavillon im Riverside Park. Zwischen all den Menschen, die die vom Segelklub gestifteten Hotdogs genossen, waren sie gar nicht so leicht zu finden gewesen.

Sie gab PJ, die sie seit ihrer Abreise vor zwei Wochen nicht gesehen hatte, einen Kuss auf die Wange. Ihre Schwester sah umwerfend aus in ihren pinkfarbenen Shorts und einem modischen weißen Top. Die langen Haare hingen zu einem Pferdeschwanz gebunden auf ihren Rücken.

„Hallo, Schwesterherz! Bist du aufgeregt?" PJ legte eine Hand auf ihr Herz. „Oh … du trägst Michaels Kappe."

„Na, mein Mädchen", sagte Dad und reichte Madison einen Hotdog, während sie an dem hölzernen Picknicktisch ihm gegenüber Platz nahm. „Tolles Wetter zum Segeln, sagen die Leute jedenfalls. Bist du bereit, die Regatta zu gewinnen?"

„Was ist los?", fragte Ryan, dessen prüfendem Blick wie immer nichts entging, während er den letzten Bissen seines Hotdogs kaute.

„Sieht so aus, als würde ich heute nicht mitsegeln. Evan ist noch immer in Atlanta."

„Oh nein, Liebes!" Mom legte einen Arm um Madisons Schultern und drückte sie an sich. „Das tut mir aber leid."

Daniel runzelte die Stirn. „Ich dachte, er wollte gestern Abend nach Hause fliegen."

„Es muss doch irgendetwas geben, was du tun kannst", sagte Dad.

Ryan versuchte ihr Mut zu machen. „Wir finden einen Ersatz."

„Das habe ich schon versucht." Am Morgen hatte sie von Dottie erfahren, dass der Segler, den sie zu erreichen versucht hatte, gar nicht in der Stadt war.

„Vielleicht kann einer von uns einspringen", schlug PJ vor.

Madison lächelte müde. „Danke, aber ich bin selbst nicht gerade eine Expertin. Ich brauche wirklich einen Profi, wenn ich eine Chance auf den Sieg haben will."

„Bei dem Rennen dabei zu sein, ist doch das Wichtigste", sagte ihre Mutter. „Wir wären alle so stolz auf dich."

„Ach, hier bist du!" Cassidy drängte sich zu ihr durch. „Hi, Leute, hi Mama Jo." Sie umarmte Madisons Mutter und wandte sich dann an Madison. „Ich hatte schon Angst, ich würde dich nicht finden – was ist los?"

„Evan Higgins musste absagen", sagte Daniel.

Cassidy blickte bestürzt drein. „Oh nein!"

„Ist schon gut. Nächstes Jahr gibt es wieder eine Regatta." Doch kaum waren die Worte über Madisons Lippen gekommen, fing das Loch in ihrem Magen an zu schmerzen. Der Druck baute sich auf wie in einem Wasserkessel, dessen Tülle verstopft ist. Alle wussten, dass nächstes Jahr ein Jahr zu spät war.

„Kann ich irgendetwas tun?", fragte Cassidy.

Madison lächelte krampfhaft. „Höchstens, wenn du über irgendwelche geheimen Segelkenntnisse verfügst, die du mir all die Jahre verschwiegen hast."

Cassidy zog eine Grimasse. „Sorry ..."

„Machen wir das Beste daraus." Madison setzte tapfer ein Lächeln auf, während ihre Familie sich weiter durch die vielen Leckereien aß, die angeboten wurden. Nachdem sie gegessen hatten, kauften sie Tickets für die Tombola, bei der ein Kanu verlost wurde, und versuchten sich an den Spielen der Jahrmarktbuden, die auf dem Rasen aufgebaut waren.

Es waren viele Leute gekommen und die Veranstaltung war gut organisiert, wie immer. Scharen von Touristen waren zu dem Fest erschienen und alle schienen sich ausgiebig zu vergnügen.

Das Dachrinnen-Bootsrennen, das bei Kindern sehr beliebt war, machte Spaß. Für die Wettkämpfe benötigte man fünfzehn Zentimeter lange Segelboote, zwei mit Wasser gefüllte Regenrinnen und so viel Lungenvolumen, wie die Kinder aufbringen konnten. Alle McKinleys hatten als Kinder daran teilgenommen, aber PJ war die Einzige, die jemals gewonnen hatte. Sie hatten sie monatelang wegen der ganzen heißen Luft in ihrem Inneren aufgezogen.

Als es beinahe Mittag war, entschuldigte Madison sich. „Ich

gehe besser zu Curtis und sage ihm Bescheid, dass ich ausfalle." Ihr wurde bewusst, dass sie das vor sich hergeschoben hatte. Insgeheim hoffte sie wohl immer noch, dass ihr durch ein Wunder ein anderer Skipper über den Weg laufen würde.

„Ich habe ihn vor zehn Minuten am Anleger gesehen", sagte Ryan.

„Wenn du fertig bist", sagte Dad, „sehen wir uns auf dem Rasen, wo er vom Jachthafen zum Wasser hin abfällt."

Madison entdeckte Curtis am Anleger, umgeben von einem halben Dutzend anderer Regattateilnehmer. Sie stellte sich an und wartete, bis sie an der Reihe war.

Überall herrschte hektische Geschäftigkeit, weil die Segler ihre Boote für den Start bereit machten und sich gegenseitig scherzhafte Sticheleien zuwarfen. Das Boot des Rennkomitees war bereits losgefahren. Auf dem Fluss markierten orangefarbene und weiße Bojen den Parcours. Einige der Segelboote hatten ihre Liegeplätze schon verlassen und waren unterwegs zur Startlinie.

Madison konnte nicht fassen, dass es so gekommen war. Dass sie mit ihrer Familie auf einem Hügel sitzen und bei dem Wettkampf zusehen musste, auf den sie so fleißig hingearbeitet hatte. Sie hatte Michael im Stich gelassen. Sie spürte es bis in ihre Knochen. Madison nahm ihre Schirmmütze ab und zerknüllte sie mit den Händen.

„Wo warst du?", fragte Beckett, der in diesem Moment hinter ihr auftauchte. „Du hast die Besprechung der Skipper verpasst."

Offenbar hatte er es noch nicht gehört. Sie lächelte resigniert. „Ich bin aus dem Rennen."

Seine Kinnlade klappte herunter. „Evan ist nicht zurückgekommen?"

Sie zuckte mit den Schultern. „Seinem Vater geht es schlechter."

„Oh nein."

Madison zwang sich zu lächeln. „Aber ich werde dich anfeuern. Ich hoffe, du gewinnst, Beckett." Sie wusste, dass er das Preisgeld wirklich gebrauchen konnte.

„Nein. Du kannst nicht einfach aufgeben, Madison."

„Mir bleibt nichts anderes übrig. Ist schon gut. Geh und hol dir den Sieg."

Zwei steile Falten traten auf Becketts Stirn. Seine dunklen Augen blickten sie durchdringend an, bevor er sich umdrehte und sich durch eine Handvoll Leute bis zu Curtis durchschob.

Sie sah zu, wie er höflich einen Touristen unterbrach und anfing, mit Curtis zu sprechen. Dieser warf Madison einen Blick zu und sah dann auf sein Klemmbrett. Er schüttelte den Kopf. Beckett sagte wieder etwas und gestikulierte mit den Händen, bevor er sie in die Hüften stemmte. Sie redeten noch eine Minute weiter.

Endlich spitzte Curtis die Lippen und nickte einmal. Beckett kam auf sie zu. Seine Miene war undurchdringlich.

Er zog sie am Arm. „Komm, wir müssen uns beeilen."

„Wohin gehen wir?"

„Wir haben zehn Minuten, um dein Boot startklar zu machen. Beeil dich."

Madison blieb vor dem Boot stehen und runzelte die Stirn. „Aber wer soll mir helfen?"

Beckett grinste schief. „Gestatten, deine neue Mannschaft."

„Aber – aber dein Boot – das Preisgeld ..."

„Willst du dastehen und Maulaffen feilhalten oder hilfst du mir?" Er war bereits an Bord gesprungen und hatte den Motor angelassen. Jetzt warf er ihr eine Rettungsweste zu. „Konzentriere dich auf den Wettkampf, McKinley. Wir holen uns den Sieg."

Eine halbe Stunde später war in Madisons Kopf kein Platz mehr für andere Gedanken. Nachdem Beckett sie über einige Änderungen in letzter Minute informiert hatte, waren sie gut gestartet. Beckett und sie waren im vorderen Feld. Bei den ersten Abschnitten hatte sie ein paar kleinere Fehler gemacht, aber Beckett hatte es wieder gerichtet.

Der Schweiß lief Madison zwischen den Schulterblättern über den Rücken, als sie vor dem letzten Stück des Parcours einem Boot begegneten, das Wind von Backbord hatte.

„Boot elf an Steuerbord", rief Madison. „Wir kreuzen nicht." Das Boot war eine Slup namens *Glory Days.*

„Weiter an Backbord. Wir überholen sie."

„Roger." *Okay, Madison, Komm schon. Zwei Bootslängen. Du schaffst das.* „Mittlerer Winkel. Vorschot nicht nachlassen."

„Alles klar."

Bleib dran ... Bug runter ... noch ein bisschen. Gut, jetzt wieder rauf ... Was die Geschwindigkeit betraf, waren sie auf Kurs, aber nicht in Bezug auf den Winkel. Sie musste mehr steuern.

„Ich fiere die Schoten, um etwas Tempo rauszunehmen."

„Ist gut", sagte sie kurz darauf. „Das Ruder fühlt sich gut an."

Als sie den letzten Streckenabschnitt erreicht hatten, waren noch sieben Boote vor ihnen. Sieben! Das waren so viele.

Jetzt kam es auf die Geschwindigkeit an. Sie mussten vor denen bleiben, die hinter ihnen kamen, und an denen vorbeiziehen, die unmittelbar vor ihnen fuhren. Keine einfache Aufgabe, dachte Madison, als sie sah, dass Mrs Etters Enkel Perry der Nächste vor ihnen war.

Beckett rief ihr die Richtungen zu. Sie befolgte die Anweisungen, ohne nachzudenken. Wenn jemand den Wind einschätzen konnte, dann Beckett. Kurz darauf sah sie sich um. Der Abstand zu den Booten hinter ihnen wurde größer und sie kamen Perrys Boot mit dem Namen *River Rat* näher. Sein Piratenkopftuch flatterte im Wind, während er sich an dem Großsegel zu schaffen machte.

Madisons Arme und Rücken schmerzten, aber das Adrenalin gab ihr zusätzliche Kraft und Ausdauer.

„Wir müssen schneller werden", rief Beckett. „Bug runter."

Madison gehorchte und das Boot nahm Fahrt auf. Sie überholten *River Rat* an Steuerbord, aber Madison gönnte dem Rivalen keinen Blick. Sie lagen gut vor dem Wind und kamen zügig voran, sodass sie sich Cappys Boot *Daddy's Pride* näherten.

Komm schon, komm schon ... Sie waren so kurz vor dem Ziel und hatten immer noch sechs Boote vor sich.

„Das schaffen wir nie!", rief sie.

„Keine Sorge ... denk an unser Handicap."

Sie segelten weiter. Sie hatten gute Windverhältnisse und kamen *Daddy's Pride* immer näher.

„Luvwärts!", rief Beckett, als sie auf Höhe des anderen Bootes waren. „Jede Menge Platz leewärts."

Madison nahm die nötigen Anpassungen vor.

„Gut!“, sagte Beckett. „Jetzt Geschwindigkeit halten.“

Sie schoben sich neben *Daddy's Pride*, etwa zwei Bootslängen entfernt. In der Ferne markierte das Boot des Rennkomitees die Ziellinie. Die orangefarbene Flagge war kaum zu sehen. Vier Boote waren schon im Ziel.

Komm schon ... komm schon ... Sie waren jetzt auf gleicher Höhe mit Cappy und seiner Frau und genauso schnell wie *Daddy's Pride*.

Beckett rief ihr Anweisungen zu und Madison führte sie aus. *Konzentrier dich, Madison. Du musst dich konzentrieren.*

Langsam schoben sie sich vor, Stück für Stück. Madison widmete sich ganz ihrer Aufgabe, auch wenn ihre Muskeln protestierten. Sie blickte weder zur Ziellinie noch zu dem anderen Boot hinüber, weil sie an Becketts Rat dachte, sich ganz auf den Wettkampf zu konzentrieren.

Weit konnten sie nicht mehr von der Ziellinie entfernt sein. Der Wind zerrte an ihrer Bluse und an ihrem Pferdeschwanz, während sie die Schot leicht nachließ. Aus dem Augenwinkel sah sie, dass sie *Daddy's Pride* hinter sich ließen.

Sie lagen jetzt gut in der Zeit.

Komm schon ... Noch einen starken Endspurt ...

Und dann sah sie im Augenwinkel das Boot des Rennkomitees und hörte das Tuten des Horns.

Daddy's Pride überquerte die Ziellinie wenige Augenblicke später. An Deck salutierte Cappy und lächelte. Madison erwiderte die Geste. *River Rat* kam kurz nach ihnen ins Ziel.

Zurück im Jachthafen lenkten sie das Boot in den Liegeplatz. Während Beckett den Motor ausstellte, zog Madison ihre Rettungsweste aus. Dann stand er mit zerwuschelten Haaren und einem breiten Lächeln im Gesicht vor ihr. Seine Augen leuchteten mehr, als sie es je zuvor bei ihm gesehen hatte.

„Glaubst du, wir haben eine Chance?“

„Es wird eng. Wir müssen abwarten, aber ich bin total stolz auf dich, Maddy. Du warst klasse.“

Er zog sie in seine Arme, drückte einen Kuss auf ihre Haare und hielt sie ganz fest. Ihr Herz hämmerte gegen seinen Brustkorb. Was für ein aufregendes Erlebnis! Sie hatten alles gegeben. Jetzt konnten sie nur noch warten.

„Hey, sieh mal da." Er löste sich von ihr.

Madison blickte zum Rasen hinüber und bemerkte erst jetzt die jubelnde Menge. Dann sah sie, was genau Becketts Aufmerksamkeit erregt hatte. Überall in der Menge waren Plakate zu sehen. Und auf allen stand: *Michael's Dream!*

Auf einmal hatte Madison einen Kloß im Hals. Sie presste eine Hand auf ihr Herz. Tränen brannten in ihren Augen. Sie erkannte verschiedene Gesichter in der Menge. Dottie Meyers, Maeve Perkins, Pastor Adams und seine Frau, die knienden Omas, alle mit strahlenden Mienen. Sie applaudierten, nicht nur weil die Regatta aufregend gewesen war, sondern ihr. Und Michael.

Madison sah, dass ihre Familie den Hang hinunter zum Anleger kam, allen voran PJ.

„Ich mache den Rest", sagte Beckett. „Geh du ruhig."

„Bist du sicher?"

Er gab ihr einen Schubs. „Nun geh schon. Wir sehen uns gleich im Jachtklub."

Madison sprang vom Boot und eilte auf ihre Lieben zu. Alle umarmten sie und gratulierten ihr. Es machte nichts, dass sie nicht gewonnen hatte – jedenfalls noch nicht. Noch bestand Hoffnung.

Sie blieb eine Weile bei ihrer Familie und berichtete von den Einzelheiten des Rennens. Es war aufregend gewesen und hatte Spaß gemacht, musste sie überrascht eingestehen. Und obwohl sie Fehler gemacht hatte, hatten sie gut abgeschnitten. Vielleicht gut genug, um zu gewinnen.

Die Minuten schleppten sich dahin, während sie auf die Preisverleihung warteten. Als es endlich so weit war, gesellten Madison und die anderen McKinleys sich zu der Menschentraube auf dem Rasen vor dem Segelklub. Der Vorstandsvorsitzende des Klubs stand auf der Holzterrasse am Pednerpult und dankte allen, die die Regatta unterstützt hatten. Daniel stand hinter ihm, in seiner offiziellen Rolle als Bürgermeister in Baumwollhose und Polohemd gekleidet.

Als der Vorsitzende bereit war, die Sieger zu verkünden, waren Madisons Nerven so angespannt, wie sie nur sein konnten.

Beckett erschien an ihrer Seite und nahm ihre Hand. Wenn sie ehrlich war, machte sie die Geste ein wenig nervös. Es hatte sich zwar herumgesprochen, dass sie miteinander ausgingen, aber ihre

Eltern hatten sie bislang noch nicht zusammen gesehen. Gewiss hatte er sich aber ihren Respekt verdient durch das Opfer, das er heute für Madison gebracht hatte.

„Viel Glück", flüsterte er.

„Hoffen wir das Beste", sagte sie.

Die Menge verstummte. Madisons Herz raste in ihrer Brust.

„Den dritten Platz", sagte der Vorsitzende, „mit einer korrigierten Zeit von siebenundvierzig Minuten und neunzehn Sekunden, belegt *Bluegrass Baby.*"

Die Menge jubelte und die Mannschaft ging nach vorne, um sich ihre Trophäe abzuholen.

Nachdem sie die Bühne verlassen hatten, fuhr der Vorstandsvorsitzende fort: „Den zweiten Platz mit einer korrigierten Zeit von sechsundvierzig Minuten und zwölf Sekunden belegt *Daddy's Pride.*"

Cappy war Zweiter geworden. *Gut gemacht.* Madison lächelte und applaudierte. Sie hatten Cappy geschlagen, aber wie wirkte sich das Handicap aus?

„Luft holen", flüsterte Beckett ihr ins Ohr.

Erst jetzt wurde Madison bewusst, dass sie die Luft angehalten hatte. Ihre Hand in seiner war schweißnass. Was, wenn sie nicht gewonnen hatten? Was, wenn alles umsonst gewesen war? Zweiter oder Dritter zu werden, wäre besser gewesen als gar nicht auf dem Treppchen zu stehen. Jetzt kam nur noch der Sieger. Es hieß alles oder nichts.

„Und zu guter Letzt", sagte der Vorsitzende, „der Sieger der River Sail Regatta, mit einer korrigierten Zeit von fünfundvierzig Minuten und fünf Sekunden ist …"

Beckett drückte ihre Hand. Madison stockte der Atem.

„Michael's Dream!"

Sie öffnete den Mund und ihr Herz raste wie wild. Hatte er gerade gesagt …

Beckett stieß einen Siegesschrei aus und Madison stimmte in die jubelnde Menge ein. Sie folgte ihm nach vorne und immer wieder klopfte ihr jemand anerkennend auf die Schulter.

Madison war ganz benommen, als der Vorsitzende ihnen den Pokal und einen Scheck vom Segelklub überreichte. Die Menge jubelte so lange, dass Madison die Tränen kamen. Als der Klubvorsitzende die Zeremonie schließlich offiziell beendete, strebten die Leute allmählich davon.

Beckett zog sie in eine Umarmung. „Du hast es geschafft, Maddy. Du hast es geschafft."

„*Wir* haben es geschafft." Sie klammerte sich an ihn und ihr Herz schlug immer noch heftig. „Ich kann es gar nicht fassen. Ich kann es einfach nicht glauben. Danke, danke! Ohne dich hätte ich es nie geschafft."

„Es war mir ein Vergnügen", flüsterte er.

Seine Arme hatten sich fest um sie geschlossen und an ihrer Schläfe bewegten sich die Haare, die sich unter ihrer Kappe hervorgestohlen hatten, in seinem Atem.

Sie hatten es geschafft … sie hatten gewonnen! Madison wandte ihr Gesicht der Sonne zu, schloss die Augen einen Moment lang und lächelte, während sie allmählich wieder zu Atem kam. *Wir haben es geschafft, Michael. Wir haben es geschafft.* Jetzt war es vorbei. Sie konnte schlafen, weil sie wusste, dass der Traum ihres Bruders erfüllt war.

Und dann, weil sie gar nicht anders konnte und der Augenblick sonst nicht vollkommen gewesen wäre, flüsterte sie ein Gebet. *Danke, Gott. Danke, dass du mich gehört hast.* Etwas stieg in ihr auf. Dankbarkeit, gemischt mit etwas anderem, das sie nicht definieren konnte. Vielleicht war sie Gott ja doch nicht egal. Vielleicht wollte er doch, dass sie inneren Frieden fand.

„Herzlichen Glückwunsch, Madison!" Ihre Eltern erschienen am Fuß des Podiums, gefolgt von den anderen Familienmitgliedern.

„Lass mal sehen, das Ding", sagte Dad und schenkte Beckett ein steifes Lächeln.

Beckett reichte ihm den Pokal.

„Was für ein aufregender Wettkampf!", sagte Mom. „Es war furchtbar nett von dir, dass du für Evan eingesprungen bist."

„Ohne ihn hätte ich es nicht geschafft. Nichts davon." Madison strahlte Beckett an.

Dad nickte kurz und gab Beckett den Pokal zurück, bevor er sich an Madison wandte. „Dein Bruder und deine Schwestern halten uns einen Platz im Pavillon frei."

„Geh ruhig", sagte Beckett. „Ich habe mit Layla verabredet, dass wir uns nach der Preisverleihung treffen."

Kapitel 29

Madison lag im Bett, die Lampe an, und war immer noch ganz überwältigt von den Ereignissen des Tages. Es war beinahe Mitternacht, aber sie war froh über das Adrenalin, das weiterhin durch ihren Körper strömte. Sie drehte sich um und musste unwillkürlich grinsen.

Die Preisverleihung war ein Augenblick, den sie nie vergessen würde. Mit Michaels Schirmmütze auf dem Kopf hatte sie den Regattapokal in die Höhe gereckt, Beckett an ihrer Seite. Ihr Herz war immer noch ganz voll von all den Menschen, die anschließend auf sie zugekommen waren, um ihr zu sagen, wie stolz Michael heute auf sie gewesen wäre.

Als es dunkel geworden war, hatten sich die Cornhuskers, eine Band aus der Stadt, auf die Bühne begeben und ein paar beliebte Hits gespielt. Die Rasenfläche auf dem zentralen Platz der Stadt war zu einer improvisierten Tanzfläche geworden, und die weißen Lichterketten, die durch den Park gespannt waren, hatten vor dem tiefschwarzen Himmel gefunkelt wie Sterne.

Madison hatte mit so vielen Männern getanzt, dass sie Mühe gehabt hätte, sie alle aufzuzählen, aber Beckett hatte sie für sich beansprucht, wann immer er die Gelegenheit dazu hatte. Zu ihrer Überraschung hatte auch Drew sie einmal zum Tanz aufgefordert, aber er hatte genauso mit anderen Frauen getanzt und war auf Abstand geblieben.

Als neben ihr auf dem Nachttisch das Telefon klingelte, zuckte Madison zusammen. Am Fußende des Bettes öffnete Lulu die Augen, schloss sie dann aber gleich wieder.

„Hallo, Schwesterherz." Jades Stimme ließ Madison nur noch breiter lächeln. „Tut mir leid, dass ich so spät anrufe."

„Jade! Wie schön, deine Stimme zu hören."

„Du glaubst doch wohl nicht, dass ich deinen großen Tag verpasse. Wie ist es gelaufen?"

„Wir haben gewonnen. Wir haben tatsächlich gewonnen. Kannst du das glauben?"

„Ich wusste, dass du es schaffen kannst."

„Vor dem letzten Teilstück waren wir an achter Position, aber irgendwie haben wir es noch geschafft."

„Ich freue mich so für dich. Michael lächelt heute auf dich hinunter."

„Ich weiß. Ich kann es spüren."

Madison wurde bewusst, dass sie Becketts Namen absichtlich nicht erwähnt hatte. Vielleicht war es an der Zeit herauszufinden, was Jade für ihn empfand. „Es war verrückt. Evan Higgins musste wegen eines Notfalls in der Familie verreisen und ich dachte schon, ich könnte mir den Wettkampf völlig abschminken. Aber dann hat Beckett angeboten, mit mir zu segeln."

„Beckett?"

War das ein Anflug von Liebeskummer in ihrem Tonfall? Oder war es Jade einfach peinlich, dass sie seine Absichten so falsch gedeutet hatte?

„Er hat mir den Sommer über geholfen, segeln zu lernen, und auch bei anderen Dingen. Wir haben uns irgendwie angefreundet."

„Das … das ist toll, Madison."

„Wirklich? Ich dachte, du seist ihm vielleicht böse. Du bist nach eurer Verabredung so plötzlich verschwunden …"

„Das war nur ein Missverständnis. Er ist ein netter Kerl."

Madison spürte, wie eine Last von ihren Schultern fiel. „Aber genug von mir. Wie läuft es bei dir in Chicago? Hast du inzwischen Telefon?"

„Nein, ich rufe aus dem Café an. Wir haben gerade Feierabend gemacht."

Der Gedanke, dass Jade um diese Uhrzeit noch nach Hause fahren musste, vermutlich sogar mit öffentlichen Verkehrsmitteln, gefiel Madison nicht.

„Der Job ist also immer noch in Ordnung? Verdienst du genug Geld?"

„Ja, es macht echt Spaß. Aber ich habe noch keinen Ort gefunden, an dem ich Gitarre spielen kann."

„Wie geht es deinen Freundinnen?"

„Denen geht es gut. Izzy hat ihre Stelle verloren, aber ich bin mir sicher, sie findet bald wieder etwas."

„Das muss schwierig sein, wenn man ein Kind hat. Erzähl mir von eurer Wohnung. Es ist bestimmt ziemlich eng, oder?"

„Ach, das geht schon. Izzy und ihr Sohn haben ein Zimmer und Kirsten und ich teilen uns das andere. Die Wohnung ist in Cicero, ganz dicht bei der Hoba."

„Hoba?"

„Hochbahn. Hör zu, ich muss Schluss machen. Mein Chef will abschließen, aber ich wollte doch wenigstens hören, wie dein großer Tag war."

„Es war wunderbar, von dir zu hören. Ruf Mom und Dad bald an, ja? Und Daniel auch. Er fragt jedes Mal nach dir, wenn ich ihn sehe."

„Ist gut. Ich muss los. Ich hab dich lieb."

„Ich dich auch", sagte Madison.

Und dann legte Jade auf. Als Madison den Kopf aufs Kissen sinken ließ, lächelte sie immer noch.

Madison hatte sich kaum in den Kreis im Countryside Manor gesetzt, als die Damen sie auch schon mit ihren Fragen bestürmten.

„Wollen Sie uns nicht alles erzählen?" Mrs Geiger streichelte den Beagle, den Madison mitgebracht hatte.

„Du hast es doch selbst gesehen." Mrs Marquart rutschte ein Stück von dem Hund weg.

„Sie hat meinen eigenen Enkel geschlagen! Ganz schön frech, muss ich sagen." Mrs Etter tat so, als würde sie Madison böse anfunkeln.

„Ich will wissen, was der O'Reilly-Junge damit zu tun hatte." Mrs Geiger zog ihre gemalten Augenbrauchen hoch.

Wenn es jemand verdient hatte, die Einzelheiten des samstäglichen Ereignisses zu erfahren, dann diese Damen. Sie waren für Madison da gewesen, als sie verzweifelt gewesen war.

„Ich kann Ihnen gar nicht genug für Ihre Gebete danken. Nicht nur, dass es mit der Regatta gut gelaufen ist, auch Evans Vater geht es besser. Er musste operiert werden, aber es geht bergauf und die Ärzte hoffen, dass er wieder ganz gesund wird."

„Das schlägt doch alles." Mrs Marquart zog ihre rotbraune Perücke zurecht.

„Wir wollen alle Einzelheiten hören." Mrs Stuckey nahm Mrs Geiger den Beagle ab und hielt ihn auf ihrem Schoß.

Madison erzählte den Damen alles, was sich ereignet hatte, von dem Augenblick an, als sie erfahren hatte, dass Evan es nicht rechtzeitig schaffen würde, bis zu dem Moment, in dem Beckett sich mit ihr zusammengetan hatte.

Mrs Marquart presste die Hände zusammen. „Er hat alles gerettet. Wie romantisch!"

Ein selbstgefälliges Lächeln trat auf Mrs Geigers Gesicht. „Zwei Fliegen mit einer Klappe", murmelte sie.

„Wie bitte?", fragte Madison.

„Ach, nichts, meine Liebe. Wir sind einfach nur froh, dass alles gut gegangen ist. Wie fühlte es sich an … so gut, wie Sie gehofft hatten?"

„Ich bin natürlich überglücklich", sagte Madison. Sie lächelte trotz der nebulösen Gefühle, die in den letzten zwei Tagen langsam an die Oberfläche gekommen waren. Unter der Freude über den Sieg brodelte etwas, das sich nicht richtig anfühlte. Etwas, das ihr nur zu vertraut war. Sie schob den Gedanken beiseite.

„Sie waren so fleißig. Wir freuen uns mit Ihnen", sagte Mrs Stuckey.

Nachdem Madison sich von den knienden Omas verabschiedet hatte, drehte sie ihre übliche Runde. Sie hatte so gute Laune, dass nicht einmal Mrs Doolittles finstere Miene ihr etwas ausmachte.

Als sie den Welpen wieder im Tierheim abgeliefert hatte, fiel ihr ein, dass sie noch eine Sache zu erledigen hatte. Sie schob die Hand in die Tasche und tastete nach dem Scheck. Während sie im schwindenden Tageslicht die Spruce Street hinunterfuhr, konnte sie nicht leugnen, dass sie sich darauf freute, Beckett zu treffen. Sie hatte ihn seit dem Abend der Regatta nicht mehr gesehen und sie wollte ihn für Freitag zu ihren Eltern einladen. Sie würden Madisons Geburtstag und den Regattasieg feiern.

Er hatte alles mit ihr durchlebt. Die Angst, die Fehler, jedes Hindernis. Niemand verstand so gut wie Beckett, was sie durchgemacht hatte, um bis hierher zu kommen. Und er hatte sein eigenes Ziel geopfert, um ihr zu helfen. Eine Feier wäre ohne ihn einfach nicht vollkommen. Andererseits war eine Einladung zu einer Familienfeier etwas recht Intimes. Wie würde er darauf reagieren?

Und würde ihr Vater sich benehmen? Würde er die Gerüchte aus der Vergangenheit lange genug beiseiteschieben, damit er den Menschen sehen konnte, der Beckett geworden war? Mit ein paar unangenehmen Situationen würden sie vielleicht fertigwerden müssen.

Das Panoramafenster war erleuchtet, aber Madison hörte Geräusche vom Hof herüberdringen. Also ging sie die Auffahrt hinunter und um das Haus herum. Es war ein warmer, schwüler Abend, und ihre Haare klebten ihr im Nacken. Es roch nach Kiefern und frisch gemähtem Rasen. Madison konnte leise Radiomusik hören, unterbrochen von dem gelegentlichen Surren eines Bohrers.

Als sie um die Hausecke bog, kam ein Außengebäude in den Blick. Hinter dem geöffneten Garagentor sah sie Beckett, der sich mit nacktem Oberkörper über den skelettartigen Rumpf eines Bootes beugte und vor Konzentration die Stirn runzelte, während er bohrte.

Er musste die Bewegung aus dem Augenwinkel wahrgenommen haben, denn er blickte augenblicklich in ihre Richtung und ein Lächeln erschien auf seinen Lippen, als er die Bohrmaschine ausschaltete.

„Hi." Die Begrüßung klang überrascht. Er ließ die Bohrmaschine sinken und fuhr sich mit dem Unterarm über die Stirn.

Rigsby kam herbeigelaufen und begrüßte sie.

Beckett sah zum Haus hinüber. „Hast du an die Tür geklopft?"

Ihr fiel ein, dass sein Vater zu Hause war, und sie erinnerte sich an die Szene, die sie beim letzten Mal miterlebt hatte. „Nein, ich habe dich hier draußen gehört."

Er lächelte. „Ich arbeite an einem Boot."

Madison machte ts ts, als sie näher kam. „Keine Schutzbrille, keine Atemmaske … Was soll ich nur mit dir machen, O'Reilly?"

Etwas flackerte in seinen Augen auf und seine Lippen zuckten. Er blies ein Häufchen Sägespäne vom Holz.

Das Licht umrahmte seine Schultern wie ein Umhang. Sie wandte ihre Aufmerksamkeit Rigsby zu und ging in die Hocke. „Na, mein Junge. Hat dein Herrchen dir auch brav die Tabletten gegen Herzwurm gegeben?“

„Ja, das hat er.“ Becketts Blick huschte zum Haus hinüber.

Madison kraulte den Hund ein letztes Mal hinter den Ohren und stand wieder auf. „Ich habe dir etwas mitgebracht.“ Sie zog den gefalteten Scheck aus ihrer Tasche und reichte ihn Beckett.

Er entfaltete ihn, dann erstarb sein Lächeln und er streckte ihn ihr wieder entgegen. „Nein, der gehört dir.“

Madison schob die Hände demonstrativ in die Hosentaschen. „Ich habe es nicht wegen des Geldes gemacht, das weißt du.“

Er kam näher und hielt ihr den Scheck unverwandt hin. „Ich auch nicht.“

Vielleicht hatte er ihr nicht wegen des Geldes geholfen, aber er war von Anfang an hinter dem Geld her gewesen und hatte es geopfert, um ihr zu helfen.

Sie schüttelte den Kopf. „Ich will, dass du es bekommst.“

Beckett legte den Kopf schief und runzelte die Stirn. „Madison.“

„Bitte. Investiere es in dein Unternehmen. Nichts könnte mich glücklicher machen.“

Langsam ließ er die Hand sinken. Er seufzte. „Dann teil es wenigstens mit mir.“

„Ich will es nicht. Du hast dir hier etwas Tolles aufgebaut. Es wird ein gutes Gefühl sein zu wissen, dass ich einen kleinen Beitrag dazu geleistet habe. Außerdem wissen wir beide, dass du gewonnen hättest, wenn du mir nicht geholfen hättest.“

Beckett musterte sie, bis sie sich unter seinen Blicken wand. Dann steckte er den Scheck ein und schürzte dabei die Lippen, damit sie wusste, dass es ihm nicht recht war.

Madison fuhr mit den Fingern über das Skelett des Bootes. „Ist das für Drew?“

„Nein, das hier habe ich noch nicht verkauft. Drew hat mich nicht mehr angerufen – die Moral der Geschichte lautet wahrscheinlich: Schlag deine Kunden nicht zusammen.“

„Vielleicht kannst du das als deinen neuen Werbeslogan benutzen. Du könntest es auf deine Visitenkarten drucken.“

„Sehr witzig.“

„Schade, dass ich kein Foto gemacht habe, als du in Aktion warst

– das wäre doch ein nettes Bildelement für deine neue Internetseite gewesen."

Beckett warf ihr einen gequälten Blick zu. „Ist gut, ja?"

Es fühlte sich gut an, ihn zu necken. Plötzlich erschien es ihr wie die natürlichste Sache auf der Welt, ihn zu ihrer Familienfeier einzuladen.

„Was hast du am Freitagabend vor?"

Der plötzliche Themenwechsel verblüffte Beckett und er zog die Augenbrauen hoch. Zögernd legte er eine Hand auf den rauen Bootsrahmen. „Warum fragst du?"

„Meine Leute wollen grillen und den Sieg feiern. Und du bist schließlich eine Hälfte der siegreichen Mannschaft."

Beckett zuckte mit den Schultern. „Okay. Ich komme. Wann?"

„So gegen sechs. Wir müssen uns dort treffen. Du kannst gerne deinen Dad mitbringen, wenn du willst."

Sein Lächeln erlosch. „Oh. Danke, aber ... ich ... er hat bestimmt etwas vor. Soll ich irgendetwas mitbringen?"

„Nur Appetit. Und du solltest in Topform sein."

Beckett zog eine Augenbraue hoch.

„Hinterhof-Basketball." Madison tat so, als würde sie einen Korb werfen. Es war erst zwei Wochen her, dass sie ihn dabei beobachtet hatte, wie er im Park Korbleger geübt hatte. „Wir spielen immer ein paar Runden, wenn wir zusammen sind. Bist du gut?"

„Ich kann ganz passabel blocken."

Sie lächelte. „Dann bist du in meinem Team."

„Und woher weiß ich, dass *du* gut bist?"

Sie deutete mit dem Finger auf sich selbst. „Ich bin eine McKinley. Natürlich bin ich gut."

Unwillkürlich musste Beckett breit grinsen. Das Licht warf Schatten über seine Züge und ließ sein markantes Kinn noch kantiger wirken.

Als Madison sah, wie sein Lächeln verebbte, zwang sie sich, den Blick abzuwenden.

„Also dann", sagte sie und ging rückwärts in Richtung Tor. „Ich muss gehen. Ist schließlich ein Wochentag heute."

Er griff in seine Tasche. „Bist du dir sicher, dass du den Scheck nicht –"

Sie warf ihm einen gespielt bösen Blick zu. „*Hör auf.*“

Er murmelte etwas, als sie davonging.

„Das habe ich gehört.“

„Gut“, sagte er.

Während Madison zu ihrem Wagen zurückging, grinste sie über das ganze Gesicht. Sie stieg ein, ließ den Motor an und fuhr langsam dic Auffahrt hinunter. Dabei warf sie einen Blick zum Haus hinüber. Das Licht des Fernsehers flackerte an den Wänden und sie fragte sich, wie es Becketts Vater ging.

Kapitel 30

Madison schreckte schweißgebadet aus dem Schlaf hoch, doch der Albtraum hielt sie noch immer in seinen Klauen. Während ihr Herz schmerzhaft gegen ihre Rippen hämmerte, atmete sie hektisch ein und aus. Die Dunkelheit drückte sie von allen Seiten nieder und erstickte sie mit ihrer Schwere.

Nein. Nein, das konnte nicht sein. Madison schüttelte den Kopf und redete sich ein, dass es nicht wahr sein konnte, während sie versuchte, die anhaltende Panik abzuschütteln. Die Albträume sollten doch aufhören. Sie hatte die Regatta gewonnen. Den bösen Traum durch den guten ersetzt.

Aber das hatte sie offensichtlich nicht.

Lass sie aufhören, Gott!

Sie warf die Bettdecke zurück und setzte sich zitternd auf. Dann fuhr sie sich mit den Händen übers Gesicht und strich sich die schweißnassen Haare von den Schläfen.

Die Uhr zeigte 4:17, aber Madison wollte auf keinen Fall noch einmal einschlafen. Schlafen bedeutete nur weitere Qualen.

„Es riecht nach Regen", sagte Grandpa, bevor er den letzten Bissen von seinem Hamburger aß.

„Vielleicht hält das Wetter ja noch", sagte Ryan.

Madison unterdrückte ein Gähnen. Der Schlafmangel machte sich bemerkbar. Sie lehnte sich in Becketts Arm und genoss das wundervolle Gefühl seiner Stärke und Beständigkeit an ihrer Seite.

Grandpa verwickelte Ryan und Daniel in ein Gespräch über Wetterentwicklungen, das höchstwahrscheinlich in seine Geschichte über das schlimmste Unwetter münden würde, das er je erlebt hatte. Den Tornado von 1967. Sie hatten diese Geschichte schon hundertmal gehört.

Es hatte Spaß gemacht, mit zwei Mannschaften von je drei Personen zu spielen. Beckett, Ryan und sie hatten Dad, Daniel und PJ geschlagen, obwohl es knapp gewesen war. Ihr Vater schien Beckett eine Chance zu geben, obwohl der skeptische Ausdruck in seinen Augen nicht zu übersehen war.

„Du hättest mir sagen können, dass du Geburtstag hast", flüsterte Beckett ihr ins Ohr, als er seine Serviette auf den leeren Teller legte.

„Wir feiern eigentlich mehr die Regatta", gab sie flüsternd zurück, nachdem Mom sich entschuldigt hatte, um den Geburtstagskuchen zu holen.

„Aha."

In Wirklichkeit wünschte Madison sich jedes Jahr, die anderen würden ihren Geburtstag vergessen. Sie konnte ihn nie feiern, ohne daran erinnert zu werden, dass ihr Zwillingsbruder nicht mehr da war.

Sie hatte gehofft, nun, da sie die Regatta gewonnen hatte, würde sie sich anders fühlen. Sie hatte gehofft, sie würde glücklich sein und … erleichtert oder so. Aber während die Glückwünsche im Garten ertönten und man ihr Geschenke in die Hand drückte, stellte sie fest, dass sie sich genauso mies fühlte wie immer. So mies, dass sie lieber in Dr. Gallaghers Zahnarztpraxis sitzen und auf eine Wurzelbehandlung warten würde.

Madison hatte außerdem gehofft, dass ihr Geburtstag angesichts des Regattasieges ins Hintertreffen geraten würde, aber davon wollte ihre Familie nichts wissen. Girlanden schmückten den Garten, Ballons hingen hier und dort in bunten Trauben und natürlich gab es einen Kuchen.

Auf Madisons Hand landete erst ein Regentropfen, dann noch einer.

„Wir ziehen mit der Party besser ins Haus um", sagte Dad.

„Das habe ich doch gesagt", triumphierte Grandpa.

Madison und Beckett stapelten das Geschirr. Dad nahm die Geschenke, PJ und Daniel sammelten die Ballons ein und Ryan zog die Tischdecke genau in dem Augenblick vom Tisch, als der Regen sich in eine Sintflut verwandelte.

Hastig rannten sie ins Haus, streiften aber dennoch die Schuhe neben der Haustür ab, damit sie Moms glänzenden Holzfußboden nicht verschmutzten oder Flecken auf den antiken Teppichen hinterließen.

Laut und lebhaft stürmten sie ins Wohnzimmer. Beckett setzte sich neben Madison auf das Sofa. Sein warmer Oberschenkel, der den ihren berührte, war der einzige Trost, den sie empfand. Sich völlig im Klaren darüber, was als Nächstes kam – der Kuchen, die Geschenke, die Erinnerungen –, wollte sie nur noch nach Hause und sich mit Lulu auf dem Sofa zusammenrollen.

Madison versuchte sich einzureden, dass sie nur Jade vermisste, aber es war mehr als das. Sie vermisste Michael. Warum hatte sie immer noch dieses Gefühl? Sie hatte die Regatta vor ihrem siebenundzwanzigsten Geburtstag gewonnen. Sie hatte seinen Traum wahr gemacht. Sie müsste sich doch jetzt besser fühlen. Es war beinahe zehn Jahre her. Wann würde sie endlich davon frei sein? Und endlich Frieden damit schließen? Ihr Blick wanderte zu dem Pokal auf dem Kaminsims, an dem ein Schild mit der Aufschrift *Glückwunsch, Madison und Beckett!* lehnte. PJ hatte es geschrieben.

Jemand schaltete das Licht aus und Mom kam mit dem Kuchen ins Zimmer. Die Kerzen darauf erleuchteten ihre Züge.

Dad fing an zu singen, schief wie immer, und alle stimmten mit ein, während ihre Mutter den Kuchen auf den Couchtisch stellte. *Alles Gute zum 27. Geburtstag, Madison!*, stand in großen weißen Lettern auf dem Kuchen. Zwei Flammen flackerten in der Dunkelheit. Eine für sie, eine für Michael. Als Kinder hatten sie immer jeder einen Kuchen bekommen, weil ihren Eltern wichtig gewesen war, dass kein Kind das Gefühl hatte, zu kurz zu kommen. Seit Michaels Tod gab es nur noch einen Kuchen, aber mit zwei Kerzen. Obwohl sie nie darüber gesprochen hatten, wusste jeder um die Bedeutung.

Die Erinnerung an ihren Verlust machte Madison immer traurig. Es war nicht so, dass sie ihren Zwillingsbruder vergessen wollte. Das niemals. Aber sollte es nicht einen Zeitpunkt geben, an dem sie nach vorne blicken konnte, ohne diese Last der Traurigkeit mit sich herumzuschleppen? Irgendeinen Zeitpunkt, an dem sie sich nicht mehr fühlte, als wäre eine Hälfte von ihr mit ihm gestorben?

Alle lachten, als die letzten Töne des Geburtstagsliedes mit dem gescheiterten Versuch ihrer Eltern, zweistimmig zu singen, verklungen waren. Madisons Lächeln fühlte sich so zerbrechlich an wie ein Blatt im November.

„Wünsch dir was!“, sagte PJ.

„Ich wünsche mir, dass Mom und Dad nicht mehr versuchen, zweistimmig zu singen“, sagte Ryan.

„Heb dir das für deinen eigenen Geburtstag auf“, sagte Mom.

„Ich glaube, Madisons Wunsch wurde am Samstag schon erfüllt“, sagte Daniel und strich sich den zu langen Pony aus den blauen Augen.

Ryan schob den Kuchen näher. „Ich bin mir sicher, ihr fällt etwas Neues ein, dem gierigen Mädchen.“

Madison beugte sich vor, holte Luft und pustete. Die Flammen erloschen und feine Rauchfahnen stiegen zur Decke auf.

„Jippie!“, rief PJ. „Ich hole die Teller. Und ich will die Blumen.“

„Du kriegst immer die Blumen!“, rief Daniel.

„Du magst sie doch sowieso nicht.“

Mom zog die Kerzen heraus und zwinkerte, bevor sie den Kuchen in die Küche zurücktrug.

„Ich will Eiscreme dazu“, sagte Dad und folgte ihr. „Jo, haben wir Vanille?“

„Ja, Schatz.“

„Ich helfe euch.“ Ryan folgte den anderen in die Küche, sodass Madison und Beckett allein zurückblieben.

„Ich hoffe, es ist nicht diese Billigmarke“, war Grandpas Stimme aus der Küche zu vernehmen. „Das Zeug schmeckt wie Zement.“

Madison und Beckett lächelten einander an. Sie fragte sich, ob ihre Familie ihn überwältigte. Wahrscheinlich war er ein solches Durcheinander nicht gewöhnt. Sie hoffte, dass er trotz Dads Distanziertheit das Gefühl hatte, willkommen zu sein.

„Also“, sagte er, „dieser Besuch erklärt auf jeden Fall einiges.“

Sie drehte sich zu ihm um. „Zum Beispiel?“

„Woher Jade ihr musikalisches Talent hat – eindeutig ein Geschenk des Himmels.“

Madison lächelte. „Wie jetzt … ich finde, wir singen ziemlich gut.“

„Ich konnte Rigsby bis hierher jaulen hören.“

Sie knuffte ihn. „So schlimm sind wir nun auch wieder nicht.“

„Wie du meinst."

Madison lauschte eine Weile den Geräuschen, die aus der Küche herüberdrangen, dem Lachen und Necken, dem Klappern von Besteck, und hatte plötzlich das Gefühl, gar nicht dazuzugehören – als wäre sie eine Außenseiterin in ihrer eigenen Familie. Warum machten alle anderen mit ihrem Leben weiter, nur ihr schien das nicht zu gelingen? Was war nur mit ihr los?

Nicht einmal der Regattasieg hatte geholfen. All die Zeit und Mühe – sie hatte gedacht, das würde alles ändern. Würde *sie* verändern. Ihre Blicke wanderten wieder zu dem Pokal und in ihrem Magen baute sich der vertraute Druck auf.

Geh weg. Geh weg.

„Alles in Ordnung?" Beckett musterte sie mit seinem alles durchdringenden Blick. Sie fragte sich, ob er sie womöglich durchschaute und dieses hässliche Ungeheuer in ihrem Innern sah.

„Mir geht es gut." Sie bemühte sich zu lächeln. „Holen wir uns etwas von dem Kuchen." Je eher sie aßen und die Geschenke auspackten, desto eher konnte sie nach Hause fahren und so tun, als wäre nicht ihr Geburtstag. Sie musste die Gefühle nur noch eine Weile unterdrücken.

In der Küche wimmelte es vor sich bewegenden, redenden Menschen. Als alle ein Stück Kuchen hatten, setzten sie sich wieder ins Wohnzimmer, wo die Unterhaltung in Lichtgeschwindigkeit weiterging. Wenn die anderen Madisons Schweigen bemerkten, erwähnte es niemand.

Irgendwann war sie so in Gedanken versunken, dass sie zusammenzuckte, als Beckett ihre Hand drückte.

„Du bist ja so still, Geburtstagskind", flüsterte er.

Sie musste aufhören, daran zu denken. *Denk an etwas anderes.* „Man kommt hier ja kaum zu Wort."

„Jetzt die Geschenke!", rief PJ und legte die Päckchen auf den Couchtisch.

Madison gab sich Mühe, so zu tun, als freue sie sich, als sie die Geschenke öffnete, und als sie Ryans Karte aufschlug, gelang ihr sogar ein echtes Lächeln.

Beckett zog eine Augenbraue hoch, als er die bunte Krakelei im Innern sah.

„Diese Karte habe ich für Ryan gemalt, als er …. wie alt wurde, Ryan? Zweiundzwanzig?“

„Irgendwas um den Dreh.“

„Im nächsten Jahr hat er meinen Namen durchgestrichen und sie mir zurückgeschenkt.“

„Da sieht man mal, wie geizig er ist“, sagte Daniel.

„Und seitdem wandert sie immer hin und her“, sagte PJ.

„Außer in dem Jahr, in dem Ryan sie nicht finden konnte“, fügte Mom hinzu.

„Danke, Ryan“, sagte Madison und hielt die Glückwunschkarte und den Gutschein für das Coachlight Coffeehouse hoch. „Bis zum nächsten Jahr.“

Sie riss die weiteren Geschenkverpackungen auf, um möglichst schnell fertig zu werden. Daniel und PJ hatten ihr die erste Staffel von den *Gilmore Girls* geschenkt. Von Grandpa bekam sie eine Werkzeugkiste – weil sie sich immer seine Werkzeuge auslieh.

Das Geschenk ihrer Eltern sah aus und fühlte sich an wie ein Buch. Als Madison das geblümte Papier aufriss, kam eine in Leder gebundene Kladde zum Vorschein, wie ein Tagebuch.

„Es ist ein Gebetsjournal“, sagte Mom.

Madison fuhr mit den Händen über den glatten Einband, in den ihr Name geprägt war. „Es ist wunderschön. Danke, Mom und Dad.“ Sie erinnerte sich an das Buch, das Michael gehabt hatte. Er hatte es immer herumliegen lassen und einmal hatte sie hineingespiekt.

Michael hatte sie erwischt und ihr das Journal entrissen. „Hey, das ist privat!“ Aber er hatte dabei gelächelt.

„Dann solltest du es vielleicht nicht im Wohnzimmer rumliegen lassen“, hatte sie gesagt und war gegangen. An der Tür hatte sie sich jedoch noch einmal umgedreht und unschuldig gelächelt. „Und übrigens, Lacey oder Tricia … das ist Gott wahrscheinlich sowieso egal.“

Michael hatte ein Kissen nach ihr geworfen, das sie am Bauch traf.

„Madison?“ Ihr wurde bewusst, dass ihre Mutter sie bereits zum zweiten Mal angesprochen hatte.

„Tut mir leid. Was hast du gesagt?

„Mama Jo hat dir erzählt, dass sie mein Journal gesehen und mich gefragt hat, woher ich es habe", sagte Daniel.

„Wir haben es in demselben Geschäft in Chicago bestellt", sagte ihre Mutter.

„Der Einband ist eine Handarbeit aus Italien."

„Ich weiß, dass du schönes Leder liebst. Weißt du noch, dass du als Teenager Tagebuch geführt hast?"

Wieder strich Madison mit den Fingern über das Buch und nickte. „Es ist butterweich. Danke." Sie hielt es Beckett hin.

„Es sieht toll aus", sagte er.

Madison legte das Journal in die Schachtel zurück und half, das Papier aufzusammeln. Sie musste gehen, und zwar bald. Der Druck nahm zu und drohte sich zu entladen.

Sobald das Zimmer aufgeräumt war, verkündete Madison, dass sie nach Hause gehen wolle.

„Jetzt schon?", fragte PJ. „Ich dachte, wir könnten noch ein paar Spiele zusammen spielen."

„Ich bin wirklich müde", sagte Madison. „Vielleicht morgen … du kannst bei mir übernachten. Wir gucken die *Gilmore Girls* und machen uns über einen Becher Pekannusseis her." Madison wusste nicht, ob ihr nach Gesellschaft sein würde, aber sie musste hier raus.

„Nimm etwas Kuchen mit." Mom wandte sich der Küche zu.

„Ist schon gut, Mom. Esst ihr ihn auf." Als eine Falte auf der Stirn ihrer Mutter erschien, zwang sich Madison zu einem Lächeln. „Aber er war köstlich. Danke."

Sie umarmte erst ihre Eltern und dann die anderen, wobei sie versuchte, sich zu beeilen, ohne gehetzt zu wirken.

Während sie ihre Schuhe anzog, fragte Dad Beckett irgendetwas über Kolben. Zu jedem anderen Zeitpunkt wäre sie hocherfreut darüber gewesen, dass ihr Vater sich Beckett gegenüber öffnete, aber jetzt wollte sie nur noch fort. Sie wusste, dass sie auf Beckett warten sollte – er war schließlich ihr Gast. Aber sie musste gehen. Zum Glück waren sie getrennt gefahren. Madison glaubte nicht, dass sie noch lange durchhalten würde. Sie dankte Beckett dafür, dass er gekommen war, huschte in den Nieselregen hinaus und schlüpfte in ihren stillen Wagen.

Kapitel 31

Madison schaltete das Radio ein und suchte einen Oldies-Sender. Die eindringliche Melodie von „It Must've Been Love" erfüllte den Raum, doch die bittersüßen Worte taten ihr weh. Hastig wechselte sie den Sender und beschleunigte noch in der Auffahrt ihrer Eltern. Vielleicht würde die Musik den schrecklichen Aufruhr in ihrem Innern übertönen, wenn sie das Radio nur laut genug machte.

Sie atmete tief ein und hielt die Luft an, während sie die Scheibenwischer einschaltete und auf die Straße einbog. Sie musste den Druck nur zurückhalten. Ihn niederkämpfen. Es gab keinen Grund, ihn jetzt herauszulassen, so viele Jahre später. Er würde weggehen, wenn sie ihn nur tief genug hinunterstieß.

Wirklich, Madison? Redest du dir das nicht schon seit Jahren ein?

Egal, wie lange und wie kräftig sie drückte, es kam immer wieder alles an die Oberfläche. Die Albträume, diese schreckliche innere Unruhe.

Ich habe die Regatta gewonnen, Michael. Wir haben deinen Traum wahr gemacht. Das sollte die Lösung sein. Warum fühle ich mich immer noch so?

Madison trommelte mit den Fäusten auf das Lenkrad ein. Sie war so wütend. So müde. Warum konnte sie nicht einen Schlussstrich unter all das ziehen? Alle anderen schienen es zu können.

Wenige Minuten später bog sie in ihre eigene Auffahrt ein, stellte den Motor aus und rannte ins Haus. Der Himmel weinte. Die Tropfen fielen auf Madisons Kopf und rannen über ihr Gesicht. Sie öffnete die Tür und knallte sie hinter sich zu. Ihr Atem ging flach und keuchend. Schweiß stand ihr im Nacken. Ihre Finger umklammerten die Schlüssel, bis die scharfen Kanten in ihre Handfläche schnitten.

Langsam schob sie Lulu zur Seite und sank auf den Teppich vor dem Sofa, ohne auch nur das Licht anzumachen. Sie hörte das leise Trommeln des Regens auf dem Dach und spürte eine Brise durch das offene Fenster. Wahrscheinlich regnete es herein, aber das war ihr egal.

Ihr Handy klingelte, aber Madison wies den Anruf ab, ohne hinzusehen.

Der Druck in ihrem Innern wuchs, dehnte sich aus, wurde stärker. Er war zu groß, zu mächtig, als dass sie ihn herauslassen könnte. Sie wollte nicht weinen. Sie wollte die Schleusen nicht öffnen.

Madison holte tief Luft und presste den Druck hinunter, immer weiter. Aber er ließ sich nicht beherrschen. Er stieg höher, kroch ihre Kehle hinauf und ließ ihr Gesicht glühen. Eine Welle der Übelkeit überkam sie. Ihre Augen brannten. Sie blinzelte gegen den Schmerz an, aber ihr kamen trotzdem die Tränen.

Warum, Gott? Warum hast du ihn mir weggenommen? Sie hämmerte mit den Fäusten auf den Boden und presste die Lippen zusammen, weil sie Angst hatte, mehr herauszulassen.

Sie dachte an das Geschenk ihrer Eltern und stieß ein irres Lachen aus, das sich in Tränen verwandelte. Ein Gebetsjournal. Was sollte sie zu Gott sagen? Sie könnte jede Seite mit ihren Gedanken füllen, aber es waren keine Dinge, die Gott hören wollte. Ihre Eltern wären entsetzt, wenn sie wüssten, was sie sagen würde.

Jetzt liefen die Tränen wie Rinnsale aus Regentropfen. Madison versuchte, ein Schluchzen zu unterdrücken, aber es kam heraus, ob sie wollte oder nicht. Schließlich brachen die Schluchzer in so qualvollen Wellen aus ihr hervor, dass sie Mühe hatte zu atmen.

Es ist nicht fair. Sie schniefte und schnappte nach Luft. *Er war mein Bruder, mein Zwilling, ein Teil von mir. Wenn du so gut bist, warum hast du ihn dann sterben lassen? Er hatte es nicht verdient!*

Ein Klopfen an der Tür ließ Madison zusammenzucken. Sie erstarrte. Das Schluchzen blieb ihr im Hals stecken wie ein Klumpen nasser Kohle. Wenn sie ganz still war, würde die Person sicherlich wieder gehen, wer auch immer es war.

Es klopfte wieder. „Madison?"

Beckett.

Sie schloss die Augen und spürte, wie neue Tränen herausdrängten. Sie wollte einfach nur allein sein. War das zu viel verlangt?

Er klopfte noch einmal, diesmal lauter. „Ich weiß, dass du da drin bist, Madison."

Sie hätte das Fenster schließen sollen, als sie die Gelegenheit dazu hatte. Konnte man nicht einmal mehr ungestört einen Zusammenbruch haben?

„Geh weg, Beckett."

„Nicht, bis ich weiß, dass du in Ordnung bist."

Sie war nicht in Ordnung. Das konnte doch jeder sehen. Sie konnte sich nicht einmal genügend zusammenreißen, um ihn abzuwimmeln.

Quietschend öffnete sich die Tür und Becketts dunkle Gestalt schob sich über die Schwelle.

„Ich will allein sein." Sie hoffte, dass er sie im Dunkeln nicht sehen konnte. Dann wurde ihr bewusst, dass die Scheinwerfer seines Pick-ups durchs Fenster schienen. Wie hatte sie die Scheinwerfer übersehen können?

„Du hast das hier vergessen." Er legte etwas auf den Beistelltisch. Das Journal, vermutete sie.

Ein unfreiwilliges Schniefen schüttelte sie. „Danke."

Als er näher kam, wandte sie sich ab. „Geh, Beckett." Sie hatte selbstbewusst klingen wollen, aber ihre Stimme war zittrig und brach.

Beckett sank neben ihr auf den Boden. Seine Knie berührten die ihren, sodass sie sich eingeengt vorkam.

Madison war sich seines Blicks nur allzu bewusst, während ihre Zähne zu klappern begannen, weil sie so krampfhaft versuchte, ihre Gefühle zurückzuhalten.

Sie wusste, wie sie aussah, wenn sie weinte – es war kein schöner Anblick. Das Letzte, was sie jetzt wollte, war Gesellschaft. Dieses große, hässliche Ding würde herauskommen, ob sie es wollte oder nicht, und dabei brauchte sie kein Publikum.

„Was ist los?", fragte er. „Sag mir, was ich tun kann."

„Geh weg – das kannst du tun."

Er berührte ihre Schulter. „Nicht, bis ich weiß, dass es dir gut geht."

Sie stieß seine Hand fort. „Mir geht es nicht gut! Mir geht es schon lange nicht mehr gut und ich sehe auch nicht, wie sich das ändern könnte, also falls du nicht vorhast, hier einzuziehen und bis in alle Ewigkeit zu warten, kannst du genauso gut gehen."

Durch den Wutanfall brach etwas in ihr auf. Es brodelte aus einem tiefen, dunklen Ort nach oben, zog den Inhalt ihrer Seele herauf und ergoss sich in heftigen Schluchzern.

Sie zog die Knie an sich und bedeckte ihr Gesicht, zerrissen von dem Schmerz, der sich im Laufe der Jahre aufgestaut hatte. „Geh weg! Geh einfach weg."

Beckett zog sie in seine Arme. Madison wehrte sich gegen ihn, aber er ließ nicht los. Schließlich gab sie auf.

Beckett hielt Madison fest, fuhr ihr über den Arm und strich ihr die Haare aus dem Gesicht. Ihr Schluchzen brach ihm das Herz, es machte ihm Angst. War sie krank? Hatte sie ein furchtbares Geheimnis? Sie vergrub ihr Gesicht in seinem Hemd und ließ alles heraus, während er Worte murmelte, die sie wahrscheinlich nicht hörte.

Es dauerte eine Weile, bis sie sich beruhigte. Schließlich ließ das Schluchzen nach und ihre Atemzüge ließen sie unwillkürlich erschauern. Er hielt sie immer noch, streichelte ihren Arm und küsste ihr Haar.

„Sprich mit mir", flüsterte er nach einer Minute Stille.

„Ich dachte …" Ihr Atem zitterte. „Ich dachte, es würde besser werden. Ich dachte, der Sieg wäre die Lösung."

„Die Lösung wofür?"

„Den ganzen … diesen Schmerz … innen drin. Wegen Michael, weil er gestorben ist. Ich verstehe nicht, warum … ich habe es nie verstanden und werde es auch nie tun. Er war so gut. So gut! Warum hat Gott ihn sterben lassen? Warum hat Gott ihn genommen und nicht mich?"

„Dich?"

„Er hätte *mich* nehmen sollen!" Sie schlug mit der Faust gegen Becketts Brust, in der sich jetzt ein zerklüfteter Fels auftat.

„Nein, Liebling."

„Doch, das hätte er! Was hat Michael denn verbrochen? Er war der Gute. Wie konnte Gott ihn sterben lassen und nicht mich?"

Worte, Gott. Ich brauche Worte.

„Ich bin das alles so leid, die Albträume, dass ich immer müde bin. Das sollte mit dem Sieg alles vorbei sein, aber es hat nicht aufgehört, und jetzt werde ich mich den Rest meines Lebens so fühlen."

„Wie denn?", fragte er, obwohl er sich nicht sicher war, ob er es wirklich wissen wollte.

„Als hätte ich ein riesiges Loch in meinem Innern. Es tut noch genauso weh wie damals und ich kann so nicht mehr leben. Ich bin zu müde."

Beckett schloss die Augen und legte sein Kinn auf ihren Kopf. „Ach, Liebling, es tut mir so leid." Aus mehr Gründen, als sie wissen konnte. Es war alles seine Schuld. Michael wäre nicht tot, wenn er nicht gewesen wäre.

Madison erschauerte unwillkürlich.

Er musste seine Schuldgefühle beiseiteschieben und ihr helfen. Aber wie? *Hilf mir, das Richtige zu sagen, Gott.*

„Ich kann wegen der Albträume nicht schlafen."

Er hielt sie noch fester und wünschte, er könnte sie irgendwie vor dem Schmerz bewahren. „Gott liebt dich, Maddy. Er will, dass du Frieden findest, dass du ihm das alles überlässt."

„Was bedeutet das denn überhaupt?", schrie sie und hämmerte wieder mit der Faust auf ihn ein.

Er vermasselte es. Er wollte ihr keine Plattitüden sagen. Beckett küsste ihre Schläfe und wischte mit dem Daumen die Tränen von ihrer Wange. „Ich weiß nicht genau, wie du dich fühlst. Ich habe nie einen Zwilling verloren. Ich glaube nicht, dass es eine einfache Antwort gibt. Ich weiß nicht, warum Michael gestorben ist …" Er schluckte seine eigene Reue hinunter, die ihn überwältigte. „Aber wenn etwas Schreckliches geschieht, hilft es zu wissen, dass es einen Gott gibt und dass er weiß, was er tut. Dass er einen Plan hat, den wir vielleicht nicht sehen und vielleicht niemals verstehen werden."

Ihm wurde bewusst, dass er das ebenso für sich selbst sagte wie für sie. Er hoffte, dass seine Worte ihr verwundetes Gemüt mehr beruhigten, als sie seine Schuldgefühle besänftigten.

„Ich glaube auch, dass es hilft zu wissen, dass unsere Lieben an einem besseren Ort sind. Michael würde nicht zurückkommen wollen, selbst wenn er es könnte. Und irgendwann wirst du wieder mit ihm zusammen sein."

Madison vergrub ihr Gesicht tiefer an seiner Brust. Er fuhr mit den Fingern durch ihr seidiges Haar und legte die Hand um ihren Hinterkopf.

„Ich weiß, dass du ihn vermisst. Ich weiß, dass du leidest."

„Unser Geburtstag ist immer schwer, aber ich dachte, die Albträume würden aufhören, wenn ich nur die Regatta für ihn gewinne."

Er strich ihr die Haare aus dem Gesicht. „Erzähl mir davon."

Madison schwieg so lange, dass er sich fragte, ob die Träume zu schlimm waren, als dass sie darüber reden konnte. Doch dann fing sie an zu sprechen und beschrieb den Traum und die Panik, die sie empfand, wenn sie aufwachte. Dass sie so lange wie möglich aufblieb, um nicht schlafen zu müssen, aus Angst, dass der Traum wiederkam. Es brach ihm das Herz. Kein Wunder, dass sie die ganze Zeit müde war und Kaffeebohnen wie Bonbons aß.

„Ich wünschte, ich könnte es ändern", sagte Beckett tonlos, während die Last seiner Schuld ihn niederdrückte.

Wenn er nur an jenem Tag nicht schwimmen gegangen wäre. Wenn er nur nicht das Bedürfnis gehabt hätte anzugeben. Wenn er Michael nur nicht allein am Fluss zurückgelassen hätte.

Aber das hatte er. Und was für einen Kummer hatte er damit verursacht.

Hilf ihr, Gott. Hilf ihr, wo ich es nicht kann. Heile ihr Herz und lass die Albträume aufhören. Schenk ihr den Frieden, den sie braucht.

„Halt mich nur fest", sagte Madison.

Beckett zog sie auf seinen Schoß und hielt sie im Arm wie ein kleines Kind, obwohl er dabei das Gefühl hatte, sie zu verraten. Er verdiente es nicht, sie im Arm zu halten. All diese Jahre hatte sie seinetwegen gelitten und tat es noch. Er hatte nicht geahnt, wie sehr, aber jetzt wusste er es. Er hielt den Beweis in seinen Armen.

Wie konnte er sein Geheimnis jetzt noch für sich behalten? Das konnte er nicht. Er musste es ihr sagen. Sie hatte das Recht zu wissen, was an jenem Tag geschehen war, und ihre Familie auch. Er war ein Feigling gewesen, weil er es ihnen all die Jahre verschwiegen hatte.

„Ich bin froh, dass du hier bist“, sagte sie. „Es geht mir besser, wenn du mich hältst.“

Becketts Magen zog sich zusammen. Wie könnten sie irgendeine Beziehung eingehen, wenn diese Sache zwischen ihnen stand? Andererseits, wie könnte er es ihr sagen, wenn es sie nur noch mehr verletzen würde? Diesen Gedanken konnte er nicht ertragen.

Er überlegte hin und her, bis ihm ganz schwindelig war. Es gab keine gute Lösung. Beides würde zu Kummer und Verlust auf beiden Seiten führen.

Beckett war sich nicht sicher, wie lange er so dagesessen hatte, bis er merkte, dass Madison in seinen Armen eingeschlafen war. Ihr Atem ging tief und ihre Hand rutschte seine Brust hinunter, bis sie auf ihrem Schoß lag.

Er hielt sie noch eine Weile und genoss es, sie im Arm zu haben. Es war spät, aber er wollte sie nicht wecken.

Also verlagerte er sie auf seinen Armen, stand auf und trug sie durchs Haus. Er entdeckte ihr Schlafzimmer am Ende eines kurzen Flures. Lulu folgte ihnen. Ihre Krallen klickten leise auf dem Holzfußboden.

Madisons Bett war gemacht, also legte er sie auf die Steppdecke. Sie rührte sich kaum, die Arme. Sie war völlig erschöpft. Vorsichtig zog er ihr die Sandalen aus und deckte sie mit einer Decke zu, die am Fußende des Bettes lag.

Dann starrte er auf ihr mondbeschienenes Gesicht hinunter. *Träum was Schönes, Maddy*. Leise ging er hinaus, zog die Haustür hinter sich zu und fragte sich, ob die Liebe stark genug war, um die Art Geheimnis, wie er es hatte, zu überleben.

Kapitel 32

Der Albtraum kam mitten in der Nacht. Madison schreckte panisch hoch. Ihr Herz hämmerte und ihr Schlafanzug war schweißgetränkt. Sie kroch aus dem Bett und ging ins Wohnzimmer, wo sie den Fernseher einschaltete. Gegen vier Uhr, nach einer Stunde Teleshopping, öffnete sie die neue Packung Pekannusseiscreme und aß, bis ihr schlecht war.

Sie war erleichtert, als es endlich sieben war und sie sich für die Arbeit fertig machen konnte. Auf dem Weg dorthin kaute sie Kaffeebohnen, um die Benommenheit in ihrem Gehirn und die Müdigkeit in ihren Gliedern zu bekämpfen. Dabei wanderten ihre Gedanken zu dem Abend vor vier Tagen zurück, an dem sie in Becketts Armen zusammengebrochen war. Als sie am nächsten Morgen aufgewacht war, war ihr das unendlich peinlich gewesen. Sie hatte in Becketts Beisein völlig die Kontrolle verloren. Aber dann war ihr bewusst geworden, dass er sich nicht von ihr abgewandt, sondern sie sogar ins Bett gebracht hatte, und dieser Gedanke hatte sie getröstet.

Sie hatte in jeder Nacht so gut geschlafen wie seit Wochen nicht mehr und irgendwie hatte sie gehofft, dass der Zusammenbruch das Zerbrochene in ihr vielleicht geheilt hatte. Aber das war offensichtlich nicht der Fall.

Es half auch nicht, dass Beckett seit jenem Abend verändert wirkte. Sie hatten zweimal miteinander telefoniert und gestern war er vorbeigekommen. Er war immer noch aufmerksam, immer noch liebevoll. Aber da war eine Distanz oder etwas … Madison konnte es nicht genau sagen.

Sie hatte ihn zweimal gefragt, ob alles in Ordnung sei. Er hatte Ja gesagt, gelächelt und sich dafür entschuldigt, dass er mit seinen Gedanken woanders war. Sie fragte sich, ob es etwas mit seinem Dad zu tun hatte. Es musste anstrengend sein, mit einem alkoholabhängigen Vater zusammenzuleben.

In der Praxis fiel Madison in die Routine ihres Arbeitstages, während das Koffein seine Wirkung tat. Ihr straffer Terminplan geriet etwas durcheinander, als Mrs Tacketts Schoßhündchen beschloss, den Schokoladenvorrat der Frau zu plündern. Madison führte Erbrechen herbei und nachdem es dem Hund besser ging, widmete sie sich wieder ihren vereinbarten Terminen.

Madison gab ihr Bestes, um die verlorene Zeit wieder aufzuholen, aber ihre Kunden, die menschlichen, waren verärgert über die lange Wartezeit und ihre Patienten reagierten auf die Anspannung ihrer Besitzer mit Nervosität.

Das Mittagessen ließ Madison ausfallen. Stattdessen kaute sie eine Handvoll Kaffeebohnen. Doch um drei Uhr war die Tüte mit den Kaffeebohnen leer und ihr Energievorrat ebenfalls. Cassidy war auch gestresst, weil sie mit den ungeduldigen Tierbesitzern zu tun hatte. Als Madison das Behandlungszimmer mit ihrem vorletzten Patienten betrat, war sie mehr als bereit für ihren Feierabend.

Sie setzte ein Lächeln auf und kraulte Opus, einen Basset, hinter den Ohren. „Tut mir leid, dass Sie warten mussten, Mr Campbell."

Während Madison die Karteikarte überflog, beschwerte er sich über die Wartezeit und darüber, dass er den Hund seiner Frau in die Praxis bringen musste. Ihr Blick war vor Müdigkeit ganz trüb und sie versuchte sich zu konzentrieren, während sie sich bemühte, dem Mann zuzuhören und gleichzeitig die Akte zu lesen.

Als sie fertig war, fragte sie Mr Campbell nach Opus' Symptomen und untersuchte den Hund. Sein Hautausschlag reagierte nicht auf das Antibiotikum, das sie ihm vor drei Wochen verschrieben hatte.

Nachdem sie Mr Campbell die verschiedenen Optionen erklärt hatte, verließ sie den Raum und kam mit einer Spritze zurück, in der sich das Antibiotikum Convenia befand.

„Also gut, Mr Campbell, wenn Sie Opus festhalten könnten …"

Er gehorchte, murrte aber die ganze Zeit.

Madison nahm die Spritze.

In diesem Moment stürzte Cassidy mit weit aufgerissenen Augen zur Tür herein. „Tut mir leid, dass ich störe, Dr. McKinley, aber wir müssen kurz etwas Wichtiges besprechen."

Madisons Hand näherte sich Opus. „Ich bin gleich –"

Cassidy packte ihre Hand. „Jetzt. Bitte."

Madison runzelte die Stirn, legte die Spritze ab und lächelte dem Besitzer des Hundes entschuldigend zu. „Verzeihen Sie, Mr Campbell. Es dauert bestimmt nicht lange."

Er seufzte laut, als Madison den Raum verließ. Im Flur zog Cassidy sie um die Ecke und fuhr herum. „War das Convenia?"

„Ja, gegen den Hautausschlag –"

Cassidys Hand schloss sich fester um ihren Arm. „Madison, dieser Hund ist gegen Cefovecin allergisch. Er hatte letztes Jahr einen anaphylaktischen Schock, weißt du noch? Es steht auf seiner Karteikarte."

Madisons Gedanken überschlugen sich. Ein Hund, der eine Allergie gegen Cefovecin hatte, durfte kein Convenia bekommen. Das wusste sie.

„Bist du dir sicher? Ich habe es nicht gesehen."

„Ganz sicher."

Madison fuhr sich mit der Hand über die Stirn. „Ich kann es nicht fassen, dass ich das beinahe gemacht hätte."

Dr. Richards kam um die Ecke und blieb stehen. „Was ist los?"

Cassidy stellte sich vor sie. „Ich habe Madison gerade eine Info zu einer Krankenakte gegeben."

Doch Dr. Richards beachtete Cassidy gar nicht. Seine durchdringenden blauen Augen konzentrierten sich ganz auf Madison. „Was hätten Sie beinahe gemacht?"

Madison straffte die Schultern. Sie hätte beinahe einen Fehler begangen, der ein geliebtes Haustier das Leben hätte kosten können. Sie würde diese Übertretung nicht noch durch eine Lüge verschlimmern.

„Ich muss eine Allergie auf der Karteikarte übersehen haben. Zum Glück hat Cassidy es rechtzeitig gemerkt."

Dr. Richards wollte die Einzelheiten des Falles wissen, darunter auch die vorige allergische Reaktion, und Madison berichtete ihm alles, ohne etwas zu unterschlagen.

Er blickte zwischen den beiden Frauen hin und her, die Stirn in väterlich besorgte Falten gelegt. „Ich übernehme die Behandlung, Madison. Bitte warten Sie in meinem Sprechzimmer auf mich."

Cassidy warf ihr einen entschuldigenden Blick zu, bevor sie den Gang hinuntereilte. Madison setzte sich in Dr. Richards' Büro und legte den Kopf an die Rückenlehne des Stuhls. Ihr Herz raste wegen des Fehlers, den sie beinahe begangen hätte. Sie hätte den armen Opus umbringen können. Mrs Campbell wäre untröstlich gewesen.

Wie hatte sie die Allergie übersehen können? Dr. Richards würde ihr diese Sache nicht durchgehen lassen und das durfte er auch nicht. Es war unentschuldbar.

Es war die Erschöpfung. Madison wusste, wie wichtig Schlaf für die Gehirnfunktionen war. Sie hatte Schwierigkeiten sich zu konzentrieren und sich Dinge zu merken. Kaffeebohnen halfen da nur bedingt.

Bis jetzt waren es verhältnismäßig kleine Fehler gewesen. Das Letzte, was sie wollte, war, irgendwelche Tiere in Gefahr zu bringen. Aber sie brauchte ihren Job, und die Praxis war die einzige Beschäftigungsmöglichkeit für sie in dieser Stadt. Was sollte sie tun, wenn Dr. Richards sie feuerte?

Als Dr. Richards schließlich sein Sprechzimmer betrat, lagen Madisons Nerven blank. Er setzte sich hinter seinen Schreibtisch und reichte ihr die Karteikarte.

„Wie Sie sehen, ist die Allergie ganz klar kenntlich gemacht."

Sie stand genau da, wo sie stehen sollte. „Es tut mir furchtbar leid, Dr. Richards. Ich habe mir die Karte angesehen ... ich weiß nicht, wie ich das übersehen konnte."

„Sie sind normalerweise sehr kompetent, Madison, wie ich schon vor zwei Monaten sagte. Ich hatte gehofft, eine Verbesserung zu sehen, aber –"

„Ich weiß."

„Sie sind immer noch unkonzentriert und unorganisiert, und ehrlich gesagt sehen Sie aus, als hätten Sie tagelang nicht geschlafen."

„Ich habe persönliche Probleme, aber ich –"

Er hob die Hand, um sie zu unterbrechen. Madison verstummte. Sie hatte das alles schon einmal gesagt. Welche Entschuldigung hatte sie, wenn sie ehrlich war?

Dr. Richards nahm seine Brille ab und rieb sich die Schläfen. „Ich möchte, dass Sie Urlaub nehmen."

Urlaub – aber was war mit ihren Patienten? Und was würde ihr ein Urlaub nutzen? Sie würde nicht plötzlich anfangen zu schlafen, nur weil sie nicht arbeitete.

„Wenn ich nur –"

„Nehmen Sie sich eine Auszeit. Tun Sie, was nötig ist, damit Sie Ihr Leben wieder in den Griff bekommen. Gehen Sie zu einem Arzt, einem Therapeuten, was auch immer. Ich tue das nicht gerne, Madison, aber ich kann nicht zulassen, dass Sie das Leben unserer Patienten aufs Spiel setzen."

Ein Gefühl der Mutlosigkeit ballte sich in ihrem Magen zusammen. „Nein, natürlich nicht."

„Ich kann die Praxis nicht lange alleine führen, das verstehen Sie sicher."

„Wie lange habe ich?"

Er zuckte mit den stämmigen Schultern. „Einen Monat. Höchstens sechs Wochen. Zwei Wochen bezahlten Urlaubs stehen Ihnen zu. Ich wünschte, ich könnte Sie darüber hinaus bezahlen, aber ..."

Madison blickte auf ihre Hände hinunter, die sie auf dem Schoß gefaltet hatte. Sie war noch nie gefeuert worden. Sie wurde auch jetzt nicht direkt gefeuert, aber es lief auf dasselbe hinaus.

„Sie sind eine kluge und vernünftige junge Frau. Klären Sie Ihr Problem. Aber kommen Sie nicht wieder, bevor Sie die Sache im Griff haben."

„Ich verstehe." Leider verstand sie genau. Sie verstand, dass in sechs Wochen nichts besser sein würde. Sie verstand, dass er sie ersetzen musste und dass dann für sie in Chapel Springs kein Platz mehr war.

„Gehen Sie nach Hause. Ich übernehme Ihren letzten Termin."

Madison verließ sein Sprechzimmer und packte ihre Sachen zusammen. Als sie durch den Hinterausgang hinausschlüpfte, hatte sie das überwältigende Gefühl, dass sie nicht zurückkommen würde.

Was sollte sie nur tun? Sie hatte keine Ahnung, wie sie ihr Leben in den Griff bekommen sollte. Wüsste sie es, hätte sie es längst getan.

Madison ließ ihren Wagen an und fuhr vom Parkplatz. Es war ein warmer Spätsommertag und die Luft in ihrem Wagen drückend. Sie öffnete das Fenster und bog auf die Main Street ab. Die dreigeschossigen Steingebäude schienen sie von beiden Seiten zu bedrängen. Eine Plastiktüte wehte über die Straße wie die Steppenläufer im Mittleren Westen. Die Touristen waren längst fort, sodass die Stadt mitten in der Nachmittagshitze menschenleer dalag. Verlassen. Der Ort sah so verloren aus, wie sie sich fühlte.

Einen Augenblick später hielt sie vor dem Laden ihrer Mutter. Vielleicht konnte Mom ihr helfen, dieses Durcheinander zu verstehen. Madison hatte zu lange versucht, allein mit der Sache fertigzuwerden, und das hatte sie jetzt davon. Die verschiedenen Fäden ihres Lebens lösten sich einer nach dem anderen und sie hatte allmählich das Gefühl, als würde sie nie in der Lage sein, sie wieder miteinander zu verknüpfen.

Als Madison die Ladentür öffnete, ertönte die Klingel. In dem Antiquitätengeschäft war weit und breit kein Kunde zu sehen. Der vertraute Geruch vergessener Schätze und aufgegebener Habseligkeiten hüllte Madison ein, während sie sich einen Weg vorbei an verkratzten Kleiderschränken und rustikalen Kommoden bahnte. Im hinteren Teil des Ladens kam ihre Mutter ihr entgegen.

Als sie Madison sah, legte Mom den Kopf ein wenig schief. „Hallo, Liebling. Mit dir habe ich um diese Uhrzeit nicht gerechnet."

„Hast du ein paar Minuten Zeit?"

„Natürlich. Geh schon mal ins Büro, dann drehe ich das Schild in der Tür um. Nicht, dass ich Kunden hätte, die ich verscheuchen müsste."

Madison betrat den Raum, der eher einem Salon der Jahrhundertwende ähnelte als einem Büro. Sessel mit hohen Lehnen standen vor einem kleinen Kamin, der den Arbeitsplatz ihrer Mutter im Winter wärmte. Ein dicker türkischer Teppich bedeckte den abgewetzten Holzfußboden und reichte bis zu einem Sofa mit aufwendiger Rückenlehne, das mit hellrosafarbenem Damast bezogen war. Ihre Mutter hatte das Möbelstück bei einer Versteigerung vor einigen Jahren erworben und sich geweigert, es wieder herzugeben.

Madison setzte sich in die geschwungene Ecke des Sofas und eine Minute später kam ihre Mutter herein und setzte sich neben sie.

„Was ist los, Liebes? Es sieht dir gar nicht ähnlich, so früh Feierabend zu machen."

Madison stieß ein freudloses Lachen aus. „Also, Mom, um es kurz zu machen, ich bin offiziell beurlaubt worden."

Ihre Mutter, geduldig wie immer, nahm ihre Hand und wartete darauf, dass sie fortfuhr. Madison zögerte, das Thema anzuschneiden, dem sie jahrelang aus dem Weg gegangen war. Es war nicht einfach, diese Gewohnheit aufzugeben.

„Du kannst es mir sagen, was auch immer es ist." Moms blaue Augen waren voller Mitgefühl. Feine Fältchen in ihren Augenwinkeln zeugten davon, dass sie eine Frau war, die oft lächelte. Madison bewunderte das, schließlich war auch ihre Mutter eine Frau, die viel verloren hatte.

„Es geht mir nicht gut, Mom." Madison befingerte einen Riemen ihrer Handtasche. „Ich schlafe seit einiger Zeit nicht gut. Ich habe … Albträume."

„Was für Albträume sind das denn?"

Madison blickte auf ihre Hände hinunter. „Wegen Michael. Es ist immer der gleiche Traum. Ich will nicht ins Detail gehen, aber er hat mich viel Schlaf gekostet. Ich gehe so spät wie möglich schlafen, weil ich Angst vor dem Albtraum habe, und dann wache ich davon auf und will nicht wieder einschlafen."

Mom strich über Madisons Wange. „Kein Wunder, dass du immer so müde bist."

„Es fängt an, Auswirkungen auf meine Arbeit zu haben, weil ich mich nicht konzentrieren kann. Es beeinträchtigt mein ganzes Leben."

„Bist du deshalb beurlaubt worden?"

Madison sah im Geiste Opus vor sich, mit seinen vertrauensvollen braunen Augen. „Ich habe heute einen Fehler gemacht, der böse hätte enden können. Dr. Richards hat auf den Urlaub bestanden, aber ich weiß nicht, inwiefern ein Urlaub helfen soll, Mom. Ich kämpfe seit Jahren dagegen an. Ich dachte, es würde besser werden, wenn ich die Regatta gewinne, wenn ich Michaels Traum wahr mache. Ich dachte, die Albträume würden aufhören und ich könnte endlich mit seinem Tod Frieden schließen, aber es hat nicht funktioniert. Es funktioniert einfach nicht."

„Ach, Liebling."

„Ich weiß nicht mehr, was ich tun soll. Ich habe sechs Wochen, um die Sache in den Griff zu bekommen, und ich weiß nicht einmal, wo ich anfangen soll. Warum kann ich seinen Verlust nicht verwinden? Warum kann ich keinen inneren Frieden finden? Wie habt ihr das gemacht, du und Daddy?"

„Es war nicht leicht. Ich vermisse ihn immer noch."

„Das weiß ich, aber du konntest trotzdem nach vorne blicken. Dein Leben ist kein Scherbenhaufen, so wie meins."

„Liebling, ich versuche einfach, auf Gott zu vertrauen. Ich versuche zu glauben, dass er weiß, was das Beste ist, und darauf zu vertrauen, dass er seine Gründe hat, auch wenn ich sie nicht verstehe."

„Was für Gründe könnte er haben, uns einen guten siebzehnjährigen Jungen wegzunehmen, Mom? Michael hatte sein ganzes Leben noch vor sich. Es ist so ungerecht."

„Das Leben ist voller Schwierigkeiten. Das hier ist nicht der Himmel. Wir haben diese hohen Berge unmittelbar vor uns auf dem Weg und uns bleibt nichts anderes übrig, als zu klettern."

Ihre Mutter blickte zu Boden, während sie eine Weile schwieg und dann Madisons Hand drückte. „Als du klein warst, bist du nicht gerne barfuß gelaufen, weißt du noch? Du hattest so zarte Füße."

„Das Gras hat gekitzelt und die Stöcke und Steine taten weh."

„Selbst als wir am Lake Michigan waren, hast du am Strand immer Sandalen getragen, außer wenn du auf deinem Handtuch gesessen hast."

„Der Sand war heiß."

„Aber erinnerst du dich an Michael?" Mom lachte. „Ich konnte den Jungen nicht dazu bringen, Schuhe zu tragen. Gerade mal in der Kirche habe ich es geschafft, dass er sie anbehielt. Wann immer ich ins Kinderzimmer kam, lagen seine Socken irgendwo zusammengeknüllt in der Ecke und er lief mit nackten Füßen herum."

Madison lächelte bei der Erinnerung. „Wir waren so unterschiedlich wie Tag und Nacht."

„Und trotzdem einander so nah." Mom schob Madison die Haare hinters Ohr und sah sie nachdenklich an. „Manchmal müssen wir den Mut aufbringen, unsere Schuhe auszuziehen und alles zu fühlen. Auch die schlimmen Dinge.

Manchmal sind diese negativen Gefühle so stark, so überwältigend, und es ist einfacher, sie zu ignorieren. Aber irgendwann kommen sie wieder. Nachdem Michael gestorben war, habe ich mir schreckliche Sorgen um dich gemacht. Jeder Mensch geht anders mit Trauer um, aber du … du hast nie geweint, hast nicht losgelassen … und ihn so sehr vermisst."

Es stimmte. Madison hatte erst vor ein paar Tagen angefangen, Michael loszulassen. Und sie hatte das Gefühl, dass dies nur die Spitze des Eisbergs war.

„Der Tod gehört zum Leben dazu", sagte Mom. „Er ist nicht mein Lieblingsteil, ganz im Gegenteil. Aber Gott schuldet uns keine neunzig Jahre auf dieser Erde. Das Leben ist ein Geschenk, egal, wie lange es dauert. Gott kann es geben und nehmen, wie er es für richtig hält. Wir gehen durchs Leben und denken, wir hätten ein Recht auf unsere neunzig Jahre, aber wir haben überhaupt kein Recht auf irgendetwas. Wir können nur darauf vertrauen, dass er weiß, was er tut. Dass er einen Plan für uns alle hat und dass kein Schmerz, den er in unserem Leben zulässt, ungenutzt bleibt. Ich vermute, diese Erkenntnis hat mir viel inneren Frieden gegeben."

So hatte Madison es noch nie betrachtet. Konnte sie Gott vertrauen und glauben, dass er wusste, was er tat? Konnte sie ihm vertrauen, was die Zukunft betraf? Und die Vergangenheit? Sie war schon so lange wütend auf ihn.

„Ich weiß nicht, ob ich das kann, Mom."

Ihre Mutter drückte ihre Hand. „Du kannst, wenn du willst, Kleines. Ich sage nicht, dass es einfach ist oder sofort funktioniert, aber wenn du Gott um Hilfe bittest und ihn wirklich suchst, wird er dir ganz viel zeigen. Wenn du es zulässt, kann er dich auffangen, wenn du fällst. Aber zuerst musst du ihn in dein Leben lassen."

Madison hatte genügend Predigten gehört, um zu wissen, was das bedeutete. Sie hätte selbst eine Predigt darüber halten können. Dennoch hielt sie immer etwas zurück. Aber sie spürte, dass dieses Etwas langsam, aber sicher nachgab.

„Ich weiß nicht, wo ich anfangen soll."

Mom fuhr mit dem Daumen über Madisons Hand. „Wie wäre es mit dem Gebetstagebuch? Fang doch einfach damit an, dass du deine Gefühle aufschreibst."

Madison lachte, aber es war kein frohes Lachen. „Ach, Mom, Gott will nicht hören, was ich zu sagen habe, das kannst du mir glauben."

„Liebling, er kann alle unsere Gefühle verkraften. Auch den letzten düsteren und erbärmlichen Gedanken. Er kennt sie sowieso schon alle."

Das war ein beunruhigender Gedanke. Madisons Herz schlug allein bei der Vorstellung schneller.

„Schreib dir alles von der Seele. Und dann hör zu. Warte ab, was er zu sagen hat. Was hast du zu verlieren?"

Madison lächelte traurig. „Ich bin wirklich mit meinem Latein am Ende."

Mom umarmte sie. „Dann ist es ja gut, dass Gott auch Deutsch kann ... und Englisch ... und Französisch ..."

Kapitel 33

Beckett platzierte ein Lesezeichen in seinem Buch und genoss die Aussicht. Die Sonne war bis auf den Horizont gesunken und tauchte den Himmel in lebhafte Rottöne. Eine leichte Brise ließ die Blätter rascheln und wehte Kiefernharz durch die Luft. Der Fels, der von der Nachmittagssonne noch warm war, diente als sein Fußhocker, die leuchtende Sonne als seine Lampe.

Sein Dad mochte ein Wrack sein und sein eigenes Herz ein verworrenes Durcheinander, aber hier oben auf dem Hügel war er mit Gott allein.

Im Bibelkreis hatten sie vor Kurzem angefangen, den Epheserbrief durchzuarbeiten, und Beckett hatte die Hartnäckigkeit und den Mut von Paulus so bewundert, dass er sich ein Buch über den Mann gekauft hatte. Er las im vierten Kapitel an der Stelle weiter, an der er gerade aufgehört hatte.

Als er am Ende des Kapitels angelangt war, sprang ihm ein Bibelvers ins Auge. Beckett hielt inne und die Worte trafen ihn wie ein Schlag in die Magengrube.

Belügt einander also nicht länger, sondern sagt die Wahrheit. Wir sind doch als Christen die Glieder eines Leibes.

Die Worte verschwammen vor Becketts Augen, während seine Gedanken sich überschlugen. Er hatte seit Freitag überlegt, ob er Madison von seiner Rolle bei Michaels Tod erzählen sollte. Es fiel ihm schwer zu unterscheiden, ob er schwieg, weil er sie beschützen wollte oder weil er sich selbst schützen wollte.

Einerseits hatte er nur geschwiegen. Er hatte nicht direkt gelogen. War das so falsch? Andererseits waren da Madisons Kummer und sein Anteil daran. Wenn er an jenem Tag nicht zum Fluss gegangen wäre, dann wäre ihr Bruder noch am Leben.

Beckett las den Vers noch einmal und ließ ihn in seine widerstrebende Seele sickern. Wenn er es ihr sagte, würde sie noch mehr leiden. Es könnte sogar sein, dass er sie verlieren würde. Er war sich nicht sicher, was ihm am meisten Sorgen bereitete. Nachdem er sie weinen gehört hatte, ihre Schluchzer vernommen hatte, die aus einem tiefen und dunklen Ort aufgestiegen waren, konnte er den Gedanken, ihr noch mehr wehzutun, nicht ertragen.

Wie würde sie sich fühlen, wenn sie wusste, dass er die Schuld an Michaels Tod trug? Würde ein Teil von ihr erleichtert sein, weil sie endlich Antworten erhielt? Oder würde sie nur noch mehr Wut empfinden? Verrat angesichts seines Schweigens?

Vorher hatte er sich etwas vorgemacht, hatte geglaubt, sie wäre über den Tod ihres Bruders hinweg, aber der Freitag hatte ihm die Augen geöffnet. Sie hatte das Ereignis nicht einmal ansatzweise verarbeitet. Vielleicht verwand man den Verlust seines Zwillingsbruders ja nie. Woher sollte er das wissen? Er konnte sich nur ausmalen, wie er sich fühlen würde, wenn Layla etwas zustieße, wenn jemand für ihren Tod verantwortlich wäre … Darüber wollte er nicht einmal nachdenken. Madison musste tagtäglich damit leben. Beckett wusste nur, dass er nichts falsch machen wollte. Die Folgen wären zu verheerend.

Sein Blick wanderte zu dem Vers zurück. Er könnte sie verlieren. Er könnte sie noch mehr verletzen und das hatte sie nicht verdient. Wie könnte er ihr die Wahrheit sagen?

Der Rat, den er Madison gegeben hatte, kam ihm in den Sinn. Hatte er nicht zu ihr gesagt, sie solle Gott vertrauen? Sie sollten das Richtige tun und alles andere Gott überlassen.

Beckett rutschte auf seinem Felsen hin und her. Eigentlich war ihm klar, was er tun musste. Er hätte es schon vor Jahren tun sollen. Vielleicht hätte es die Familie getröstet zu wissen, was geschehen war. Vielleicht hätten sie auch nur jemanden gehabt, dem sie die Schuld geben konnten, aber sie hatten ein Recht, die Wahrheit zu erfahren.

Er war jung und dumm gewesen und hatte falsch gehandelt. Jetzt waren die Wunden mit der Zeit vernarbt – obwohl sie in Madisons Fall nicht verheilt waren – und er würde sie wieder aufreißen.

Kapitel 34

Madison ging zum Ausgang des Theaters. Die Probe war eine einzige Katastrophe gewesen. Sie hatte viermal ihren Text vergessen und war auf der Bühne direkt gegen einen Laternenpfahl gelaufen und hatte sich die Stirn gestoßen.

Da es bis zur Premiere nur noch vier Tage waren, hatte sie alle nervös gemacht. Sie wünschte, sie könnte blinzeln und den ganzen Tag auslöschen. Sie wünschte, sie könnte ins Bett fallen und warten, bis der Schlaf sie überwältigte. Aber der Schlaf bot kein Vergessen. Das tat er schon lange nicht mehr.

Wenigstens würde sie heute Abend Beckett sehen. Er hatte ihr Mut gemacht und sie getröstet, als sie ihm von der Beurlaubung erzählt hatte, und als sie nach dem Telefonat mit ihm zu Bett gegangen war, hatte sie sich besser gefühlt. Aber in der Nacht hatte der Albtraum sie wieder aus dem Schlaf gerissen und die Hoffnung in ihrem Herzen zum Erliegen gebracht.

Madison verließ das Gebäude und ihr Herz machte einen Sprung, als sie Beckett an seinem Wagen warten sah. Als sie ihn erreichte, berührte er ihre Lippen sanft mit den seinen. Ah. Dieser Teil ihres Lebens war wenigstens gut. Sehr gut sogar. Als er sich von ihr löste, waren ihre Knie weich wie Grashalme.

„Wie war die Probe?"

„Oh. Frag nicht. Tut mir leid, dass ich so spät dran bin."

„Du bist das Warten wert." Er gab ihr noch einen schnellen Kuss, bevor er die Beifahrertür öffnete.

Madison beobachtete von der Fahrerkabine aus, wie Beckett um den Wagen herumging und atmete tief den köstlichen Duft von Gewürz und Moschus ein. Sie wollte nur eins: Es sich in seinen Armen bequem machen und den ganzen Abend dort bleiben.

„Ich hoffe, es macht dir nichts aus", sagte sie, nachdem er eingestiegen war, „aber Mom hat gefragt, ob wir meinen Großvater vom

Bingo abholen und nach Hause bringen können. Er kann nachts wegen seines Glaukoms nicht fahren."

„In der Stadthalle?"

Madison nickte.

„Das liegt doch auf dem Weg."

In der Innenstadt angekommen, hielt Beckett in einer der schrägen Parkbuchten vor dem Gebäude.

Sie waren beinahe eine halbe Stunde zu spät, aber auf dem Gehweg war niemand zu sehen. Die Außenbeleuchtung brannte und warf einen Lichtkreis auf die menschenleere Veranda. Vor der Stadthalle schlug irgendetwas Metallenes gegen den Fahnenmast.

„Hmmm. Normalerweise wartet er draußen."

„Gehen wir rein."

Madison legte eine Hand auf Becketts Arm. „Es ist ihm peinlich, dass er abgeholt werden muss. Einmal hat er den ganzen Heimweg über mit mir geschimpft, weil ich reingegangen bin."

Sie warf einen Blick auf ihre Uhr. Vielleicht hatte er mit seinen Freunden die Zeit vergessen oder die Bingo-Veranstaltung dauerte länger. Niemand betrat oder verließ das Gebäude.

Neben der Stadthalle drangen Musik und Stimmen durch die Wände einer Taverne.

„Dann warten wir einfach." Beckett stellte den Motor aus.

Madison zog ihr Handy heraus und schaltete den Ton wieder ein. „Ich habe eine Nachricht. Vielleicht ist er mit jemand anderem mitgefahren." Sie drückte die Mailbox-Taste und lauschte.

„Hi, Liebes", sagte Moms Stimme. „Grandpa muss um *neun* abgeholt werden, nicht um acht. Tut mir leid – ich habe vergessen, eine Stunde dazuzurechnen, als er mir die Zeit genannt hat. Wenn dir das nicht passt, ruf an, dann holt Dad ihn ab. Sorry!"

„Na, jetzt ist alles klar." Madison schaltete das Telefon aus und erklärte Beckett, was passiert war. „Dann dauert es wohl noch eine halbe Stunde. Tut mir leid."

Beckett legte den Arm um ihre Schultern und zog sie näher. „Oh Mann. Du meinst, ich muss mit einer schönen Frau in einem geparkten Auto warten?"

Sie legte eine Hand auf seinen Brustkorb und lächelte zu ihm auf. „Wenn du es so formulierst …" Sie hob die Lippen den seinen entgegen und er küsste sie ganz zart. Wie konnte er sie mit einer so flüchtigen Berührung derart aufwühlen?

Als der Kuss endete, konnte sie sich nur an ihn schmiegen. Zufrieden beobachtete sie, wie die Straßenlaternen angingen, als die Dämmerung sich über die Stadt senkte. Ein Lied aus den Achtzigern dröhnte von der Taverne herüber und neben ihnen hielt ein Auto. Ein Pärchen stieg aus dem Wagen. Die Frau nahm die Hand des Mannes und sah ihn bewundernd an. Er zog sie näher und küsste ihre Schläfe.

Die Musik aus der Taverne wurde lauter, als ein Mann die Bar verließ und auf ein Motorrad sprang. Das Lokal machte für einen Wochentag guten Umsatz. Madison fragte sich, was die Leute dort suchten: Gesellschaft? Spaß? Inneren Frieden?

Letzteres verstand sie besser, als ihr lieb war. Einen Augenblick lang beneidete sie die Leute in der Bar, die für kurze Zeit vergessen konnten.

Das würde dein Problem auch nicht lösen, *Mädchen.*

Nein, aber es gab Zeiten … Madison unterdrückte ein Gähnen, weil der Schlafmangel der letzten Nacht sich bemerkbar machte.

Ihr Handy klingelte und sie sah auf das Display. „Es ist Cassidy." Ihre Freundin hatte immer noch ein schlechtes Gewissen wegen Madisons Beurlaubung. „Hast du was dagegen?"

„Überhaupt nicht."

Sie nahm den Anruf an. „Hi, Cassidy."

„Hi, Liebes." Es klang schuldbewusst. „Wie war dein Tag?"

„Cassidy, du musst damit aufhören. Es ist nicht deine Schuld. Es war nur eine Frage der Zeit."

„Wie geht es dir?", fragte Cassidy.

„Gut. Wirklich. Ich bin mir sicher, alles wird gut." Sie wünschte, sie könnte sich so optimistisch fühlen, wie sie klang.

„Soll ich vorbeikommen? Ich kann auf dem Weg Eis besorgen …"

„Beckett ist gerade bei mir. Und ich bin es leid, an die Arbeit zu denken."

„Ist gut. Sag Beckett einen schönen Gruß. Vielleicht können wir am Wochenende ja zu viert ausgehen. Ach nein, das geht ja nicht. Das Theaterstück."

„Ein anderes Mal." Sie schmiegte sich an Beckett. Er war warm und beständig und roch himmlisch. Sie seufzte leise.

„Was war denn das? Ein verliebter Seufzer?"

Madison lächelte. „Kann sein."

„Ich freue mich für dich, Liebes. Ihr seid ein süßes Paar. Eure Kinder werden fantastisch aussehen, und keine krausen Haare in Sicht."

Sie war froh, dass Beckett Cassidys Teil ihrer Unterhaltung nicht hören konnte. „Ich glaube, du bist ein wenig voreilig."

„Ach, komm schon, er liebt dich seit der Highschool. Er wartet nur darauf, dass du aufholst."

Sie war sich ziemlich sicher, dass sie das bereits getan hatte. Seit ihrem ersten Kuss waren erst wenige Wochen vergangen, aber Madisons Gefühle waren schnell gewachsen. Liebe? Wenn sie diese Grenze nicht schon überschritten hatte, war sie ihr jedenfalls sehr nahe. Und es fühlte sich wundervoll an.

„Vielleicht."

„Na, dann lasse ich dich mal wieder zu deinem Liebsten zurück. Sag Bescheid, wenn ich irgendetwas für dich tun kann."

„Das mache ich." Madison schaltete das Handy aus und steckte es ein.

Beckett hob ihr Kinn mit einem Finger an und nachdem er ihr Gesicht genau betrachtet hatte, lächelte er. „Ihr habt über mich geredet."

Madisons Gesicht wurde warm und sie war froh über die Dunkelheit. „Kann sein."

„Was hat sie gesagt?"

„Das werde ich dir nie erzählen."

„Ich küsse es aus dir heraus."

„Du kannst es ja versuchen."

Beckett senkte den Kopf und gab sich alle Mühe. Es war ein bewundernswerter Versuch, der sie ganz atemlos zurückließ, als er sich von ihr löste. Jetzt war der neckische Blick aus seinen Augen verschwunden. Seine Miene wurde weicher, als er sie ansah, und sie schmolz beim Anblick seiner schwarzen Augen dahin.

Seine Miene hatte sich verändert. In seinem Blick lag etwas anderes, etwas Ernstes. Nein, etwas Düsteres. „Vielleicht sollten wir reden."

Sie zog sich ein wenig zurück, um ihn besser ansehen zu können. „Was ist denn?“

Es war, als wollte Beckett sie mit seinem Blick einschätzen, ihr ganzes Gesicht in sich aufnehmen. Er öffnete den Mund und schloss ihn dann wieder.

Madison berührte seinen Arm. „Hey … was ist? Ist alles in Ordnung?“

Er wandte den Blick ab, aber vorher sah sie noch etwas in seinem Blick. Etwas, das ihr Angst machte.

„Es gibt etwas, worüber ich mit dir reden muss. Etwas, das längst überfällig ist.“

„In Ordnung … du kannst mir alles sagen, das weißt du.“ Hatte sie ihm nicht erst vor wenigen Tagen ihr Herz ausgeschüttet? Hatte er sie nicht in seinen starken Armen gehalten und so zärtlich mit ihr gesprochen?

„Madison, es … es geht um Michael.“

Sie sah ihn an. Was konnte er ihr denn über ihren Bruder erzählen? „Michael?“

„Es gibt etwas, das du nicht weißt. Etwas, das niemand weiß, über den Tag, an dem er … starb.“

Sie schüttelte den Kopf. „Was denn?“

Beckett lehnte sich an die Tür und sah sie an. Er ging auf Distanz zu ihr und sie ließ es zu, weil sie plötzlich selbst das Bedürfnis hatte, eine gewisse Entfernung zwischen sie zu bringen. Sie beobachtete sein Gesicht und versuchte darin zu lesen.

Becketts Blick wanderte über ihre Schulter und sein Gesichtsausdruck veränderte sich. Er kniff die Augen zusammen. Zuerst dachte sie, er wäre einfach in Gedanken, doch dann presste er die Lippen aufeinander.

„Na super“, sagte er.

Sie folgte seinem Blick und sah, wie sein Vater die Bar verließ. Er trug eine Baseballmütze und sein kariertes Hemd hing halb aus seiner Jeans heraus. Sein Gang war schwerfällig. Es war deutlich zu erkennen, dass er zu viel getrunken hatte.

Madison runzelte die Stirn, als er auf ein rotes Auto zuging. Es war klar, dass er vorhatte, nach Hause zu fahren.

Beckett war ausgestiegen, bevor sie etwas sagen konnte.

Sein Dad drehte sich um, als Beckett näher kam. Sie sprachen miteinander, aber Madison konnte die Worte durch die Scheibe nicht verstehen. Eine Minute später führte Beckett seinen Dad zu seinem Pick-up, eine Hand an seinem Ellbogen. Madison rutschte rüber, um Platz zu machen, als Beckett die Tür öffnete. In Gedanken war sie immer noch bei dem Gespräch, das Beckett zuvor begonnen hatte.

„Hi, Mr O'Reilly", sagte sie, nachdem Beckett die Tür zugemacht hatte.

Er sah sie mit einem Stirnrunzeln an.

„Ich bin Madison, wissen Sie noch?"

Beckett stieg ein und ließ den Motor an.

„Das Kinley-Mädchen."

„Genau."

Er kniff die Augen zusammen, dann zog er plötzlich die Augenbrauen hoch. „Der Zwilling", sagte er zu laut.

„Dad, mach es dir doch einfach bequem und ruh dich aus." Becketts Stimme klang scharf.

„Mein Auto", sagte Mr O'Reilly.

„Das holen wir morgen." Becketts Unterkiefer zuckte, als er in die Main Street bog. „Wir müssen zurückkommen, um deinen Grandpa zu holen", sagte er zu Madison.

„Das ist kein Problem, wir haben ja noch zehn Minuten."

Mr O'Reilly zog die Mütze von seinem Kopf. „Hab früher mal für deinen Dad gearbeitet. Die McKinleys."

„Ja?"

„Beckett auch, im Sommer."

„Kannst du ihn anschnallen?", fragte Beckett.

Madison tat, worum er sie gebeten hatte, und wandte den Kopf ab, um nicht den Alkoholgestank einatmen zu müssen. „Wo arbeiten Sie denn jetzt, Mr O'Reilly?"

„Er ist besoffen, Liebling. Bringen wir ihn einfach nach Hause."

Wie aufs Stichwort sackte Mr O'Reilly auf dem Sitz zusammen und sein Kopf fiel gegen das Seitenfenster.

Madison konnte spüren, wie angespannt Beckett war. Die Situation schien ihm peinlich zu sein, obwohl es dafür keinen Grund gab. Er war für das Verhalten seines Vaters nicht verantwortlich.

Sie fragte sich, ob Beckett mit ihm über einen Entzug gesprochen hatte.

Wenige Minuten später bog Beckett in seine Straße ein und bremste, als eine Katze über die Straße lief. Es war still geworden im Auto und sie dachte, Mr O'Reilly wäre eingeschlafen, doch dann murmelte er etwas.

Beckett fuhr die Auffahrt hinauf und schob den Schaltknüppel in die Parkposition.

Mr O'Reilly fuhr hoch. „Schhhh!" Seine Spucke traf Madison am Hals. „Es ist ein Geheimnis!"

„Dad! Aufwachen. Wir sind zu Hause." Beckett stieg aus und rannte um den Wagen herum.

Madison schnallte Mr O'Reilly los und hielt ihn fest, bis Beckett ihn gepackt hatte.

„Brauchst du Hilfe?"

„Ich mach das schon."

Beckett trug seinen Dad halb bis zur Veranda und ins Haus, wobei er Mühe hatte, ihn durch die Tür zu bringen. Das Licht ging an und die Schatten der beiden Männer bewegten sich vor dem Fenster.

Wenige Minuten später kam Beckett zurück, seine Miene angespannt. „Tut mir leid."

„Es ist doch nicht deine Schuld."

Er ließ den Motor an und setzte zurück. Der Abend war immer schlimmer geworden und er war noch nicht vorbei. Madison wollte Beckett nach seinem Dad fragen, aber seine Worte über Michael ließen ihr keine Ruhe. Jetzt fragte sie sich, ob er immer noch darüber reden wollte. Sie hoffte, er würde sie nicht mit dieser Andeutung abspeisen.

Kurz darauf fuhr er erneut in die Parkbucht vor der Stadthalle. Die Stimmung hatte sich drastisch gewandelt. Jetzt herrschte zwischen ihnen ein angespanntes Schweigen und Madison wusste nicht, wie sie es brechen sollte. Zum Glück mussten sie nicht lange warten.

Ihr Grandpa kam aus dem Gebäude und Madison winkte ihn zu sich. Seine Anwesenheit entspannte die Lage etwas, da er sie mit Anekdoten von seinem Bingo-Abend unterhielt. Doch ehe sie es sich versah, stieg er auch schon wieder aus dem Pick-up.

„Danke fürs Mitnehmen“, sagte er.

„Gute Nacht, Grandpa.“

„Nacht, Mr McKinley.“

Nachdem sie abgewartet hatten, bis er im Haus war, fuhren sie schweigend zu Madison nach Hause. Als Beckett in die Auffahrt einbog, sah sie, wie Lulu die Vorhänge mit der Schnauze beiseiteschob. Madison griff nach dem Türöffner, aber Beckett hielt sie zurück, indem er eine Hand auf ihren Arm legte.

Sie sah ihn in der dunklen Fahrerkabine an. Das Licht einer Straßenlaterne beleuchtete sein Gesicht. Die Sorgenfalten auf seiner Stirn reichten bis zwischen die Augenbrauen. Sein Brustkorb hob und senkte sich in schnellen, flachen Atemzügen.

„Ist alles in Ordnung?“, fragte sie.

Beckett sah ihr in die Augen. „Ich muss dir etwas sagen, Madison.“

Alles in ihr erstarrte. Fühlte sich an wie versteinert. Und einen Augenblick lang wollte sie ihn aufhalten. Denn sein Gesichtsausdruck verriet ihr, dass ihr das, was er ihr zu sagen hatte, nicht gefallen würde, was auch immer es war.

„Etwas über Michael?“

„Ja.“

Madison holte tief Luft und versuchte, sich für schmerzliche Neuigkeiten zu wappnen. „Okay.“

Sein Daumen rieb über ihren Arm. Eine Geste der Nervosität, dachte sie.

„Madison … ich überlege schon lange, wie ich es dir sagen soll … ich war an dem Tag dort. An dem Tag, an dem er starb.“

Ihr Herz raste so sehr, dass ihr eigener Atem ebenfalls flach ging. Sie schüttelte den Kopf. Michael war allein geschwommen.

„Ich war dort.“ Seine Hand war erstarrt. Seine Augen wurden dunkler und er umfasste ihren Arm fester.

Madison hatte nie verstanden, wie es zu dem Unfall gekommen war. Eine andere Person an der Unglücksstelle würde alles erklären, oder nicht? Sie musste die Wahrheit wissen, aber sie hatte das schreckliche Gefühl, dass es noch schlimmer kommen würde.

Sie schluckte hart und nahm all ihren Mut zusammen. „Was ist passiert?“ Kaum hatte sie die Worte ausgesprochen, hätte sie sie am liebsten zurückgenommen.

„Ich bin im Fluss geschwommen. Michael kam. Wir haben ein bisschen geredet, rumgealbert und …“ Er rieb sich die Nasenwurzel.

Jetzt erkannte sie den Blick, diesen Ausdruck in seinem Gesicht. Schuldgefühle. Sie erkannte sie, weil sie selbst so lange damit gelebt hatte.

Etwas stieg in ihr auf, das ihre Lunge zusammenpresste, sodass sie kaum atmen konnte. „Was hast du getan?“ Ihre Stimme wurde lauter. Ihre Augen brannten. „Was hast du ihm angetan?“

Er wandte sich zu ihr um und nahm ihre Hand. „Komm, wir gehen rein und reden.“

Sie zog ihre Hand weg. „Ich will mit dir nirgendwohin gehen.“

„Madison. Bitte.“

„Was hast du ihm angetan?“

„Ich habe ihm nichts getan. Lass es mich erklären.“

Sie wartete, aber diesmal war es kein ermutigendes Warten. Sie schlang die Arme um ihren Leib, schaffte eine Barriere, die den Schmerz jedoch nicht einmal ansatzweise fernhalten konnte.

„Michael fing an, über die Klippe an Turner's Bend zu reden. Er fragte sich, ob es stimmte, was die Leute sagten – dass die Stelle zu flach sei, um hinunterzuspringen. Ich erzählte ihm, dass ich es schon mal gemacht hatte. Er wollte mir das nicht glauben … also habe ich es ihm vorgemacht.“

Becketts Adamsapfel hüpfte, als er schluckte. Er blickte jetzt zur Windschutzscheibe hinaus. Sein Gesichtsausdruck war undurchdringlich. „Anschließend haben wir rumgealbert.“ Er starrte lange aus dem Fenster und es sah aus, als wäre er zu jenem längst vergangenen Tag zurückgekehrt. Dann schloss er die Augen. „Ich habe gesagt, jetzt sei er dran.“

Madison schüttelte den Kopf. Aber seine finstere Miene ließ kein Missverständnis zu. Ihr Herz zog sich schmerzhaft zusammen. Sie hatte beinahe Angst zu fragen, weil sie sich nicht sicher war, ob sie es wirklich wissen wollte. „Was ist dann geschehen?“

Beckett schüttelte den Kopf. „Nichts. Er sagte Nein, danke, oder so was. Er wollte es nicht riskieren. Ich habe ihn noch ein bisschen aufgezogen und dann bin ich gegangen.“ Er drehte sich zu ihr um. „Ich hätte nie gedacht, dass er es tun würde, nachdem ich gegangen war.“

Madison wandte den Blick ab, weil sie auf einmal alles andere sehen wollte, nur nicht Becketts schuldbewusstes Gesicht.

Er nahm ihren Arm. „Ich schwöre, ich bin nie auf die Idee gekommen –“

Sie riss sich los. „Fass mich nicht an.“

„Madison …“

„Die ganze Zeit hast du es gewusst … und nichts gesagt.“

Er presste die Lippen aufeinander, aber das war ihr egal. Beckett war noch am Leben und ihr Bruder war tot.

All die hässliche Dunkelheit jenes Tages stieg in ihr auf und durchströmte sie. Die ganze Zeit, die Fragen, der Kummer, der Verlust. Die ganze Zeit war es Becketts Schuld gewesen. Er hatte ihren Bruder geärgert, und wenn er nicht dort gewesen wäre, wäre Michael niemals gesprungen. Er wäre nie gestorben.

Es war mehr, als sie ertragen konnte. Sie packte ihre Handtasche und floh aus dem Wagen. Sie wollte sein Gesicht nicht mehr sehen. Wollte nicht daran denken, dass Michael von Beckett verhöhnt worden war und das Gefühl gehabt hatte, er müsse etwas beweisen. Eine völlig dämliche, sinnlose Aktion hatte ihn das Leben gekostet.

Sie eilte die Auffahrt hinauf und stürmte ihre Verandatreppe hoch.

„Madison, warte.“

Ihr Blick trübte sich. Tränen brannten in ihren Augen. Ihre Lunge schien nicht mehr mit ihrem Herzen Schritt halten zu können. Ihr Herz. Es fühlte sich an, als wäre es durch einen Mähdrescher gezogen worden; geerntet, gedroschen und geschwungen, alles innerhalb von fünf Minuten. Sie hatte gerade gedacht, sie wäre auf dem richtigen Weg, und dann das. *Es ist mehr, als ich ertragen kann. Ausgerechnet Beckett. Und ich dachte, ich –*

Sie hatte gerade mit Mühe den Schlüssel in der Tür gedreht, als Beckett ihre Schulter berührte und sie zu sich umdrehte. „Bitte, Madison, ich weiß, dass ich es schon vor langer Zeit hätte zugeben sollen. Es tut mir leid. Du weißt gar nicht, wie leid es mir tut. Wenn ich die Uhr zurückdrehen könnte und alles noch einmal –“

Sie stieß ihn fort. „Das kannst du aber nicht! Er ist tot. Und zwar wegen *dir*!“

Sie dachte an all das Leid, das seine Dummheit verursacht hatte.

Nicht nur ihr eigenes, sondern auch das ihrer Eltern und ihrer Geschwister. Sie wusste noch, wie ihre Mutter am Grab geweint hatte, und ihr Vater war auf dem Boden der Scheune zusammengesackt, als er gedacht hatte, er wäre allein.

Sie erinnerte sich an ihre eigene Trauer, an die dunklen Tage nach Michaels Tod, als sie nicht aus dem Bett kriechen konnte. Die Jahre voller Albträume, den Schlafmangel und vor allem die schreckliche Leere in ihrem Innern, weil sie ihren Bruder so sehr vermisste.

Beckett war an alldem schuld gewesen. Und anstatt sich zu melden, hatte er sie im Dunkeln gelassen. Er hatte ihren Kummer doch selbst gesehen. Hatte sie im Arm gehalten, als sie geweint hatte. Er wusste genau, was er getan hatte. „Ausgerechnet du …"

„Ich erzähle es dir ja jetzt …"

Sie wischte mit einer ruckartigen Handbewegung die Tränen von ihrer Wange. „Du hättest es mir eher sagen müssen. Das warst du mir schuldig. Ich dachte, du …" *Liebst mich.* Madison konnte sich nicht überwinden, es auszusprechen. Konnte jetzt nicht einmal ertragen, es zu denken, denn sein Schweigen war ein Verrat gewesen.

„Was kann ich tun? Was kann ich tun, Liebling?"

Sie sah ihn an und redete sich ein, sie sei immun gegen das Kosewort. Immun gegen die Tränen, die in seinen Augen glänzten. Immun gegen die Niedergeschlagenheit seiner hängenden Schultern.

Sie schluckte und blinzelte die Tränen fort. „Du kannst gehen, Beckett, das kannst du tun. Du kannst einfach gehen und mich in Ruhe lassen."

Kapitel 35

Der nächste Tag schleppte sich dahin wie ein Boot, das auf Grund gelaufen ist. Madison hatte zu viele Stunden zu füllen, zu viele ungewollte Gedanken. Sie ignorierte die Nachricht von Beckett auf ihrer Mailbox, in der er sie bat, ihn anzurufen.

Stattdessen putzte sie ihr Haus von oben bis unten, und als sie damit fertig war, wischte sie die Vorratskammer und den Kühlschrank aus. Noch immer tickte die Uhr unerträglich langsam. Während sie das Wohnzimmer aufräumte, entdeckte sie unter einem Stapel medizinischer Zeitschriften das Gebetsjournal. Sie nahm es in die Hand und die Worte ihrer Mutter von vor zwei Tagen kamen ihr in den Sinn.

Was hatte sie zu verlieren? Sie legte das Staubtuch weg und holte einen Stift, während ihr das Herz bis zum Hals schlug. Die Worte kamen zögernd heraus, anfangs noch unbeholfen, weil sie ihre Gedanken zensierte. Aber je länger sie schrieb, desto schneller sprudelten die Worte und desto ehrlicher drückte sie aus, was sie empfand.

Als sie auf der vierten Seite angekommen war, liefen ihr die Tränen unaufhörlich über die Wangen, während sie ihre Wut über den Verlust und ihren Schmerz, weil sie Michael so vermisste, zu Papier brachte. Sie schrieb darüber, wie ungerecht sie seinen Tod fand und die Tatsache, dass ihr so viele Jahre mit ihm geraubt worden waren, und sie schrieb über ihren Zorn auf Beckett wegen der Rolle, die er bei Michaels Tod gespielt hatte.

Sie wusste, dass Gott Wirklichkeit war. Sie wusste, dass er allmächtig und allgegenwärtig war, all diese Dinge. Natürlich kannte er ihre Gedanken. Dadurch, dass sie sie aufschrieb, wurden sie nicht wirklicher als vorher, aber irgendwie tat es gut.

Siehst du das alles, Gott? Ich bin ein Wrack, weißt du.

Aber natürlich wusste er das. Nachdem sie beinahe eine halbe Stunde lang geschrieben hatte, ließ sie ihre Hand auf dem Journal ruhen. Ihre Finger taten weh, weil sie den Stift so fest umklammert hielt, und ihre Augen schmerzten. Ihr Herz fühlte sich geschunden und gequält an.

Ich bin am Ende, Gott. Ich kann nicht schlafen, ich kann kaum noch funktionieren, ich verliere meine Arbeit. Was willst du von mir?

Nur dich.

Die Worte fielen so weich wie eine Feder auf ihr Herz. Ihre Augen brannten. *Ich bin nicht sicher, ob du mich willst, Gott. Ich war nicht gerade …*

Ein Gedanke piekste sie, bis die Erinnerung kam. Sie war in der neunten Klasse gewesen und Michael hatte sie nach der Schule weinend auf ihrem Bett gefunden.

Die Matratze senkte sich, als er sich auf die Kante hockte. „Was ist los, Madds?"

Sie setzte sich auf und wischte sich übers Gesicht. Sie konnte Michael alles sagen. Sogar das, was heute vorgefallen war, und er würde sie deshalb nicht weniger mögen. Das war das Beste daran, ihn als Bruder zu haben.

Trotzdem glühten ihre Wangen. „Ich bin heute in Biologie beim Abschreiben erwischt worden."

Er legte den Kopf schief. „Du bist das schlauste Mädchen in der Klasse."

„Ich habe Tricia Blevins abschreiben lassen." Tricia war beliebt und angesagt und Madison hatte nur ihre Freundin sein wollen. „Ich wurde nach Hause geschickt! Mom und Dad werden es erfahren und schrecklich enttäuscht sein."

Michael lächelte mitfühlend. „Ja, das wird übel." Er knuffte ihre Schulter. „Aber sie werden sehen, dass es dir leidtut."

„Ich kann nicht fassen, dass ich das getan habe. Ausgerechnet für die blöde Tricia Blevins!" Sie wischte sich die Tränen ab.

Michael schwieg einen Moment lang. „Jeder macht Fehler, Madds. Aber Mom und Dad werden dir vergeben und Gott tut es auch."

„Und was nützt mir das? Ich kriege trotzdem Hausarrest."

„Ja, wahrscheinlich. Aber Gott kann die Schuldgefühle wegnehmen. Ich finde, die sind das Schlimmste."

Da war etwas dran. Das schlechte Gewissen hatte ihr den ganzen Nachmittag zu schaffen gemacht. Ihr Magen tat weh. Aber Michael war nicht wie sie. Er hätte nie etwas so Dummes gemacht.

„Ich glaube nicht, dass Gott sich für mich interessiert, Michael. Ich bin nicht wie du."

„Gott nimmt uns so, wie wir sind. Er will eine Beziehung mit uns führen. Ist das nicht cool?"

Madison wusste nicht, was das bedeuten sollte. Es war nicht das erste Mal, dass Michael das sagte, aber wie konnte ein Mensch eine Beziehung mit einem unsichtbaren Gott führen? Man konnte ihn nicht in den Arm nehmen, er konnte nicht mit einem reden oder lachen oder weinen. Manchmal verstand sie Michael überhaupt nicht.

Jetzt schlug die Uhr auf dem Kaminsims zur vollen Stunde und riss Madison aus ihren Gedanken. Wollte Gott wirklich eine Beziehung mit ihr? Und wie sah das dann genau aus? Sie dachte an ihre Eltern und an Ryan. Sie führten ein ganz normales Leben, aber Madison konnte nicht leugnen, dass sie etwas hatten, was ihr fehlte. War das die Art Beziehung, die Michael gemeint hatte?

Wieder fing Madison an zu schreiben. *Ich verstehe das alles nicht, Gott, aber ich will das, was sie haben. Ich habe alles vermasselt und ich schaffe es allein nicht mehr. Nimm meine Wut und hilf mir durch das alles hindurch. Vergib mir meine Schuld und komm in mein Leben und zeig mir, was ich tun soll.*

Etwas in ihrem Innern fing an, sich zu lösen, so als würde ein fester, verwickelter Knoten sich lockern. Sie schrieb weiter. Als sie den Stift schließlich aus der Hand legte, waren viele Seiten ihres Journals mit Worten gefüllt und ihr Herz mit einem stillen Frieden.

Der Geruch von Knoblauch und Oregano ließ Beckett das Wasser im Mund zusammenlaufen. Cappys Pizzeria war beinahe voll und die Stühle waren zu den verschiedenen Fernsehern gedreht, auf denen das Spiel der Reds gegen die Cubs lief. Im Billardzimmer spielte eine Gruppe lautstark Pool.

Beckett bestellte die Getränke und lehnte sich auf seinem Platz zurück. Was für ein fürchterlicher Tag. Er hatte nichts von Madison gehört – nicht, dass er etwas anderes erwartet hätte. Er kam sich wie ein Mistkerl vor, weil er es ihr erzählt hatte, und zugleich fühlte er sich wie ein Mistkerl, weil er so lange damit gewartet hatte.

Er hatte gedacht, es sei das Richtige. Er hätte es längst tun sollen, aber es war zu spät, um daran etwas zu ändern. Zu spät, um alles Mögliche zu ändern.

Auf der anderen Seite des Restaurants tauchte Layla auf und mit ihren langen Schritten überbrückte sie die Entfernung im Nu. Unterwegs begrüßte sie einige Freunde, dann schob sie sich zu ihm in die Nische. Ihr Lächeln erlosch, sobald sie ihn ansah.

„Hast du wieder *Lassie* geguckt? Du kannst nicht behaupten, ich hätte dich nicht gewarnt."

Er wandte den Blick ab und sah zu dem Fernseher hinüber, auf dessen Bildschirm ein Kommentator sich über die Aufstellung des heutigen Spiels ausließ.

Sie berührte seinen Arm. „Hey, ist alles in Ordnung? Ist was mit Dad? Oder mit Grandpa?"

„Nein."

„Hast du dich mit Madison gestritten?"

Er verspürte nicht den Wunsch, ihr die Sache zu erklären. „Etwas in der Art." Seine Gedanken wanderten zu dem gestrigen Abend zurück. Er erinnerte sich an den Blick in Madisons Augen. Den bekam er einfach nicht mehr aus dem Kopf. Sie hatte sich verraten gefühlt, und wer könnte ihr das verübeln?

Layla legte den Kopf schief und musterte ihn. „Du liebst sie wirklich. Es steht dir ins Gesicht geschrieben – und das will was heißen."

Beckett erwiderte ihren Blick. Die Wahrheit ihrer Worte traf ihn tief ins Herz. Er biss die Zähne zusammen. Er liebte sie tatsächlich. So sehr. Und schon so lange. Und trotzdem hatte er ihr all das angetan. Er hatte sie verletzt. Diese Last drückte schwer auf seine Schultern.

„Empfindet sie genauso?"

Er rieb sich den Nacken. „Ich weiß es nicht." So weit waren sie noch nicht gekommen und vielleicht war es auch besser so. Schlimm genug, dass es ihm das Herz brach.

Er sah Madisons Gesichtsausdruck vor sich, die Enttäuschung in ihren Augen. Nein, er war nicht der Einzige mit einem gebrochenen Herzen.

„Ich bin nicht gut für sie, Layla."

„Das ist nicht wahr."

Beckett schüttelte den Kopf. Er würde ihr nur wehtun. Er war der Grund für ihren größten Kummer gewesen. Sie würde ihn nie wieder ansehen können, ohne daran zu denken, dass er für Michaels Tod verantwortlich war. Und dass er diese Tatsache all die Jahre für sich behalten hatte.

Ihre Familie würde es auch nicht vergessen. Mr McKinley würde feststellen, dass er die ganze Zeit recht gehabt hatte, was Beckett betraf. Er konnte sie schon vor sich sehen, wie sie bei ihrem nächsten Familiengrillen zusammensaßen. *Was habe ich euch gesagt? Dieser O'Reilly-Junge taugt nichts. Du bist ohne ihn besser dran, Madison.*

Layla packte seinen Arm. „Hör sofort damit auf."

„Womit?"

„Du weißt genau, womit. Du redest dir wieder ein, du wärest nicht gut genug, und das werde ich nicht zulassen."

„Lass es, Layla."

Sie boxte gegen seinen Arm. „Lass du es."

Sie sah ihn durch die rosa Brille einer kleinen Schwester. Das konnte er ihr nicht vorwerfen. Er hoffte, dass sie diese Brille nie absetzen würde, aber er wusste es besser. Er wusste, was er getan hatte, und Madison wusste es auch. Inzwischen wusste wahrscheinlich ihre ganze Familie Bescheid.

„Du bist ein guter Mann, Beck. Du wirst irgendwann ein wunderbarer Ehemann und ein fantastischer Vater sein."

Er lächelte ironisch. „Weil ich so ein gutes Vorbild habe? Fragst du dich nicht manchmal, wie viele von Dads Genen wir haben? Oder auch von Moms? Machen wir uns doch nichts vor: In der Genetikabteilung sind wir übers Ohr gehauen worden."

„Wir haben trotzdem die Wahl. Wir können uns dafür entscheiden, die Art Mensch zu sein, die wir sein wollen. Du warst immer für mich da, Beckett. Selbst als wir noch Kinder waren. Du bist zu meinen Volleyballturnieren und Leichtathletikveranstaltungen gekommen, als wärst du mein Vater. Du hast einen ganz besonderen Menschen verdient. Und wenn Madison dieser Mensch für dich ist, dann lass sie dir nicht durch die Lappen gehen."

Beckett konnte nicht leugnen, wie sehr er diese Worte glauben wollte. Aber Layla wusste nicht, was er getan hatte. Sie kannte nicht das Geheimnis, das all die Jahre an ihm genagt hatte. Sie wusste nichts von dem Schmerz, den er der Frau, die er liebte, gerade zugefügt hatte.

Er steckte die Speisekarte in ihre Halterung. „Es tut mir leid. Ich habe keinen Hunger. Ich kann nichts essen."

Layla packte seinen Arm. „Beckett."

„Ich muss nach Hause und darauf achten, dass Dad nicht im Badezimmer ohnmächtig wird."

„Sprich mit ihr, Beck. Paare streiten sich, das ist in einer Beziehung ganz normal. Beiß dich nicht daran fest, das macht es nur schlimmer."

An dieser Beziehung war nichts normal. Beckett zwang sich zu lächeln, als er aufstand und einen Zwanziger auf den Tisch warf. „Gönn dir das ganze Programm. Die Reste kannst du dir einpacken lassen – falls es welche gibt."

Seine Schwester runzelte die Stirn. „Du bist ein Sturkopf, Beckett."

„Nur, wenn ich recht habe."

Kapitel 36

Madison bog mit schwerem Herzen in die Auffahrt ihrer Eltern ein. Sie hatte ihre Mutter am Nachmittag angerufen und ihr von dem Gebetsjournal erzählt und von ihrer Entscheidung. Sie hatte ihr auch erzählt, dass sie mit Pastor Adams über eine baldige Taufe sprechen wollte. Die Tränen in der Stimme ihrer Mutter waren nicht zu überhören gewesen, als sie geantwortet hatte.

Die andere Neuigkeit musste sie jedoch persönlich überbringen. Wenn heute Abend Tränen flossen, dann würden es keine Freudentränen sein. Sie hatte noch eine Stunde bis zur Generalprobe – Zeit genug, wie sie hoffte, um die Nachricht zu überbringen und ihren Eltern die Chance zu geben, sie zu verdauen.

Madison fuhr den gewundenen Schotterweg hinunter und nahm die vertrauten Kurven, ohne nachzudenken. Es würde für ihre Eltern schwer sein zu hören, wie Michael gestorben war. Sie hasste es, die alten Wunden wieder aufzureißen, aber sie hatten das Recht, es zu erfahren.

Beckett.

Wut und Schmerz durchströmten sie zu gleichen Teilen, gefolgt von einem Anflug von Mitgefühl. Der Ausdruck in seinem Gesicht, das Beben seiner Stimme, als er alles gebeichtet hatte. Sie schob die Erinnerung beiseite und ließ die anderen Gefühle die Oberhand gewinnen. Wut war einfacher, vertrauter, weniger schmerzlich.

Als Madison vor dem Haus hielt, sah sie, dass ihre Eltern auf der Verandaschaukel saßen, wo sie die letzten Sommertage genossen.

Einen Augenblick später stieg sie die Holztreppe hinauf und suchte krampfhaft nach Worten, die den Schlag dämpfen könnten. Nachdem sie einander begrüßt hatten, sank Madison auf einen Lehnstuhl. Das vertraute Quietschen der Schaukel war ein tröstliches Geräusch.

„Was für ein schöner Abend, nicht wahr?“, sagte Dad.

„Perfekt. Der Mais sieht richtig gut aus, Daddy. Hoch gewachsen."

„Bis jetzt ist es ein einträgliches Jahr, Gott sei Dank. Ich liebe eine gute Ernte." Er lächelte. „Und wo wir gerade vom Ernten sprechen …"

„Mom hat es dir erzählt."

„Ich freue mich so für dich, Liebling", sagte er.

„Das tun wir beide."

„Es war wohl nur eine Frage der Zeit." Sie wusste, dass sie noch viel Arbeit vor sich hatte. Aber sie hatte Gott und die Liebe einer Familie, die sie unterstützte. Es gab viel, was ihr half.

„Ich schulde dir eine Entschuldigung, was Beckett betrifft", sagte Dad. „Ich habe beobachtet, wie er sich dir gegenüber verhalten hat, als ihr neulich hier wart. Ich glaube, ich habe ihn falsch eingeschätzt."

Madison seufzte. Gleich würde er anders darüber denken. „Danke, Dad."

„Hast du Hunger?", fragte Mom. „Es gibt Schweinefleisch vom Grill mit Mais, die Reste."

Bei dem Gedanken an Essen drehte sich ihr Magen um. „Nein, danke, ich bin nicht hungrig."

Ihre Eltern, die gemütlich auf der Schaukel gesessen hatten, genossen offensichtlich diesen Moment der Zweisamkeit. Sie hatten sich so schnell an das leere Nest gewöhnt, dass Madison und ihre Geschwister manchmal scherzten, sie müssten eigentlich beleidigt sein.

„Ich habe heute von Jade gehört", sagte Mom.

„Wirklich?" Madison hatte seit der Regatta nicht mehr mit ihr gesprochen.

„Sie hat im Laden angerufen. Klang ganz gut, fand ich. Es war so schön, ihre Stimme zu hören."

„Arbeitet sie immer noch in dem Café?"

„Das hat sie gesagt. Ich vermute, sie bekommt gute Trinkgelder."

Dad legte den Arm um Moms Schulter. „Ich hoffe es, wenn man bedenkt, wie teuer Großstädte sind."

„Sie wohnt immer noch bei ihren Freundinnen und sie haben endlich ein Telefon."

Madison zog ihr Handy aus der Tasche und tippte die Nummer ein, die ihre Mutter ihr nannte. „Ich fühle mich wohler, wenn ich weiß, dass ich sie erreichen kann."

„Ich weiß, was du meinst", sagte Mom. „Aber sie wird ihren Weg schon machen."

„Ich vermisse sie. Das Haus fühlt sich so leer an."

Die Schaukel quietschte gleichmäßig vor sich hin. Der Wind ließ das Laub rascheln und fuhr sanft rauschend durch die Maisfelder. Dieses Geräusch war Madison so vertraut, dass sie es manchmal im Schlaf hörte.

„Nun spuck es schon aus", sagte Dad.

„Thomas."

„Irgendetwas hat sie doch auf dem Herzen."

„Er hat recht, Mom." Madison knibbelte an einem Stückchen Farbe an der Armlehne ihres Stuhls. „Ich weiß nur nicht, wo ich anfangen soll."

„Lass dir Zeit, Liebling. Wir haben den ganzen Abend."

Madison sah zu ihnen hinüber. Die zierliche Gestalt ihrer Mutter, die sich an Madisons Vater schmiegte. Würde sie ihren Frieden zerschmettern? Sie wollte ihnen nicht wehtun. Ihre Eltern hatten schon so viel durchgemacht.

Sie musste es einfach sagen. Die beiden waren stark. Stärker, als sie es jemals gewesen war. Und sie hatten Gott, auf den sie sich verlassen konnten. Ein unbezahlbarer Trost, das wurde ihr allmählich klar.

„Ich … ich habe vor Kurzem etwas erfahren, das ich euch sagen muss. Es hat mit Michael zu tun. Mit seinem Tod."

Dads Lippen bildeten auf einmal eine gerade Linie. Die Fältchen um Moms Augenwinkel ließen nach.

„Ich habe mit Beckett gesprochen und er hat mir erzählt, dass er damals dort war. Er ist im Fluss geschwommen. Mit Michael."

Mom sah Dad an und er drückte ihre Schulter.

„Ich habe mich immer gefragt, warum er gesprungen ist. Er war niemand, der ein Risiko einging, wisst ihr. Aber jetzt … jetzt ergibt alles einen Sinn." Sie sah ihre Eltern nicht direkt an, sondern ließ ihren Blick zwischen ihnen ruhen. „Beckett hat mir erzählt, dass er an dem Tag von der Klippe gesprungen ist. Er hat mir erzählt, dass er …" Das war der schwerste Teil. „Er hat mir erzählt, dass er Michael aufgezogen hat, weil der nicht springen wollte. Ich glaube nicht, dass es böse gemeint war, aber …" Warum fand sie Ausflüchte für ihn? Sie presste die Lippen aufeinander.

„Ach, Liebling …"

„Natürlich war ich furchtbar wütend auf ihn. Ich habe mit ihm Schluss gemacht. Ich kann nicht fassen, dass er es uns nie erzählt hat. Dass er es mir nicht gesagt hat."

„Jo …", sagte Dad.

„Ich hasse den Gedanken, dass Michael dort war, ganz allein, und meinte, er müsste sich selbst etwas beweisen. Und ich hasse den Gedanken, dass das alles so sinnlos war. Das alles ist schlimm genug, aber zu wissen, dass Beckett es wusste. Dass er es vor uns geheim gehalten hat und sogar vor mir, obwohl ich angefangen habe …" *Mich in ihn zu verlieben.*

Angefangen, Madison?

Sie schloss die Augen und hielt die Luft an. Na gut. Sie war verliebt. Sie hatte sich Hals über Kopf in ihn verliebt. Aber all das spielte jetzt keine Rolle mehr.

„Jo", sagte ihr Vater, „wir müssen es ihr sagen." Ihre Eltern blickten einander lange an.

Ein Gefühl der Angst kroch Madisons Rückgrat hinunter. „Dad? Was müsst ihr mir sagen?"

Dad drückte Moms Hand. Er öffnete den Mund, schloss ihn dann aber wieder.

„Mom?" Was konnten sie denn noch zu sagen haben? Madison konnte nur raten und die Angst lähmte alles in ihr.

Die Schaukel hielt an. Mom beugte sich vor und legte eine Hand auf Madisons Arm. „Liebling, es gibt etwas, das du wissen musst. Etwas, das wir dir nicht erzählt haben."

Mom sah Dad an. Er presste die Lippen zusammen.

„Was denn? Ihr macht mir Angst."

Mom drückte ihren Arm. „Michael ist nicht gestorben, weil er von der Klippe gesprungen ist."

Madison runzelte die Stirn, während sie versuchte, die Worte ihrer Mutter zu begreifen. „Er hatte eine Gehirnerschütterung. Weil er auf das Wasser aufgeprallt ist. Er ist ohnmächtig geworden und ertrunken. Das hat die Autopsie ergeben. Das habt ihr mir erzählt."

In den Augen ihrer Mutter flackerte etwas auf.

Ihr Vater stützte die Ellbogen auf die Knie. „Er hatte eine Gehirnerschütterung. Manchmal kommt das von einem Sturz ins Wasser, aber das war bei Michael nicht der Fall."

„Ich verstehe nicht. Was willst du damit sagen?"

„Er war krank, Liebling."

„Wir wussten nichts davon", sagte Dad. „Er hatte bis zu dem Tag nie irgendwelche Symptome, aber bei der Autopsie kam es heraus. Sie sagten, er sei plötzlich gestorben und habe sich dann beim Hinfallen den Kopf an einem Felsen angeschlagen."

„Er ist nicht ertrunken? Was meinst du mit krank? Warum habt ihr uns das nicht erzählt?"

„Es war eine Stoffwechselerkrankung, aber sie sagten, diese Form hätten sie noch nie zuvor gesehen", erklärte Dad.

„Sie entdecken regelmäßig neue Typen. Aber es war ein angeborener Fehler des Stoffwechsels. Und wir haben es euch nicht gesagt, weil ..." Mom sah Dad an.

„Weil es erblich ist. Und da sie den Typ nicht kannten, gab es keine Tests dafür."

„Wir wollten nicht, dass ihr Kinder in ständiger Angst lebt, dass ihr irgendwann – tot umfallen könntet."

„Du meinst, ich könnte das Gleiche haben? Und Ryan und PJ und Jade auch? Ihr hättet es uns sagen müssen!" Wie konnten ihre Eltern ihnen etwas so Wichtiges vorenthalten?

„Es ist nicht sehr wahrscheinlich, dass einer von euch es hat, aber die Wahrscheinlichkeit ist unter Geschwistern natürlich höher. Ja, ich glaube jetzt auch, dass wir es euch hätten sagen müssen, aber damals ..."

„Alle waren durcheinander", sagte Dad. „Wir waren selbst mit den Nerven am Ende und es war einfacher, nicht darüber zu reden."

„Du hattest Schwierigkeiten, deine Gefühle auszudrücken", sagte Mom. „Und Ryan hat so viel abgenommen. PJ hat immerzu geweint und Jade sprach mit niemandem. Wir wollten euch nicht noch mehr belasten. Wir sind kaum zu Atem gekommen."

Madison erinnerte sich gut daran. Es erstaunte sie manchmal, dass Menschen diese Art Schmerz überwanden und wieder ein normales Leben führen konnten. Trotzdem wünschte sie, sie hätte es gewusst. Vielleicht hätte es ihr geholfen, mit Michaels Tod fertigzuwerden, vielleicht auch nicht. Vielleicht hätte sie sich nur mehr Gedanken gemacht.

„Und wir können keinen Test machen?"

Dad schüttelte den Kopf. „Der Pathologe hatte noch nie etwas Derartiges gesehen."

„Es tut mir leid, wenn wir die falsche Entscheidung getroffen haben, Liebling."

„Wir haben es nie wirklich besprochen", sagte Dad. „Es wurde einfach zur Gewohnheit, nichts zu sagen. Und als die Trauer nachließ, schien das Warum seines Todes keine Rolle mehr zu spielen."

„Außer für den armen Beckett", sagte Mom. „Er muss mit furchtbaren Schuldgefühlen gelebt haben."

Beckett. Madison ließ ihre Unterredung mit ihm vor ihrem geistigen Auge ablaufen.

Sie stöhnte und ließ die Stirn auf ihre Fingerspitzen sinken. „Ich bin so hart mit ihm ins Gericht gegangen. Nein, ich war furchtbar, ich habe ihm gesagt …" Dass Michaels Tod allein seine Schuld sei. Dass sie ihn nicht mehr sehen wollte. Madison schloss die Augen. Sie wollte nicht daran denken.

„Wir werden ihm die Wahrheit sagen", sagte Mom. „Es ist schließlich unsere Schuld, dass du nicht wusstest, was damals wirklich passiert ist … dass niemand davon wusste."

Trotzdem hätte sie etwas gnädiger mit ihm sein können. Schließlich hatte er Michael nicht absichtlich Schaden zugefügt. Genau genommen hatte er überhaupt nichts Falsches getan. Madison hätte tief durchatmen sollen, anstatt aus dem Bauch heraus zu reagieren.

Aber das hatte sie nicht, sondern sie hatte um sich geschlagen. Sie, die doch genau wusste, wie es war, mit Schuldgefühlen zu leben. Die wusste, was sie im Leben eines Menschen anrichten konnten, wie sie das Denken beeinträchtigten, die Konzentration, die Fähigkeit, vernünftige Entscheidungen zu treffen.

Mit welchem Recht warf sie eigentlich mit Steinen? Sie war so gemein und hartherzig gewesen. Geradezu grausam.

„Danke, Mom, aber ich glaube, ich sage es ihm besser selbst."

„Natürlich, wie du willst. Sag Bescheid, wenn wir etwas tun können."

Sie hatte so viel zu verdauen, aber diese Sache musste sie sofort klären, schon für ihren eigenen Seelenfrieden. War Beckett noch beim Bibelkreis? Madison sah auf ihre Uhr, aber sie war sich nicht sicher, wann das Treffen normalerweise zu Ende war. Aber es war ohnehin egal, denn in einer Viertelstunde fing ihre Generalprobe an, und die durfte sie nicht verpassen.

Sie würde anschließend bei ihm vorbeifahren, egal, wie spät es war. Die Stunden bis dahin dehnten sich vor Madison wie eine lange, menschenleere Autobahn, während eine Frage ihr keine Ruhe ließ: Würde Beckett sie überhaupt noch wollen?

Kapitel 37

Madisons Gedanken überschlugen sich auf dem Weg zum Theater. Michael war nicht ertrunken. Er war an einer Krankheit gestorben – wie hatten ihre Eltern es genannt? Eine Art Stoffwechselstörung? Und sie und ihre Geschwister konnten diese Krankheit auch haben.

Was waren die Symptome? Gab es Dinge, die sie ändern musste? Und dann wurde ihr mit einem Mal klar, dass seit Michaels Tod zehn Jahre vergangen waren. Zehn Jahre waren in der Medizin eine lange Zeit.

Als sie beim Theater ankam, suchte sie als Erstes nach Drew und zog ihn beiseite.

„Ich muss dich um einen Gefallen bitten."

Er war gerade dabei, sein Kostüm zuzuknöpfen. „Klar, was gibt es denn?"

„Wenn vor zehn Jahren eine Autopsie gemacht wurde, sind die Ergebnisse aus dem Labor dann noch da?"

Angesichts der merkwürdigen Frage unterbrach er seine Tätigkeit und sah sie an. „Klar. Abstriche und Gewebeproben werden normalerweise jahrelang aufbewahrt. Warum?"

„Wie kann ich bewirken, dass man sie noch einmal untersucht? Als Todesursache wurde eine Stoffwechselerkrankung genannt, aber sie konnten den Typ damals nicht identifizieren."

„Dein Bruder?"

Madison nickte.

Drew rieb sich das Kinn. „Ich bin mir nicht sicher, wie das funktioniert."

„Kannst du es herausfinden?"

„Ich habe in Chicago mit einem Pathologen zusammengearbeitet. Weißt du was: Ich rufe ihn an und sehe, was sich machen lässt."

Madison drückte Drews Arm. „Danke, Drew. Du hast was bei mir gut." Sie eilte in ihre Garderobe. In den nächsten zwei Stunden musste sie die Angelegenheit gedanklich beiseiteschieben und sich auf das Stück konzentrieren.

Sie probten gerade die dritte Szene im ersten Akt, als der Alarm ertönte. Der in gleichmäßigen Abständen erklingende Ton dröhnte durch das ganze Theater.

Madison hielt sich die Ohren zu. „Ist das ein Feueralarm?"

„Ich glaube, ja", sagte Drew.

„Wahrscheinlich Fehlalarm", fügte jemand hinzu. „Es ist ein altes Gebäude."

Die anderen Darsteller erschienen unterschiedlich weit kostümiert auf der Bühne.

„Sollen wir rausgehen?"

„Sollen wir die Feuerwehr rufen?"

Madison zog ihr Kostüm, das aus einem Bademantel bestand, fester und schnupperte in der Luft. „Hey, Leute, ich rieche Rauch."

Alle schienen es gleichzeitig zu bemerken. Sie rannten in die Kulisse, um ihre Sachen und die restlichen Mitstreiter einzusammeln.

Drew zog sein Handy heraus. „Ich rufe die Feuerwehr."

Als sie durch die Garderoben liefen, wurde der Qualm dichter. Vor ihnen sah Madison Flammen. Sie zog sich ihr T-Shirt über die Nase. Trotzdem brannte der Rauch in ihrer Lunge. Der Schweiß lief zwischen den Schulterblättern ihren Rücken hinunter, als sie an einem brennenden Stapel Teppiche vorbeikamen.

„Haben wir alle?", fragte Madison Drew, nachdem er aufgelegt hatte. „Wo ist Layla?"

„Die habe ich weiter vorne gesehen."

Madison hustete. „Was ist mit Elliot?"

„Ich weiß nicht."

„Wir müssen zurück!"

„Wahrscheinlich ist er durch den Haupteingang raus."

Das Risiko konnten sie nicht eingehen. Sie überlegte. „Ich habe ihn auf einer Leiter gesehen, bevor der Alarm ertönte. Er hat einen Seilzug verstellt."

Sie drehte um und lief den gleichen Weg zurück, den sie gekommen waren.

„Madison, nicht!"

Sie lief den Gang hinunter. Mit jeder Abbiegung wurde die

Hitze stärker. Sie hörte an Drews Schritten, dass er ihr auf den Fersen war.

„Wir müssen uns beeilen!“, rief er.

Sie wichen brennenden Requisiten und einem herabfallenden Vorhang aus und erreichten schließlich die Bühne. Madison entdeckte die Leiter und sah an ihrem Fuß eine Gestalt kauern.

„Da ist er!“

Elliot hatte die Knie angezogen und das Gesicht in seinen Armen vergraben.

„Komm, Elliot, wir müssen gehen!“ Madison zog an seinem Arm. Er wehrte sich und vergrub das Gesicht noch weiter.

„Wir haben keine Zeit!“ Drew hob Elliot hoch. „Beeil dich!“

Eine Wand aus Flammen versperrte ihnen den Weg zum Hauptausgang. Sie würden auf demselben Weg zurückgehen müssen, auf dem sie gekommen waren. Madison hustete in ihr Hemd, als sie an den brennenden Trümmern vorbeilief, und sah sich immer wieder um. Elliots dünner Körper wippte bei jedem Schritt.

Die Luft war jetzt ganz voller Qualm. Ihre Lunge brannte und ihre Augen tränten so sehr, dass sie sie kaum noch offen halten konnte. Sie konnte höchstens einen Meter weit sehen.

Sie wusste nicht, wie Drew es schaffte. Sie bogen um die letzte Ecke und wussten, dass der Ausgang nicht mehr weit sein konnte.

Endlich sahen sie Licht und der Rauch wurde deutlich schwächer, als sie zur Tür hinaustraten.

„Oh, Gott sei Dank!“, rief Dottie. „Jetzt haben wir alle.“

Madison füllte ihre Lunge mit Sauerstoff und hustete noch einmal kräftig. Sie wankte zu der Stelle auf dem Parkplatz hinter dem Theater, wo die anderen sich versammelt hatten. Ohne darauf zu achten, dass der Kies in ihre Knie drückte, sank sie auf die Knie.

„Tief einatmen … damit die Lunge frei wird“, sagte Drew. „Der Krankenwagen ist unterwegs.“

„Mir geht es gut. Aber sieh mal nach Elliot.“

Der junge Mann beugte sich vornüber und hustete.

Einige telefonierten mit ihren Lieben. Wenige Minuten später durchbrach das Heulen eines Martinshorns die Nacht.

„Da ist die Feuerwehr“, sagte jemand. Der Löschzug hielt am Bordstein vor dem Gebäude. Rauch stieg vom hinteren Teil des Gebäudes auf, aber es waren keine Flammen zu sehen. Die Mitglieder der Theatergruppe hielten die Luft an, während sie zusahen, wie die Freiwillige Feuerwehr in das Gebäude lief. Madison sah Ryan hineingehen und sandte ein Gebet für seine Sicherheit gen Himmel, während sie weiterhustete. Dottie war nach vorne gegangen, um der Feuerwehr zu sagen, dass sich niemand mehr im Theater befand.

„Was hat eigentlich das Feuer verursacht?“, fragte jemand in der Nähe.

„Ich habe vor einer Stunde Wayne O'Reilly hinter der Bühne gesehen. Er hat geraucht.“

Madison drehte sich um, weil sie sehen wollte, wer das gesagt hatte. Gary.

„Ich habe an dem Vorhangmechanismus gearbeitet, als ich Rauch gerochen habe. Ich habe mich umgedreht und da war er. Sturzbetrunken. Ich habe zu ihm gesagt, er solle die Zigarette ausmachen.“

„Ich wette, so hat es angefangen.“

Hinter Gary stand Layla und hörte alles mit an. Es tat Madison leid, dass sie die Spekulationen über ihren Vater mitbekam. Layla sagte etwas zu einem der Kostümbildner, dann entfernte sie sich von der Gruppe und lief vor das Gebäude.

„Was wollte O'Reilly denn hier?“

Gary zuckte mit den Schultern. „Wer weiß.

„Wahrscheinlich wusste er nicht, was er tat.“

„Vor ein paar Jahren hätte er beinahe meinen Vater angefahren, als er betrunken am Steuer saß. Der Mann gehört ins Gefängnis gesperrt, bevor er noch jemanden umbringt.“

„Ich wette, er hat die Zigarette fallen lassen.“

„Wir werden es ja bald wissen.“

„Gut, dass niemand verletzt wurde.“

„Hat jemand gesehen, wie er gegangen ist?“

Kopfschütteln.

Madison zog ihren Bademantel enger, um sich gegen die Kälte der Nacht zu schützen. Sie hustete, bis sie das Gefühl hatte, ihre Lunge würde explodieren. Das war das Letzte, woran sie sich erinnerte, bevor ihr schwarz vor Augen wurde.

Beckett nahm die Frikadelle aus der Grillpfanne und legte sie auf ein Brötchen. Der Duft von gebratenem Rindfleisch munterte ihn sonst immer auf, aber an diesem Abend wurde ihm davon nur flau im Magen.

Er stellte die Pfanne in die Spüle und drückte eine großzügige Portion Senf auf den Hamburger. Er musste etwas essen, ob er Hunger hatte oder nicht. Und er musste unbedingt schlafen.

Die vergangenen vierundzwanzig Stunden waren hart gewesen. Er hatte permanent Madisons Gesicht vor Augen. In der Nacht hatte er von ihr geträumt. Madison hatte in einem sinkenden Boot gesessen. Er war vom Ufer aus ins Wasser gesprungen und auf sie zu geschwommen. Aber je weiter er schwamm, desto weiter entfernte sich das Boot und es sank schnell. Genau in dem Augenblick, in dem Madison im Wasser verschwand, war er aufgewacht.

Beckett hatte die Bettdecke zurückgeschlagen, während sein Herz wie wild hämmerte. Und dann hatte er dort gelegen und Angst gehabt, wieder einzuschlafen, Angst, dass der Traum weitergehen würde und er sie nicht finden könnte. Dass er sie für immer verloren hätte. Auf einmal hatte er verstanden, warum Madisons Albträume ihr Leben so beeinträchtigt hatten.

Und das hat sie dir zu verdanken, O'Reilly.

Beckett hatte damit gerechnet, heute von den anderen McKinleys zu hören, vielleicht von ihrem Vater oder von Ryan. Er schuldete ihnen etwas, doch diese Schuld würde er nie begleichen können.

Beckett nahm seinen Teller mit ins Wohnzimmer und setzte sich in seinen Lieblingsstuhl.

Plötzlich kam jemand zur Haustür hereingestürmt.

„Wo ist er?" Layla knallte die Tür hinter sich zu und lief weiter, ohne auf eine Antwort zu warten.

Beckett sprang auf und folgte ihr.

Sie stieß die Tür zu Dads Zimmer auf. Er lag im Dämmerlicht bäuchlings auf dem Bett.

„Was hast du gemacht, Dad?" Sie schüttelte ihn. „Wach auf und antworte mir!"

Beckett packte ihren Arm. „Er ist bewusstlos, Layla. Was ist los?"

Trotz der Dunkelheit konnte er Wut in ihrer Miene sehen. Ihre Augen sprühten vor Zorn.

„Ich sag dir, was los ist. Unser Vater hat das Theater angezündet!"

Er erstarrte. „Was? Bist du verletzt?"

„Mir geht es gut."

„Warte ... heute Abend, während der Probe? Madison ..."

Layla trat gegen das Bett. „Sie ist auf dem Weg ins Krankenhaus, zusammen mit einigen anderen."

Beckett gefror das Blut in den Adern. „Ist sie in Ordnung?"

„Sie hat Rauch eingeatmet. Sie haben ihr Sauerstoff gegeben und sie zum Röntgen und so gebracht."

Beckett zog seine Schwester ins Wohnzimmer, in Gedanken bei Madison. Er wollte jetzt bei ihr sein. Wollte sich selbst davon überzeugen, dass es ihr gut ging.

„Setz dich. Bist du dir sicher, dass du nicht ins Krankenhaus musst?"

„Ich war als eine der Ersten draußen. Mir fehlt nichts."

„Und Madison ... Du bist dir sicher, dass sie gesund wird?"

„Das hat Drew gesagt." Sie lief im Zimmer auf und ab. „Ich glaube das einfach nicht!"

„Wie kommst du darauf, dass Dad etwas damit zu tun hat?"

„Wie lange ist er schon zu Hause?"

„Ungefähr eine halbe Stunde."

„Er war im Theater. Gary hat gesehen, wie er in den Kulissen geraucht hat."

Beckett rieb sich die Nasenwurzel. *Bitte nicht.* Hatte sein Vater nicht schon genug Ärger verursacht? „Vielleicht war es nicht die Zigarette. Hat jemand in der Garderobe gebügelt oder so?"

„Nein, wir haben alle geprobt. Er war es, Beckett, das weißt du. Er ist immer schuld." Sie ließ sich in einen Sessel fallen und atmete lautstark aus. „Warum fährst du nicht zum Krankenhaus und siehst nach Madison?"

Beckett war der letzte Mensch, den Madison im Moment sehen wollte. „Wie schlimm ist das Feuer?"

Layla zuckte mit den Schultern. Ihre Wut schien sie verlassen zu haben. „Ich weiß nicht. Es sah ziemlich schlimm aus. Jedenfalls gab es eine Menge Rauch."

„Und du hast dich untersuchen lassen?"

„Nur von Drew."

„Und du bist dir sicher, dass Madison in Ordnung ist?"

Layla legte den Kopf leicht schief. „Fahr ins Krankenhaus, Beckett."

Das wollte er. Er wollte ihr ins Gesicht sehen, ihre Hand halten und sich davon überzeugen, dass es ihr gut ging. Doch er erinnerte sich nur zu gut an den Ausdruck in ihrem Gesicht, als er ihr die Wahrheit gesagt hatte. Den Ausdruck des Kummers und des Verrats, der ihre Miene getrübt hatte.

Selbst wenn sie ihm vergeben könnte, hätte es keinen Sinn. Wie hatte er glauben können, er wäre gut genug? Sein Vater war gerade so lange im Gefängnis gewesen, dass Beckett vergessen hatte, wo sein Platz war. Irgendwo im Dreck am Grunde des Flusses. Dass Madison ihn überhaupt eines Blickes gewürdigt hatte, war ein Wunder. Es war noch nie so deutlich gewesen, dass sie aus zwei verschiedenen Welten kamen.

„Bis Mitternacht wird jeder in der Stadt wissen, was Dad getan hat", sagte er.

Er war es leid, unter der dunklen Wolke zu leben, die über seinem Kopf hing. Er betete, dass heute Abend niemand ernsthaft verletzt worden war, aber es war nur eine Frage der Zeit, bis jemand durch seinen Vater zu Schaden kommen würde. Ein Mann konnte nicht immer Glück haben. Beckett musste etwas unternehmen. Etwas Drastisches.

Layla zog eine Augenbraue hoch. „Wir müssten es eigentlich gewöhnt sein."

Er schob den Teller auf dem Couchtisch von sich und lehnte sich in seinem Sessel zurück. Er konnte jetzt nichts essen.

Layla beäugte den Hamburger. „Isst du den nicht?"

Beckett reichte ihr den Teller. Das Mädchen könnte einen Sumoringer unter den Tisch essen. Er war sich nicht sicher, wo sie das ganze Zeug ließ.

„Wut macht mich hungrig." Sie biss genüsslich in den Hamburger. Beckett brachte ihr einen Waschlappen und sie wischte sich den Ruß aus dem Gesicht.

„Danke. Was meinst du, wie lange er seinen Rausch ausschlafen wird? Ich garantiere dir, ich werde ihn zur Rede stellen, wenn er aufwacht."

„Das nützt auch nichts. Wahrscheinlich kann er sich nicht einmal daran erinnern."

„Was ist eigentlich mit Haftung? Du liebe Güte, wenn das Gebäude abbrennt, haften wir dann?"

„Eins nach dem anderen."

Layla legte den Hamburger weg, zog ihr Handy heraus und tippte eine Nummer ein.

„Wen rufst du an?"

„Sara Beth. Sie ist in dem Stück mit – Hallo, Sara, hier ist Layla. Wie sieht es bei euch aus? … Mhm. Ja … ist gut … Ja, ich weiß, was geredet wird. Es geht ihm gut. Er ist hier zu Hause. … Okay. Danke, Sara. Geh nach Hause und ruh dich aus." Sie beendete das Gespräch.

„Sie bekämpfen immer noch das Feuer. Sie sagte, es sehe übel aus. Noch zwei Leute von der Theatergruppe wurden ins Krankenhaus gebracht, nur um auf Nummer sicher zu gehen."

„Aber Dad kommt natürlich unbeschadet davon."

„Natürlich."

Layla biss wieder in den Hamburger und Beckett schaltete den Fernseher ein. Er wollte nicht an morgen denken.

Kapitel 38

Beckett legte das Sperrholz auf den Tisch und stellte das Sägeblatt ein. Er hatte die Kurve bereits angezeichnet, jetzt musste er das Teil nur noch aussägen. Das Boot nahm langsam Gestalt an.

Das Preisgeld von der Regatta befand sich immer noch auf seinem Bankkonto. Er hatte große Pläne für sein eigenes Unternehmen, aber es erschien ihm nicht richtig, das Geld zu nehmen. Es war ihm schon nicht recht gewesen, als Madison es ihm gegeben hatte, und jetzt fühlte es sich erst recht nicht richtig an.

Beckett setzte seine Schutzbrille auf und stellte die Kreissäge an. Augenblicklich floh Rigsby aus dem Gebäude. Beckett führte das Holz so, dass das Sägeblatt am äußeren Rand der Linie entlangfuhr.

Er hatte unruhig geschlafen, bis Layla ihn früh am Morgen angerufen und ihm gesagt hatte, dass Madison und die anderen aus dem Krankenhaus entlassen worden seien.

Der Brand im Theater war den ganzen Tag über Stadtgespräch gewesen. Das Gebäude war nur noch ein Haufen glühender Trümmer und das Unglück hatte die gesamte Titelseite der *Chapel Springs Gazette* eingenommen.

Auch die mögliche Rolle seines Vaters bei dem Feuer war Gesprächsthema, obwohl der offizielle Bericht erst nächste Woche zu erwarten war. Beckett hatte sich an diesem Tag rargemacht, wie er es immer nach einem Zwischenfall mit seinem Vater tat.

Er drehte das Holz und folgte der aufgezeichneten Kurve. Als ein Schatten über den Tisch fiel, blickte er auf.

Madison blieb in etwa zwei Meter Entfernung stehen, eine Hand in die Hosentasche geschoben, die andere auf Rigsbys Kopf. Ihr Anblick war wie ein Schlag in die Magengrube. Sie könnte jetzt tot sein, wenn alles anders gelaufen wäre. Viele Menschen könnten tot sein. Alles wegen Dad.

Beckett stellte die Maschine aus und nahm die Schutzbrille ab. Die plötzliche Stille war schärfer als das Blatt seiner Säge. Nervös fuhr er sich mit einer Hand durchs Haar und Sägemehl schwebte zu Boden.

„Hi", sagte sie.

„Hi."

„Tut mir leid, dass ich unangemeldet vorbeikomme." Ihre Stimme klang heiser. Der Rauch. Sie schien nicht wütend zu sein, obwohl sie Grund dazu hatte. Mehr als einen.

„Geht es dir gut?"

„Ja, alles in Ordnung."

„Da bin ich froh."

Das war die Untertreibung des Jahrhunderts. Laylas Beteuerungen hatten ihn nicht wirklich überzeugt. Madison jetzt leibhaftig vor sich zu sehen, war Balsam für seine Seele. Er musterte sie gründlich und nahm die elegante Rundung ihrer Wangen, die leichte Schräge ihrer Schultern deutlicher wahr als jemals zuvor.

„Es war schon ein bisschen Angst einflößend."

„Layla war ganz außer sich. Aber es sind alle gesund, oder?"

Madison nickte und kraulte Rigsby hinter den Ohren. Der Hund blickte in seliger Bewunderung zu ihr auf. Das Tier konnte von Glück sagen.

„Aber es ist traurig wegen des Theaters", sagte sie. „Es war ein schönes altes Gebäude. So viel Geschichte."

„Und die Aufführung?"

„Sie überlegen, es auf dem Stadtplatz zu machen. Vielleicht nächstes Wochenende. Es wird nicht dasselbe sein, aber …"

Beckett nickte. Die Spekulationen über die Rolle seines Vaters bei dem Brand hingen zwischen ihnen in der Luft wie ein schwerer Nebel, aber keiner von beiden erwähnte sie. Von sich aus würde Beckett nicht davon anfangen. Er wünschte, er könnte es völlig vergessen. Das und so viele andere Dinge.

„Hast du eine Minute Zeit?", fragte Madison.

„Ja, klar." Er blickte sich um. Dies war kein Ort zum Reden. Man konnte nirgendwo sitzen. Im Haus war sein Vater. Beckett ging an Madison vorbei in den Garten, über den sich allmählich die Dunkelheit senkte. Das Dämmerlicht malte die Umrisse der Bäume vor einen pinkfarbenen Himmel. Er fragte sich, ob sie jetzt ansprechen würde, dass sein Vater möglicherweise etwas mit dem

Brand zu tun hatte. Vielleicht wusste sie nicht, dass ihm die Gerüchte bekannt waren.

Beckett zeigte auf den Picknicktisch. Eine leere Bierflasche stand an der Kante. Er stieß sie um und sie fiel polternd zu Boden. In der Nähe verstummte eine Grille.

Beckett ließ sich gegenüber von Madison auf der Bank nieder. Sein erster Fehler. Damit sahen sie einander in die Augen. Er konnte ihr leichtes Parfüm riechen. Der Pony fiel ihr in die Augen und es kribbelte ihn in den Fingern, ihr die Haare aus dem Gesicht zu streichen. Er ballte die Hand zur Faust. Diese Augen, so groß und verletzlich, weckten in ihm das Bedürfnis, sie in den Arm zu nehmen. Er schluckte.

„Wie geht es dir sonst so?", fragte er und dachte an den Schmerz, den er ihr neulich Abend zugemutet hatte. Das war eigentlich alles, was er wissen musste. Alles, was er wissen wollte, seit sie sich vor drei Tagen getrennt hatten. Er konnte es verkraften. Er konnte sie verlieren, wenn er nur wusste, dass es ihr gut ging. Aber Mann, sie hatte wirklich eine harte Woche hinter sich.

„Mir geht es gut. Ich – ich habe neulich nicht sehr gut reagiert. Es tut mir leid."

Sie schuldete ihm nichts. „Du hattest allen Grund, aufgebracht zu sein. Ich bin derjenige, dem es leidtut."

Madison senkte den Blick und kaute auf ihrer Unterlippe. Dann kratzte sie mit dem Finger etwas abgeblätterte Farbe vom Tisch. „Ich wollte gestern Abend nach der Probe vorbeikommen, aber mit dem Feuer … Seit wir das letzte Mal miteinander gesprochen haben, ist eine Menge passiert. Ich bin mir nicht sicher, wo ich anfangen soll."

Aus irgendeinem Grund kam ihm sofort Drew Landon in den Sinn. Vielleicht hatte sie sich wieder mit ihm zusammengetan. Vielleicht war ihr klar geworden, dass sie jemand viel Besseres haben konnte als Beckett O'Reilly.

Sein Magen drehte sich bei dem Gedanken um. *Er ist ein guter Kerl, Beckett. Hat sie das nicht verdient? Einen Mann, der ihr nicht peinlich sein muss? Einen Mann, der irgendwann ein guter Ehemann und Vater sein würde?*

„Zunächst einmal habe ich ein paar Dinge mit Gott geklärt", sagte sie. „Du hattest recht, was das angeht. Ich habe in den letzten zwei Tagen alles Mögliche in mein Journal geschrieben. In mir ist wohl eine Menge Trauer, die ich niemals richtig rausgelassen habe."

Ihre Entscheidung wärmte ihn von innen. „Ich freue mich für dich. Das ist klasse."

Madisons Blick huschte zu seinen Augen und dann wieder auf ihre Finger. „Ich habe noch einen langen Weg vor mir, aber es ist ein Anfang."

Da sie nach unten blickte, nutzte Beckett die Gelegenheit, sie anzusehen und sich ihre Züge einzuprägen. Er liebte ihre vollkommene Nase und ihr kleines, elfenhaftes Kinn. Er hatte es schon stur vorgereckt gesehen, aber selbst dann war es anbetungswürdig. Die Liebe zu ihr stieg in seinem Innern auf und dehnte sich aus, bis er das Gefühl hatte zu platzen.

„Da ist noch etwas …", sagte sie.

Beckett hatte Angst zu sprechen. Er hatte Angst, wenn er den Mund öffnete, würde seine Liebe zu ihr heraussprudeln. Deshalb biss er die Zähne zusammen.

Sie legte ihre Hand auf seine. Trotz der Abendwärme war sie eiskalt. Unwillkürlich umfasste er sie und wärmte sie mit seiner eigenen Hand.

„Etwas, das du nicht weißt", sagte sie. „Etwas, das ich auch nicht wusste, bis …" Sie schloss den Mund und ihr Blick bohrte sich in seinen. „Michael ist nicht ertrunken, Beckett. Er ist nicht von der Klippe gesprungen, nachdem du gegangen warst. Sein Tod hatte nichts mit dir zu tun."

Sie redete Unsinn. Natürlich war Michael ertrunken. Sie hatten seine Leiche aus dem Fluss gezogen.

Beckett schüttelte den Kopf.

„Er ist nicht ertrunken. Michael hatte eine medizinische Anomalie, irgendeine Stoffwechselerkrankung. Daran ist er gestorben. Es stand im Autopsiebericht."

„Aber du hast doch gesagt …"

„Ich wusste es nicht. Bis gestern. Meine Eltern haben es uns nie erzählt."

Er hatte nichts mit Michaels Tod zu tun? Beckett versuchte, das zu begreifen. „Bist du dir sicher?"

„Meine Eltern wussten nicht, dass etwas mit ihm nicht stimmte, und als sie es nach der Autopsie erfuhren, haben sie es uns nicht gesagt, weil … sie nicht wollten, dass wir uns Sorgen machen. Es ist eine genetische Störung, diese Stoffwechselkrankheit, aber sie konnten den konkreten Typ nicht identifizieren, und sie wollten nicht, dass wir Kinder in der Angst leben, dass wir eines Tages tot umfallen könnten."

Tot umfallen? Ihre Worte waren wie ein Stromschlag. Hatte Madison diese Krankheit auch? „Bist du denn gesund? Du musst dich testen lassen."

Sie schüttelte den Kopf.

„Es ist mein Ernst, Madison, nimm es nicht auf die leichte Schulter."

Sie legte den Kopf auf die Seite und ihr Blick wurde weicher. Sanft drückte sie seine Hand. „Es war etwas, das der Pathologe noch nie vorher gesehen hatte. Soweit wir wissen, gibt es keinen Test dafür. Aber darum geht es nicht. Wichtig ist … du hattest nichts mit Michaels Tod zu tun! All die Dinge, die ich gesagt habe, tun mir so leid … und generell tut es mir leid, wie ich reagiert habe. Ich war im Unrecht, unabhängig davon, wie Michael gestorben ist."

Er war nicht schuld. Michael war nicht seinetwegen gestorben. Allmählich kam diese Tatsache bei Beckett an. Er holte tief Luft und atmete wieder aus. Erleichterung durchströmte ihn. Eine abgrundtiefe, mit nichts zu vergleichende Erleichterung. Es war ein gutes Gefühl.

„Kannst du mir verzeihen, dass ich so gemein zu dir war? Ich weiß, dass ich das nicht verdient habe, aber …" Madisons Stimme klang so kläglich, dass es ihm das Herz brach. Ihre Augen funkelten. Sie blinzelte und eine Träne floss über.

„Natürlich. Natürlich verzeihe ich dir. Es ist gut, Maddy. Alles ist vergeben."

Beckett merkte, dass er sie gerade mit einem Kosenamen angeredet hatte und dass er ihre Hand mit seinem Daumen streichelte. Augenblicklich ließ er sie los. Ihre Hand fiel auf den Tisch. Seine eigenen Hände schob er unter seine Oberschenkel, damit sie nicht noch einmal in die Versuchung gerieten, sie zu berühren.

Es war an der Zeit loszulassen. Er war erleichtert, die Wahrheit erfahren zu haben, aber das änderte nichts zwischen ihnen.

Madison runzelte die Stirn, als sie ihre Hand zurückzog. Ihre braunen Augen, die im Abendlicht die Farbe von dunkler Schokolade hatten, musterten sein Gesicht. „Also … danke. Das weiß ich zu schätzen. Ich … ich wusste nicht, was ich erwarten sollte, als ich herkam."

Er sah die Hoffnung in ihren Augen. Sie wartete darauf, dass er die Hände ausstreckte und küsste. Und so wahr ihm Gott helfe, das wollte er auch. So sehr, dass sein Herz ihm bis zum Hals schlug und ihm die Luft raubte. Er ballte die Fäuste.

Hilf mir, stark genug zu sein, damit ich sie gehen lassen kann, Gott. Damit ich tun kann, was das Beste für sie ist, wenn ich mir doch nichts sehnlicher wünsche als –

„Beckett …?"

Er musste weg, und zwar schnell. Hastig stand er auf. „Ich sollte, äh, also ich muss zu meinem Boot zurück … ist noch viel dran zu tun." *Idiot. Sie weiß, dass du keinen Käufer dafür hast.*

Ein Anflug von Kränkung lag in Madisons Blick, als sie sich ebenfalls erhob und von dem Picknicktisch aufstand. „Natürlich. Klar, ich … ich lasse dich weitermachen. Tut mir leid, dass ich dich bei der Arbeit gestört habe."

Rigsby schmiegte sich an Becketts Bein und er legte eine Hand auf den Kopf des Hundes. „Du bist keine Störung. Danke, dass du gekommen bist, um die Angelegenheit aufzuklären." Als er seinen förmlichen Tonfall hörte, schnitt er innerlich eine Grimasse.

„Kein Problem. Ich … wir sehen uns später." Madisons Stimme brach bei dem letzten Wort und als sie sich umwandte, sah er Tränen in ihren Augen schimmern.

Er presste die Lippen aufeinander und vergrub die Hände in den Hosentaschen. Dann drehte er sich um, bevor er etwas tun konnte, was er später bereuen würde.

Kapitel 39

Als es an der Tür klopfte, erstarrte Madison. Sie legte den Löffel in die halb leere Müslischale und folgte Lulu zur Tür. Ihr Gespräch mit Beckett am Abend zuvor hatte ihr eine schlaflose Nacht beschwert. Ihre Lider waren schwer vor Müdigkeit und unvergossenen Tränen.

Doch während sie den Griff umfasste, um die Tür zu öffnen, keimte Hoffnung in ihr auf.

„Morgen." Ryan stand auf dem Treppenabsatz und hielt zwei Pappbecher aus dem Coachlight Coffeehouse in der Hand.

Madison öffnete die Tür ganz und schluckte ihre Enttäuschung hinunter. „Komm rein." Er reichte ihr den Kaffee. „Danke."

„Deine Stimme klingt immer noch kratzig."

„Sie haben gesagt, das kann ein paar Tage dauern. Willst du mit frühstücken?"

Er lehnte sich an die Rückenlehne des Sessels. „Ich bin mit Daniel verabredet, aber ich wollte vorher sehen, wie es dir heute geht."

„Mir geht es prima, alles gut." Madison setzte eine Fröhlichkeit auf, die sie nicht empfand, und wandte sich der Küche zu, bevor er ihr in die Augen sehen konnte und wusste, dass sie log.

Er folgte ihr in die Küche. „Das war ganz schön viel. Der Brand, die Neuigkeit über Michael …"

„Wann haben sie es dir erzählt?"

„Gestern, nachdem ich nach dir gesehen hatte."

„Jade und PJ wissen es auch?"

Ihr Bruder nickte. „Das muss man erst mal verarbeiten. Dass Michael nicht ertrunken ist. Dass wir eine ernsthafte Erkrankung haben könnten."

Sie schüttete den Rest ihrer Frühstücksflocken weg und spülte das Schälchen aus. Auf einmal hatte sie keinen Hunger mehr. „In dieser Hinsicht hole ich gerade Erkundungen ein, nur damit du Bescheid weißt. Drew kennt jemanden, der vielleicht helfen kann."

Ryan nickte. „Das ist nett von ihm."

Madison verstaute den Teller in der Spülmaschine und schloss die Klappe. „Ich sage dir Bescheid, sobald ich irgendetwas herausgefunden habe."

Madison schob die Arme in den Pullover und blickte in den ovalen, fleckigen alten Spiegel. Sie trug einen weißen Rock, einen roten Pullover und genug Make-up für ein ganzes Jahr. Seufzend setzte sie sich an den winzigen Frisiertisch und fing an, ihre Haare zu locken. Dottie hatte den Darstellern ihr Haus zur Verfügung gestellt, um sich für die Aufführung fertig zu machen.

Die ganze Woche über hatten freiwillige Helfer fleißig daran gearbeitet, eine provisorische Bühne zu bauen. Eine Gruppe der Kirchengemeinde hatte sich um neue Kostüme und Requisiten gekümmert und der Kunstkurs von der Chapel Springs Highschool war nach dem Unterricht erschienen und hatte beim Erstellen des neuen Bühnenbildes geholfen. Zwei Proben hatten sie auf ihrer neuen Bühne gehabt und die letzte hatte bis spät in die Nacht gedauert. Die Heiserkeit in Madisons Stimme war verschwunden und das Einzige, was von dem Brand noch übrig schien, war ein Haufen aus Steinen und Asche.

Madison wickelte eine Haarsträhne um den Lockenstab und bemerkte, dass ihre Hände zitterten.

Nervosität. Sie war sich nicht sicher, was die Ursache war: die bevorstehende Premiere oder ihre Unterhaltung mit Beckett in der vergangenen Woche. Sie konnte einfach nicht vergessen, was geschehen war. Wie er seine Hand weggezogen hatte. Wie er aufgestanden war, so abrupt, dass der Picknicktisch beinahe gekippt wäre.

Aber in ihrem tiefsten Inneren verstand sie es. Er wollte jemanden ohne Ballast. Ihr Leben war verkorkst, das konnte sie nicht leugnen. An ihrem Geburtstag hatte Beckett mit angesehen, wie sie zusammengebrochen war, und wenige Tage später hatte sie ihm fast den Kopf abgerissen. Zweimal innerhalb weniger Tage war sie durchgedreht und zudem hatte sie auch noch praktisch ihren Job verloren. Welchen Mann würde das nicht abschrecken?

Andererseits war sie auf dem besten Wege, ein gesünderer, glücklicherer Mensch zu werden. Sie schrieb jeden Tag ihre Gebetsanliegen auf und fing an, besser zu schlafen. Heute Morgen hatte sie fast bis neun Uhr geschlafen, etwas, was sonst nie vorkam. Seit über einer Woche hatte sie keinen Albtraum mehr gehabt und sie hatte einfach das Gefühl, dass sie über den Berg war. Sie war fast so weit, dass sie wieder arbeiten gehen konnte. *Danke, Jesus. Für den Schlaf, für den Frieden, trotz aller Stürme.*

Einer ihrer Schauspielerkollegen stieß gegen ihren Tisch, als er vorbeieilte. „Sorry, Madison!"

Die anderen Darsteller liefen von einem Schlafzimmer zum anderen, auf der Suche nach Requisiten und Perücken. Die Premiere fing in dreißig Minuten an und durch das offene Fenster waren schon die Geräusche der Zuschauer zu hören. Die ganze Stadt hatte sich aufgemacht, um das Tierheim zu unterstützen. Selbst die Bewohner des Seniorenheims wurden mit einem Kleinbus hin und her gefahren. Die Nachricht vom Theaterbrand hatte die Unterstützung nur noch wachsen lassen.

Beckett würde natürlich auch kommen, schließlich wollte er seine Schwester sehen. Zu wissen, dass er dabei sein würde, machte Madison noch nervöser. Es würde unangenehm sein, die intimen Szenen mit Drew zu spielen und zu wissen, dass Beckett zusah.

Hör auf, Madison.

Sie durfte nicht an Beckett denken. In den nächsten Stunden musste sie ihn aus ihren Gedanken verbannen und sich auf ihre Rolle konzentrieren. Das war sie ihren Schauspielerkollegen und dem Publikum schuldig.

Madison schob eine Haarsträhne auf den Lockenstab und wickelte sie auf. Als ihr Handy, das auf dem Tisch lag, vibrierte, legte sie den Lockenstab beiseite, um das Gespräch anzunehmen.

„Hallo, Liebes", sagte Mom. „Ich wollte dir nur viel Glück wünschen."

„Hals- und Beinbruch", fügte Dad hinzu.

„Danke. Ich werde allmählich nervös."

„Du wirst toll sein, wie immer", sagte Mom. „Ich bin froh, dass wir den Platz so schnell fertig bekommen haben."

„Ich weiß. Es ist fantastisch, wie viele Leute geholfen haben."

„Wir machen uns besser auf den Weg", sagte Dad. „Wir holen noch Grandpa ab", erklärte er Madison.

„Wir sehen uns nachher bei der Feier."

Madison legte auf und begrüßte Layla, die in ihrem Kittel-Kostüm vorbeilief. Die Premierenfeier für die Mitwirkenden und ihre Familien fand nach der Vorführung in der Stadthalle statt. Ihre Eltern und einige der anderen Familien hatten den ganzen Tag über die entsprechenden Vorbereitungen getroffen.

Drew drückte ihre Schulter, als er vorbeiging, und bückte sich, um sie im Spiegel anzusehen. „Bist du bereit?"

„So bereit wie möglich."

Sein Freund, der Pathologe, hatte eingewilligt, sich den Autopsie-Bericht anzusehen, aber er hatte schon gesagt, dass es vermutlich eine Weile dauern würde.

„Du wirst wunderbar sein. Vergiss nur nicht die letzten Änderungen bezüglich der Regieanweisungen im zweiten Akt, die wir gestern vereinbart haben."

„Ich bin heute noch mal alles im Kopf durchgegangen." Das und viele andere Dinge.

„Drew", rief Celeste Parker. „Ich brauche Hilfe mit diesem Verband."

„Für einen Arzt gibt es immer Arbeit", sagte Madison.

Drew klopfte auf den Pieper in seiner Tasche. „Wem sagst du das?"

Madison starrte ihn an. „Bitte sag nicht, dass du –"

„Das war ein Witz", sagte er mit einem schelmischen Blick.

Sie schlug nach ihm, als er sich entfernte.

Kapitel 40

Beckett rutschte auf seinem Metallstuhl ein Stückchen weiter runter, als Layla erschien und der Scheinwerfer ihren langen Schritten über die provisorische Bühne folgte. Sie sah aus wie eine schöne, aber verschrobene Ärztin mit ihrem weißen Kittel und der schwarzen Hornbrille. Sie sprach ihren Text mit Perfektion und verließ die Bühne dann wieder. Es war ihr dritter und letzter Auftritt.

Als das Stück sich dem Ende näherte, hatte sich eine gespannte Stille über den bis auf den letzten Stuhl besetzten Stadtplatz gesenkt. Die Vorführung war reibungslos gelaufen, abgesehen von einem technischen Problem mit dem Vorhang und einem kleinen Fehler eines Nebendarstellers.

Beckett war erst gekommen, als das Stück schon angefangen hatte, und hatte sich in die hinterste Reihe gesetzt. Er war die Blicke leid, die er schon die ganze Woche auf sich zog. Manche waren mitfühlend, andere angewidert. Eigentlich müsste er das inzwischen gewöhnt sein. Aber diese letzte Eskapade seines Vaters war schlimmer als alles, was er vorher getan hatte. Noch war die Brandursache nicht offiziell festgestellt worden, aber dieser Unsinn mit seinem Dad musste aufhören. Beckett würde bald etwas unternehmen.

Madison auf der Bühne zu sehen, war schwer. Beckett war ihre letzte Unterhaltung so oft durchgegangen, dass er sie auswendig hätte aufsagen können. Und es gab viel, was er gerne vergessen hätte. Zum Beispiel den Blick in ihren Augen, als er sich von ihr distanziert hatte. Wie sie sich auf die bebende Unterlippe gebissen hatte, bevor sie gegangen war.

Allein sie zu sehen, war schlimm, aber zu beobachten, wie Madison und Drew ein Liebespaar spielten … das war eine Tortur. Beckett hatte einen Knoten im Magen, der nichts mit der Spannung des Theaterstücks zu tun hatte.

Vielleicht liegt es daran, dass sie so gut zusammenpassen, O'Reilly. Hast du daran schon mal gedacht? Natürlich hatte er daran gedacht.

Wie hätte er das vermeiden können, wo die beiden es doch auf der Bühne so offen zur Schau stellten? Wenn es zwischen ihnen nicht auch im echten Leben knisterte, hatten beide einen Oscar verdient.

Der Mann neben ihm schnarchte leise. Beckett beneidete ihn um diesen Ausweg.

Wenige Minuten später gingen die Lichter auf der Bühne aus, da die Szene vorüber war, dann ging das Licht wieder an. Madison saß in einem Morgenmantel auf einem Bett. Jemand klopfte an die Tür. Sie öffnete und Drew stand davor. Er trug einen dunkelblauen Anzug, der aussah, als wäre er für ihn maßgeschneidert worden. An den flüssigen Dialogen und den natürlichen Bewegungen auf der Bühne konnte man erkennen, wie viel sie geprobt hatten.

Drew streckte die Hand aus und berührte Madisons Schulter.

Beckett erstarrte. Der Knoten in seinem Magen zog sich noch fester zusammen, als er den Text erkannte. Es war die Szene, die sie im Park geübt hatten, als Beckett wie ein Irrer dazwischengegangen war.

Er zwang sich zuzusehen, wie Drew Madison herumriss und sie in seine Arme zog. Das war in etwa der Moment, an dem Beckett seinen rechten Haken gelandet hatte. Er ballte die Faust und stellte beschämt fest, wie gut sich das auch jetzt anfühlen würde.

„Ich kann ohne dich nicht leben", sagte Drew, während er Madison bedrängte. „Ich weiß, dass ich dich nicht verdient habe, aber du bist mein Ein und Alles."

Sie starrte lange in Drews Augen, bevor sie den Kopf schüttelte. „Sag das nicht."

„Verstehst du denn nicht, Eleanor? Ich kann dich nicht gehen lassen. Heirate mich und ich schwöre, dass du es nie bereuen wirst, nicht einen einzigen Augenblick."

Beckett biss die Zähne zusammen.

„Das würde ich so gerne und das weißt du auch …"

Er hob ihr Kinn mit dem Finger an. „Ich liebe dich. Ich werde dich immer lieben. Sag, dass du meine Frau wirst. Sag es und mach mich zum glücklichsten Mann der Welt."

Beckett war froh, dass er ganz hinten saß, wo er die Tränen nicht sah, die zweifellos in Madisons Augen standen, und nicht erkennen konnte, wie ihr Mund bei seinen Worten weicher wurde.

„Ich habe dich von Anfang an geliebt. Wie könnte ich irgendetwas anderes sagen?", sagte Madison.

Drew zog sie näher und senkte den Kopf.

Beckett widerstand dem Drang, den Blick abzuwenden. *Es ist nur Theater. Es ist nicht echt. Sie liebt Drew nicht.*

Aber vielleicht sollte sie das.

Er zwang sich, den Kuss anzusehen. Er musste endlich in seinen Dickschädel bekommen, dass Madison nicht ihm gehörte, dass sie nie ihm gehören würde.

Zum Glück gingen die Lichter aus und der Vorhang fiel. Das Publikum jubelte. Der Mann neben ihm wachte auf und fing an zu klatschen. Beckett erhob sich mit den anderen, während ihm immer noch die letzte Szene und der Kuss vor Augen standen. Er wettete, dass Drew ihn genossen hatte, wie er überhaupt die ganzen Proben genossen hatte.

Sosehr er den Mann auch hassen wollte, er hatte keinen Grund dazu. Er hatte nur Gutes über ihn gehört. Wie könnte er leugnen, dass Drew besser für Madison war? Sie verdiente einen Mann, der sich nahtlos in die McKinley-Familie einfügte. Drew schleppte keine kaputte Familie mit sich herum. Drew hatte keinen schlechten Ruf und keinen Vater, der betrunken Auto fuhr und das Theater niederbrannte. Er musste sich keine Sorgen darum machen, was für Gene er an zukünftige Kinder vererben würde.

Als der Vorhang sich wieder hob, wurde der Applaus des Publikums lauter. Beckett sah zu, wie alle Drew Beifall klatschten. Dieser zeigte auf Madison, die sich bei tosendem Beifall verneigte.

Kurz darauf ging der Vorhang erneut nieder. Beckett sah zu, dass er wegkam. Er wollte nur noch nach Hause, aber Layla erwartete ihn bei der Premierenfeier. Also lenkte er seine Schritte in Richtung Stadthalle und folgte den anderen Angehörigen mit schleppendem Gang. Das warme Licht der Straßenlaternen erhellte die Dunkelheit und eine leichte Brise wehte einen süßlichen Duft durch die Nachtluft. Als Beckett an der Tierarztpraxis vorbeikam, fragte er sich, wann Madison wieder mit der Arbeit beginnen würde. Er fragte sich, ob ihre Albträume nachgelassen hatten. Sie habe einige Dinge mit Gott geklärt, hatte sie gesagt. Darüber war er froh. Gott würde ihr durch alles hindurchhelfen, was vor ihr lag.

Und Gott würde auch ihm selbst helfen, ihren Verlust zu verkraften und das alles durchzustehen. Obwohl er momentan völlig am Ende war, sagte er sich, dass es so besser war. Sie gehen zu lassen, war ein Ausdruck wahrer Liebe. Und wenn Drew in seine Fußstapfen treten würde, würde das gut für Madison sein. Für Beckett war es schmerzlich, aber er würde irgendwann über sie hinwegkommen.

Das würde er doch, oder?

Als Beckett bei der Stadthalle ankam, war die Party schon in vollem Gange. Familien standen unter den gedimmten Lichtern zusammen, Musik erfüllte den großen Raum und bunte Girlanden hingen in anmutigen Bögen von der hohen Decke. Der Geruch von Kaffee und Popcorn hing in der Luft.

Seine Augen suchten den Saal nach Madison ab, obwohl er wusste, dass sie eigentlich noch nicht da sein konnte. Die restlichen McKinleys saßen an einem runden Tisch weiter hinten. Das war ein Bereich, den er besser meiden würde.

Wenige Minuten später entdeckte er Layla bei der Bowle auf der anderen Seite des Saals, gegenüber von der Tanzfläche. Er schlängelten sich zwischen den Tischen hindurch auf sie zu. Sie hatte ihr Ärztinnenkostüm gegen die üblichen Jeans getauscht und trug eine luftige weiße Bluse dazu.

Beckett gab ihr einen Kuss auf die Wange, fest entschlossen, die melancholischen Gedanken abzuschütteln. „Wer hätte gedacht, dass wir so ein erstaunliches Talent in der Familie haben? Was kommt als Nächstes – Broadway?"

Layla leerte die Schöpfkelle in ihren Pappbecher. „Quatschkopf. Ich hatte gerade mal vier Sätze zu sagen."

„Du warst gut. Total glaubwürdig. Genau genommen" – er drehte sich und hob den Saum seines Hemdes – „tut es mir hier irgendwie weh –"

Sie stieß ihm den Ellbogen in die Rippen und hätte dabei beinahe ihre Bowle verschüttet. „Mir tut auch was weh; muss ich dir sagen, was?"

Beckett unterdrückte ein Grinsen, während er sich ebenfalls von der Bowle nahm. „Ich glaube, ich weiß es schon."

Beckett reichte die Kelle dem Nächsten, der hinter ihm stand, dann ging er auf eine Wand zu, um sich einen Platz im Halbdunkel zu suchen. Einige der anderen Mitwirkenden waren inzwischen eingetroffen und bildeten eine Reihe, um zu „Country Girl" zu tanzen.

„Hey, das ist mein Lied. Komm mit, Beck."

„Oh nein. Vergiss es."

„Du Spielverderber. Dann halte wenigstens meine Bowle." Layla drückte ihm ihren Becher in die Hand und gesellte sich zu den anderen auf die Tanzfläche.

Beckett lehnte sich an die Backsteinwand und lächelte, während er seiner Schwester zusah. Sie und eine andere Frau lachten, als sie die Schritte durcheinanderbrachten. Layla war eine schöne Frau geworden und erstaunlich ausgeglichen.

Auf der Tanzfläche wurde es immer enger, bis die Tänzer nur noch winzige Schritte ausführen konnten. Ein Typ, der ebenfalls in dem Theaterstück mitgespielt hatte, legte eine Hand um Laylas Taille und zog sie an seine Brust, während sie sich im Takt bewegten.

Beckett richtete sich auf, als Layla die Hand des Kerls wegstieß und ihre langen Haare bei einer Drehung flogen. Als der Mann sich abwandte, entspannte Beckett sich und lehnte sich wieder an die Wand. Vielleicht brauchte er nicht mehr ihr großer Bruder zu sein. Vielleicht konnte sie auf sich selbst aufpassen. Layla war auf der Tanzfläche und genoss die Aufmerksamkeit und er stand im Dunkeln und hätte sich am liebsten versteckt.

Beckett wandte den anderen den Rücken zu und überflog die Wand mit den Fotos, die jemand aufgehängt hatte. Es waren Schnappschüsse von den Proben. Seine gierigen Augen sogen Foto um Foto in sich auf. Eine gestikulierende Madison. Eine lächelnde Madison. Eine lachende Madison. Beckett erinnerte sich nur zu lebhaft an den melodischen Klang ihres Lachens und er fragte sich, ob er es jemals wieder hören würde.

Wenige Minuten später spürte er eine Hand auf seiner Schulter. Er drehte sich um und sah Layla hinter sich stehen. Erst in diesem Augenblick wurde ihm bewusst, wie sehr er gehofft hatte, es wäre Madison.

Layla nahm ihre Bowle und zeigte auf eines der Bilder. „Guck mal, das ist witzig." Ein paar andere hatten sich um sie geschart.

Jessie Brooks, die das Bühnenbild entworfen hatte, erschien an seiner anderen Seite. „Lange nicht gesehen, Beckett."

Er war im Winter ein paarmal mit ihr ausgegangen. Sie wohnte zwei Straßen von ihm entfernt und unterrichtete an der Highschool Französisch und Kunst.

Er nickte in ihre Richtung. „Jessie. Klasse Bühnenbild."

Ihre rosigen Lippen verzogen sich zu einem Lächeln und ihre grünen Augen funkelten. „Danke! Die letzte Woche war ziemlich verrückt, bis alles fertig war." Sie zeigte auf einige der Fotos und fing an zu erzählen, wie sie die Sonnenuntergangskulisse gerettet hatte.

Sie war eine nette Frau. Geduldig, hübsch, gütig. An ihr war nichts auszusetzen.

Außer, dass sie nicht Madison war.

„Hast du vielleicht Lust, etwas essen zu gehen?", sagte Jessie. „Ich hatte kein Abendessen und Popcorn ist da keine Lösung."

Auf der anderen Seite des Saals wurde es laut und nach und nach fingen immer mehr Leute an zu klatschen, bis schließlich der Applaus die Musik übertönte. Beckett drehte sich um und sah, dass Madison und Drew eingetroffen waren. Sie lächelten, während die Fans klatschten und pfiffen.

Die Menge schien sie als Paar zu sehen. Beckett fiel auf, dass ihre Haare genau den gleichen Braunton hatten. Sie waren beide schlank, etwa gleich groß und sahen in ihren modischen Jeans gut aus. Sie passten prima zusammen.

Bei dem Gedanken hatte Beckett einen Kloß im Hals. Er schluckte, aber der Kloß blieb. Er wünschte, er könnte von hier wegziehen, sodass er nicht mitbekam, wie Madison sich in einen anderen verliebte. Aber er musste sich um seinen Grandpa kümmern und natürlich dafür sorgen, dass sein Dad keine Dummheiten machte.

Irgendwie hatte Beckett den Eindruck, dass Madison anders aussah als sonst. Erst nach einer Weile erkannte er, was es war. Sie sah nicht müde aus. Die dunklen Ringe unter ihren Augen waren verblasst. Insgesamt hatte sie eine gesündere Gesichtsfarbe.

Dich los zu sein, tut ihr gut. Siehst du, wie glücklich und ausgeruht sie wirkt?

Beckett schalt sich, dass das Unsinn war. Dass die Veränderungen eine Folge von Zeit, Schlaf und ihrem Frieden mit Gott waren. Aber sein Herz weigerte sich zu glauben, dass das alles war.

Sie war schön. Ihre Wangen waren vor Aufregung gerötet und

ihre Augen leuchteten. Dann begegnete Madisons Blick dem seinen. Sie blieb stehen und ihr Lächeln erstarb.

Ja, sie war ohne ihn besser dran. Wenn er das vorher noch bezweifelt hatte, so war er sich da jetzt ganz sicher.

Sie zog die Mundwinkel ein wenig hoch, nur für ihn, und sein Herz stolperte.

Drew legte Madison eine Hand auf die Schulter und beugte sich näher, um ihr etwas ins Ohr zu flüstern.

Beckett runzelte die Stirn. Was machte er hier eigentlich? Er hatte sich doch vorgenommen, sie gehen zu lassen. Stattdessen starrte er sie an wie ein liebeskrankes Hündchen.

Hastig riss er seinen Blick von Madison los und richtete ihn auf das Erste, was er sah. Jessie.

„Also, was meinst du?", fragte sie. „Hast du Hunger?"

Bei dem Gedanken an Essen wurde Beckett ganz flau im Magen, aber die Aussicht auf Flucht – die hatte etwas.

„Ja, klar. Klingt gut."

„Cappys Pizzeria hat noch offen. Ich hole nur meine Tasche." Sie ging einige Tische weiter.

Beckett wandte sich zu Layla um. „Du hast doch nichts dagegen, wenn ich verschwinde, oder?"

„Ist schon in Ordnung. Obwohl die Party gerade erst losgeht."

„Du bist in guten Händen."

„Vielleicht solltest du noch bleiben und mit Madison reden, Beck."

Wenige Meter entfernt schob Jessie den Riemen ihrer Handtasche über ihre Schulter und lächelte Beckett zu, während sie wartete.

„Ich glaube nicht. Aber dir viel Spaß." Er drehte sich zu Jessie um, aber bevor er einen Schritt tun konnte, packte Layla ihn am Arm.

Ihr Blick wanderte zu Jessie und dann wieder zu ihm. Dann runzelte sie die Stirn. „Was machst du da eigentlich?"

Beckett nahm all seinen Mut zusammen und blickte ihr in die Augen. „Das Richtige."

Madison sah zu, wie Beckett mit Jessie Brooks aus dem Saal ging, und fühlte sich, als hätte ihr jemand einen Schlag versetzt. Alle Luft entwich aus ihrer Lunge. Ihr war nicht klar gewesen, dass Beckett hier sein würde, und als sie ihn gesehen hatte, war sie wie angewurzelt stehen geblieben.

Dann war seine Miene weicher geworden. Die Musik war plötzlich verstummt und alle anderen Menschen im Raum waren verschwunden. Madison hatte gespürt, wie es sie vorwärtsgezogen hatte. Sie hatte einen Schritt in seine Richtung gemacht, doch dann hatte er sich abgewandt. Zu der hübschen kleinen Jessie Brooks. Und jetzt ging er mit ihr fort.

Wenn es nach ihrer letzten Unterhaltung noch einen Zweifel gegeben hatte, war jetzt alles klar. Er konnte sie und ihr verkorkstes Leben gar nicht schnell genug hinter sich lassen.

„Alles in Ordnung?", fragte Drew.

Madison schluckte und setzte ein Lächeln auf. „Alles bestens."

Ihre Familie winkte ihr von einem Tisch in der Nähe aus zu.

„Genieß die Feier", sagte sie zu Drew und wusste doch, dass ihr selbst das nicht gelingen würde.

Während Madison auf ihre Familie zuging, lächelte sie krampfhaft weiter. Ihr graute vor dem langen Abend, der vor ihr lag. Sie würde einfach so tun, als würde ihr Herz sich nicht anfühlen wie ein ausgewrungener Spüllappen. Sie konnte schauspielern. Hatte sie das nicht gerade vor ganz Chapel Springs auf der Bühne bewiesen?

Kapitel 41

Heute war es so weit. Beckett rollte sich aus dem Bett und ging in die Dusche, wo er zehn Minuten länger als sonst unter dem Wasserstrahl stand und in Gedanken seinen Plan durchging.

Obwohl er früh zu Bett gegangen war, hatte er sich in der vergangenen Nacht schlaflos hin und her gewälzt. Jessie und er hatten bei Cappy gegessen, aber er war nicht bei der Sache gewesen, war nicht bei ihr gewesen. Zwar hatte er versucht, seinen Teil der Unterhaltung beizutragen, aber Jessie war nicht dumm.

„Du hast immer noch Madison McKinley im Kopf", sagte sie, als sie die halbe Pizza aufgegessen hatten.

Beckett öffnete den Mund, schloss ihn aber gleich wieder. Was konnte er schon sagen?

„Ist schon in Ordnung. Ich meine, ich hatte gehofft, aber …" Sie zuckte mit den Schultern.

Er hatte ihr keine falschen Hoffnungen machen wollen. „Es tut mir leid. Ich hätte nicht mitkommen sollen."

Jessie seufzte leise und lächelte etwas verkrampft. „Essen wir einfach als gute Freunde zusammen, okay?"

Danach war ihr Zusammensein angenehmer geworden, weniger unbehaglich. Sie hatten sich im Guten getrennt, aber Beckett hatte nicht die Absicht, diese Erfahrung zu wiederholen.

Nachdem er sich abgetrocknet hatte, zog er sich an und verbrachte den restlichen Vormittag damit, am Computer zu recherchieren, während sein Vater den Alkoholrausch vom Vorabend ausschlief. Als sein Dad schließlich mit schwerem Schädel aus dem Zimmer gewankt kam, war Beckett mit seinen Nachforschungen fertig und hatte bereits ein Dutzend Telefonate geführt. Sobald er einen freien Platz gefunden hatte, hatte er Layla angerufen.

„Ich komme rüber", hatte sie gesagt.

„Nein, lass mich das machen. Er wird sich aufregen und es könnte sein, dass er aggressiv wird. Mir wäre es lieber, wenn du nicht in der Schusslinie wärest."

Layla hatte protestiert, am Ende jedoch nachgegeben.

Jetzt musste er nur noch warten, bis sein Vater ein paar Ibuprofen geschluckt und eine Tasse Kaffee getrunken hatte. Beckett war zu allem entschlossen, aber er war nicht dumm.

Er schlug die Zeitung auf und sein Blick fiel auf die dicke, fette Schlagzeile: FEHLERHAFTE ELEKTRIK SCHULD AN THEATERBRAND.

Beckett las den Artikel mit klopfendem Herzen. Als er fertig war, legte er die Zeitung beiseite und stieß einen tiefen Seufzer aus. Die Ermittlungen waren abgeschlossen und das Ergebnis eine Erleichterung.

Aber das änderte nichts an dem, was er tun würde.

Sobald sein Dad im Wohnzimmer saß und sich den Sportteil geschnappt hatte, holte Beckett tief Luft. „Wir müssen reden, Dad."

„Später. Ich habe Kopfschmerzen."

„Später bist du betrunken und anschließend bewusstlos. Wir müssen jetzt reden."

Die Zeitung raschelte, als sein Vater sie zuschlug und auf den Couchtisch warf, während er etwas davon murmelte, dass ein Mann anscheinend nicht einmal in seinem eigenen Haus seine Ruhe haben könne. Sein Blick fiel auf die Schlagzeile im Hauptteil der Zeitung.

„Ah, sieh da. Was habe ich dir gesagt? Es war doch nicht meine Schuld."

Becketts Dad sah alt aus. Er hatte Tränensäcke unter den Augen und tiefe Falten im Gesicht, eine Folge seines ausschweifenden Lebenswandels.

„Diesmal nicht."

Sein Dad schnaubte verächtlich.

„In Zukunft werden die Dinge hier anders laufen, Dad. Ich mache das so nicht mehr mit. Heute Morgen habe ich ein bisschen herumtelefoniert und ich habe einen Ort gefunden, wo man dir helfen kann."

„Ich brauche keine Hilfe."

„Du hast die Wahl, Dad: Entweder ich bringe dich in diese Klinik, wo sie dir helfen können, oder du kannst deine Sachen packen. So oder so wirst du heute ausziehen."

Sein Vater lachte freudlos. „Du kannst mich nicht aus meinem eigenen Haus werfen."

„Es ist *mein* Haus. Und ich bin es leid zuzusehen, wie du deine Gesundheit ruinierst, das Leben anderer Menschen gefährdest –"

„Ich war das nicht!"

„Zwei Alternativen, Dad. Für welche entscheidest du dich?"

„Du schmeißt deinen alten Herrn raus? Ich habe nicht mal einen Job! Was soll ich denn essen? Wo soll ich schlafen?"

„Du hast ein Problem und ich versuche, dir Hilfe zu organisieren."

„Ich habe kein Problem! Wann begreifst du das endlich? Du warst schon immer so stur!"

Beckett stand auf, holte einen Koffer aus dem Wandschrank im Flur und ging damit in das Zimmer seines Vaters.

Er hatte die erste Schublade schon halb ausgeräumt, als sein Dad den Raum betrat und seinen Arm packte. „Leg das zurück!"

Er schüttelte seinen Vater ab und wandte sich ihm zu. Beckett war zehn Zentimeter größer und deutlich kräftiger als er. Er wollte diese Vorteile nicht nutzen, aber er würde nicht mehr so weitermachen wie bisher.

Er warf seinem Vater einen warnenden Blick zu und fuhr dann fort zu packen, bis der Koffer voll war, wobei er die lauten Proteste seines Vaters ignorierte. Als er fertig war, schloss er den Koffer.

„Was für ein Sohn bist du eigentlich?" Dads Stimme zitterte. „Ich gehe zu Layla und wohne bei ihr. Sie wird mich nicht vor die Tür setzen!"

Nur über seine Leiche. „Ich habe deine Autoschlüssel und Layla wird dich nicht in ihr Haus lassen. Wenn ich muss, rufe ich die Polizei und lasse dich wegbringen. Oder du kannst ohne Geschrei in meinen Wagen steigen und Hilfe annehmen."

Die Haare seines Vaters standen in alle Himmelsrichtungen ab, so als wäre er mit den Fingern ein Dutzend Mal hindurchgefahren. In seinen schwarzen Augen lag Angst.

Beckett erbarmte sich seiner. „Es ist eine gute Klinik, Dad. Ich habe am Telefon über eine Stunde mit dem Leiter gesprochen. Dort bist du gut aufgehoben und es ist nicht weit weg."

„Wie kannst du mir das antun? Ich bin dein Vater … Ich habe

dich eigenhändig großgezogen, nachdem deine Mutter weg war." Seine Stimme brach und sein Blick wurde trübe.

Es tat Beckett in der Seele weh, aber er würde die Wahrheit sagen. „Grandpa hat uns großgezogen, Dad."

Sein Vater verließ das Zimmer und schlug im Hinausgehen gegen den Türrahmen. Beckett folgte ihm mit dem Koffer.

Im Wohnzimmer blieb Dad stehen, die Hände auf die Rückenlehne des Sessels gestützt, die er so hart drückte, dass seine Knöchel weiß wurden.

Beckett ließ ihm Zeit. Es war eine wichtige Entscheidung, die sein Leben für immer verändern würde.

Bitte, Gott. Mach, dass er sich entscheidet, Hilfe anzunehmen. Um seinetwillen. Er hat noch so viel von seinem Leben vor sich, aber so wird er nie seinen Weg finden.

Er hörte den flachen Atem seines Vaters, sah das Heben und Senken der Schultern, die früher so viel breiter gewesen waren. Dieser Mann war Becketts Vater, aber Beckett hatte zu lange für ihn sorgen müssen. Er tat es noch immer. Indem er hart blieb. Manchmal war es ein Zeichen der Liebe, wenn man jemanden losließ. Das lernte er gerade.

„Wie entscheidest du dich, Dad?", fragte Beckett leise.

Sein Vater senkte den Kopf und rieb sich die Nasenwurzel. Es war die gleiche Geste, wegen der Layla Beckett immer aufzog. Er betete, dass das alles war, was er von seinem Vater geerbt hatte.

„Du lässt mir keine Wahl." Seine Worte waren voller Bitterkeit. Beckett wäre es egal gewesen, wenn sie voller Pferdemist gewesen wären, solange sein Vater in die Klinik ging und sich behandeln ließ.

„Gehen wir."

„Ich brauche erst noch was zu trinken." Dad wandte sich in Richtung Küche.

Beckett hielt ihn am Arm fest. „Nein. Wir fahren."

„Nur noch eins", sagte Dad mit wildem Blick. „Das brauche ich."

„Jetzt, Dad." Er drehte ihn zur Haustür und nahm den Koffer. Es würde eine lange Fahrt werden.

Kapitel 42

Die anderen Vorführungen waren ebenso gut gelaufen wie die Premiere, aber Madison war erleichtert, dass sie jetzt vorbei waren. Von den knienden Omas hatte sie gehört, dass Becketts Vater irgendwo in Kentucky eine Entziehungskur machte. Die Frauen beteten jeden Morgen für ihn und Madison hatte ihn ebenfalls auf ihre wachsende Gebetsliste gesetzt. Sie freute sich für Beckett und Layla. Es würde ein langer Weg werden, aber der Anfang war gemacht.

Der Duft von frischem Kaffee kitzelte Madisons Sinne wach, als sie das Coachlight Coffeehouse betrat. Aus den Lautsprechern drang eine leise Jazzmelodie. Nur wenige Gäste waren da. Madison entdeckte ihren Quasi-Bruder über sein Tablet gebeugt an einem Tisch in der Nähe. Manchmal benutzte Daniel das Café als Büro, doch in letzter Zeit hatte sie ihn nicht oft hier gesehen.

Sie ging auf ihn zu. „Es ist nicht dasselbe ohne unsere Kleine, nicht wahr?"

Daniel blickte auf und lächelte, wobei ihm die Haare in die Augen fielen. „Hi, Madison." Sein Blick huschte zu der kleinen Bühne in der Ecke, auf der Jade stundenlang Gitarre gespielt hatte. „Nein, das stimmt. Hast du in letzter Zeit etwas von ihr gehört?"

„Nein, aber Mom hat vergangene Woche mit ihr gesprochen. Offenbar geht es ihr gut. Willst du ihre Nummer haben?"

„Klar, wenn du sie hast."

Er tippte sie in sein Tablet, dann schob er mit dem Fuß den anderen Stuhl unterm Tisch hervor. „Setz dich doch."

„Danke, aber ich treffe mich mit Cassidy." Madison bemerkte, dass sein Journal offen vor ihm lag, und zeigte darauf. „Ich bin übrigens von meinem ganz begeistert. Ich habe es in letzter Zeit oft benutzt."

Er legte eine Hand flach auf den Einband und riss das oberste Blatt entlang der Perforation ab. „Ich schreibe gerade an meine Eltern. Sie mögen Briefe – die altmodische Sorte." Er faltete das Blatt Papier in Drittel, wobei er mit dem Daumen über den Falz fuhr.

Die ordentlichen Knicke erinnerten Madison an etwas. Oder war es der Rand mit der Perforation? Sie starrte das Papier an. Die Größe … das Eierschalengelb, die grauen Linien. Genau wie ihr eigenes Journal, aber da war noch etwas …

Ein Bild flackerte vor ihrem geistigen Auge auf. Ein getipptes Gedicht in der Mitte eines solchen Blattes. Sie hätte das Papier vorher erkennen sollen – immerhin sah ihr Journal genauso aus –, aber sie war mit anderen Dingen beschäftigt gewesen.

Sie sah zu, wie Daniel den Brief fertig faltete und dann ins Journal schob. Keine normale Kladde, wie man sie im Schreibwarenladen am Ort fand, sondern eine Speziallieferung aus Chicago.

Konnte es die ganze Zeit Daniel gewesen sein? Sie konnte es kaum glauben.

Er sah sie an, die Augenbrauen hochgezogen, und ihr wurde bewusst, dass sie ihn angestarrt hatte.

„Du warst das …?"

Sie sah seine verwirrte Miene und seinen belustigten Blick. Er schüttelte den Kopf. „Was?"

„Das Papier ist das gleiche. Die Linien, wie du es gefaltet hast, alles. Du warst das … die Rose, die Karten, die Nachrichten …"

Die Schwerkraft zog an Daniels Mundwinkeln und seine Belustigung verflog. Schlagartig wurde er ernst. Ein Anflug von Panik lag in seinen Augen.

Er war schon so lange wie ein Bruder für sie, dass Madison Mühe hatte sich vorzustellen, er könnte so für Jade empfinden. Er nannte sie Winzling und wuschelte ihr durch die Haare. Er hatte Jade ihre ersten Gitarrengriffe beigebracht und sie in der Schule verteidigt. Wie ein Bruder. Oder wie …

„Madison, ich –"

„Tut mir leid, dass ich mich verspätet habe!" Cassidy warf die Arme um Madisons Schultern. „Hallo, Herr Bürgermeister."

„Hallo Cassidy." Daniels Blick war unverwandt auf Madison gerichtet.

„Hast du schon bestellt?" Cassidy überflog die Speisekarte. „Ich überlege ernsthaft, ob ich dieses neue Peppermint-Pattie-Teil ausprobieren soll. Hat wahrscheinlich eine Million Kalorien, aber man lebt schließlich nur einmal, richtig?"

Sie drückte Madisons Schulter und verschwand in Richtung Theke.

Madison drehte sich um und wollte ihr folgen. „Wir sehen uns ja sicher später, Daniel."

„Madison …"

Als sie seinen besorgten Tonfall hörte, drehte sie sich um und sah ihm in die Augen. Wann war aus dem schlaksigen, ungelenken Teenager ein erwachsener Mann mit breiten Schultern und einem glatt rasierten Gesicht geworden? Ein Mann, der hoffnungslos in ihre kleine Schwester verliebt war? Wie lange kämpfte er schon gegen diese Gefühle an?

„Bitte", sagte er. „Sag es ihr nicht …"

Sie hatte Mitleid mit ihm. Jade hatte keine Ahnung, was er empfand. Sein Name war bei all ihren Spekulationen nicht ein einziges Mal gefallen.

Sie versuchte aufmunternd zu lächeln. „Ich werde nichts sagen."

Die Sorgenfalten auf seiner Stirn blieben … ebenso wie die Angst in seinen Augen und die Anspannung in seinen Schultern.

„Ich verspreche es", sagte sie.

Daniel schluckte und nickte kurz.

Madison gesellte sich zu Cassidy in die Schlange an der Theke, während ihre Gedanken sich noch immer überschlugen. „Einmal koffeinfrei, bitte", bestellte sie, als sie an der Reihe war.

„Koffeinfrei?", sagte Cassidy. „Geht's dir nicht gut?"

„Ich reduziere. Anweisung vom Doc."

„Hast du schon etwas gehört?"

Drews Freund, der Pathologe, hatte sich die Abstriche von Michaels Autopsie noch einmal angesehen. Vor zwei Jahren war Michaels Stoffwechselerkrankung identifiziert worden. An dem Tag, an dem Madison die Nachricht erhalten hatte, hatte sie gleich einen Termin bei ihrem Arzt gemacht.

„Die Ergebnisse sind noch nicht da", sagte Madison.

„Lassen PJ und Jade und Ryan sich auch testen?"

„Ja. Wir müssten eigentlich bald etwas hören."

Als Cassidy und sie ihren Kaffee hatten, schoben sie sich in eine Nische ganz hinten in der Ecke des Cafés. Madison war mit ihren Gedanken noch immer bei Daniel und seinen Gefühlen für Jade. Sein Tisch war jetzt leer.

Cassidy brachte Madison auf den neuesten Stand, was die Praxis betraf, und holte zwischendrin kaum Luft. „Du siehst gut aus", sagte sie schließlich. „Vielleicht hast du die Auszeit gebraucht."

„Das und ein bisschen Seelenarbeit." Sie hatte Cassidy schon erzählt, dass sie mit Gott ins Reine gekommen war. „Ich schreibe meine Gedanken über Michael auf und treffe mich zweimal in der Woche mit den knienden Omas zu ihrem Gebetskreis. Ich schlafe besser, denke klarer und kann mich besser konzentrieren."

Cassidy legte den Kopf schief und zog die Augenbrauen hoch. „Aber …"

„Wieso meinst du, dass es ein Aber gibt?"

„Wir sind schon lange befreundet. Ich merke es, wenn meine beste Freundin mit einem gebrochenen Herzen herumläuft."

Madison nippte an ihrem Kaffee. Sie wollte nicht an Beckett denken. Jedes Mal, wenn sie das tat, wurde sie daran erinnert, wie er mit Jessie Brooks weggegangen war, und dann verspürte sie diesen schrecklichen Schmerz in ihrem Innern und das Brennen von Tränen hinter ihren Augen.

„Was war denn eigentlich zwischen euch beiden?", fragte Cassidy. Ihre Stimme war ungewohnt sanft.

„Das habe ich dir doch schon erzählt."

„Ich weiß, aber es ergibt keinen Sinn. Ich weiß, dass in den letzten zwei Wochen eine Menge passiert ist, aber es gibt keinen Grund, warum er von einer Sekunde auf die andere das Interesse verlieren sollte." Sie schnipste mit den Fingern.

„Ich sagte dir doch schon, dass ich ihn abgeschreckt habe. Du warst an dem Abend an meinem Geburtstag nicht dabei. Ich war eine heulende Psychopathin."

„Du hast gelitten. Und danach war alles in Ordnung, weißt du noch? Er wurde erst so komisch, nachdem er dir erzählt hat, dass er an dem Tag, an dem Michael starb, dabei war."

„Ja, aber es war doch alles ganz anders." Madison trank ihren Kaffee aus und verschränkte die Arme vor ihrem Bauch, um den

Schmerz zu verdrängen. „Das Warum ist doch eigentlich egal, oder? Beckett ist offensichtlich fertig mit mir. Er geht jetzt mit Jessie aus."

Cassidy schüttelte den Kopf. „Nee nee."

Madison warf ihr einen Blick zu.

„Jessie hat Coco heute für ihre Untersuchung vorbeigebracht. Und nach dem, was sie gesagt hat, ist Beckett anscheinend nicht über dich hinweg. Sie schien deswegen irgendwie verärgert zu sein, deshalb habe ich nicht nachgehakt."

Madisons Herz tat einen Extraschlag und sie rief es zur Räson. Es hatte keinen Sinn, sich Hoffnungen zu machen. „Was hat sie gesagt?"

„Ich sagte zu ihr, ich hätte gehört, dass sie mit Beckett ausgeht – ich dachte, ich mache mich dir zuliebe mal ein bisschen schlau –"

„Danke."

„Gern geschehen. Und sie sagte: ‚Wir sind nur Freunde. Er hat offensichtlich immer noch Madison im Kopf.'"

Sie atmete geräuschvoll ein. „Das hat er gesagt? Dass er noch nicht über mich hinweg ist? Aber das ergibt doch keinen Sinn."

„Das versuche ich dir ja die ganze Zeit zu sagen. Hast du die Zeitung von heute gesehen?"

„Heute? Nein, warum?"

„Es ist ein interessanter Artikel drin – *jemand* hat dem Segelverein fünfzehnhundert Dollar für eine Stiftung in Michaels Namen gespendet." Cassidy zog erwartungsvoll die Augenbrauen hoch.

„Wer?"

„Es war eine anonyme Spende. Von eurer Familie war es niemand?"

„Nein, ich glaube nicht. Das hätten sie mir erzählt."

„Fünfzehnhundert … war das nicht –"

„Die Höhe des Preisgeldes. Aber Beckett benutzt das doch, um seine Firma aufzubauen." Dahinter konnte unmöglich er stecken, oder? Das war viel Geld. Er würde es nicht einfach so hergeben. Oder doch?

Cassidy zuckte mit den Schultern. „Wer soll es denn sonst gewesen sein?"

In Madisons Kopf drehte sich alles. „Vielleicht hat er es vor zwei Wochen getan, als er dachte, er wäre für Michaels Tod verantwortlich. Aus schlechtem Gewissen."

Cassidy schüttelte den Kopf und sah sich dann im Café um. Sie sprang auf, holte eine Zeitung von einem unbesetzten Tisch und reichte sie Madison. „Hier."

Es war nur ein kleiner Absatz im Gesellschaftsteil. Madison las ihn. „Montag, steht da. Jemand hat das Geld gestern gespendet." Sie faltete die Zeitung zusammen und legte sie auf den Tisch. „Das verstehe ich nicht."

„Siehst du, was ich meine? Du solltest mit ihm reden, Madison. Du hast gesagt, du seist am Freitag zusammen mit Drew auf der Party erschienen. Glaubst du, die Sache mit Jessie sollte dich eifersüchtig machen? Er musste immerhin das ganze Theaterstück über sich ergehen lassen, in dem es, wie ich hinzufügen darf, eine ziemlich stürmische Szene mit dir und Dr. Fantastico gab. Vielleicht war er eifersüchtig und hat eine Dummheit begangen."

Madison schüttelte den Kopf. „So ist er nicht. Außerdem war er schon vorher so distanziert." Aber warum, wenn Jessie doch sagte, er sei noch immer nicht über Madison hinweg …?

Cassidy runzelte nachdenklich die Stirn. „Vielleicht …"

„Vielleicht was?"

„Ich weiß nicht. Ich weiß es wirklich nicht, aber du musst die Sache klären, Schätzchen. Du liebst ihn und er empfindet offensichtlich auch noch etwas für dich."

Madison erinnerte sich daran, wie er seine Hände weggezogen hatte. An den emotionslosen Blick seiner Augen. „Das kann ich mir nur schwer vorstellen."

„Er weiß noch, was du bei einer Highschoolfete vor tausend Jahren anhattest. Er ist seit Ewigkeiten in dich verliebt. Was glaubst du, warum er so lange gewartet hat, um etwas deswegen zu unternehmen?"

„Ich weiß es nicht. Darüber haben wir nie gesprochen."

„Es muss noch etwas geben, wovon wir nichts wissen."

Vielleicht hatte Cassidy recht. Madison fühlte, wie Hoffnung in ihr aufkeimte, und unterdrückte das Bedürfnis, sie gleich im Keim zu ersticken.

„Die Frage ist: Willst du mit deinem gebrochenen Herzen hier herumsitzen oder etwas tun?"

Madisons Herz schlug so schnell, dass sie sich fragte, ob sie vielleicht doch ein koffeinhaltiges Getränk bekommen hatte. Aber nein, das waren nur die Nerven. Sie sollte Beckett zur Rede stellen. Seit dem Abend, an dem sie ihm erzählt hatte, wie Michael wirklich gestorben war, hatte sie sich wie ein Feigling verhalten. Er hatte sich von ihr distanziert und sie hatte zu viel Angst vor Zurückweisung gehabt, um zu fragen, warum.

Und dann hatte sie sich bei der Feier so abgelehnt gefühlt ...

Die Worte ihrer Mutter von vor einigen Wochen fielen ihr wieder ein. *Du hattest schon immer Angst vor Gefühlen, Madison. Manchmal sind diese negativen Gefühle so stark, so überwältigend, und es ist einfacher, sich ihnen nicht zu stellen.*

Genau das hatte sie getan, seit Beckett auf Abstand gegangen war. Aber sie lernte gerade, sich mit ihren Gefühlen in Bezug auf Michaels Tod auseinanderzusetzen; sie konnte bestimmt auch den Mut aufbringen, Beckett gegenüberzutreten – selbst wenn es noch mehr Kummer bedeutete.

„Ich muss los.“ Madison erhob sich und nahm ihre Handtasche.

„Viel Erfolg“, rief Cassidy ihr nach.

Madisons Beine zitterten, als sie das Café verließ. Sie blinzelte in das helle Licht der Abendsonne, stieg in ihr Auto und fuhr zu Becketts Haus.

Hilf mir, Gott. Ich weiß nicht einmal, was ich sagen soll. Ich weiß nur, dass ich ihn liebe, und ich muss wissen, ob er mich auch liebt. Mehr als das konnte sie nicht in Worte fassen. Aber Gott kannte ihr Herz. Er würde ihr Gebet auf die eine oder andere Weise beantworten.

Wenige Minuten später bog sie in seine Straße ein und ihr Herz stockte, als sie seinen Pick-up sah.

Du schaffst das, Madison. Sei tapfer.

Rigsby erschien am Fenster. Anscheinend hatte er das Auto kommen hören. Madison stieg aus, ging die Treppe zur Veranda hinauf und klopfte. Der Hund bellte erfreut. Sie sah keine Lichter durch das Panoramafenster, aber draußen war es auch noch hell. Sie klopfte noch einmal.

Vor lauter Angst war ihr Mund ganz trocken und ihre Hände zitterten. Sie schob sie in die Hosentaschen und sagte sich, dass sie es überleben würde.

Nachdem auch ein drittes Klopfen keine Reaktion hervorrief, ging Madison um das Haus herum. Vielleicht arbeitete Beckett an seinem Boot. Aber als sie den Hof erreichte, sah sie, dass das Außengebäude verschlossen war.

Sie schlenderte zu ihrem Wagen zurück, während sich ein Loch in ihrem Innern auftat, das immer größer wurde. Wo konnte er sein? Wenn er spazieren gegangen wäre, hätte er Rigsby mitgenommen.

Denk nach, Madison. War heute Mittwoch, der Abend, an dem er beim Bibelkreis war? Seit sie nicht mehr arbeitete, hatte sie Mühe, sich daran zu erinnern, welcher Wochentag war. Aber nein, es war Dienstag. Wo konnte er sein?

Plötzlich erinnerte sie sich an etwas, das er einmal gesagt hatte, und beschleunigte ihre Schritte. Sie sprang in ihren Wagen, fuhr zwei Blocks weiter und parkte in einer der schrägen Parkbuchten. Der Park war menschenleer und die Schaukeln bewegten sich leicht in der warmen Brise. Madison ging an der Rutsche und dem Basketballfeld vorbei und auf den bewaldeten Hügel zu.

Hier war er gerne, wenn er nachdenken oder beten musste, oben auf dem Felsenturm. Während sie über den üppigen Rasen lief, fühlte sie, wie das Gras durch ihre Sandalen hindurch ihre Füße kitzelte.

Sie würde diese Sache durchziehen, so schwer es auch sein mochte. Egal, wie sehr die Wahrheit – wie auch immer sie aussah – schmerzen würde. Sie hatte zwar Angst, aber sie würde es trotzdem tun.

Gib mir Mut, Gott.

Am Fuß des Hügels streifte sie ihre Sandalen ab und fing an, den Pfad hinaufzusteigen. Der Boden unter ihren Füßen war festgetreten. Stöckchen piekten in ihre Fußsohlen und Steine drückten gegen ihre zarte Haut. Sie mochte das Gefühl noch immer nicht, daran hatte sich nichts geändert. Das Leben war voller Unbehagen und Verletzungen. Aber Schmerzen brachten einen nicht um.

Ihre Waden schmerzten bei den steilen Abschnitten. Die Dunkelheit der Wälder umfing sie. Ihr Atem ging flacher, während sie bergan stieg, und ihr Mund wurde trocken. Sie ging trotzdem weiter.

Als sie beinahe oben war, erspähte sie den Felsenturm durch die Bäume hindurch und ging darauf zu. Am Fuß des Turms blieb sie stehen und wartete, bis sie wieder zu Atem gekommen war, während sie den Duft der Kiefern und der Erde aufsog. Ein Vogel stieß einen Triller aus und ein zweiter antwortete.

Madison blickte zu dem Turm hinauf und erinnerte sich daran, wie schwierig der Aufstieg beim letzten Mal gewesen war. Sie öffnete den Mund, um Beckett zu rufen, doch dann überlegte sie es sich anders. Er war hier oben. Sie konnte ihn nicht sehen, nicht hören, aber sie wusste, dass er hier war. Sie spürte es bis in ihre nackten Zehen. Sie wollte sein Gesicht sehen, wenn er ihre Stimme hörte. Vielleicht würde es ihr alles sagen, was sie wissen musste.

Also fing sie an zu klettern, machte die ersten tastenden Schritte. Ohne Becketts Hilfe war es schwieriger, aber sie würde es schaffen. Als sie etwa die Hälfte des Anstiegs zurückgelegt hatte, streckte sie die Hand nach einem Haltegriff aus und zog sich hoch, wobei ihre nackten Zehen sich um einen schmalen Vorsprung krallten.

Ein Wind kam auf und fuhr ihr durch die Haare, wie um sie für ihre Mühe zu entlohnen, aber als sie höher kam, lief ihr trotzdem der Schweiß den Nacken hinunter. Madison zog sich über die letzten Felsvorsprünge nach oben und sah vor sich den herrlichsten Anblick.

Beckett lag ausgestreckt auf dem flachen Fels, die Arme unter dem Kopf gefaltet, die Augen geschlossen, seine Bibel aufgeschlagen auf seinem Bauch. Die Kabel von Ohrhörern baumelten von seinen Ohren zu seiner Hosentasche. Sie nahm sich einen Augenblick Zeit, diesen Anblick einfach zu genießen.

Seine Lippen bewegten sich und sie fragte sich, ob er betete oder den Text des Liedes mitsprach. Er hatte einen Drei-Tage-Bart und seine dunklen Wimpern lagen wie Fächer auf seinen Wangen. Sie hatte dieses Gesicht, diese Lippen vermisst.

Als spüre er ihre Gegenwart, schlug Beckett die Augen auf und sah sie an. In seinem Blick lag mehr als nur Überraschung. Oder bildete sie sich das ein?

Er fuhr hoch, zog die Ohrstöpsel heraus und fing die Bibel auf, die von ihm herunterrutschte. „Madison."

Sie wand sich unter seinem direkten Blick. Ihr Brustkorb hob und senkte sich, während sie nach Atem rang. „Hi. Ich, äh … ich war in der Gegend."

Vielleicht hätte sie nicht kommen und in seine Privatsphäre eindringen sollen. Aber jetzt war es zu spät.

Beckett starrte sie an. Seine Miene war ein ungelöstes Rätsel. „Setz dich doch."

Sie ließ sich auf dem flachen Stein nieder und streckte die Beine aus.

„Wo sind deine Schuhe?"

„Das ist eine lange Geschichte."

Ihr Puls raste und ihr Herz schlug auf verlorenem Posten gegen ihre Rippen. Was sollte sie sagen, jetzt, wo sie hier war? So weit hatte sie nicht vorausgedacht. Sie zog die Knie an und schlang die Arme darum. Die Sonne war hinter einem dünnen Wolkenband verschwunden und färbte den Abendhimmel rosa.

„Warum bist du hier, Madison?"

Vielleicht sollte sie so tun, als hätte sie nicht gewusst, dass er hier sein würde. Als wollte sie nur für sich sein und hätte sich an sein Versteck erinnert. Aber das stimmte nicht.

Madison nahm all ihren Mut zusammen, sammelte ihn, bis er sie einhüllte wie ein Umhang. „Beckett … Ich muss wissen, was passiert ist. Zwischen uns." Obwohl ihre Wangen glühten, sah sie ihm in die Augen.

Etwas flackerte darin auf. Doch dann wandte Beckett hastig den Blick ab und stand auf, um ein paar Schritte zu gehen. Allerdings gab ihm die Klippe nicht viel Raum. Seine Schultern hoben und senkten sich, als er tief seufzte. Er faltete die Hände im Nacken, sodass seine Ellbogen Richtung Sonnenuntergang ragten.

„Du kannst mir die Wahrheit sagen. Ich werde nicht zusammenbrechen – na ja, vielleicht schon, aber nicht hier."

Er drehte sich um. Madison wünschte, sie könnte seine Gedanken lesen, aber er war schon immer schwer zu durchschauen gewesen.

„Ich will dir nicht wehtun", sagte er.

Ihr Herz schrumpfte um vier Größen. Sie lächelte unsicher. „Zu spät."

Als er zusammenzuckte, bereute sie ihre Worte sogleich.

„Hör zu, ich wollte dir eigentlich nur etwas sagen, also werde ich das jetzt tun, und wenn das alles ist, dann ist es eben so. Ich … ich bringe es hinter mich, in Ordnung? Ich … Du musst nur wissen, dass ich mich irgendwo auf dem Weg, irgendwo zwischen Schwimmunterricht und Segelregatta und den fantastischen Küssen …" Ein Kloß bildete sich in ihrer Kehle und erstickte die letzten Worte und hinter ihren Augen fing es an zu kribbeln.

„Madison." Ihr Name klang wie in Stein gehauen.

„Ich weiß, dass ich ziemlich verkorkst bin. Na gut, total verkorkst. Aber ich arbeite daran und du musst einfach Geduld mit mir haben, Beckett, weil ich –"

„Nicht, Madison."

„Warum? Warum willst du die Wahrheit nicht hören?"

„Wir haben keine Zukunft. Kannst du das nicht sehen?"

Sie stemmte sich gegen den Schmerz, aber es hatte keinen Sinn. „Du liebst mich nicht."

Beckett sah weg und atmete laut hörbar aus. Ein Schatten huschte über sein Gesicht. Madison konnte die Wellen der Anspannung, die von ihm ausgingen, förmlich spüren.

„Hör zu", sagte er. „Ich bin nicht der Richtige für dich. Du musst an die Zukunft denken, vielleicht wieder mit Drew ausgehen oder –"

„Drew!"

„Er ist ein netter Kerl, Madison, du solltest ihm eine –"

„Du schiebst mich an Drew ab?"

Sein Schweigen sagte so ziemlich alles.

Madison sprang auf. Ihre Augen brannten. „Ich liebe Drew nicht. Ich liebe dich, du Idiot."

Sein Blick wurde weicher. Vor Mitleid?

Sie hatte nicht geglaubt, dass sie sich noch elender fühlen könnte, aber siehe da … „Ich dachte, du könntest mich vielleicht auch lieben, aber da habe ich mich wohl geirrt." Sie wandte sich zum Gehen. Ihr Blick war von Tränen getrübt.

„Warte, Madison."

„Ich habe schon verstanden, Beckett. Das war eindeutig." Madison machte den ersten Schritt den Turm hinunter und rutschte auf dem steinigen Hang aus. Sie fing sich zwar, schürfte sich dabei aber die Handfläche auf.

„Du bringst dich noch um." Beckett sprang zu ihr herunter, packte ihren Arm und drehte sie um, bis sie ihm Auge in Auge gegenüberstand.

Eine Träne rollte über ihre Wange. Sie wischte sie fort, aber sofort nahm eine andere ihren Platz ein. Verlegen versuchte Madison Beckett abzuschütteln, aber er ließ nicht los, sondern nahm ihren anderen Arm auch noch.

In seinen Augen lag ein Ausdruck, den sie nicht deuten konnte. Es war kein Mitleid und auch keine Gleichgültigkeit. „Was mache ich nur mit dir?", fragte er leise. Er atmete aus und blickte gen Himmel, als müsste die Antwort in den Wolken erscheinen.

„Ich verstehe das alles nicht. Ich verstehe dich nicht. Was willst du denn von mir?" Ihre Kehle war wie zugeschnürt, sodass die letzten Worte erstickt klangen, und weitere Tränen folgten.

„Hör auf. Hör einfach auf." Beckett zog sie in seine Arme.

Bevor sie völlig willenlos wurde, stieß sie gegen seine Brust. „Nein."

Er hielt ihre Arme fest und hinderte sie an der Flucht.

„Du kannst mich nicht gleichzeitig wegstoßen und an dich ziehen. Du liebst mich nicht. Das habe ich jetzt verstanden. Also lass mich los."

Sein Griff wurde nur noch fester. „Ich tue es ja." Sein Blick war flehentlich, seine Stimme eindringlich. „Ich liebe dich doch."

Madison hörte auf zu kämpfen und blinzelte, um klarer zu sehen. Spielten ihre Ohren ihr einen grausamen Streich?

Er lockerte seinen Griff und die Berührung seiner Daumen ging in ein langsames Streicheln über. „Hör zu, Liebling. Du bist nicht diejenige, deren Leben verkorkst ist, weißt du? Du bist toll. Du hast eine klasse Familie, hattest eine gute Kindheit. Du bist eine wunderbare Frau und du wirst irgendwann eine tolle Ehefrau und großartige Mutter sein, so wie deine es ist. Und was habe ich? Eine Mutter, die abgehauen ist, einen Vater, der sich nicht gekümmert hat … Vernachlässigung, Scheidung, Alkoholismus – das sind die Werkzeuge, mit denen ich arbeiten muss."

Madison runzelte die Stirn. „Du bist ganz anders als dein Dad."

„Die Gene reichen tief, Madison, und ich bin nicht bereit, deine Zukunft aufs Spiel zu setzen, in der Hoffnung, dass –"

„*Meine* Zukunft aufs Spiel zu setzen? Das ist nicht deine Entscheidung, Beckett. Das überlass gefälligst mir."

„Ich versuche zu tun, was das Beste für dich ist. Das ist wahre Liebe."

„Wahre Liebe ist eine Entscheidung. Meine Entscheidung ist es, dich zu lieben, unabhängig davon, wer deine Eltern sind oder was sie getan haben. Ich entscheide mich zu glauben, dass es immer Hoffnung gibt und dass bei Gott alles möglich ist. Vielleicht hattest du nicht den besten irdischen Vater, aber du hast einen himmlischen Vater, Beckett, und es gibt nichts, was er nicht überwinden könnte. Ich fange selbst gerade erst an, das zu erkennen."

Beckett starrte sie an und schien über ihre Worte nachzudenken. „Ich bin ein großes Risiko …" Er meinte es als Warnung. Aber etwas an seinem Tonfall ließ Madisons Wut verklingen.

„Das Risiko gehe ich ein."

Sie sah die widerstreitenden Gefühle in seinem Gesicht und er tat ihr von Herzen leid. Beckett hatte so viel durchmachen müssen und das hatte Wunden hinterlassen. Wunden, die noch nicht verheilt waren, das sah sie jetzt. Aber irgendwie war er trotz alledem ein mutiger und gottesfürchtiger Mann geworden. Das war geradezu ein Wunder.

Dies war der Mann für sie. Das fühlte Madison tief in ihrem Innern, wo jeden Tag neue Saat gesät wurde. „Wir haben beide Dinge, die wir überwinden müssen. Aber Gott wird uns dabei helfen und uns verändern. Gott wird Großes mit dir vollbringen, Beckett. Das hat er schon. Und ich will dabei sein, an deiner Seite, und dabei zusehen."

„Du weißt gar nicht, wie sehnlich ich mir das wünsche." Seine Stimme klang heiser.

Doch, das wusste sie durchaus. Madison sah es in seinen Augen, so klar wie der Sommerhimmel. „Dann nimm es dir. Es ist deine Entscheidung."

Ein Augenblick verging, endlos, ausgedehnt, bis die Anspannung kaum noch zu ertragen war.

Schließlich legte er die Hände um ihr Gesicht und wischte die Tränen mit seinen Daumen fort. „Ich liebe dich, Maddy. Ist das genug?"

„Mehr als genug“, flüsterte sie.

Er beugte sich vor und berührte ihre Lippen. Die Zärtlichkeit durchfuhr Madison wie ein Schmerz. Aber es war ein guter Schmerz, die Art, die sie ganz erfüllte und ihre Beine weich werden ließ. Sie berührte Becketts Gesicht und ihre Fingerspitzen kribbelten, als sie über seine rauen Wangen fuhr. Daran könnte sie sich gewöhnen.

Als er den Kuss beendete, tat er es nur, um sie richtig in den Arm nehmen zu können. Madison atmete seinen Duft ein. Sein Körper fühlte sich warm und fest an und sein Herzschlag war stark. Es war ein vertrautes Gefühl, so richtig und vollkommen wie Nächte mit Sternen und Barfußlaufen im Sommer.

Zu Hause. Das war es. Sie fühlte sich zu Hause.

Epilog

Die Sonne war hinter den Eichen versunken und warf lange Schatten über den Basketballplatz der McKinleys. Madison sah zu, wie PJ einen schwierigen Wurf von der Dreipunkte-Linie aus versuchte. Der Ball senkte sich in den Korb, fiel durch das Netz und setzte auf dem Beton auf.

Beckett schnappte sich den Ball und knurrte Daniel und Ryan, die ihn angriffen, im Spaß an. Wenn ihm dieser Wurf misslang, würde Beckett der zweite Verlierer sein. Madison war bereits ausgeschieden und stand am Rand.

Sie klatschte. „Komm schon, Liebling, du schaffst das!“

Beckett begab sich in Stellung, beugte die Knie, dribbelte dreimal und setzte zum Wurf an. Der Ball segelte in einem perfekten Bogen durch die Luft, traf auf den Rand des Korbes, sprang hoch und fiel dann zu Boden.

PJ stolzierte einmal quer über den Platz, wobei ihr Pferdeschwanz wippte. „Yeah! Zwei habe ich, zwei fehlen noch.“

„Du hast noch nicht gewonnen, Kleines.“

„Nur eine Frage der Zeit, großer Bruder.“

„Das werden wir ja sehen.“

„Wie viele Punkte hattest du noch mal?“

„Kümmere du dich mal um deine eigenen Würfe.“

Beckett gesellte sich zu Madison an den Picknicktisch. „Du hättest mich ruhig vor ihr warnen können.“

Sie zuckte mit einer Schulter. „Das hätte auch nichts genützt.“

Hinter Beckett brach Lärm aus, als Daniel von PJs Schwachstelle aus einen Wurf versenkte. Ryan lachte und PJ warf ihm den Ball an den Hinterkopf.

„Hey!“

„Du liebe Güte“, sagte Beckett zu Madison gewandt. „Ihr müsst als Kinder ganz schön anstrengend gewesen sein.“

„Wer, wir? Fünf kleine Engel.“

Beckett warf ihr einen Blick zu und nahm ihre Hände, um sie von ihrem Sitz zu ziehen. „Drehen wir eine Runde?"

„Hast du genug von dem Wahnsinn?"

„Für ein paar Minuten."

„Wir kommen gleich wieder", rief sie über ihre Schulter.

„Lasst euch Zeit", rief ihre Mutter, die neben ihrem Vater auf der Verandatreppe saß.

PJ buhte und Daniel stieß einen schrillen Pfiff aus, der die Luft durchschnitt.

Ryan warf seinem Freund den Basketball zu. Daniel grunzte, da der Ball ihn in den Magen traf. „Mensch!"

Madison und Beckett gingen die Auffahrt hinunter und ließen den Trubel hinter sich. Wenige Minuten später waren nur noch das Knirschen des Schotters unter ihren Schuhen und das Schnattern von zwei Eichhörnchen zu hören, die in einer dicken Eiche fangen spielten. Der Oktober war gekommen und hatte die Bäume in das wunderbarste Gold und Orange und Rot getaucht.

Madison atmete den Duft des frühen Herbsttages ein: lehmige Erde, Kiefern, das Holzfeuer eines Nachbarn. Sosehr sie den Sommer auch mochte, war der Herbst doch ihre Lieblingsjahreszeit. Getoastete Marshmallows, Pullover und Ernte. Bunt, kühl und flüchtig. Sie genoss das Leben im Moment. Die Arbeit, die Familie und, ja, Beckett.

Etwas Neues und Gutes hatte sich über ihre Familie gelegt, seit das Geheimnis um Michaels Tod aufgedeckt worden war. Zunächst hatte die Neuigkeit sie erschüttert, aber am Ende hatte sich gezeigt, dass alles Sorgen unnötig gewesen war. Die Tests hatten ergeben, dass keiner von ihnen die Stoffwechselkrankheit hatte. Die Chance war drei zu eins gewesen, und von den fünf Kindern war Michael der Einzige gewesen, der sie geerbt hatte.

„Ich habe heute von Dad gehört", riss Beckett sie aus ihren Gedanken.

„Ach ja? Und wie geht es ihm?"

„Das Gespräch hat mir Mut gemacht. Er klang anders. Konzentriert, positiver. Er hat einige Veränderungen erwähnt, die er nach seiner Rückkehr vornehmen will, und er hat davon gesprochen, dass er irgendwann einen Grillimbiss eröffnen möchte."

„Das klingt gut." Becketts Vater war in einer Einrichtung, in der die Entwöhnungstherapie neunzig Tage dauerte. Sie hofften, der längere Aufenthalt würde seine Chancen, langfristig trocken zu bleiben, verbessern. „Es war richtig, ihn dorthin zu schicken."

„Ich erinnere mich nicht einmal mehr daran, wie er war, als er noch kein Alkoholiker war. Es ist beinahe so, als würde ich eine ganz neue Person kennenlernen. Ich habe die Hoffnung, dass er es schafft."

„Wo wir gerade von Vätern sprechen – ich habe gesehen, dass du dich vorhin mit meinem unterhalten hast." Madison stupste ihn an. „Ich glaube, du hast ihn bald überzeugt."

Ihre miteinander verflochtenen Hände schwangen zwischen ihnen hin und her. „Er will sein kleines Mädchen eben beschützen und das kann ich ihm nicht verdenken."

Sie hatte bemerkt, dass ihr Vater jedes Mal, wenn sie Beckett mitbrachte, offener wurde. Als sie an diesem Abend eingetroffen waren, hatte er von sich aus eine höfliche Unterhaltung mit Beckett begonnen. Sie hatte das Gefühl, dass ihre Mutter viel mit seiner milderen Haltung zu tun hatte.

„Ich weiß, dass unsere Familien sehr unterschiedlich sind", sagte Beckett, „aber allmählich kann ich mit dieser Tatsache Frieden schließen. Meine Kindheit … Ich habe vor, meiner Familie eines Tages etwas Besseres zu bieten."

„Das wirst du, da bin ich mir sicher. Gott hat dich aus diesen Erfahrungen gestärkt hervorgehen lassen. Und immerhin weißt du jetzt, was du in deiner eigenen Zukunft nicht willst."

Er drückte ihre Hand. „Und auch das, *was* ich will."

Sie lächelten einander an. Er zeigte ihr seine Zuneigung offen und das liebte sie an ihm.

„Ich habe übrigens mit deinem Dad nicht nur geplaudert."

„Nein?" Sie kickte mit dem Fuß eine Haselnuss vor sich her und sie rollte die Auffahrt hinunter.

„Ich habe ihn um seinen Segen gebeten."

Sie ging noch drei Schritte und blieb dann plötzlich stehen. Trockenes Laub wehte in der sanften Brise an ihr vorbei. In seinen Augen lag derselbe Blick, in den sie sich bei dem Tanz vor so langer Zeit verliebt hatte. Der ihr Herz jedes Mal eroberte, wenn er sie in seine Arme zog, in seine sichere Umarmung.

„Segen?“

Beckett nahm auch ihre andere Hand und wandte sich ganz zu ihr um. Die goldene Stunde war hereingebrochen und ließ die Schatten auf seinem Gesicht weicher aussehen. Seine Augen glänzten.

„Ich wollte eigentlich noch warten“, sagte er, „aber das kann ich nicht. Ich weiß, wir sind noch nicht lange zusammen, aber ich war mir einer Sache noch nie so sicher.“

Sein Brustkorb hob und senkte sich, als er tief einatmete, während ihr eigener Atem stockte. „Ich möchte, dass du meine Frau wirst, Liebling. Ich möchte jeden Abend zu dir nach Hause kommen und dein Lachen hören. Ich möchte mir mit dir zusammen ein gemeinsames Leben aufbauen mit all den Dingen, die wichtig sind. Ich möchte eine Familie haben und segeln und in der Gemeinde aktiv sein und arbeiten und Kinder …“

Ihre Lippen verzogen sich zu einem zittrigen Lächeln. „Fünf kleine Engel?“

Er drückte ihre Hände. „Ich dachte, wir fangen mit einem an und arbeiten uns hoch. Was hältst du davon, Maddy … willst du meine Frau werden?“

Es gab nur noch sie beide auf der Welt. Seine Worte berührten sie zutiefst und sie spürte, wie sie eine Welle unendlicher Zärtlichkeit durchrollte. Becketts Hände fühlten sich feucht an und seine Arme waren angespannt, während er sie mit fragendem Blick ansah.

Er musste es doch wissen – oder etwa nicht? Wie sehr sie ihn liebte, ihn brauchte? Dass sie sich eine Zukunft ohne ihn nicht vorstellen konnte?

Madison atmete geräuschvoll aus und ein riesiges Lächeln breitete sich auf ihrem Gesicht aus. „Oh ja. Das kannst du wohl glauben.“

Beckett zog sie in seine Arme und drückte sie an sich. So dicht, dass sie seinen Herzschlag durch ihren Pullover spürte. So dicht, dass sie seinen warmen, würzigen Duft riechen konnte. So dicht, dass sie das Flüstern in ihrem Ohr hörte.

„Ich liebe dich, Madison McKinley.“

Und das war genug. Mehr als genug.